Um die Wurst

D1828154

Michael Moritz, 1968 in Freiburg geboren und am Kaiserstuhl aufgewachsen, schreibt und produziert seit zwanzig Jahren Theaterstücke und Kurzfilme. Als Schauspieler war er an den großen deutschsprachigen Bühnen (Staatstheater Stuttgart, Schauspielhaus Zürich, Burgtheater Wien) engagiert, im Fernsehen gibt er meist den Bösewicht und den üblichen Verdächtigen (»Tatort«, »SOKO Köln«, »Die Sitte«, »Postmortem«). Am Max Reinhardt Seminar und am Konservatorium der Stadt Wien unterrichtet er Schauspiel. Im Emons Verlag erschienen »Tod in der Rheinaue«, »Roter Regen«, »Weinselig«, »Lost Place Vienna«, »Zürcher Verschwörung« und »Tod im Theaterhaus«.

Dieses Buch ist ein Roman. Handlungen und Personen sind frei erfunden. Ähnlichkeiten mit lebenden oder toten Personen sind nicht gewollt und rein zufällig.

MICHAEL MORITZ

Um die Wurst

DER BADISCHE KRIMI

emons:

Bibliografische Information der Deutschen Bibliothek
Die Deutsche Bibliothek verzeichnet diese Publikation
in der Deutschen Nationalbibliografie; detaillierte bibliografische
Daten sind im Internet über http://dnb.d-nb.de abrufbar.

MIX
Papier aus verantwortungsvollen Quellen
FSC® C083411
FSC
www.fsc.org

© Hermann-Josef Emons Verlag
Alle Rechte vorbehalten
Umschlagmotiv: © mauritius images/age
Umschlaggestaltung: Tobias Doetsch
Gestaltung Innenteil: César Satz & Grafik GmbH, Köln
Druck und Bindung: CPI – Clausen & Bosse, Leck
Printed in Germany 2013
ISBN 978-3-95451-092-4
Der Badische Krimi
Originalausgabe

Unser Newsletter informiert Sie
regelmäßig über Neues von emons:
Kostenlos bestellen unter
www.emons-verlag.de

»Je weniger die Leute wissen,
wie Würste und Gesetze gemacht werden,
desto besser schlafen sie.«
Otto von Bismarck

EINS

»Wer macht denn so was?«, fragte Belledin und starrte in das gehäutete Gesicht der Leiche. Das blutrote Fleisch stach sich empfindlich mit dem Gelb der Löwenzahndolden.

»Professor Hagen«, sagte Dr. Selinger.

»Was?«

»Körperwelten, noch nie gehört? Interessante Ausstellung.«

»Bewahren Sie sich Ihre Scherze für die Toten auf Ihrem Seziertisch auf. Ich finde keinen Geschmack daran.«

Belledin kannte die Ausstellungen des Präparationskünstlers Hagen von Fotos, das genügte ihm. Er konnte darin keine Ästhetik entdecken. Ein Stück Fleisch, englisch, von Biggi gebraten, schlicht mit Pfeffer und Salz gewürzt, das hatte etwas; alles andere verbuchte er als Effekthascherei.

Auch hier wollte jemand mit einem widerlichen Effekt auf sich aufmerksam machen. Wieso tötete man einen Menschen nicht einfach, indem man ihm ein Messer ins Herz rammte? Wieso musste man ihm mit einem Schlagbolzenschuss die Stirn eindrücken und ihm anschließend die Gesichtshaut abziehen? Damit er nicht gleich erkannt wurde? Dann hätte der Täter auch die Dokumente des Opfers mitnehmen müssen. So zeigte der Personalausweis, den Belledin in Händen hielt, einen gut aussehenden Mann von fünfunddreißig Jahren.

»Erik Schwarz, wohnt in Breisach«, las er ab.

»Wohnte«, sagte Selinger und winkte zwei Sanitätern, die den Toten auf eine Bahre luden und mit ihm davongingen.

Belledin sah ihnen nach.

»Wie weit ist es von hier bis zum Schlachthof? Anderthalb Kilometer?«, fragte er.

»Kommt hin.«

»Kann ein Mensch von dort unter diesen Umständen bis hierher laufen?«

»Vom Schlachthof?«

»Ja. Der sieht doch aus wie tranchiert. Liegt doch nah, oder?«

»Das schafft keiner. Allein der Bolzenschlag haut einen um.

Und wenn er nicht betäubt war, dann haben ihm die Schmerzen der abgezogenen Haut den Kreislauf gekappt.«

Belledin drehte sich von Selinger weg und passte einen jungen Mann ab, der in einer Plastiktüte Fundstücke am Tatort einsammelte.

»Irgendwas Auffälliges dabei?«

»Ist schwer hier. Die Wiese gehört gemäht. Bisher nur üblicher Müll. Pappbecher, Coladosen, ein vergammelter Schuh.«

»Spuren von Autoreifen?«

»Fehlanzeige. Nur von dem blauen Toyota am Weg. Dafür Abdrücke von Gummistiefeln in der Nähe des Opfers. Größe fünfundvierzig.«

»Das ist doch schon mal ein Anfang.«

Belledin ließ den Spurensicherer weiterarbeiten und sah sich nach seiner neuen Kollegin um. Sie stand am Wegesrand und unterhielt sich mit dem Hundebesitzer, der Erik Schwarz auf seinem Morgenspaziergang gefunden hatte.

Belledin stapfte auf die beiden zu. Seine hellbraunen Wildlederschuhe trieften vom Morgentau, er fühlte die Nässe durch die Socken kriechen.

Der Hund knurrte, als Belledin den ersten Schritt aus dem Gras auf den Schotter des Weges setzte. Dann sprang der Köter an ihm hoch. Belledin versetzte ihm einen Schlag gegen den Brustkorb und raunzte:

»Nehmen Sie das Tier an die Leine oder ich erschieß es!«

»Der will doch nur spielen«, sagte der Besitzer mit dem lichten Haarschopf und zog den Hund am Halsband zu sich.

»Aber ich nicht. Ich spiele weder mit Hunden noch Räuber und Gendarm. Das hier ist blutiger Ernst, kapiert?«

»Schon gut. Mach Platz, Braveheart.«

»Anleinen, hab ich gesagt!« Belledin verspürte Lust, seine Walther zu zücken. Aber die Autorität seines Wortes musste genügen, er wollte sich vor der neuen Kollegin nicht kleinmachen.

Der Mann gehorchte und nahm Braveheart an die Leine.

Belledin sah auf die Gummistiefel des Hundehalters. »Und wie heißen Sie?«, fragte er.

»Seibert. Horst Seibert. Aber das habe ich Ihrer Kollegin alles schon gesagt.«

»Welche Schuhgröße haben Sie, Herr Seibert?«

»Fünfundvierzig.«

»Perfekt. Abführen.«

»Was? Aber ich hab ihn doch nur gefunden. Ich würde doch nicht die Polizei anrufen, wenn ich das getan hätte!«

»Ihrer Töle traue ich zu, dass sie einen Menschen umwirft und ihm dann das Gesicht zerfleischt. So, wie die mich angegangen ist.«

»Aber das ist doch Unsinn. Braveheart ist ordentlich erzogen. Wir machen sogar Hundeschule.«

»Haben wir seine Personalien, Frau Stark?«

Stark nickte.

»Sie können gehen. Aber vorher sagen Sie mir noch, was Sie heute Nacht getan haben. Und ob das jemand bezeugen kann.«

»Ich lebe allein. Aber Braveheart hatte eine Kolik. Er hat gejault wie am Spieß. Das können bestimmt einige Nachbarn bezeugen.«

»Hat einer der Nachbarn angeklingelt?«

»Nein, die kennen das schon und haben Verständnis. Aber sie wissen auch, dass ich Braveheart in einer solchen Situation nie allein lassen würde.«

»Auch nicht, um einen Menschen zu töten?« Belledin sah ihn eindringlich an.

»Warum sollte ich einen Menschen töten?«

»Sagen Sie es mir. Nur Maigret und Columbo erklären den Mördern, warum sie getan haben, was sie taten. Ich höre es gerne von den Tätern selbst. Das spart Zeit.«

»Ich habe diesen Toten nie zuvor gesehen. Ich habe ihn lediglich gefunden und die Polizei alarmiert. Wenn ich es gewesen wäre, hätte ich mich aus dem Staub gemacht. Glauben Sie nicht?«

Belledin brummte etwas in seinen Schnäuzer. »Sie können gehen. Aber Sie hören bestimmt noch mal von uns.«

»Komm, Braveheart.« Seibert nickte devot und ging.

»Ich bin nicht immer so, Frau Stark. Nicht dass Sie einen falschen Eindruck von mir bekommen. Aber ich hasse nasse Füße, sabbernde Köter und Leute, denen das Tier wichtiger ist als der Mensch. Außerdem waren die Gummistiefel der einzige Anhaltspunkt auf einen möglichen Täter. Und jetzt sind es bloß die Latschen von dem Typen. Mist. Wir sind bei null.«

»Vielleicht ergeben die Untersuchungen der Spurensicherer im Labor noch etwas«, sagte Stark.

»Wird uns in dem Fall wenig bringen. Er wird sagen, dass er den Hund zurückhalten musste und deswegen nah an das Opfer kam. Wir bleiben trotzdem an ihm dran. Besser gesagt: Sie bleiben an ihm dran. Kriegen Sie raus, was der Kerl macht und wo er wohnt und zwingen Sie ihn zum Geständnis.«

Stark sah ihn irritiert an.

»War ein Scherz. Das mit dem Geständnis.«

Er war, wie er war. Sie war neu und eine Frau, aber verbiegen würde er sich deswegen nicht. Je früher sie wusste, woran sie mit ihm war, umso besser. Dann konnte sie rechtzeitig um Versetzung bitten. Er hatte Stark nicht angefordert. Es war Wagners Schuld, dass die Stelle frei geworden war. Nach seinem zweiten Entzug hatte er sich geweigert, wieder im Außendienst zu arbeiten. Nun saß er im Archiv und schichtete Ordner. Trocken war es dort allemal. Vielleicht würde Wagner es dann auch bleiben.

»Gibt's noch was?«, fragte er.

»Der blaue Toyota dort vorne gehörte dem Toten. Wir haben das Nummernschild überprüft. Die Spurensicherer sind im Wagen«, sagte Stark.

»Also ist er selbst hierhergefahren. Hat er sich hier mit jemandem getroffen?«

»Vielleicht ist er sogar mit seinem Mörder gemeinsam hierhergefahren?«

»Mit einem Bolzenschussgerät und Sezierbesteck im Gepäck. Romantisch. Was wissen wir über Schwarz? Außer dass er in Breisach wohnt.«

»Er war dort Lehrer, am Martin-Schongauer-Gymnasium. Geschichte und Deutsch.«

»Das sind mir die Liebsten.«

»Wie bitte?«

»Nichts. Nur Erinnerungen an die Schulzeit. Hatte er Familie?«

»Nein. Ledig. Eltern wohnen in Flensburg. Eine Schwester lebt in München.«

»Ist doch mal positiv. Muss man schon nicht hinfahren, um die Hiobsbotschaft zu verkünden. Apropos. Ich fahre nach Breisach und gucke mir seine Wohnung an. Dann werde ich ins Gymnasium gehen und den Lehrern ein paar Fragen stellen. Das wollte ich schon immer.«

»Und was mache ich?«

»Bericht schreiben. Frauen sind Sekretärinnen, keine Bullen.«

Stark fiel die Kinnlade nach unten.

»Sie werden meinen Humor schon noch verstehen lernen.«

»Hoffentlich.« Stark hatte sich gefangen.

Er gefiel sich in seinem Witz und sah sie schelmisch an. »Sie fahren zum Schlachthof und fragen da mal nach, ob zufällig ein Bolzenschussgerät vermisst wird.«

***

Der ICE fuhr im Freiburger Hauptbahnhof ein. Erst hatte sich Killian überlegt, ob er von Frankfurt aus den Zug nach Berlin nehmen sollte. Aber bestimmt wäre er ungelegen gekommen. Er selbst mochte auch keine Überraschungsbesuche. Swintha hätte sich zwar sicher gefreut, dass er sie endlich mal in der Hauptstadt besuchte, aber ungelegen wäre er ihr dennoch gewesen. Wenn man studierte, hatte man seine eigene Welt, da störten Anhängsel aus der Heimat den Rhythmus.

Es würde gleich niemand am Bahnsteig stehen und auf ihn warten. Wer auch? Er war es gewohnt, alleine zu reisen, alleine zu arbeiten und alleine anzukommen. Nur in Tel Aviv wurde er stets abgeholt. Nicht immer offiziell. Aber er konnte davon ausgehen, dass mindestens der Taxifahrer ein Freund von Moshe war. Moshe ließ ihn nicht unbewacht, dafür war er ihm zu wertvoll. Killian hatte diesmal auch wieder besonders hübsche Fotos geschossen, die es wert gewesen wären, einen Bildband zu schmücken. Aber Moshe würde sie mit Sicherheit nicht auf Hochglanz veröffentlichen. Erst Tunesien, dann Kairo, Libyen und Syrien. Es geschah gerade viel im arabischen Raum. Der Sturz der Militärdiktaturen würde einiges umwälzen, da wollten die Nachbarn aus Israel auf dem Laufenden sein. Vor allem wollten sie wissen, wer wen wo traf. Und es hatte einige Begegnungen gegeben, die in den Medien nicht auftauchten. Diese Treffen konnten das weitere Schicksal der Region bestimmen. Dass dies auch Auswirkungen auf die gesamte Welt haben konnte, war längst klar; es gab kein Verstecken mehr, auch nicht im Kaiserstuhl. Die ganze Welt kam nicht nur durch die Medien ins letzte Schlupfloch – auch jede Handlung im Orient konnte wirtschaftliche Auswirkungen für einen Hof in Bickensohl haben.

Killian schulterte den Armeesack und die Kameratasche und schlenderte zum Bahnsteig fünf, an dem die Regio-Bahn in Richtung Kaiserstuhl startete. Es waren noch zehn Minuten, bis der Zug einfuhr. Er suchte die Raucherzone, um sich einen von den kubanischen Zigarillos anzustecken, die ihm Moshe zum Abschied geschenkt hatte.

Ein Mann neben ihm kramte in seiner Tasche nach einer Zigarettenpackung und stellte fest, dass sie leer war. Killian bot ihm einen Zigarillo an. Der Mann starrte ihn mit großen Augen an.

»Killian!«, rief er plötzlich und griff munter nach dem Zigarillo.

Killian hob fragend die Brauen.

»Häsch au Feuer?«

Killian schnippte an seinem Zippo und ließ den Bärtigen paffen.

»Erkennsch mich nimmer? Wegem Bart? Arno Zimmermann. Metzgerei Bötzinge. Ich hab ä Wett verlore, kurz nach Silveschter. Jetzt därf ich mich erscht wieder Ende Mai rasiere. Negscht Woch also. Bin ich froh, wenn des Kraut wieder wegkummt. Aber des *Kraut* schmeckt au nit schlecht.« Er hob anerkennend den Zigarillo in die Höhe und paffte genüsslich.

»Kuba«, sagte Killian.

»Kummsch grad vu dert? Bisch viel unterwegs, gell? Ich kumm nur im Winter mol weg. A Woch Skiurlaub, sonscht geht nix. Wenn du ä Gschäft häsch, musch halt do sie. Do gibt's nur eins: schaffe. Wenn nit, wirsch gfresse vu dä Große. Un du musch dir immer ebis eifalle lo: Hausschlachtung, artgerechte Haltung, Bio. Weisch, 's isch nimmi so eifach mit Fleisch und Wurscht. Die Vegetarier, des werre immer mehr. Jetzt fangt sogar die jüngscht Tochter scho mit dem Seich a. Die losst kei Mode us. Topmodel, Superstar und jetzt Vegetarier. Hejo, sie sehn halt nix anders im Fernseh. Solang sie keine Droge nehme, isch mir's noch recht.« Arno aschte auf den Bahnsteig. »Und du kummsch also vu Kuba? Wenn du ä Päckle übrig häsch, ich kauf dir's ab. Oder mir tausche. Ich schlacht morge ä Sau. Des gibt ä Schwarzwurscht vum Feinschte.«

Killian reichte Arno die kleine Schachtel mit den Zigarillos.

»Häsch nur die? Henei, denn nit.«

»Doch. Nimm nur. Ich wollte sowieso mit dem Rauchen aufhören.«

»Des hab ich au welle. An Silveschter. Keine zwei Tag hab ich's usghalte. Deshalb hab ich doch au den Bart im Gsicht. Zum Glück häsch du keiner. Sonscht wäre ma nebeneinandergstande und hätte uns nit emol kennt.« Arno lachte und nahm die Schachtel entgegen. »Pünktlich. Kannsch nit meckere.«

Er deutete mit dem Kinn in Richtung einfahrenden Zug. Killian warf den Zigarillo auf den Boden und drückte ihn mit dem Schuh aus. Er wusste, dass er auf der Fahrt bis Bötzingen ein geduldiges Ohr brauchen würde.

***

Belledin war über die March nach Bötzingen gefahren. Jetzt wartete er an der Kreuzung der Hauptstraße, dass die Ampel auf Grün sprang. Dabei fiel ihm ein, dass er noch beim Metzger Zimmermann vorbeiwollte, um Steaks und Würste abzuholen, die er bestellt hatte. Er würde es auf den Nachmittag verschieben. Fürs Erste hatte er genug rohes Fleisch gesehen. Selbst im Rotlicht der Ampel glaubte er das blutige Gesicht des toten Erik Schwarz zu erkennen.

Endlich zeigte die Ampel Grün, und Schwarz verschwand. Belledin fuhr viel zu schnell an, die Reifen seines Audis quietschten und schwängerten die Kreuzung mit verbranntem Gummigeruch.

Rasch hatte er das Dorf verlassen und fuhr nun auf der kurvenreichen Landstraße auf Wasenweiler zu. Belledin liebte den Frühling. Strotzte er das ganze Jahr über schon von männlichen Hormonen, gab ihm der Frühling noch mal eine ordentliche Überdosis. Er öffnete das Fenster und röhrte wie ein Brunfthirsch in die Natur. Einmal, zweimal – dreimal! Das tat gut. Er lachte und dachte an Biggi. Heute war Mittwoch, heute war sie dran. In seiner Hose wurde es eng bei dem Gedanken. Er röhrte noch ein weiteres Mal. Als er in Ihringen einfuhr, überlegte er kurz, ob er nicht erst nach Merdingen abbiegen sollte, um mit Biggi Frühling zu feiern. Aber er blieb auf der Hauptstraße und hielt in Richtung Breisach, wie es sein Fall verlangte.

Der Gedanke an den Fall entspannte den Hosenstoff. Außerdem nervte ein Traktor, an dem Belledin gerne vorbeigezogen wäre. So tuckerte er mit Tempo zwanzig hinter dem Lahmarsch her und hoffte auf die nächste übersichtliche Stelle, während er das frische Grün in den Rebzeilen und Obstplantagen studierte. Dabei fiel sein Blick auf ein junges Pärchen, das sich umschlungen gegen einen Kirschbaum drückte. Er nestelte an ihrer Bluse, sie gurrte kokett.

Das war zu viel. Belledin setzte einen U-Turn und raste nach Merdingen. Er brauchte einen klaren Kopf, um den Fall zu lösen. Biggi würde ihm dabei helfen können.

***

Sandra Stark hasste Fleisch. Schon als Kind hatte sie sich übergeben, als sie Bratwürste essen musste. Stunden war sie bockig vor dem Teller gesessen, egal, was es an Verboten und Drohungen gehagelt hatte. Irgendetwas hatte sich verweigert, tief in ihr drin. Es hatte ihr gesagt, dass es falsch war, Tiere zu essen. Sie hatte dieser Stimme geglaubt, mehr als ihren Eltern. Und das hatte die am meisten geärgert. Was hatten sie ihr nicht alles erzählt. Warum der Mensch Eckzähne habe, dass er ein Raubtier sei, dass man ohne Fleisch keine Muskeln bekomme. Es hatte sie nicht gekümmert. Sie hieß Stark, und das war sie – auch ohne Fleisch.

Und jetzt sollte sie ins Schlachthaus. Zu ihrem persönlichen Antichrist.

Ein Transporter mit Rindern rollte auf den Hof. Stark blieb draußen stehen. Sie wollte die Tiere nicht sehen, die gleich auf die Schlachtbank geführt wurden. Sie würde warten, bis es geschehen war; erst dann würde sie auf den Hof treten.

Der Hänger öffnete sich. Schreie der Verunsicherung und der Ahnung drangen aus den Tierkehlen an ihr Ohr. Ihr war plötzlich, als könnte sie die Sprache des Rindviehs verstehen: Hilferufe, Flehen, Fragen, die immer wieder in einem großen »Warum?« mündeten.

Menschenstimmen mischten sich darunter. Unverständlich. Sie

trieben das maulende Vieh in das Tor, aus dem es kein Zurück gab. Stark roch den Angstschweiß der Tiere, der aus dem Hof zu ihr herüberschwappte; ein Würgereiz überkam sie. Sie fand auf der gegenüberliegenden Straßenseite den Grünstreifen und übergab sich.

Als sich ihr Magen beruhigt hatte, war auch das Geschrei der Tiere verstummt. Sie hatten bereits den Weg zum Schnitzel angetreten.

Stark riss sich zusammen. Den Anblick des gehäuteten Toten hatte sie schließlich auch ertragen. Aber ihn hatte sie auch nicht um Hilfe schreien gehört. Bei ihm stand sie vor Fakten. Bei den Rindern hätte sie noch etwas tun können. Aber was? Es war lächerlich, sich darüber Gedanken zu machen. Die meisten Menschen waren nun mal Fleischfresser. Und die wollten versorgt werden. Täglich. Auf der ganzen Welt. Und hier in der Gegend sowieso.

Ihr Blick fiel auf ein Ladenlokal, vor dem ein Hund angeleint auf sein Herrchen wartete. Es war Braveheart, der Hund des Leichenfinders Seibert.

Im Gegensatz zu Belledin mochte sie Hunde. Und ein Irischer Wolfshund war schon etwas Besonderes. Sie selbst hatte in Münster viel mit Polizeischäferhunden gearbeitet und sie oft als die besseren Kollegen empfunden.

Die Tür des Ladens öffnete sich, und Seibert kam heraus. Er erkannte sie und rief zu ihr hinüber: »Werde ich beschattet?«

Sie ging auf ihn zu. »Nein, nein. Ich habe im Schlachthof etwas zu erledigen. Was tun Sie hier? Kennen Sie hier jemanden?«

»Nein. Ich komme hier nur einmal die Woche her und kaufe für Braveheart ein. Ausgezeichnete Ware, alles vom Rind. Habe es wolfen lassen. Vielleicht etwas zu fein. Braveheart mag es gern, wenn er auch etwas zu kauen hat. Eins sechzig fürs Kilo, das geht. Knochen und Schlund hab ich auch noch gekauft. Fünfzig Cent fürs Kilo, da kann man nicht meckern. Mist, jetzt hab ich vergessen, nach grünem Pansen zu fragen. Und ich habe keine Zeit mehr. Artikel schreiben sich nicht von allein.«

Er löste Braveheart vom Geländer und raschelte mit der fleischgefüllten Plastiktüte vor der Hundeschnauze herum. »Gleich gibt's Happihappi!« Braveheart wedelte so euphorisch mit dem Schwanz, als wäre er einem Disney-Cartoon entsprungen. Fehlte nur, dass er mit der Pfote ein Loch in die Tüte riss und dann mit einer Schnur Weißwürste um die Ecke flitzte.

»Sie sind Redakteur?«, fragte Stark.

»Freier Journalist. Ich schreibe vor allem Reportagen. Steckenpferd: Enthüllungen.«

»Und was haben Sie bislang enthüllt?«

»Nichts, was man gerne gedruckt hätte.«

»Fehlten die Beweise?«

»Eher der Mut der Redaktion.«

»Marsmenschen oder Weltverschwörung?«

»Berufsgeheimnis. Sie werden es bald lesen. Ich werde es selbst verlegen, als E-Book. Schon gehört? Manche sind damit reich geworden.«

»Und wovon leben Sie bis dahin?«

»Von Reiseberichten, Werbetexten für Matratzen und verschollenen Rezepten der badischen Küche. Hin und wieder schreibe ich auch für ein Hundemagazin. Das aber eher aus Passion.« Er sah zu Braveheart, dann wieder zu Stark. »Wir müssen. Sonst stürmt er noch den Schlachthof.«

Stark stellte es sich bildhaft vor. Aber in ihrer Phantasie riss Braveheart nicht die geschlachteten Viecher, sondern die Gesichter der Metzger.

»Eine Frage habe ich noch«, sagte Stark und scrollte auf ihrem iPhone über die Stadtkarte Freiburgs. »Sie sagten, Sie wohnen in Zähringen, im Harbuckweg.«

»Ja. Und?«

»Das liegt direkt am Wald. Wieso gehen Sie nicht dort mit Ihrem Hund spazieren?«

»Normalerweise gehen wir dort. Aber wegen der Kolik gestern hat sich Bravehearts Rhythmus leicht verschoben. Deswegen sind wir hier gegangen.«

Stark musterte ihn. Entweder er war sehr abgebrüht, oder er hatte die Wahrheit gesagt.

»Können wir gehen?«

»Ja. Danke.«

Braveheart trottete artig mit Seibert davon, wohl wissend, dass er zu Hause gleich sein Mahl im silbernen Napf serviert bekam.

Stark sah den beiden hinterher. Für einen, der gerade eine

entstellte Leiche gefunden hatte, wirkte Seibert sehr abgeklärt. Sie würde ihn auf dem Schirm haben. Wenn Dr. Selinger die Tatzeit ermittelt hatte, würde sie ihm noch mal auf die Zehen treten. Jetzt blieb ihr nichts anderes übrig, als den Schlachthof zu betreten.

***

»Also, für jedes Zigarillo kriegsch ä Schwarzwurscht. Am Samschtig wird gschlachtet. Ä Wahnsinnssau. Rein biologisch, weisch. Beschtes Futter, beschte Haltung. Und so, wie ich metzge, glaubt die, die lebt noch, wenn sie scho lang serviert wird.« Arno lachte. »Des kannsch glaube. Bi mir leidet kei Vieh. Des geht ganz schnell. Do gibts kei Übersäurung wege panischer Hormonausschüttung. Mei Fleisch isch mehr Medizin als jedes Antibiotika, was du bim Arzt kriegsch.« Er lachte wieder. »Hejo, so isch's. Also, man sieht sich. Un wenn du kummsch, bringsch ä paar Fotos vu Kuba mit. Dort soll's jo au netts Frischfleisch gebe.«

Ein tierisches Lachen legte seinen rechten Eckzahn frei, der aggressiv nach vorne stand. Arno streckte Killian die Hand entgegen. Er schlug ein und spürte den mächtigen Händedruck des Metzgers, dem er zutraute, dass er der Sau nur mit der Faust auf den Schädel hauen musste, damit sie bewusstlos auf die Schlachtbank sank.

Killian stieg aus dem Waggon und ließ Arno noch eine Station ohne ihn fahren. Dessen Metzgerei lag an der Bötzinger Hauptstraße, in der Nähe der Mühlgasse, der zweiten Haltestation des Dorfes.

Er war froh, wieder allein zu sein. Fleisch und Wurst waren nicht seine Lieblingsthemen, obwohl er nicht Nein sagte, wenn ein feines Medaillon vor ihm auf dem Teller lag. Bei dem Gedanken bekam er Appetit. Er überlegte, was er zu Hause wohl noch auf Vorrat hatte, und landete bei schlichten Spaghetti mit einer Tomatensoße. Ein guter Parmesan musste auch noch im Kühlschrank liegen. Und wenn das nicht sättigte, würde er statt einer Flasche Spätburgunder heute eben zwei trinken. Die hatte er sich verdient.

Er hatte lange nicht mehr so intensiv und so gefährlich für Moshe gearbeitet wie in den letzten beiden Monaten. Dabei hatte er doch gar nicht mehr an die Front gewollt. Aber das angesparte Geld, von dem er gedacht hatte, es würde ihn fünf Jahre lang über die Runden bringen, war schneller geschmolzen als erwartet. Hauptgrund war seine Tochter Swintha, von der er bis vor drei Jahren noch gar nicht gewusst hatte, dass es sie überhaupt gab. Jetzt gab es sie aber, und er war froh darüber. Aber sie studierte, und das kostete. Bärbel, Swinthas Mutter, hatte zwar erst gewollt, dass sie sich die Kosten teilten, da Killian aber zwanzig Jahre keinen Cent gezahlt hatte, sah er es als seine Pflicht an, die Ausbildung seiner Tochter ganz zu übernehmen.

Vermutlich war es nur eine willkommene Ausrede, um sich nicht eingestehen zu müssen, dass er aus dem Karussell, in das er aus Abenteuerlust und Naivität geraten war, erst wieder herauskäme, wenn man ihn selbst zu Grabe trug. So wie Rohina. Sie war draußen. Aus allem. Vier Jahre waren es jetzt, auf den Tag genau. Die schlechten Träume waren weniger geworden, auch die Erinnerungen an ihren Tod verblassten. Die Rückkehr an den Kaiserstuhl hatte Killian geholfen. Jetzt aber war wieder alles präsent. Die Explosion, der Schrei, der zerfetzte Leib seiner großen Liebe.

Mit einem schweren Seufzer versuchte er die Erinnerung aus dem Körper zu pusten. Irgendwohin, auf den Asphalt, dort sollte die Schwere liegen bleiben und vom nächsten Zwillingsreifen eines Lkws in den Teer gepresst werden.

Hilperts Autowerkstatt lag nur zweihundert Meter vom Bahnhof entfernt, auf der Gottenheimer Straße. Dort hatte Killian seinen Defender abgestellt, während er auf Fotojagd gewesen war. Das Rolltor stand offen. Hilpert war bereits im Rentenalter und hatte die Werkstatt verkauft, werkelte nur noch im Hinterhof zum Zeitvertreib und weil er es nicht ertragen konnte, seine Hände ohne Maschinenöl zu sehen. Killian hatte ihn gebeten, den Defender gründlich durchzuchecken.

Er hörte bereits die Klänge der Klarinette aus der Garage, klopfte an und trat ein. Hilpert bemerkte ihn nicht. Er pfiff zu Gershwins »Rhapsody in Blue«, die aus zwei verstaubten Boxen tönte, und fegte mit einem Schleifpapier über den Kotflügel eines Renault 5, das Gesicht weiß vom Schleifstaub. Killian pfiff einen Triller laut mit. Hilpert blickte auf und grinste. Er legte das Schleifpapier zur Seite, kam auf Killian zu und streckte ihm das Handgelenk entgegen. Die Angewohnheit des Mechanikers, der andere mit seinen schmutzigen Fingern nicht anstecken wollte. Killian griff dennoch Hilperts Hand und drückte sie.

»Was sagsch zu dem?« Hilpert deutete auf den Renault. »Der wird wie neu. Für mei Frau. Des war ihr erschtes Auto. R5, des ware noch Zeite.«

Killian erinnerte sich. Einige seiner Freunde hatten einen R5 gehabt. Das war Ende der Achtziger der Flitzer unter den kleinen Autos gewesen. Sexy und cool. Der Wagen gab einem das Gefühl von Bacardi Rum, Sandstrand und türkisfarbenem Meer. Killian hingegen hatte einen R4-Kastenwagen gefahren. Er hatte schon immer einen Hang zum Praktischen gepflegt.

»Weisch, dass die Hinterachse im Eimer war? Häsch Glück ghätt. Des Ding hätt dir ganz schön um d' Ohre fliege könne«, sagte Hilpert und nickte beschwörend mit dem Kopf. Wenn er gewusst hätte, was Killian in den letzten acht Wochen so alles um die Ohren geflogen war. Eine angebrochene Hinterachse war da eine Schnake im Verhältnis zu einem Hornissenschwarm.

»Merci«, sagte Killian und packte den Wein aus, den er aus dem nördlichen Negev mitgebracht hatte.

Hilpert nahm die Flasche entgegen, sah sich das Etikett mit der hebräischen Schrift an und runzelte skeptisch die Stirn.

»Mach auf. Dann probiersch und sagsch erscht dann ebbis«, sagte Killian, der nur mit Hilpert auf Badisch schwätzte.

Hilpert zog ein Taschenmesser aus dem Blaumann, klappte den Korkenzieher auf und öffnete die Flasche. Er schnupperte am Korken und nickte. Dann ging er zu einem kleinen Schränkchen, nahm zwei Gläser heraus und goss ein. Er roch an dem Wein, schwenkte ihn im Glas, nahm einen Schluck, kaute und gurgelte. Endlich schluckte er ihn und schmeckte nach.

»Riesling.«

Killian lachte. »Richtig. Und?«

»Mir isch er ä wing zu süß.« Hilpert fuhr sich mit der Zunge über die Schneidezähne. »Aber mit enem Stückli Salami kannsch en gut trinke.«

Er ging wieder zu seinem Schrank und kam mit einem Holzbrett und einer Salami zurück. Der Korkenzieher verwandelte sich in ein scharfes Messer, die Rädchen fielen von der Wurst und landeten zwischen Hilperts Zähnen.

»Probier«, forderte er Killian auf. »Hausschlachtung. Vu Endinge, vum Gotthard. Mensch, wie heißt er noch? Hergott Sack Zement. Glaubsch, ich hab scho Alzheimer? Er schafft au beim Ginter aufm Schlachthof.«

Killian hatte keine Ahnung, wen Hilpert meinte.

»Ä hübsche Tochter hätt er. Hä, die kennsch. Wenn einer die hübsche Mädle kennt, bisch des doch du!« Er grinste.

Killian kannte wohl einige hübsche Mädchen. Aber eine Metzgerstochter aus Endingen? An die konnte er sich nicht erinnern. War wohl nach seiner Zeit gewesen.

»Isch egal. Wohlsein.« Hilpert hob das Glas und stieß mit Killian an. Dann streckte er ihm das Brettchen hin, von dem der sich ein Rädchen stibitzte. Schon nach wenigen Bissen atmete er durch. Die Salami war gut, aber verdammt scharf. Er trank einen Schluck Riesling. Es war klar, dass er nicht so schnell nach Hause kommen würde, wie er geplant hatte.

***

Belledin nahm einen kräftigen Bissen von dem mit Bierschinken und Essiggurke belegten Brot, das Biggi ihm mit auf die Fahrt gegeben hatte. Sie wusste, dass er nach dem Sex immer Hunger hatte.

Die Landstraße nach Breisach war jetzt leer, er konnte Gas geben. An der Art, wie er aufs Pedal trat, merkte er, dass die hormonelle Anspannung aus ihm gewichen war. Er raste nicht, er fuhr schnell. Und das mit Bedacht. Ebenso bedächtig würde er den brutalen Mord lösen.

Und er freute sich darauf, in seiner ehemaligen Schule zu ermitteln. Einmal dort Fragen zu stellen, wo man selbst gelöchert und an den Pranger gestellt worden war. Oh nein, die Schule war für ihn kein Spaß gewesen. Er hatte zu kämpfen gehabt, in allen Fächern. Aber zum Lernen war kaum Zeit gewesen. Direkt nach der Schule war es in die Reben oder aufs Feld gegangen. Dass er überhaupt aufs Gymnasium gehen durfte, war schon Gunst genug gewesen. Dass er dafür aber noch Extrazeit zum Lernen bekam – unmöglich. Er, der Nachzügler, hatte mit anpacken müssen. Auf dem Hof ging nichts von selbst. Die Natur war unerbittlich. Die

Lehrer waren es ebenfalls. Aber er hatte sich durchgebissen und war Hauptkommissar der Freiburger Kripo geworden, während Mitschüler von damals, die bessere Noten und günstigere Voraussetzungen gehabt hatten, auf der Strecke geblieben waren.

Er überlegte, wer von den alten Paukern wohl noch im Schuldienst war. Mathelehrer Ripple würde er jetzt gerne in die Zange nehmen. Der Kerl, der ihn vor der ganzen Klasse bei komplexen Zahlen rundgemacht und ihm attestiert hatte, dass eher ein Huhn eine Kartoffel legen als Belledin das logische Denken erlernen würde. Das hatte ihn so beschäftigt, dass er tatsächlich hin und wieder auf dem Hof nachgesehen hatte, ob eines der Hühner nicht doch eine Kartoffel gelegt hatte.

Er sah auf seine Armbanduhr. Viertel vor zwölf. Die sechste Schulstunde war um eins aus, da gingen die meisten Schüler nach Hause. Es wäre ruhiger, wenn er erst dann in der Schule vorbeisah.

Er kramte den Ausweis des Opfers aus der Jackentasche und las die Adresse: Radbrunnenallee 13. Das war oben auf dem Münsterberg. Edle Alt-Breisacher Gegend. Sonst hatten die Lehrer eher ein Häuschen im Neubaugebiet.

Belledin steckte den Ausweis zurück und drosselte am Ortsschild Breisach das Tempo auf knapp sechzig. Der Kreisverkehr zwang ihn, weiter zu verlangsamen.

Der gehäutete Schädel von Erik Schwarz tauchte vor seinem inneren Auge auf, dann das Gesicht, wie er es auf dem Passfoto gesehen hatte. Was bedeutete es, wenn man jemandem die Haut vom Kopf zog? Verlor da einer sein Gesicht? Die Ehre? Oder hatte sich jemand den Skalp eines Menschen genommen? Aber der Skalp saß oben, das war die Kopfhaut. Die war unangetastet.

Belledin schlich über das Kopfsteinpflaster den Münsterberg hinauf. Er war lange nicht mehr im Breisacher Münster gewesen. Und auch heute würde er nicht hineingehen. Er hatte keine Zeit zur Andacht, für Gott opferte er allenfalls noch Weihnachten.

Er fand einen Parkplatz und ging auf das Fachwerkhaus zu, in dem Schwarz gelebt hatte. Der Glockenturm des Münsters schlug zu Mittag. Belledin genoss den scheinheiligen Frieden, den das Geläut im Duett mit der prächtigen Frühlingssonne gaukelte. Er wusste, dass die Idylle trügerisch war, und dennoch war er froh, dass die Öffentlichkeit nicht alles von den Untiefen wusste, denen er täglich begegnete. Er fühlte sich verantwortlich für den äußeren Putz, da war er dankbar für jede Unterstützung. Es fehlte nur noch das Summen der Bienen auf den gelben Köpfen des Löwenzahns.

Der Löwenzahn brachte Belledin wieder das blutige Antlitz des Toten in Erinnerung. Er kramte den Schlüsselbund, den man bei Erik Schwarz gefunden hatte, aus der Hosentasche und probierte zwei Schlüssel aus, ehe der dritte die Tür öffnete.

Er glaubte ein Geräusch aus dem Inneren des Hauses zu vernehmen und rief: »Hallo? Jemand da? Belledin, Kriminalpolizei.«

Aus dem Zimmer am Ende des Ganges wurde es jetzt lauter. Etwas war umgefallen.

Belledin zog seine Walther und entsicherte sie. Den Lauf zu Boden gerichtet, näherte er sich dem Zimmer.

Jemand schlug die Tür des Zimmers zu. Belledin hielt für einen Moment inne. Dann schlich er weiter in Richtung Unbekanntes. Er drückte die Klinke der Tür hinunter und überlegte kurz, ob man ihn durch das Holz hindurch abknallen konnte. Er verjagte den Gedanken und stieß die Tür auf. Mit einem Satz, den man seiner Körperfülle nicht zugetraut hätte, stand er im Raum und drückte sich sofort mit dem Rücken an die Wand neben der Tür, die Waffe fest in der Hand.

Eine graue Katze schlich um ein Bücherregal und schrie nach Fressen. Belledin entdeckte die Scherben einer Vase, die auf dem Boden lagen, setzte Katze und Scherben logisch zusammen und entspannte sich. Er sicherte die Walther und steckte sie ins Holster zurück. Er ging zwei Schritte auf die Katze zu und sagte: »Mikesch, wo waren Sie heute Nacht? Und was haben Sie hier zu suchen?« Er hatte keine Zeit mehr, über seinen kleinen Witz zu lachen. Ein stechender Schmerz, der sich über seinen Hinterkopf ausbreitete, tauchte sein Bewusstsein in tiefes Schwarz.

***

Stark war froh, dass sie den Schlachthof verlassen konnte. Der Geruch von Angstschweiß, Blut und Reinigungsmittel hatte ihren Magen in Aufruhr gebracht. Hätte sie sich nicht schon zuvor übergeben, jetzt wäre der Zeitpunkt gewesen.

Schlachthofbesitzer Ginter war freundlich gewesen. Bislang

habe man kein Bolzenschussgerät vermisst, aber er würde sich sofort melden, wenn Derartiges bekannt würde. Er schien nicht geschockt über die Schilderung von Schwarzens Leiche. Stark hatte gehofft, ihm durch den Horrorbericht des Gehäuteten eine mögliche verräterische Reaktion zu entlocken. Aber Ginter hatte es aufgenommen, als handle es sich um eine bockige Sau, die man hatte notschlachten müssen. Der brutale Tod war Alltag für ihn, da konnte man auch bei einem geschlachteten Menschen keine Hysterie erwarten.

Stark sah auf die Liste der Arbeiter, die sich am Schussbolzen abwechselten. Mit ihnen würde sie noch reden müssen. Aber nicht während der Arbeitszeit. Die Leute schossen und stachen im Akkord, da würde wohl keiner gerne wegen einer Befragung auf Lohn verzichten wollen. Sie überlegte, ob sie deren Mittagspause zu einem Erstgespräch nutzen oder die Arbeiter nach Feierabend abfangen sollte. Männergebrüll lenkte sie von der Entscheidungsfindung ab.

Der Lärm kam vom Hof. Dort standen sich zwei Kerle in blutverschmierten weißen Schürzen gegenüber und fuchtelten mit Messer und Fleischerhaken durch die Luft. Sie verstand nicht, was die beiden sich entgegenschrien, aber ihre wutverzerrten Gesichter ließen ahnen, dass es um die Wurst ging. Ginter kam aus seinem Büro gerannt und brüllte ebenfalls Unverständliches, während er wild mit den Armen gestikulierte.

Jetzt war sie so nahe an die Streithähne herangekommen, dass sie etwas verstehen konnte.

»Komm scho, du feige Sau, ich schlacht dich ab und wirf dich zu deine Brüder!«

»Do müsse Metzger kumme, keine Würschtle!«, fauchte der andere und umkreiste seinen Gegner, jederzeit zum Angriff bereit.

»Schluss damit! Sonscht könnet ihr beide umgehend heimgehe!«, schrie Ginter dazwischen.

Keiner der Kämpfer schien ihn zu hören, beide waren ganz auf den jeweils anderen fixiert. Der mit dem Messer holte zum Stich aus und führte ihn durch. Der Angegriffene sprang zurück und wich einen Schritt zur Seite. Dadurch rannte der Messerstecher an ihm vorbei und zeigte Blöße. Der Angegriffene nutzte die Chance und versetzte dem Stecher mit dem Fleischerhaken einen

Hieb auf den Rücken. Der Stecher stürzte ächzend zu Boden, das Messer schlitterte über den Asphalt. Mittlerweile hatte sich eine Gruppe von Schaulustigen um die Streithähne versammelt, ebenfalls in weißen blutverschmierten Schürzen. Sie ergriffen Partei und starteten Wetten auf den möglichen Sieger.

Der mit dem Fleischerhaken war momentan im Vorteil. Er holte zu einem weiteren Hieb aus, da fuhr ihm Ginter in den Arm und hielt ihn fest.

»Jetzt isch Schluss! Hän ihr verstande?«

Ginter senkte behutsam den Arm des Fleischers und nahm ihm den Haken ab. Der Mann ließ es geschehen und stierte schnaufend zu dem Stecher, der sich eben aufrappelte und sich die Schürze zurechtrückte.

»Was isch los?«, rief Ginter in die Runde. »Isch Betriebsversammlung? Meinet ihr, des Vieh schlachtet sich von allein?«

Die Schaulustigen trotteten in die Halle zurück. Ginter sah den beiden Streitern scharf in die Augen. »Mir berede des nach Feierabend. Jetzt wird gschafft.«

Er reichte dem Stecher das Messer und dem anderen den Fleischerhaken, und die beiden trotteten ab. Während der Stecher im Eingang mit der Aufschrift »Schwein« verschwand, nahm der andere das Tor für »Rinder«.

Ginter sah ihnen noch einen Moment nach, dann wollte er in sein Büro zurück.

Stark passte ihn ab. »Was war da los?«, fragte sie.

»Nix von Bedeutung. Das regle mir unter uns.«

»Ich würde trotzdem gerne wissen, wie die beiden heißen.«

»Spiegelhalter und Erdogan. Hitzköpf. Bei dene klöpfts immer mal wieder. Ich weiß gar nit, wie die des hinkriege. Die schaffe nämlich getrennt. Spiegelhalter sticht Säue, und Erdogan schießt Rinder. Anscheinend habe sie noch zu viel Zeit zwische de einzelne Tiere.«

Stark sah auf ihre Liste. Erdogan fehlte. »Hier steht kein Erdogan.«

»Der isch kein feschter Schießer. Der macht nur Springer. Brodbeck hat Urlaub, macht sich ä Lenz auf Thailand, und Saier hat sich heut Morge krankgmeldet.«

»Warum sagen Sie mir das jetzt erst?«

»So wichtig kann's ja nit sein, sonscht hätte Sie mich danach gfragt. Ich muss jetzt arbeite. Schöne Tag noch.«

»Moment. Geben Sie mir bitte Adresse und Telefonnummer von dem, der sich krankgemeldet hat.«

»Saier. Hab ich nit im Kopf. Und wenn er noch länger schwächelt, brauch ich seine Nummer gar nimmer. Dann kann er bei Aldi Wurscht ins Kühlfach räume.«

»Die Nummer.« Stark blieb hartnäckig.

»Frage Sie Britta Vogt, meine Sekretärin. Ich muss nachgucke, was die beide Streithähn veranstalte.« Ginter ließ sie stehen und verschwand im Schlachthaus.

Stark ging in das Gebäude, in dem sich der Bürotrakt befand. Vorhin, als sie mit Ginter gesprochen hatte, war keine Sekretärin hinter dem Schreibtisch gesessen. Jetzt ordnete eine attraktive Frau in ihrem Alter Belege. Sie geizte nicht mit ihren weiblichen Reizen. Das Fleisch saß bei ihr dort, wo es sitzen musste. Gut im Futter, aber nicht fett.

»Frau Vogt. Ich bräuchte Adresse und Telefonnummer von Herrn Saier.«

»Moment. Das haben wir gleich.« Frau Vogt glitt mit der Computermaus über das Pad, klickte dreimal, sagte: »Hirschengarten 7« und nannte eine Telefonnummer.

Stark notierte sich die Daten, lächelte, wollte gehen, hielt aber inne. »Kannten Sie Erik Schwarz?«, fragte sie.

Die Sekretärin hielt ihren Blick auf den Bildschirm gerichtet. Anscheinend hatte sie nichts gehört.

»Frau Vogt. Ich habe Sie etwas gefragt.«

Britta Vogt sah verstört auf. »Was? Entschuldigung. Ich war in Gedanken. Eine Buchung, die ich versäumt habe.«

»Kannten Sie Erik Schwarz?«

»Nein. Nicht wirklich.«

»Was heißt das?«

»Na ja. Er war der Anführer der Demonstranten, die sich hier manchmal am Tor anketten. Daher weiß ich, wer er ist. Aber kennen, nein. Kennen, ich meine gekannt, habe ich ihn nicht.« Britta Vogt sah wieder auf den Bildschirm. »Schrecklich, dass einer so sterben muss.« Sie bemühte sich, ihre Gesichtsmuskeln unter Kontrolle zu halten. Wenigstens ein Mensch, der noch Mitgefühl zeigte.

»Wiedersehen«, sagte Stark und verließ das Büro. Sie ging über den Hof, stieg in ihren Wagen, legte eine selbst gebrannte CD von Slipknot ein, klopfte sich eine Zigarette aus dem zerknautschten Päckchen und startete den Motor. Da sie kein Feuer fand und der Zigarettenanzünder keine Glut spendete, fluchte sie zum ersten Mal an diesem Tag. Sie schrie so laut, dass es an ihren Stimmbändern kratzte.

Es war ihr egal. Sie schrie ein zweites und ein drittes Mal, dann war es gut.

***

Killian war nicht direkt nach Hause gefahren. Das Licht war zu kostbar, als dass er es achtlos mit der Zeit hätte vergehen lassen können. Er war auf die Schelinger Matten gestiegen und hatte Fotos geschossen. Ein Schäfer hatte seine Herde über die Wiesen getrieben.

Die Idylle schrie nach Zerstörung. Killian drückte ab, fing die weißwolligen Tiere ein und hielt sie digital fest. Gleichzeitig färbten sich in seiner Phantasie bei jedem Foto, das er schoss, die Felle rot, als liefe rote Tinte aus einem Fass aus und legte einen Filter über das gesamte Bild.

Killian riss sich die Kamera vom Auge und taumelte ins Gras. Er rang nach Atem, starrte in den wolkenlosen Himmel und hoffte, dass das Blau sich nicht auch einfärbte. Er hatte Glück. Das Blau hielt.

Langsam richtete er sich wieder auf. Der Schäfer hatte seine Herde weitergetrieben. Bald wäre sie hinter dem Hügel verschwunden und damit auch Killians Verzerrung.

Er nahm ein Kraut zwischen die Finger und zerrieb es. Dann roch er daran und inhalierte den Duft von wildem Thymian. Er zupfte sich ein paar Zweiglein und steckte sie in seine Fotoweste. Gleich würde er sie zu Hause in eine Pfanne mit Tomatensoße werfen.

Seine Finger rochen noch immer nach Thymian. Immer wieder führte er sie während der Fahrt nach Oberrotweil zur Nase, als könnte der Geruch ihm die Erdung verleihen, die er gerade zu verlieren drohte. Nach jedem Einsatz erging es ihm so. Mittlerweile waren die Anfälle stärker geworden. Zu Anfang hatte er gedacht, es wären die Bilder der Trauer um Rohina, die ihn heimsuchten. Jetzt merkte er, dass er tiefer angeschlagen war, als er zugeben wollte.

Wieder inhalierte er. Wieder gab der Thymian Halt.

Er bog in die Bruckmühlenstraße ein und steuerte auf sein Atelier zu. Auf der Rampe vor dem Eingang saß eine rothaarige Frau und ließ die Beine baumeln. Es war Bärbel, Killians Jugendliebe, die Mutter ihrer gemeinsamen Tochter Swintha. Sie zog nervös an einer Zigarette und drückte sie in dem Blumentopf aus, in dem bereits mehrere Kippen ihr Ende gefunden hatten.

Killian stieg aus dem Defender und ging auf sie zu. Sie lächelten sich stumm an, dann schwang er sich neben Bärbel auf die Rampe und ließ ebenfalls die Füße baumeln. So saßen sie und schwiegen eine Weile. Solange sie nichts sagten, stritten sie schon nicht. Und Killian wollte keinen Streit. Er genoss den Augenblick der Stille und stellte sich vor, wie es wohl gekommen wäre, wenn sie sich damals nicht getrennt hätten.

»Was von Swintha gehört?«, fragte Bärbel schließlich.

»Sie wird in Lappland sein.«

»Also nichts.«

»Nein.«

»Warum sie ausgerechnet nach Lappland muss.«

»Waren wir doch auch.«

»Eben. Man sollte nie das tun, was die Eltern getan haben. Die Jungen müssen eigene Wege gehen.«

»Vielleicht tut sie das ja? Vielleicht ist sie schon gar nicht mehr in Lappland, sondern badet in den Geysiren Islands? Oder taucht in der Karibik nach Korallen?«

»Also weißt du doch was. Rück raus damit.« Bärbel schielte misstrauisch zu ihm rüber.

»Warum sollte ich mehr wissen als du? Sie hat sich nicht bei mir gemeldet.«

»Aber du könntest trotzdem etwas über sie wissen. Bei deinen Kontakten.«

»Hör auf. Was soll das denn?«

»Du weißt, wovon ich rede. Zwei Monate warst du weg. Und

von dir habe ich ebenso wenig gehört wie von Swintha. Abgetaucht, der Herr Spion.«

»Bärbel, es reicht. Es ist meine Arbeit, in Krisengebieten Fotos zu machen. Und wenn ich im Einsatz bin, habe ich mich darauf einzulassen. Das sind getrennte Welten.«

»Ich dachte, du wärst zurückgekommen, weil du die Schnauze davon voll hattest? Fehlt es dir am Ende doch.«

»Ich bin kein Beamter, der sich ein Sabbatical leisten kann. Ich muss mein täglich Brot auf freier Wildbahn verdienen.«

»Und trotzdem stehst du auf dem Lohnzettel des Staates. Und bestimmt nicht nur auf einem. Wer ist dein Auftraggeber?«

»Die Menschenrechte«, sagte Killian trocken.

Bärbel lachte laut auf. »Der war nicht schlecht. Wenn das so ist, möchte ich dich auch anheuern.«

»Für die nächste Lehrerkonferenz?«

»Nein, für die Tierrechte.«

Killian hob fragend die Brauen.

»Artgerechte Tierhaltung. Tierwürdiges Leben und Schlachten.«

»Und? Ich verstehe nicht. Bist du wieder bei den Grünen?«

»Scheiß auf die Grünen. Tierschutz. Bürgerinitiative der Vegetarier.«

»Seit wann isst du kein Fleisch mehr?«

»Seit mir Erik die Augen geöffnet hat.«

»Wer ist Erik?«

»Erik Schwarz. Unterrichtet bei uns. Geschichte und Deutsch. Er kam erst Anfang dieses Schuljahres ans MSG. Bringt frischen Wind in den staubigen Laden.«

Killian sah Bärbel eindringlich an.

»Ich hab nichts mit ihm, guck mich nicht so an. Er ist nett, aber nicht mein Typ.«

»Weil er vermutlich zu nett ist. Das erträgst du nicht.«

»Du musst es ja wissen.«

»Wie kein Zweiter.«

»Was bildest du dir eigentlich ein?«

»Friede«, versuchte Killian das Tempo herauszunehmen.

»Friede«, schlug Bärbel ein. »Also machst du Fotos für uns?«

»Was für Fotos? Und wo?«

»Im Schlachthof in Freiburg.«

»Die lassen mich da keine Fotos schießen.«

»Klar, sonst könnten wir sie ja auch selbst machen.« Bärbel versuchte sich an dem charmantesten Lächeln, das sie im Repertoire hatte, und klimperte mit den Wimpern.

»Das ist strafbar«, sagte Killian.

»Nicht, wenn du dort arbeitest. Hier, die suchen gerade Leute.« Sie zog einen Zeitungsausschnitt aus der Tasche ihrer Jeans und hielt ihn Killian vor die Nase.

»Und warum tritt der nette Erik den Job nicht an?«

»Weil er unterrichten muss. Er hat dieses Jahr einen Leistungskurs in Geschichte. Wir sind da leider nicht so frei wie du.«

»Nur weil einer frei arbeitet, heißt das noch lange nicht, dass er nichts zu tun hat.« Killian gab ihr den Zeitungsausschnitt zurück. So charmant sie eben noch lächeln konnte, so zornig blitzten jetzt ihre grünen Augen.

»Du denkst nur an dich. Verlogenes Aas. *Menschenrechte*, dass dir das Wort nicht im Maul fault. Ein dreckiger Söldner bist du, mehr nicht. Wie viel willst du? Zehntausend? Zwanzig? Tut mir leid, das Geld haben wir nicht. Ich dachte, es wäre etwas, das dir selbst auch wieder etwas mehr Sinn im Leben geben könnte. Aber du bist genauso abgestumpft wie all die Metzger, die im Sekundentakt Säue abstechen! Was bin ich froh, dass Swintha weit weg ist von dir. Meinetwegen könnte sie auch am Nordpol sein. Das wäre weniger gefährlich als in der Nähe eines solchen desillusionierten Nihilisten wie dir!«

Sie drückte sich von der Rampe ab und landete sicher auf den Füßen. Ohne sich umzusehen, ging sie zu ihrem gelben Beetle, stieg ein und fuhr davon.

Killian sah ihr nach, kramte nach einer Zigarette und steckte sie sich an. Er dachte gar nicht daran, jetzt aufzustehen. Die Sonne strahlte Frühlingswärme auf seine Wangen. Er schloss die Augen, genoss die warme Sonne und den glimmenden Tabak.

ZWEI

Belledin befühlte sein Gesicht. Es saß noch immer dort, wo er es im Rückspiegel seines Wagens zuletzt gesehen hatte. Seine Augen stierten an eine weiße Decke, von der sich an manchen Stellen bereits der Putz löste. Sein Schädel brummte. Nachdem seine Finger das Gesicht überprüft hatten, ertasteten sie nun eine dicke Beule zwischen Haarkranz und Hinterkopfglatze. Er drückte leicht auf die Wölbung und stöhnte. Warum man immer überprüfen musste, dass es wehtat?

Vorsichtig richtete er sich auf. Erst jetzt kam ihm in den Sinn, dass der Angreifer noch im Raum sein könnte. Er griff nach seiner Walther. Sie saß im Halfter. Also würde wohl keine Gefahr mehr lauern. Wieso sollte der Gegner ihm die Waffe lassen, wenn er noch hier herumspazierte?

Trotzdem zog er die Pistole, bevor er sich aufrappelte. Sein Blick wanderte durch das Zimmer. Es war nicht leicht, den Raum zu erfassen. Er war wie eine Bibliothek durch unzählige Regale durchschnitten.

Belledin tauchte ein in das Labyrinth und folgte den Holzregalen aus nachgedunkelter Kiefer. Geografie, Politik, Geschichte, Sozialkunde und deutsche Literatur, das waren die Hauptthemen des Buchbestandes, ordentlich sortiert.

Jetzt stand er vor einer Gabelung und hatte die Wahl. Er entschied sich für rechts und landete vor einer Zimmerwand, an der eine große Weltkarte hing. Sie war gespickt mit Fähnchen unterschiedlicher Couleur. Weder die Farben der Fähnchen noch ihre Standorte ergaben für Belledin einen Sinn. Waren es Kriegsgebiete? Orte, an denen Raubbau an der Natur betrieben wurde? Oder einfach nur Reiseziele, an denen Schwarz bereits gewesen war oder die er noch hatte besuchen wollen?

Belledin kehrte um und folgte dem anderen Gang. Er führte ihn in einem Halbbogen zu einem Schreibtisch. Papiere und Ordner lagen verstreut auf dem Boden, herausgerissene Schubladen waren achtlos umgekippt und ihr Inhalt auf mehrere Haufen geschüttet worden. Vom Ordner über Lochverstärker bis hin zu

Büroklammern, Klarsichthüllen und CD-Rohlingen lag alles in einem einzigen Durcheinander.

Ob der Wüterich gefunden hatte, wonach er suchte?

Belledin kramte einen Satz Plastikhandschuhe aus der Jacke und zog sie sich über die Finger. Er bückte sich vorsichtig, die Beule stach ihm dennoch ins Haupt. Er kniff die Augen zusammen, atmete tief durch und griff nach einigen handbeschriebenen Blättern. Es waren Zeichnungen tektonischer Platten, Belledin tippte auf San Francisco. Er warf die Blätter wieder auf den Haufen und versuchte es mit anderen. Hier waren Rohstoffe verschiedener Länder Afrikas in Säulendiagrammen aufgelistet. Verrückt, wie viel Öl in Nigeria gefördert wurde. Und trotzdem war das Land arm. Es gehörte eben nicht den Einheimischen. Aber wem gehörte es? Den Amerikanern? Oder den Chinesen? Wurde einer schlau daraus, wer bei wem gerade Schulden hatte?

Belledin hatte keine Lust, in dem Chaos weiter nach Spuren zu schnüffeln. Dafür gab es schließlich Experten. Er zückte sein Handy und wählte eine Nummer. Elena Spitznagel nahm den Anruf sofort entgegen und versicherte, umgehend mit zwei Mitarbeitern zu kommen. Da er schon mal das Telefon in der Hand hielt, konnte er auch gleich Stark anrufen. Vielleicht hatte sich beim Schlachthof etwas ergeben. Er hielt inne. Ihre Nummer? Er hatte sie noch nicht eingespeichert. Sie war erst seit drei Wochen seine neue Kollegin, und bislang hatte sie sich nur auf dem Revier eingearbeitet. Das war ihr erster Fall.

Belledin wollte nicht unfreundlich sein, aber es war ungewohnt für ihn, mit einer Frau zu kooperieren. Sekretärin, das war etwas anderes. Oder Spitznagel. Die konnte was. Aber sie arbeitete ihm auch zu, setzte ihn nicht unter Druck, den Fall selbst lösen zu wollen. Aber Kollegin im Einsatz, das fühlte sich sehr holprig an. Und es konnte mehr daraus werden, als man wollte. Er erinnerte sich an Anna Kälble, die schwäbische Kollegin, in die er sich verliebt hatte, als er in Stuttgart bei einem Mordfall ausgeholfen hatte. Er hatte Biggi mit ihr betrogen. Einmal nur. Einmal war keinmal. Und trotzdem zitterte er seither immer, wenn ein Anruf aus Stuttgart kam. Aber Kälble hatte sich nie mehr bei ihm gemeldet. Besser so. Sie war gar nicht sein Typ gewesen. Stark war auch nicht sein Typ.

Sie war herb, aber nicht unweiblich. Das wollte er ihr nicht absprechen. Sie war nur nicht sein Typ, das war alles. Und das war gut so. Er wollte sich in kein Verhältnis mit einer Kollegin verstricken, sondern mit ihr Fälle lösen. Ob das ging, würde sich zeigen. Er würde ihr eine Chance geben. Und er würde sich ihre Telefonnummer ins Handy speichern. Das wäre immerhin ein Anfang.

Er wählte das Polizeisekretariat an. Aschenbrenner meldete sich. Sie hatte Rundungen, bei Gott. Aber sie stand kurz vor der Pensionierung und war für Belledin nie eine Gefahr gewesen. Zu älteren Frauen hatte er sich nie hingezogen gefühlt, außer in seiner Schulzeit.

»Hier Belledin. Ich bräuchte die Nummer von Stark.«

Er nahm einen Stift aus dem Haufen Büromaterial, der vor ihm auf dem Boden lag, und notierte die Zahlen auf einer Karteikarte, die er ebenfalls aus der Unordnung gegriffen hatte.

»Danke. Ich komm heut nicht mehr aufs Revier. Ich muss noch ins MSG. Bis morgen.«

Er drückte Aschenbrenner weg und speicherte Starks Nummer. Dann wählte er sie an.

***

Stark sah auf die Stufen des Mietshauses. Falscher Marmor. Schwarz mit weißen Adern. Saier wohnte im dritten Stock. In dem Moment, in dem sie die Haustür aufdrückte, klingelte ihr Handy. Auf dem Display erkannte sie, dass es Belledin war. Sie ging dran.

»Ja? – Ich bin in Freiburg-Lehen. Hirschengarten 7. Ich befrage einen Bolzenschießer, der sich heute Morgen krankgemeldet hat. – Oh, das klingt nicht gut. Haben Sie einen Arzt gerufen? – Nein, sorry, ich wollte Sie nicht bemuttern. – Ja, ich komme dann.«

Belledin hatte aufgelegt. Komischer Kauz. Sie nahm die letzten Stufen bis zu Saiers Wohnungstür und läutete zweimal kurz hintereinander. Die Klingel sirrte nervig. Stark setzte noch zweimal stakkato hinterher. Hinter der Tür schlurften Schritte. Jemand würde sie jetzt durch den Sucher angucken und sehen, dass sie keine Zeitschriften verkaufte. Sie klingelte noch mal. Die Tür wurde geöffnet.

Eine Frau im Bademantel, dessen Frottee an den Ellbogen durchgescheuert war, sah sie abschätzend an. Im Mundwinkel hing eine Zigarette, ihre Tränensäcke waren gefüllt wie Wolken vor dem Sommergewitter. Das Haar lieblos schwarz gefärbt. Zuvor musste sie es mit Rot versucht haben, an einigen Stellen brach es durch. Ihr Schopf erinnerte dadurch an ein geflecktes Meerschweinchen.

»Ich möchte gerne zu Heiner Saier. Er wohnt doch hier?«, fragte Stark.

»Kommt drauf an.«

»Worauf?«

»Was du willst.«

»Und was sollte ich wollen?«

»Musst du wissen.«

»Mit ihm reden.«

Die Frau lachte. »Mit ihm kann man nicht reden.«

Stark verstand nicht.

»Jedenfalls nichts, was einen Sinn gibt. Der spinnt.«

»Seit gestern?«

»Schon immer. Schönen Tag.« Die Frau wollte die Tür schließen, Stark stellte ihren Fuß dazwischen.

»Was soll das? Willst du uns ausrauben? Hier findest du nichts.«

Es war Zeit, den Ausweis zu zücken. Stark tat es mit routiniertem Griff. Die Frau stierte auf das Foto.

»Darauf siehst du aber auch noch frischer aus. Bleiben wir trotzdem beim Du? Könntest schließlich meine Tochter sein.« Sie lachte und zeigte Zahnlücken, wo sonst Eckzähne saßen. »Jedenfalls vom Alter.« Sie machte den Weg frei. »Geradeaus. Im Wohnzimmer. Wenn du mit ihm reden willst, musst du vorher ins Bad. Das ist gleich rechts. Unter dem Waschbecken steht ein Eimer. Mach ihn voll und gieß ihm alles über seine hohle Birne. Vielleicht hast du dann Glück und kriegst einen brauchbaren Satz von dem Affen.«

Stark war längst den Flur hindurch in Richtung Wohnzimmer gegangen. Die letzten Worte der Frau hatte sie nur noch im Rücken vernommen. Hier hatte lange niemand mehr geputzt. Außerdem schien jemand ein leidenschaftlicher Sammler von Zeitschriften zu sein. Vor allem Freizeit Revue und Bunte erfreuten sich großer

Beliebtheit. Aber auch Perry Rhodan und Jack-Slade-Western stapelten sich in allen Ecken. Sie blieb vor einem Stapel stehen und betrachtete das Cover des obenauf liegenden Heftchens. Ein Männerschädel, dem man die Haut abgezogen hatte. Sie nahm das Heft in die Hand.

»Geister-Killer«, sagte die Frau, die sich mittlerweile an sie herangeschoben hatte. »Eine der beiden Nachfolge-Serien der Geister-Krimis. Bei Kelter erschienen, 1981. Hat es aber nur auf zweiunddreißig Ausgaben gebracht. Rick Master und Mark Tate. Coole Typen.« Sie nahm ihr das Heft aus der Hand. »Eine Rarität. Sammler blättern dafür richtig was hin.«

Sie hob die Augenbrauen. Stark sah erst jetzt, dass sie gemalt waren und viel zu hoch über dem natürlichen Brauenbogen saßen.

»Wenn du willst, lese ich dir daraus vor. Allein der Anfang ist großartig. Die Anfänge sind das Wichtigste. Es muss sofort losgehen. Große Einleitungen schrecken den Leser ab.«

»Wenn es so gut ist, warum dann nur zweiunddreißig Ausgaben?«

Die Asche der Zigarette fiel auf den Teppich. Der schien daran gewöhnt zu sein. »Zeitgeist«, sagte die Frau. »Mode. Das ist alles. Hätte Rowling in den Achtzigern Harry Potter geschrieben, sie wäre noch immer eine arme Kirchenmaus. Und wenn sie Pech hätte, müsste sie mit einem versoffenen Metzger leben.«

»Sind Sie Frau Saier?«, fragte Stark.

Die Frau lachte laut. Fast quiekte sie wie ein Schwein, was Stark an den Schlachthof erinnerte. »Bin ich verrückt? Es reicht, dass ich mit diesem Irren lebe. Trauschein kommt nicht in Frage. Ich brauche meine Freiheit. Wenigstens hier oben.« Sie tippte sich mit dem blutrot lackierten, gewölbten Fingernagel an die Stirn. Dabei fiel wieder Asche von der Zigarette. »Aber du willst ja nichts von mir wissen, sondern von Heiner. Viel Glück.« Sie verschwand in einem dunklen Zimmer und schloss die Tür hinter sich.

Stark ging ins Wohnzimmer. Ein Mann in einem rot-schwarz karierten Pyjama schlurfte selbstvergessen durch den Raum. Er hielt die Augen geschlossen, auf schulterlangen grau-blonden Haaren klemmte ein großer Kopfhörer. Die Musik summte leise durch die Muscheln. Stark tippte auf »Walküre«. Das Gesicht des Mannes zuckte. In der Rechten hielt er einen Dirigentenstab, mit dem er temperamentvoll die Musiker führte. Stark verfolgte das lange Kabel des Kopfhörers und ging zu der Anlage, die Saier zu Karajan machte. Sie stellte die Musik ab.

Der Dirigent erstarrte mitten in der Bewegung, dann drehte er sich zur Anlage um. Jetzt hatte er die Augen geöffnet und musste sie sehen. Aber er ging an ihr vorbei, als wäre sie Luft, schaltete die Anlage ein und dirigierte weiter. Aufmerksam Stark im Blick haltend. Er würde nicht zulassen, dass sie die Musik noch mal abwürgte, ehe er das Konzert beendet hatte. Er befahl ihr mit dem Dirigentenstab, sich auf einen Stuhl zu setzen. Stark gehorchte und wartete geduldig.

Die Bewegungen des Konzertmeisters wurden größer, Augen und Mund weiteten sich. Die Arme holten aus, als würde ein Skifahrer zum Abfahrtslauf starten, dann zitterte der ganze Mensch. Stille. Und ein Lächeln der Glückseligkeit auf dem verschwitzten Gesicht.

Langsam nahm er die Kopfhörer ab.

»Heiner Saier?«, fragte Stark.

»Wer will das wissen?« Seine Stimme fistelte, als hätte er Helium inhaliert.

Stark zeigte ihren Dienstausweis. Saier pfiff anerkennend.

»G-Man!« Er riss den Mund zu einem Lachen auf, aber es kam kein Ton heraus. Es schien, als hätte man ihm die Tonspur geklaut. »Jerry Cotton mochte ich nie«, sagte er. »Ich stehe mehr auf Professor Zamorra. Kennen Sie den?« Er neigte den Kopf wie ein Kanarienvogel, der überlegte, ob es sich lohnte, für den Tag zu pfeifen. »Horror. Das mag ich.«

»Kennen Sie Erik Schwarz?«

»Den Tierschützer? Natürlich. Hat sich ja oft genug bei uns ans Tor gekettet. Hat er was angestellt?«

»Eher andersrum. Jemand hat ihm einen Bolzen ins Hirn geschossen und ihm dann die Haut vom Gesicht abgezogen.«

Saier kniff die Augen zusammen und zog Luft durch die Zähne.

»Horror«, sagte Stark. »Genau das, was Sie mögen.«

»Ah, daher weht der Wind.« Saier drehte den Dirigentenstab durch die Finger, wie es Schlagzeuger gerne vor einem Solo taten. »Sie glauben, ich hätte Schwarz getötet?«

»Haben Sie?«

»Nein.«

»Wo waren Sie heute Nacht?«

»Krank.«

»Zeugen?«

»Damona King.«

»Ihre Lebensgefährtin?«

Saier lachte wieder stumm und mit weit aufgerissenem Mund. Dann schüttelte er wild den Kopf, dass ihm sein blond-grauer Schnittlauch wie ein Baströckchen ums Haupt tanzte.

»Nein. Gerlinde hat nicht das Zeug zu einer Damona King. Niemals.«

»Wer ist Damona King?«

»Damona King ist neben Vampira die einzige Horrorserie mit einer weiblichen Hauptfigur. Erschien vierzehntägig zwischen 1979 und '83. Insgesamt kam sie auf einhundertsieben Nummern. Ich habe sie alle.«

Saier schlurfte in Richtung Fenster auf ein Sofa zu, das mit Heftromanen überfüllt war. Er stapelte um, blätterte, zögerte, stapelte wieder und kehrte mit einem Heft in der Hand zurück, das er Stark reichte. »Hier. Das habe ich doppelt. Ich schenke es Ihnen.« Er sah auf das Cover. »Ähnelt Ihnen sogar ein wenig. Hat vielleicht etwas mehr Busen. Ist Pflicht. Sonst hätten die Vampire ja nichts zum Aussaugen.« Wieder das gruselige Murnau-Lachen.

»Das ist dünn.«

»Knapp siebzig Seiten.«

»Ihr Alibi.«

»Dann eben doch Gerlinde.«

»Warum haben Sie sich heute krankgemeldet? Sie scheinen mir ganz munter.«

»Mentale Schwäche. Ich bin sensibel. Eigentlich Künstler. Ich habe mal Violine gespielt.«

»Und warum schießen Sie im Schlachthof Rinder?«

»Obsession.«

Stark hob fragend die Brauen.

»Ja, ich bin besessen. Von Blut. Ich muss es bluten sehen. Meine Phantasie braucht Blut. Blut und gewaltige Musik. Der Schlachthof ist eine Art therapeutische Prävention. Damit ich keinen größeren Unfug treibe.«

»Haben Sie *größeren Unfug* getrieben? Haben Sie Erik Schwarz in einem Anflug von Blutrausch getötet?«

»Wo hat man ihn getötet?«, fragte Saier.

»Wir haben ihn auf einer Wiese unweit des Schlachthofs gefunden. Im Löwenzahn.«

»Ah. Sie denken auch in Bildern. Das ist schön. Gelb und Rot. Das ist knallig. Ich mag es gern düsterer. Von daher falle ich aus dem Raster.«

»Gibt es außer Ihrer Lebensgefährtin noch jemanden, der bezeugen kann, dass Sie gestern Nacht hier waren?«

»Wesen feinstofflicher Natur. Gespenster. Ich glaube, es waren fünf. Soll ich Ihnen die Namen und Adressen nennen? Oder soll ich Sie anrufen, wenn wir unsere nächste Sitzung halten?«

Stark hätte ihn jetzt gerne gepackt und geschüttelt. Vermutlich hätte sie aber durch ihn hindurchgegriffen. Er setzte seine Kopfhörer auf, drehte die Anlage an und dirigierte »Siegfried«.

Stark ließ ihn und klopfte bei Gerlinde an. Ein abwesendes »Ja?« erklang auf der anderen Seite der Tür. Stark öffnete und trat ein. Keine Überraschung. Auch hier stapelten sich Romanhefte. Die Rollläden an den Fenstern waren heruntergelassen. Der Frühling durfte nicht ins Zimmer. Eine Tischlampe erhellte einen Schreibtisch, der nur mit einem überfüllten kristallenen Aschenbecher und einer grauen Schreibmaschine »Olympia Elite« bestückt war. Mit zehn Fingern hämmerte Gerlinde Buchstaben aufs Papier.

»Setz dich«, sagte sie. »Die Sachen auf dem Sessel kannst du auf den Boden legen. Ich brauche nur noch einen Absatz.« Sie tippte, während sie redete.

Stark räumte einige Heftstapel von dem geflickten Ohrensessel, den Gerlinde ihr angeboten hatte, und nahm Platz. Die Schreibmaschine klapperte weiter. Pling. Die Klingel am Ende der Zeile. Ratsch. Der Schlitten fuhr zurück. Klappern. Stark erinnerte es an die Polizeistuben des Film noir. Sie hielt Ausschau nach einem schwarzen Telefon mit Wählscheibe. Fehlanzeige. Pling. Stille.

Gerlinde drehte sich auf ihrem Bürostuhl zu ihr. »Und? Hat er wieder Kinder mit seinen Horror-Auftritten verschreckt?«

»Horror-Auftritten?«

»Ich dachte, du wärst deswegen hier? Wenn du nicht deswegen hier bist, sage ich nichts. Bin keine Petze.«

»War er gestern Nacht bei Ihnen?«

»Ja. Die ganze Zeit.«

»Sicher?«

»Ja.«

»Was haben Sie getan?«

»Geschrieben.«

»Hier drin?«

»Wo sonst?«

»Dann kriegen Sie ja gar nicht mit, wenn er die Wohnung verlässt.«

»Muss ich alles mitkriegen? Er ist erwachsen, und für seine Kinderspiele bin ich nicht verantwortlich. Das ist Sache der Behörden. Wenn die ihn nicht wegsperren, warum sollte ich es tun?«

Stark wurde ungeduldig. »Kinderspiele? Könnten Sie bitte konkreter werden?«

»Er bemalt sich hin und wieder mal, beschmiert sich mit Blut, das er vom Schlachthof mitgebracht hat, und läuft so durch die Parks. Und am liebsten mag er es, wenn er Kinder damit erschrecken kann. Zweimal haben sie ihn deswegen schon geschnappt. Ich dachte, du kämst deswegen.«

»Und dass er einen Zweitschlüssel hat, ist ausgeschlossen?«

Gerlinde zog einen Schlüsselbund aus dem Bademantel. »Hier. Der Schlüssel ist von einem Vorhängeschloss. Es gibt nur den. Und den habe ich immer bei mir.«

Stark erhob sich aus dem Sessel. »Was schreiben Sie eigentlich?«

»Einen Scheißdreck«, sagte Gerlinde und seufzte schwer. »Liebesromane. Ausgerechnet. Ich kann dir gar nicht sagen, wie ich darunter leide. Wenn es wenigstens Jack Slade wäre.«

»Ja, Jack Slade, das ist schon was anderes.«

»Du kennst ihn? Wow. Western mit einem guten Schuss Erotik. Fünf aus der Reihe sind von mir. Da macht das Schreiben noch Freude. Aber diese Schnulzen machen mich depressiv.«

»Warum schreiben Sie nicht auf dem Computer? Nehmen die Verlage noch Papier?«

»Nur die erste Kreation geht auf Schreibmaschine. Ich brauche den harten Anschlag.«

Es klopfte an der Tür. Gerlinde sah genervt hinüber. »Nimm es ihm bitte nicht übel. Er meint es nicht so.«

Stark sah sie fragend an. Es klopfte wieder.

»Mach auf und gönn ihm den Spaß«, sagte Gerlinde.

Stark öffnete die Tür und zuckte zusammen. Saier stand vor ihr. In der Hand hielt er ein großes Fleischermesser, von dem das Blut tropfte. Auch sein Gesicht war mit Blut beschmiert. Er röchelte unverständliche Laute, riss seinen Mund zum stummen Schrei, kicherte irr und schlug dann die Tür wieder zu.

»Vermutlich hockt er jetzt hinter dem Sofa und schämt sich«, sagte Gerlinde. »Du kannst unbesorgt raus.«

Stark zog ihre Walther, entsicherte sie und öffnete die Tür. Saier war verschwunden. Sie drehte sich zu Gerlinde. »Bleiben Sie in den nächsten Tagen in der Stadt.«

»Keine Sorge, ich muss drei Sonnenuntergänge samt Happy Ends klopfen. Da komme ich noch nicht einmal aus meinem Zimmer. Du findest den Weg?« Gerlinde drehte sich zu ihrer Olympia und hämmerte weiter Buchstaben.

***

Belledin sah ungeduldig auf seine Armbanduhr. Ein Geschenk von Annette, seiner Tochter. Die Uhr sollte ihn daran erinnern, wie schnell die Zeit verging. Typisch Annette. Damit wollte sie ihm ein schlechtes Gewissen machen. Weil er nie Zeit für sie gehabt habe. Er fand, er hatte sehr wohl Zeit für sie gehabt. Aber jeder hatte eben ein anderes Zeitempfinden. Jetzt hatte sie kaum Zeit für ihn. Er nahm es ihr nicht krumm. Aber er hatte ein Gegenargument, wenn sie ihm Vorhaltungen machen wollte. Gleich würde er Stark Vorhaltungen machen. Es dauerte ihm deutlich zu lang, bis sie eintrudelte. Immerhin war Spitznagel schon mit den Spurensicherern in der Wohnung tätig.

Jetzt kam sie mit einem Baseballschläger in der Hand auf ihn zu. »Hier ist etwas Blut dran«, sagte sie. »Das könnte was bringen.«

Belledin betastete seine Beule und fühlte, dass sich eine kleine Kruste über die Schwellung zog. Er senkte den Kopf und zeigte sie Spitznagel.

»Autsch«, sagte sie. Dann riss sie Belledin ein kostbares Haar von seinem spärlichen Kranz.

»Autsch«, sagte er.

»Für die DNA«, sagte Spitznagel und grinste breit.

»Ich freue mich jetzt schon auf die Fingerabdrücke. Sind doch welche drauf?«

»Ja. Auf den ersten Blick zwei verschiedene. Die einen stammen wahrscheinlich von Schwarz selbst.«

»Bis wann krieg ich Bescheid?«

»Am späten Nachmittag. Wir sind hier so weit fertig. Kommen Sie mit? Wir könnten gemeinsam mittagessen.«

Belledin sah sie misstrauisch an. »Was steckt dahinter? Wollen Sie mir etwa sagen, dass Sie aufhören wollen?«

Spitznagel atmete tief durch. »Hier ist blöd zu reden.«

»Warum?«

»Unpersönlich.«

»Also habe ich recht? Sie wollen aufhören? Warum? Passt Ihnen etwas nicht? Soll ich mit Ihrem Chef reden, damit er Sie hält? Es hat doch nicht etwa mit mir zu tun? Wir arbeiten doch gut zusammen?« Er sah sie an. »Oder?«

»Quatsch. Es hat nichts mit Ihnen zu tun.«

»Jetzt ist es raus. Tja, Verhöre habe ich gelernt.« Es kam zynischer als geplant.

»Wollen wir nicht doch irgendwo in Ruhe …?«

»Na gut. Aber auf ein romantisches Essen habe ich keine Lust. Mir ist der Appetit vergangen. Wir können eine Runde spazieren gehen. Vielleicht zum Theresianum. Da hat man einen guten Blick nach Frankreich. Ich brauch Weite, wenn ich großzügig sein soll.«

***

Stark wusste, dass sie in Verzug war. Aber sie ermittelte ebenfalls, nicht nur Belledin. Warum sollte sie ihre Arbeit vernachlässigen und auf seine Pfiffe reagieren wie ein junger Hund? Das Polizeirevier lag auf dem Weg. Sie hatte dort eine Stange Zigaretten im Büro. Die holte sie und ging dann über den Parkplatz zurück zu ihrem Wagen. Sie warf die Zigaretten auf den Beifahrersitz und setzte sich hinters Steuer. Jetzt würde sie zu Belledin fahren, aber ein Klopfen an der Fensterscheibe hielt sie davon ab.

Es war Wagner, ihr Vorgänger, der nun im Archiv arbeitete.

Er hatte einen Packen Ordner unterm Arm. Sie ließ das Fenster herunter.

»Und?«, fragte er. »Geht's mit dem Alten?«

»Warum sollte es nicht?«

»Ist nicht einfach mit ihm. Aber vielleicht ist er zu Frauen anders.«

»Vielleicht.«

Wagner nickte und rührte sich nicht vom Fleck. Sein Blick verlor sich auf dem Kühler ihres Wagens.

Stark wollte ihn nicht einfach so stehen lassen. Vielleicht vermisste er seine alte Arbeit.

»Schon gehört von unserem Fall?«, fragte sie, um ins Gespräch zu kommen.

Wagner nickte.

»Und, was meinen Sie?«

Er zuckte mit den Schultern.

»Gab es so etwas schon mal in der Gegend?«

Wagner sah sie an, sein Blick suchte nach innen gerichtet Erinnerungen. »In Österreich gab es mal einen Fall. Ein Metzger hat in den achtziger Jahren die Familie seiner Frau abgeschlachtet, weil sie ihn um das Erbe prellen wollten.«

»Hat er ihnen auch das Gesicht gehäutet?«

»Er hat Wurst aus ihnen gemacht.«

Stark schluckte. Ihr wurde übel.

»Mögen Sie Wurst? Stellen Sie sich vor, Sie grillen am Wochenende, und Ihre Nachbarschaft liegt auf dem Rost. Und ich sage Ihnen eins: Sie würden noch nicht einmal den Unterschied zwischen Schwein und Mensch schmecken. Und wissen Sie, warum? Weil die ganzen Ketchup-Soßen viel intensiver sind als jede Wurst.« Wagner gefiel sich offensichtlich in seiner Wurst-Philosophie.

Stark saß da wie gelähmt. Sie bereute es schwer, ihn in ein Gespräch verwickelt zu haben.

»Ich werde mal recherchieren, ob hier in der Nähe in letzter Zeit irgendetwas vorgefallen ist, das mit dem Fall zu tun haben könnte.«

»Ja, machen Sie das. Und vielleicht könnten Sie auch noch etwas über militante Vegetarier herauskriegen. Irgendwelche Demos, bei denen es zu Ausschreitungen gekommen ist.« Stark war froh, dass es jetzt konkreter um den Fall ging. »Und Heiner Saier. Wäre fein, wenn Sie mir über den was zusammenstellen könnten.«

»Ich weiß gar nicht, ob ich von Ihnen Anordnungen entgegennehmen darf. Eigentlich kommen die von Belledin.«

»Es geht nicht um Anordnungen, es geht um Zusammenarbeit.« Stark war laut geworden.

»Schon gut. Entspannen Sie sich. Wenn Sie so schnell auf hundertachtzig sind, werden Sie es mit Belledin nicht leicht haben. Ich wollte Sie nur testen.« Wagner grinste frech und ließ sie im Auto sitzen, ehe sie etwas erwidern konnte. Bevor er in der Tür des Reviergebäudes verschwand, drehte er sich noch mal zu ihr um und rief: »Wird erledigt, Chef!«, dann kicherte er in sich hinein und war weg.

»Machos!«, fluchte sie. »Irgendwann pack ich euch alle an den Eiern und schleif euch durch die Taiga.« Sie zündete sich eine Zigarette an und inhalierte tief. Warum war sie nicht in Münster geblieben? Aber sie wusste selbst, dass sie dort nicht hatte bleiben können. Münster war verbrannte Erde, hier hatte sie die Chance auf einen Neuanfang. Es würde nicht einfach werden mit den bockigen Badenern, doch wann hatte sie es schon mal einfach gehabt?

Ein Fingertippen, und Slipknot füllte das Wageninnere mit hartem Metal. Stark übernahm den Beat mit leichtem Kopfnicken und startete den Wagen. Sie wollte Belledin nicht noch länger warten lassen.

***

Belledin liebte den Blick vom Münsterberg in die Vogesen. Aber er mochte überhaupt nicht, was Spitznagel ihm da gerade erzählt hatte.

»Nach Wiesbaden«, sagte er, mehr zu sich als zu ihr. »Seit wann läuft das schon?«

»Drei Monate.«

Er nickte und knetete mit der Rechten sein Gesicht. »Und ich bin der Letzte, der es erfährt?«

»Nein. Ich habe es noch keinem gesagt.«

Er sah sie eindringlich an.

»Nur Wagner. Weil er es zufällig mitbekommen hatte, als das BKA anrief.«

»Gratuliere«, sagte Belledin.

»Es ist eine Chance für mich.«

»Klar.«

»Sie stellen dort ein Expertenteam zusammen, das international vernetzt werden soll. Ich kann davon nur profitieren. So oft flattern solche Angebote nicht herein.«

»Verstehe. Viel Glück.« Belledin zwang sich zu einem Händedruck.

»Den Fall ziehe ich selbstverständlich noch mit Ihnen durch.«

»Dann bin ich mir gar nicht mehr so sicher, ob ich ihn wirklich so rasch lösen will.«

Spitznagel errötete leicht.

»Heute Nachmittag erwarte ich die ersten Ergebnisse.« Belledins Stimme gewann wieder die gewohnte Strenge. »Wer zum BKA will, wird hier nicht trödeln wollen.«

Spitznagel nickte und trottete ab. Belledin hoffte, dass sie wenigstens ein wenig Abschiedsschmerz verspüren würde. Zehn Jahre arbeiteten sie bereits zusammen. Und sie waren eingespielt. Jetzt stand der Karrieresprung an. Nach Wiesbaden. Zu den Affen vom BKA. Ausgerechnet.

Belledins Blick fiel auf das Theresianum. Dorthin waren sie in der achten Klasse ausgelagert worden, weil im Gymnasium unten zu wenig Räume zur Verfügung gestanden hatten. Es war ein tolles Jahr gewesen. Es hatte etwas Elitäres gehabt, eigene Räume zu beleben. So hatte sich Belledin ein Internat vorgestellt. Er hatte gerne davon geträumt, etwas Besseres zu sein. Vielleicht fuchste es ihn gerade deswegen, dass Spitznagel nach Wiesbaden ging. Zu den Besseren.

Er würde nicht länger auf Stark warten. Es schien ihm dringlich, das Gymnasium unter die Lupe zu nehmen.

***

Bärbel saß fassungslos im Büro des Direktors und sah abwechselnd von Belledin zu Gugel. Auch Gugel, dem es sonst nicht an Sprachwitz mangelte, schwieg.

Bärbel hatte schon nach der vierten Stunde unterrichtsfrei gehabt; deshalb hatte sie Zeit gehabt, zu Killian zu fahren. Danach war sie noch einmal in die Schule gekommen, um Flugblätter für die am Samstag geplante Demo gegen Tierquälerei zu kopieren, und war im Flur vor dem Lehrerzimmer Belledin begegnet. Da sie sich kannten, hatte er sie gleich mit zum Direktor genommen. Sie konnte nicht fassen, was geschehen war. Sie zitterte.

»Hatte er im Kollegium vielleicht Feinde?«, fragte Belledin.

Bärbel und Gugel sahen sich an.

»Er war erst seit einem Dreivierteljahr hier im Dienst. Und dafür hat er sich recht schnell eine starke Position innerhalb des Kollegiums verschafft. Er ging auf Leute zu, brachte Leben in manche Routine. Ich war sehr froh, dass wir ihn hatten.« Gugel atmete tief durch, um seine Betroffenheit über das plötzliche Ableben von Erik Schwarz zu unterstreichen.

»Das heißt, er könnte auch alte Hierarchien gefährdet haben?«, fragte Belledin. »Wenn jemand neu kommt, kann das für den einen eine frische Brise bedeuten, bei anderen allerdings auch einen Orkan auslösen.«

»Ich glaube nicht, dass jemand aus dem Kollegium zu einer solchen Tat fähig wäre«, sagte Gugel. »Wir sind doch keine Tiere.«

»Sind wir nicht? Da haben Sie wohl recht. Sonst würden wir uns Tieren gegenüber auch nicht so menschlich verhalten«, schoss es aus Bärbel heraus.

»Herrje, Frau Engler. Fassen Sie Ihren Fokus doch mal etwas weiter. Ihren Sinn für Tierschutz in Ehren, aber Sie reduzieren ja bald alles darauf.«

»Ich wollte damit nur sagen, dass ein Tier niemals einen solch bestialischen Mord begehen würde. Dazu sind nur Menschen imstande.«

»Bestialisch? Kommt von ›*Bestia*‹, lateinisch: ›Tier‹. Wenn, dann müsste es in Ihrem Sinne ›einen solch *humanen* Mord‹ heißen.« Gugel gefiel sich als Oberlehrer.

»Schluss damit! Es geht hier nicht um Tierschutz und Latein, sondern um einen Mord, den ich möglichst schnell aufklären will.« Belledin war laut geworden. Seine Stimme erinnerte ihn an den alten Direktor Klein, der ihn in diesem Zimmer einst zusammengestaucht hatte. Ihm gefiel die späte Revanche.

»Es geht womöglich doch mehr um Tierschutz, als du glaubst«, sagte Bärbel.

»Inwiefern?«

Bärbel zog ein Flugblatt aus ihrer Lehrertasche und reichte es Belledin. Er überflog es. »Und? Was hat das mit Schwarz zu tun?«

»Er ist der Autor des Aufrufs. Und er ist die treibende Kraft unseres Protests.«

»War die treibende Kraft«, verbesserte Belledin. »Glaubst du, dass jemand den Tierschützern an den Kragen will?«

»Der Fleischhandel ist ein Millionengeschäft. Da bedeutet Zeit Geld. Das Leben eines Tieres zählt nichts, nur das verkaufte Stück Fleisch. Solange ein Tier lebt, kostet es. Erst wenn es tot ist, verdient man damit. Die Rechnung ist einfach: Je schneller gemästet und getötet wird, umso mehr Profit. Es geht in der Massenhaltung zu wie am Fließband. Ich glaube, sogar bei der Autoherstellung nimmt man sich mehr Zeit als beim Schlachten von Vieh.«

»Das steht hier auch drauf.« Belledin deutete auf das Flugblatt.

»Ich weiß, Erik konnte große Metaphern schaffen.«

»Sie hinken und sind übertrieben«, warf Gugel ein.

»Wer übertreibt hier? Er wurde mit einem Bolzenschussapparat getötet, dann hat man ihm die Haut vom Gesicht gezogen. Das deutet doch offensichtlich auf die Metzgermafia hin«, rief Bärbel.

»Vielleicht zu offensichtlich. Aber wir werden in diese Richtung ebenfalls ermitteln. Hatte Schwarz eine Beziehung? Wir wissen nur, dass er ledig war.«

»Nicht dass ich wüsste. Jedenfalls ist mir nicht zu Ohren gekommen, dass er etwas mit einer Kollegin unserer Schule angefangen hätte«, sagte Gugel.

Bärbel sah ihn verdutzt an.

»Ja, so etwas lässt sich nur schwer verheimlichen. Wenn Sie mal so lange wie ich im Schuldienst sind, spüren Sie es, wenn es im Kollegium knistert. Es ist wichtig zu wissen, wer mit wem kann und wer nicht. Wie wollen Sie sonst ein so *menschelndes* Unternehmen führen?« Gugel zwinkerte amüsiert, und Bärbel war es so, als ob er damit auf ihren kurzen Flirt mit Geografielehrer Holger Koch anspielte.

Holger war verheiratet, hatte zwei Kinder und sich gerade ein Haus gekauft. Kredit mit langer Laufzeit. Beamtenfreundlich. Ein

Gefangener auf Lebenszeit. Bärbel hatte sich nicht mehr erhofft, aber sie war dennoch über Wochen übel gelaunt gewesen, dass nicht mehr daraus geworden war. Es war Erik gewesen, der sie aus ihrem Liebes-Blues herausgeholt hatte. Durch ihn war ihr klar geworden, dass das Verliebtsein in Holger nur eine Kompensation fehlender Inhalte gewesen war. Mit Erik musste sie nicht ins Bett, sie hatten gemeinsame Ziele gehabt. Und nun war er tot.

»Vielleicht gibt es aber auch einen Kosmos außerhalb der Lehranstalt?«, befreite sich Bärbel mit einer kleinen Spitze, die den eng bemessenen Horizont ihres Chefs treffen sollte.

Gugel zuckte gelassen mit den Schultern. Eine Geste, die Bärbel schon oft zur Weißglut gebracht hatte. Der Direktor war groß darin, Argumente und Dispute mit einem schlichten Schulterzucken den Wind aus den Segeln zu nehmen. Nach dem Schulterzucken folgte in der Regel ein stoisches Lächeln, das Seneca Ehre gemacht hätte.

Bärbel ließ davon ab, mit ihm zu streiten, und drehte sich zu Belledin. »Ich bin mir sicher, dass es ein politischer Mord war«, sagte sie.

»Frau Engler, ich bitte Sie. Politischer Mord? Sie tun ja gerade so, als ob ihr verträumter Haufen von Vegetariern die neue RAF wäre.« Gugel verdrehte die Augen.

»Warum nicht? Wenn die Gegner zu solchen Mitteln greifen, kann es gut sein, dass auch wir uns bald anders zur Wehr setzen!« Sie war zu laut und merkte, dass Gugel sie genau dort hatte, wo er sie haben wollte. Sie war dem konservativen Lateinpapst schon lange ein Dorn im Auge. Nicht nur weil sie die Streitkultur im Kollegium pflegte, sondern auch weil sie den Lehrplan und die Didaktik der Altvorderen ständig hinterfragte und sich mit alternativen Unterrichtsmodellen beschäftigte.

Zweimal schon war sie von der Badischen Zeitung zum Thema Pisa interviewt worden, und beide Male hatte sie dabei versucht, so ehrlich und kritisch wie möglich zu sein, anstatt die Fahnen des Martin-Schongauer-Gymnasiums hochzuhalten. Das hatten ihr Gugel und einige andere Besserwisser nicht verziehen. Im Grunde stand sie im Kollegium allein. Die meisten hätten es gerne gesehen, wenn sie ihr Sabbatical bis zur Pension verlängert hätte. Auch Holger ging ihr aus dem Weg, seit sie wieder an der Schule war.

Er mied sie so auffällig, dass sogar ein Blinder merken musste, dass sie etwas miteinander gehabt hatten. Nur Erik war ein Lichtblick gewesen.

»Gab es denn bereits gewalttätige Aktionen gegen die *Metzgermafia*?«, unterbrach Belledin das angespannte Schweigen und kniff die Augen zusammen, während er auf eine Antwort von Bärbel wartete.

»Was soll das! Die haben Erik geschlachtet! Dort sitzen die Täter, und du fragst, ob wir etwas getan hätten? Ich fass es nicht.« Bärbel sprang von ihrem Stuhl auf, stürmte aus dem Zimmer und schlug die Tür so heftig hinter sich zu, dass am Fenster der Vorhang zitterte.

Gugel zuckte wieder mit den Schultern und schüttelte den Kopf.

Belledin erhob sich, nahm seinen Stetson vom Hutständer und setzte ihn sich auf. Er zuckte leicht zusammen, als das Innenfutter des Hutes die Beule berührte.

»Sie werden doch sicher nichts dagegen haben, wenn wir morgen noch andere Kollegen befragen.«

»Nur zu. Mir ist wie Ihnen sehr daran gelegen, dass die Sache so schnell wie möglich aus der Welt ist und wir wieder zur Tagesordnung übergehen können. Morgen wird sowieso kaum normaler Unterricht stattfinden können. Schwarz war bei den Schülern sehr beliebt. Sie wissen schon: Neue Besen kehren besser.«

Gugel zuckte wieder mit den Schultern, doch diesmal gelang ihm sein Lächeln nicht ohne einen Zug von Bitterkeit.

Der Geruch von zehn Jahren Schulzeit hatte sich in seiner Nase eingenistet. Lag es daran, dass man die Fenster in dem Bau nicht richtig öffnen konnte, oder war es die Zusammensetzung von Schülerangstschweiß und dem immer gleichen Putzmittel?

Belledin wusste nur, dass es hier schon immer so gerochen hatte. Es war ein erhabenes Gefühl gewesen, im Rektorat zu sitzen und den Schulleiter zu befragen. Und dabei auch noch laut zu werden. Früher war er es immer gewesen, der Fragen zu beantworten hatte: Wer hat mit dem Fußball die Fensterscheibe des Kunstsaals zerschossen? Wer hat mit Wasserbomben aus dem dritten Stock auf die Autos der Lehrer geworfen? Wer hat mit der Prügelei begonnen?

Er wollte gerade die Schule verlassen und den Mief vergangener Tage mit Frischluft vertreiben, da trat ihm eine kleine ältere Frau entgegen. Ihr graues Haar war zu einem eleganten Pagenkopf geschnitten, die schwarzen Knopfaugen blickten wach aus dem aristokratisch blassen Gesicht, der zartrosa geschminkte Mund lächelte unverbindlich, als sie sich in der Tür gegenüberstanden.

Belledin war wie angewurzelt stehen geblieben, vergaß dabei, den Schritt zurückzugehen, um der Frau den Vortritt zu lassen. Sie schüttelte empört über solche Plumpheit den Kopf und machte sich daran, eine andere Tür zu nehmen.

»Denise«, stammelte Belledin.

Die Frau ließ den Türgriff los und sah Belledin fragend an.

»Ich meine, Madame Ardant«, verbesserte er sich.

Sie schien ihn nicht zu erkennen. Er lupfte seinen Hut und sagte: »Belledin, Französisch-Grundkurs, 1984.«

Ihre Gesichtszüge erhellten sich. Die schmalen Lippen spreizten sich zu einem Lächeln. *»Ah, le beau Bello. Quel surprise. Qu'est-ce-que vous faites ici? Vous prenez la classe?«*

»Oh, non, non, Madame, merci. Pour moi l'école est finis«, antwortete er, und er merkte, dass sein sonst sehr flüssiges Französisch hakte und stolperte, nur weil er besonders gut sprechen wollte. Lehrer blieben nun mal Lehrer. Man konnte sich ihrer nie entledigen. Sie waren schlimmer als Väter.

»L'école n'est jamais finis«, lächelte Madame Ardant.

»Da haben Sie wohl recht, Madame. Unterrichten Sie etwa noch immer?«

»Sehe ich denn so alt aus, dass ich schon in Pension müsste?«, fragte sie. Ihre flinken dunklen Knopfaugen erinnerten Belledin an ein Geschicklichkeitsspiel, bei dem man in einer kleinen Dose zwei Kügelchen in ihre Löcher balancieren musste. Er war ganz gut darin gewesen. Und er hätte jetzt gerne Madame Ardant am Kopf gepackt, um ihre Äuglein zur Ruhe zu bringen.

»Nein, überhaupt nicht. Es ist wohl eher so, dass ich mich selbst schon so alt fühle und mir nicht vorstellen kann, hier noch einen Lehrer von damals anzutreffen«, versuchte Belledin die Kurve zu kriegen.

»1984, sagten Sie? Das ist wirklich schon lange her. ›Die Klasse von 1984‹, war das nicht das Motto eurer Abi-Fete? Ein Horrorfilm, wenn ich mich recht entsinne. Mit Kettensägen und Zombie-Lehrer-Puppen. Geschmacklos. Wessen Idee war das eigentlich? Ihre?«

Belledin schluckte. Er erinnerte sich an das Spektakel. Sie hatten Eimer mit blutroter Farbe verspritzt, Judas Priest dazu aufgelegt und Bierflaschen durch die Aula geworfen. Angestauten Aggressionen von zehn Jahren Notendressur hatten sie freien Lauf gelassen. Da war einiges zu Bruch gegangen. Belledin hatte den Film von Mark L. Lester nur einmal im Breisacher Kino gesehen. Kettensägen waren darin nicht vorgekommen, soweit er sich erinnerte, aber es hätte durchaus sein können. Er schämte sich nicht für damals. Es hatte ihm gutgetan, die Schautafeln des Chemiesaals mit der Axt zu zertrümmern, mit der er sonst zu Hause das Holz spalten musste, während andere Zeit hatten, für Chemie zu lernen. Hätte er etwa denen den Schädel einschlagen sollen? Da war es doch besser gewesen, sich am Chemiesaal auszutoben.

»Ich weiß nicht mehr so recht, von wem die Idee kam. Ich erinnere mich nur, dass es zwei Lager gab. Die einen plädierten dafür, George Orwell mit ›1984‹ als Motto zu nehmen, die anderen stimmten für den Film.«

»Und auf welcher Seite standen Sie?« Madame Ardant sah Belledin genauso herausfordernd an wie damals, wenn sie ihn nach dem Passé Composé befragte.

»Heute stehe ich auf der Seite von ›Big Brother‹.« Er grinste, dass ihn die Haare seines Schnäuzers im Nasenloch kitzelten. Dann zog er seinen Dienstausweis und hielt ihn Denise Ardant vors Gesicht.

»Und heute stelle ich die Fragen, alles andere ist plus-que-parfait«, setzte er nach. Er konnte sich diesen Satz nicht verkneifen. Er hätte ihn gerne einigen anderen Lehrern vor den Latz geknallt. Mit Denise war immer gut zu verhandeln gewesen. Ein paar Komplimente über ihre Frisur oder ihren vorzüglichen Kleidergeschmack, und man konnte die Fünf in eine Vier umwandeln. Mathelehrer Ripple oder Chemie-Guru Eisner hätte er da jetzt viel lieber vor der Flinte gesehen. Aber er gab sich auch mit einem kleineren Fisch zufrieden.

»*Oh, là, là, Monsieur le commissaire!* Was für einen Fall haben Sie denn zu lösen?«

»Den Mord an Erik Schwarz.«

»Er wurde ermordet?«, fragte sie, und es schien nicht so, als würde es sie sonderlich erschüttern. Ein Rotweinfleck auf ihrer Bluse hätte sie wohl mehr schockiert.

»Das scheint Sie kaltzulassen.«

»Ich kannte ihn kaum. Es werden heute ja an allen Ecken irgendwelche Menschen ermordet. Die Zeitungen sind voll davon. Das hat schon etwas Inflationäres, finden Sie nicht? Ein Leben ist kaum mehr etwas wert, bei sieben Milliarden Menschen. Und obwohl ständig Menschen sterben, wächst die Bevölkerungsanzahl in jeder Sekunde um drei Leben. Irgendwann ist man dann selbst tot, na und? Haben Sie noch weitere Fragen?«

»Im Moment nicht. *Merci*«, sagte Belledin und setzte sich seinen Stetson auf den Kopf. Wieder schmerzte die Beule und erinnerte ihn daran, dass er unbedingt herausbekommen wollte, wer ihm das Horn verpasst hatte.

Belledin sah Bärbel auf dem Parkplatz vor der Schule, wie sie mit einer Gruppe älterer Schüler redete. Sie drückte einem davon einen Karton in die Hand, stieg in ihren Wagen und fuhr davon. Belledin ging auf die Gruppe zu.

»Alles klar?«, fragte er.

Sie musterten ihn. »Geht dich das was an, Fleischfresser?«, fragte der Halbstarke, der den Karton entgegengenommen hatte, den er jetzt auf den Boden stellte. Sein Gesicht war von Akne gezeichnet, ansonsten hätte er hübsch sein können.

»Was du isst, kann auch nicht gesund sein«, sagte Belledin und spielte auf das picklige Gesicht des Jungen an. Der verzerrte seinen Mund und holte zum Faustschlag aus. Eine rotwangige Mitschülerin griff ihm in den Arm.

»Lass ihn, Joe. Vielleicht ist das einer von der Fleischmafia. Oder ein Bulle«, sagte sie.

»Na und? Gerade denen müssen wir zeigen, dass wir nichts fürchten. Die beschützen doch die ganze Lügenbrut.« Joe riss sich von dem Mädchen los, schien sich aber nicht mehr zu trauen, Belledin anzugehen. Dafür spuckte er vor ihm auf den Boden. Belledin registrierte, dass der Speichel knapp vor seinen Budapestern landete.

»Welche Klasse seid ihr?«, fragte er.

»Zwölfte. Da siezt man uns normalerweise«, sagte das rotwangige Mädchen, das seine dichten blonden Haare zu schmuddeligen Rastazöpfen verfilzen ließ.

»Hat euch Frau Engler von dem Mord an Erik Schwarz erzählt?«

»Was?« Der Picklige riss den Mund auf. Die drei anderen aus der Gruppe sahen sich fassungslos an, die Schlagfertige sank auf ihre löchrige Jeans.

»Mord? Erik ist ermordet worden?«, fragte ein Kleiner, dem Belledin sofort türkische Abstammung bescheinigte.

»Heute Morgen haben wir ihn gefunden. Jemand hat ihm mit einem Bolzenschussgerät das Hirn eingedrückt und ihm anschließend die Haut abgezogen.« Belledin wusste, dass er wie ein Boulevardblatt den Splatter der Tat hervorhob. Es war Kalkül. Er hoffte, durch die Brutalität der Tat Reaktionen hervorzulocken, die ihn weiterbrachten.

»Diese Schweine.« Joe hatte seine Sprache wiedergefunden. »Das zahle ich denen heim.«

»Wem?«

»Den Fleischfressern.«

»Etwas konkreter?«

»Euch allen.« Joe trat gegen den Karton auf dem Boden, dann rannte er davon. Flugblätter wirbelten durch die Luft, trafen Belledin im Gesicht. Das Mädchen mit den Rastas weinte.

Belledin wandte sich an den Türken. »Und? Ist dein Vater Gemüsemann oder verkauft er Döner?«

»Er ist Ingenieur. Ich bin vierte Generation.«

»Und was willst du werden?«

»Polizist.«

»Dann würde ich mich von den Flugblättern fernhalten. Vorstrafen machen sich nie gut in der Bewerbung.«

»Wir tun nichts Verbotenes. Wir demonstrieren und machen auf Unrecht aufmerksam.«

»Was für Unrecht? Dass Tiere gegessen werden und man sie dafür vorher töten muss? Willst du zur Tierpolizei?«

»Warum?«, fragte das Rasta-Mädchen mit brüchiger Stimme, wischte sich die Tränen von den Wangen und sah Belledin fragend an. Er reichte ihr die Hand und half ihr hoch.

»Das versuche ich herauszukriegen. Könnt ihr euch vorstellen, wer so etwas gemacht haben könnte? Außer allen Fleischfressern? Hatte Erik Schwarz vielleicht Feinde, von denen ihr wisst?«

Die vier warfen sich Blicke zu.

»Und?«

»Mir fällt keiner ein«, sagte der Türke.

»Und euch beiden?« Belledin ging einen Schritt auf die zwei Schweigsamen der Gruppe zu. Sie sahen blass aus. Hockten zu viel vor dem Computer und der Spielkonsole. Eindeutig. Dass die Nachricht Ursache für ihre Blässe sein konnte, schloss Belledin aus.

Kopfschütteln. Von beiden. Kein Wort.

»Könnt ihr auch reden? Was macht ihr, wenn euch der Gugel nach dem Consecutium temporum abhört? Schweigt ihr da genauso?«

»Consecutio temporum. Es heißt Consecutio«, sagte der Türke.

»Und wie heißt du?«

»Olcay Kantar.«

»Okay. Olcay. Ich ernenne dich hiermit zum Hilfssheriff. Wenn du irgendetwas hörst oder dir etwas einfällt, das mir weiterhilft, dann meldest du dich unter dieser Nummer.« Er reichte ihm eine Visitenkarte. Olcay nahm sie entgegen, las und steckte sie ein. Dann reichte er Belledin ebenfalls eine Karte.

Belledin las laut: »Olcay Kantar. Nachhilfe in Latein und Mathe.« Er schürzte die Lippen und sah Olcay listig an. »Ich werde darauf zurückkommen.« Er ließ die Gruppe zurück und ging zu seinem Wagen, entriegelte ihn per Elektroschlüssel und stieg ein.

»Halt. Warten Sie.« Es war das Mädchen mit den Rastas. »Fahren Sie nach Freiburg?«

Belledin sah sie wortlos an.

»Können Sie mich mitnehmen?«

»Fährt die Bahn nicht mehr?«

»Ist mir gerade zu stressig, schwarzzufahren.«

»Man kann auch Karten kaufen.« Er musterte sie. Sie kam bestimmt aus gutem Haus. Der Look war Trotz und Mode. Annette hatte auch mal so eine Phase gehabt. Sie hatte sogar Joints geraucht und sich mit Piercings durchlöchert. Belledin war froh, dass es nach einem Jahr vorbei gewesen war. Nur das Ohrloch, in das man einen Weinkorken stecken konnte, war geblieben.

»Wenn du es nicht eilig hast, kannst du mitfahren. Ich muss erst noch woandershin.«

Sie fuhr sich mit der Hand durch den Filz der Rastas. Eine runde Stirn kam zum Vorschein. Belledin startete den Wagen und setzte rückwärts zurück. Sie lief um den Audi herum, riss die Beifahrertür auf und sprang in den Wagen.

»Wohin fahren wir?«

»Münsterberg. Und geraucht wird hier drin nicht.«

DREI

Fünfmal hatte Bärbel versucht, Killian telefonisch zu erreichen. Immer war die Mobilbox angesprungen. Also setzte sie sich in ihren Beetle und fuhr nach Oberrotweil. Killian musste ihr jetzt helfen. Wenn er sich noch immer weigerte, dann wäre er für sie gestorben. Bei dem Gedanken stiegen Tränen in ihr hoch. Es waren Tränen der Wut. Am liebsten wäre sie Gugel an die Gurgel gegangen. Sie konnte Belledin schon nicht leiden, aber die schwelgende Selbstgefälligkeit des Direktors brachte sie auf die Palme. Da war ein Kollege brutal ermordet worden, und Gugel wusste nichts Besseres, als sie vor Belledin in Latein zu unterrichten. Dann die Anspielung auf ihr Verhältnis mit Holger. Als ob Gugel die Gruppendynamik des Kollegiums im Auge hatte. Lächerlich. Dazu war er überhaupt nicht fähig. Irgendjemand musste ihm das gesteckt haben. Es gab einige Grüppchen in der Lehrerschaft, die sich untereinander nicht hold waren. Da war jeder froh, wenn er dem anderen eins auswischen konnte. Dieser Mikrokosmos Schule, dieser Staat im Staat, winkeladvokatisch geführt von Gugel, war eine Schlangengrube geworden.

Das Sabbatical hatte überhaupt nichts gebracht. Sie war wieder mittendrin im Scharmützel. Vielleicht sogar noch ärger als zuvor. Das Rad hatte sich an der Schule weitergedreht. Kollegen, auf die sie vor einem Jahr in Sachfragen wenigstens noch halbwegs hatte bauen können, waren mittlerweile ins andere Lager gewechselt oder hatten eigene Grüppchen gebildet.

Bärbel war sich zu Beginn des Schuljahrs vorgekommen, als wäre sie überhaupt nicht vorhanden. Nirgends hatte sie andocken können, niemand hatte sich für ihre Erfahrungen während der Auszeit interessiert, keiner war auf sie zugekommen, um ihr mitzuteilen, was sich innerhalb ihrer Abwesenheit getan und geändert hatte.

Der Einzige, der Gugel und der konservativen Fraktion widersprochen und sich aus dem Heer der Meinungslosen erhoben hatte, war Erik gewesen. Er plädierte für ganzheitliches Lernen, brachte Beispiele aus Finnland, wo er selbst zwei Jahre in einem europäischen Schulprojekt eingesetzt worden war, ehe er in Breisach den Schuldienst angetreten hatte. Erik wusste seine Argumente nach und nach aufzufächern, ohne sich emotional zu verausgaben. Er war darin viel besser gewesen als sie. Ihre Emotion war immer schneller als ihr Verstand. Erik gehorchten Gefühl und Gedanke. Das war seine Stärke, und dadurch gewann er nach und nach Stimmen aus den Reihen der Mitläufer.

Auch Bärbel hatte sich an ihn gehängt. Er konnte ihre Wut in Worte fassen und Probleme in Herausforderungen verwandeln. Er war kein Protestler, er war einer, der Dinge anging und neue Situationen schuf. Bärbel war durch ihn mit einem Schlag um zwanzig Jahre jünger geworden. Sie arbeitete bis spät in die Nacht. Schrieb Flugblätter, schickte Rundmails an Sympathisanten, organisierte Demos. Sie war mindestens so wild und engagiert wie damals, als es gegen die Pershing II ging. Sie hatte wieder Sinn gefunden. Und nun sollte das auf einmal vorbei sein? Mit Eriks Tod sollte auch ihre frisch gewonnene Lebenskraft wieder schwinden? Nein, das würde sie nicht zulassen. Erik hatte viel riskiert, und sie würde ihm in nichts nachstehen. Das war sie ihm schuldig. Und wenn Killian ihr nicht helfen mochte, dann würde sie es eben allein durchziehen.

Sie setzte den Blinker und überholte eine Schlange von drei Autos, die hinter einem Traktor hertuckerten.

»Ihr Sicherheitsfahrer!«, brüllte sie. »Riskiert mal was! Zieht mal auf die Gegenfahrbahn! Was kümmert mich eine durchgezogene Linie, die keinen Sinn macht? Wer noch nicht einmal die Verkehrsregeln hinterfragt, wie will der eine eigene Meinung haben! Auf, ihr Lahmärsche!«

Sie hupte wild und zog an der Schlange vorbei. Sie wusste, dass die Spießer nun den Kopf schütteln würden. Aber was sollte auf der Geraden zwischen Breisach und Ihringen schon passieren? Da gab es ganz andere Kurven am Kaiserstuhl, in denen der Tod auf Beute lauerte. Und dort waren keine durchgezogenen Linien gemalt.

Von vorne preschte ihr ein Fahrzeug entgegen, das mit der Lichthupe zündete.

»Arschloch! Brems halt!«, fauchte Bärbel und drückte das Gaspedal noch tiefer durch. Im letzten Moment riss sie das Steuer herum und schnitt knapp vor dem Traktor auf die rechte Spur. Dann bremste sie scharf ab, weil sie an der nächsten Kreuzung links abbiegen musste, um in den Kaiserstuhl zu gelangen.

***

Stark drückte die Kippe im Aschenbecher aus und blickte in den Rückspiegel. Sie war kein *My* vom Gas gegangen. Hätte der gelbe Beetle doch in den Acker fahren sollen. Wer sich mit ihr im Verkehr anlegte, trug selbst Schuld. Das kurze Duell hatte Lust auf mehr gemacht. Gerne wäre sie jetzt eine Rallye gefahren. Sie hatte sich noch nicht schlaugemacht, wo man hier auf die Piste konnte. In Münster war sie jeden dienstfreien Sonntag gefahren. Das hatte gutgetan. Sie hatte den angestauten Dampf der Woche ablassen können.

Mit Supervision hatte sie es auch versucht, aber es hatte nichts gebracht. Keine drei Sitzungen, und sie war mit dem Kerl im Bett gelandet. Einer, der zuhörte, den mochte man eben. Aber außer Zuhören war da nicht viel gewesen. Selbst hatte er nichts zu erzählen gehabt; da waren getunte Motoren bessere Unterhalter.

Sie fischte sich eine neue Zigarette aus dem Päckchen und steckte sie an. Wenn man hier Rennen fahren konnte, würde sie schon zurechtkommen.

Sie fuhr in Breisach ein und bremste ab. Zu spät. Ein Blitzlichtgerät der Kollegen knipste sie. Es ließ sie kalt. Ein Blick auf das Navi zeigte ihr, wohin sie zu fahren hatte. Sie folgte dem Pfeil und tuckerte über die Neutorstraße zur Kupfertorstraße, um dann über das Kopfsteinpflaster den Münsterberg zu erklimmen. In der Radbrunnenallee parkte sie neben Belledins Wagen und stieg aus. Sie schnippte die Zigarette auf den Boden und trat sie mit der Spitze ihres Stiefels aus. Dann ging sie auf das Fachwerkhaus zu und verschwand darin.

***

Belledin saß auf einem Drehstuhl in dem Zimmer, in dem man ihn niedergeschlagen hatte. Beim Eintritt von Stark sah er von dem Ordner auf, in dem Daten über Tierzucht in Deutschland gesammelt worden waren.

»Tut mir leid, dass ich erst jetzt komme«, sagte Stark.

»Braucht Ihnen nicht leidzutun. Ist gut, wenn wir parallel ermitteln. Haben Sie etwas Neues?«

»Ein durchgeknallter Metzger, der sich mit Blut beschmiert und gerne Kinder erschreckt. Heiner Saier.«

»Klingt vielversprechend.«

»Hat aber ein Alibi für die Tatzeit.«

»Wer?«

»Seine Lebensgefährtin.«

»Dünn. Was wissen Sie noch über ihn?«

»Ich habe Wagner darauf angesetzt. Wäre übrigens nicht schlecht, wenn er uns auch draußen bei den Ermittlungen helfen könnte.«

»Wagner? Lassen Sie den mal schön im Archiv. Dort bleibt er trocken. Wenn Sie den auf einen Metzger ansetzen, der mit blutverschmiertem Gesicht Kinder erschreckt, können Sie ihn gleich in einem Fass Wein baden. Der ist zu sensibel für unseren Job.«

»Wer nicht?«

Belledin sah sie an. Sie wich seinem Blick aus.

»Ganz schöne Sauerei«, sagte er und streckte ihr den Ordner entgegen. »Gehen Sie den durch und notieren Sie sich alle Namen, die darin nicht gut wegkommen. Sind nicht wenige, die da etwas zu vertuschen haben. Falls die Anschuldigungen stimmen.«

Stark nahm den Ordner. Belledin merkte, dass sie auf seine Beule sah.

»Baseballschläger. Irgendjemand hat mir damit eins verpasst. Ich muss ihn beim Schnüffeln gestört haben. Kann gut sein, dass er nicht gleich abgehauen ist und weitergeschnüffelt hat. Aber den Ordner hat er nicht mitgenommen. Obwohl er ihn in der Hand gehabt haben muss. Er lag auf dem Schreibtisch.«

»War wohl nicht so wichtig. Dafür sehe ich keinen Computer«, sagte Stark.

»Es gibt keinen«, brummte Belledin. »In der ganzen Wohnung nicht. Dafür untersucht Spitznagel den Schläger gerade auf Fingerabdrücke.«

»Der Täter hat ihn zurückgelassen? Scheint mir kein Profi zu sein.«

»Konnte vielleicht nicht so viel auf einmal tragen.«

»Also hat Ihr Totschläger den Computer mitgehen lassen. Haben Sie keinen gesehen, bevor Sie niedergeschlagen wurden? Kann mir nicht vorstellen, dass Schwarz keinen Laptop hatte.«

Belledin hob langsam seine buschigen Brauen. »Vernehmen Sie gerade mich?«

»Sorry, so war das nicht gemeint. Ich dachte nur –«

»Denken Sie nur, das ist gut. Das tun in meiner Umgebung ohnehin viel zu wenige.« Belledin rieb sich die Schläfen und versuchte sich zu erinnern, ob er beim Eintreten einen Computer auf dem Schreibtisch gesehen hatte. »Nein, ich glaube, da war nichts.«

»Gibt es einen Router in der Wohnung?«, fragte Stark.

»Habe ich noch nicht nachgesehen. Bin erst kurz vor Ihnen wieder hier eingetroffen. Ich war in der Schule. Wollte hier nicht so lange trödeln, bis Sie endlich kommen.« Belledin merkte, dass er sich zu rechtfertigen versuchte, das gefiel ihm gar nicht. Die neue Kollegin setzte ihn seltsam unter Druck.

»Und was gibt es da? Schwierige Kollegen? Oder betroffene Mitmenschen?« Stark verließ das Zimmer.

»Weiß ich noch nicht.« Sie war forsch und schnell. Er ging davon aus, dass sie sich erst einmal einzulernen hatte. Er war Wagner gewohnt, ein gewisses Laisser-faire; badisches Temperament eben. Eine westfälische Plappertasche gefährdete seine kriminalistische Ruhe. Er fühlte sich bedrängt, sein Revier zu verteidigen. Und er hatte keinen Grund dazu. Die Fragen, die Stark stellte, waren allesamt berechtigt und sachlich. Das machte ihn noch ungehaltener.

»Hier ist ein Internetanschluss samt Router. Er ist an. Also muss es hier auch einen Computer gegeben haben«, rief Stark vom anderen Ende der Wohnung.

Belledin antwortete nicht. Stark redete so viel, sie konnte sich auch allein unterhalten.

Sie kam zurück.

»Ist alles in Ordnung mit Ihnen?«, fragte sie.

»Alles klar. Nur der Kopf brummt ein wenig.«

»Ich sehe mal im Bad nach. Vielleicht gibt's hier irgendwo ein Aspirin«, sagte Stark und verschwand wieder.

Jetzt kümmerte sie sich auch noch um ihn. Wie sollte er ihr da einen vor den Latz knallen können? Von Biggi ließ er sich gern kurieren, das war jahrzehntelang einstudiertes Rollenspiel. Aber wenn ihn eine junge Kollegin bemutterte, degradierte sie ihn in seinem Status. Er konnte jetzt nur hoffen, dass sie kein Aspirin fand und er weiterhin die schmerzende Beule als Alibi für seine schlechte Laune vorschieben konnte.

Stark kam mit einem sprudelnden Glas Wasser zurück. Belledin sah, wie sich die letzten Reste der Tablette darin auflösten, und nahm das Glas entgegen. Am liebsten hätte er es Stark ins Gesicht geschüttet. Er trank es aber artig aus und stellte es auf dem Schreibtisch ab.

»Was gibt's vom Schlachthof?«, fragte er und war froh, dass er jetzt die Fragen stellte.

»Es fehlt kein Bolzenschussgerät. Das hat mir der Chef dort gesagt.«

»Haben Sie es überprüft?«

Stark schwieg.

»Außerdem: Wenn es jemand vom Schlachthof war, könnte er es wieder zurückgebracht haben. Verdächtige Leute?«

»Ich habe bislang nur mit dem Besitzer Ginter gesprochen. Und mit Saier«, sagte sie.

Belledin hob die Augenbrauen. »Sie hatten doch genügend Zeit, auch andere zu vernehmen. Es ist nicht effektiv, zwei Wege zu machen, wo es einer tut.« Er freute sich, dass er Stark endlich eine austeilen konnte. Sie erwiderte nichts. Damit hatte er nicht gerechnet. So leicht war sie also zum Schweigen zu bringen? Er fühlte, dass er das Heft wieder in der Hand hielt. »Sonst noch was?«

Sie schüttelte den Kopf, nahm das Glas vom Schreibtisch und ging aus dem Zimmer.

»Sie können sich hier ja noch ein Weilchen umsehen, vielleicht finden Sie noch einen weiteren Internetanschluss oder etwas ähnlich Wichtiges. Nicht dass wir hier auch noch mal hinmüssen. Und vergessen Sie den Ordner nicht«, rief er in die Wohnung. Stark antwortete nicht. Wenn sie so wenig Kritik verkraftete, konnte es heiter werden. Solange sie nicht zu saufen anfing wie Wagner, durfte sie ruhig die Beleidigte spielen.

Er drückte seinen Hut vorsichtig auf den Kopf und verließ das Zimmer. Er wollte Stark schon noch mal ins Gesicht sehen, ehe er ging. Nicht aus Genugtuung, sie abgekanzelt zu haben, so klein war er dann doch nicht. Oder doch?

»Stark? Wo sind Sie?«, fragte er, als er sie weder im Bad noch in der Küche fand. Vielleicht war sie auf dem kleinen Balkon und rauchte eine? Ihm war nicht entgangen, dass sie wie ein Schlot qualmte. Aber es stand ihr, das musste er zugeben. Es passte zu ihrem rotzigen Wesen.

Sie war nicht auf dem Balkon. Belledin ging durch die Küche zum Schlafzimmer. Auch dort war niemand. Dann hörte er einen Laut aus dem großen Kleiderschrank. Belledin drückte sich an die Wand und zog seine Walther.

Stark trat aus dem Schrank heraus.

»Was soll das denn?«, fragte Belledin und steckte die Waffe wieder ein.

»Hier drin ist ein Tresor.«

»Dann lassen wir die Experten kommen, damit sie das Ding aufmachen.«

»Ist schon geschehen. War eine einfache Zahlenkombination. Nichts Kompliziertes«, sagte Stark.

Allmählich wurde sie ihm unheimlich. Er hatte keine Zeit gehabt, ihre Akte zu studieren. Er dachte, er würde die neue Kollegin bei der Arbeit kennenlernen. Dass sie ihm so ein Kaliber an die Seite setzten, damit hatte er nicht gerechnet.

»Und? Was war drin?«

»Das hier.« Stark hielt einen USB-Stick in die Höhe und übergab ihn an Belledin.

»Vergessen Sie den Ordner, der ist wertlos. Sonst hätte ihn der Einbrecher mitgenommen.« Er atmete tief durch. Es fiel ihm schwer. »Gute Arbeit, Stark.«

»Jetzt fehlt uns nur noch der Computer. Es muss einer hier gewesen sein. Wozu sonst der Drucker?«, sagte sie und blätterte durch den Ausdruck, der im Cache des Druckers lag.

»Flugblätter?«, fragte Belledin.

»Essen wir bald auch Menschenfleisch?«

»Was?«

»Steht hier. Ist die Überschrift.«

»Das war unser letztes Thema in Deutsch«, sagte eine helle Stimme. Die junge Frau mit den Rastazöpfen stand im Türrahmen.

»Hat dir jemand erlaubt, hier reinzukommen?«, knurrte Belledin.

»Wurde er hier getötet?« Das Mädchen starrte auf das Chaos.

»Wer ist das?«, fragte Stark.

»Eine Schülerin von Schwarz. Sie wollte nach Freiburg mit.«

»Name?«

»Marlena. Marlena Dufner.«

»Kannten Sie Erik Schwarz gut?«

»Er war mein Lehrer.«

»Haben Sie sich mit ihm auch außerhalb der Schule getroffen?«

»Bei den Tierschützern.«

»Auch hier?«

Sie nickte.

»Wer noch?«

»Joe, Olcay und die Aguecheeks.«

»Aguecheeks?«, fragte Belledin.

»Bleichenwang. Aus ›Was ihr wollt‹, von Shakespeare. Weil die Köhler-Brüder so blass sind, nennen wir sie die Aguecheeks.«

»Und was habt ihr hier gemacht?«

»Aktionen besprochen.«

»Nur ihr? Sonst niemand?«

»Die anderen kannst du vergessen. Die reden nur.«

»Und ihr? Was habt ihr gemacht?«

Marlena sah erst zu Stark, dann zu Belledin.

»Angefangen, die Welt zu verändern.«

Belledin schob sich zwischen Marlena und Stark. Er wollte das Gespräch übernehmen. »Die Welt verändern, soso. Und wie? Indem ihr mit Pflastersteinen die Schaufenster von Metzgereien einschlagt.«

Marlena schwieg.

»Komm, wir fahren. Wir können uns ja noch auf dem Weg nach Freiburg genauer darüber unterhalten.«

»Ich fahr mit ihr«, sagte Marlena und drehte sich zu Stark. »Sie müssen doch bestimmt auch aufs Revier. Und bei Ihnen darf man auch im Auto rauchen, oder? Jedenfalls riechen Sie so.«

***

Killian hatte vergessen, die SIM-Karte in seinem Handy zu wechseln, deswegen hatte ihn Moshe auch so leicht erreichen können. Er hatte ihn abgewimmelt. Es ging nicht anders. Er brauchte Pause. Der letzte Einsatz hatte ihn ausgelaugt. Sein Akku hielt nicht mehr so lange wie früher, Moshe musste das akzeptieren. Es gab Jüngere, die noch auf Abenteuer brannten und darauf hofften, mit ihren Fotos die Welt zu verbessern. Killian war dieser Illusion längst beraubt.

Er öffnete das Handy, nahm die SIM-Karte heraus und schob sie in ein Klarsichtetui. Er hoffte, dass er sie nicht so bald wieder einlegen würde. Dafür passte er eine andere ein und schloss das Handy. Er entsperrte es und war wieder bereit für die Welt am Kaiserstuhl.

Aber es klingelte nicht. Dafür klopfte es am Schiebetor des Ateliers. Killian öffnete. Bärbel stand vor ihm. Ihre grünen Augen waren rot gerändert und geschwollen.

»Nimm mich in den Arm«, sagte sie leise.

Killian zog sie an sich. So standen sie schweigend zwei Minuten, ehe sich Bärbel löste.

»Danke.«

»Willst du Kaffee?«, fragte Killian, und sie nickte. Er verschwand in die kleine Küche und setzte für Bärbel in einer Blechkanne Kaffee auf, für sich selbst kochte er heißes Wasser.

Bärbel setzte sich auf das abgenutzte Polster des barocken Sofas, eines der raren Möbel, die in Killians Atelier Gemütlichkeit boten, und wartete, bis er den Kaffee brachte. Sie gab einen Löffel Zucker dazu und rührte; auch dann noch, als der Zucker längst aufgelöst war.

»Willst du mir sagen, was los ist?«, fragte Killian.

Bärbel stellte das Rühren ein. »Erik Schwarz ist tot. Er wurde ermordet. Belledin war gerade in der Schule. Ich war zufällig da, weil ich noch Kopien für –« Weiter kam sie nicht, weil sie einen neuen Weinkrampf unterdrücken musste. Sie atmete zitternd durch und sprach gefasst weiter. »Weil ich noch Kopien von unseren Flugblättern machen wollte.«

Killian setzte sich neben sie und nahm sie in den Arm. Sie schluchzte an seiner Brust, dann stieß sie sich ab und sah ihm ernst in die Augen.

»Hilfst du mir, die Schweine dranzukriegen?«

»Wen meinst du?«

»Ginter und seine Schlächter.«

»Du verdächtigst den Schlachthof?«

»Wen sonst? Es muss irgendjemand aus der Metzgermafia gewesen sein. Erik hatte sonst keine Feinde.«

»Kanntest du ihn so gut?«

»Was soll das? Ich habe dir doch gesagt, dass ich mit ihm nichts hatte.«

»Du kanntest ihn erst seit Anfang des Schuljahres. Ein Mensch hat auch eine Vergangenheit. Und die verfolgt einen hin und wieder.«

»Sprichst du jetzt von dir?«

Er schwieg. Ja, er sprach wohl von sich selbst. Auch ihn konnte die Vergangenheit jederzeit einholen. Er mochte gar nicht daran denken, wie viele Menschen Grund hatten, sich an ihm zu rächen. Er trank einen weiteren Schluck und sah an Bärbel vorbei ins Nichts.

»Entschuldige«, hörte er wie von fern ihre Stimme. »Vermutlich hast du recht. Ich kannte Erik sonst nicht. Ich weiß nicht, was er vorher gemacht hat, ich weiß auch nicht, warum er nach Breisach versetzt worden war.«

Killian landete wieder im Jetzt. »Wo war er denn davor?«

Bärbel druckste. »Birkenwaldschule, in Hessen.«

Er horchte auf. Die Schule war vor einigen Jahren in den Medien zerlegt worden, weil ein Pfuhl von Missbrauchsdelikten offengelegt worden war. Es hatte mit wenigen ehemaligen Internatsschülern begonnen, die sich mit ihrem Trauma an die Öffentlichkeit gewagt hatten. Dann war daraus ein Skandalnetz gewachsen, das bis in die obersten Spitzen der Pädagogen-Gurus reichte.

»Aber er hatte nichts mit den Vorfällen dort zu tun. Er hat einfach wechseln müssen, weil er die Belastung nicht ausgehalten hat. Er war eine ehrliche Haut.« Bärbel starrte auf die Espressotasse in ihren Händen. »Die man ihm abgezogen hat.«

Killian sah sie fragend an.

»Ja, man hat ihm wirklich die Haut abgezogen. Das ganze Gesicht haben ihm die Schweine vom Fleisch gerissen. So wie sie es auch bei Rindern machen, so haben sie Erik geschlachtet. Erst mit dem Bolzen ins Hirn geschossen, dann die Haut abgezogen.«

Sie stellte die Tasse auf das verbeulte Silbertablett, das sich vor dem Sofa auf einem kleinen Tisch befand, und goss sich Kaffee nach. Jetzt, da sie alles ausgesprochen hatte, wirkte sie gefasst.

»Findest du nicht, dass das für die Metzger als Täter spricht?«, fragte sie.

»Sieht danach aus. Aber bewiesen ist nichts. Belledin wird bestimmt bereits in die Richtung ermitteln.«

»Belledin kommt da nicht ran. Die blocken ihn ab. Die ganze Sauerei wird doch vom Staat unterstützt. Fleisch ist ein Riesengeschäft, eine heilige Kuh. Vom Futtermittel über die Bauern bis hin zu den Metzgern, alles eine riesige Lobby. Da will sich Belledin bestimmt nicht die Finger verbrennen.«

»Belledin kann ein harter Hund sein. Und was könnten wir tun, was er nicht besser kann?«

»Wir könnten uns den Schlachthof vorknöpfen. Weiteren Druck ausüben. Die denken, dass mit Erik unserer Sache die Spitze genommen wurde. Wenn sie aber weiter unter Druck gesetzt werden, zwingen wir sie, erneut zu handeln. Und dann machen sie einen Fehler, und wir haben sie.«

»Und wie willst du sie unter Druck setzen? Mit Flugblättern und Demos?«

»Mit Beweisen. Erik sagte, er hätte Beweise, dass die Tiere bei Ginter gequält würden. Und damit könnte er ihn vom Sessel schießen.«

»Wo sind diese Beweise?«

»Das weiß ich nicht. Vielleicht in Eriks Wohnung.«

»Dann wird Belledin sie bereits gefunden haben.«

»Wenn Belledin sie hat, sind sie nutzlos. Der traut sich nie an die Großen. Der beißt nur die Kleinen.«

»Unterschätz ihn nicht. Belledin hat auch seinen Kodex.«

»Solange es ihn nichts kostet. Ich mag ihn nicht. Und ich trau ihm nicht.«

»Und mir traust du? Was weißt du denn von mir?«, fragte Killian, und er spürte, wie sein Gesicht zu Eis gefror. »Wir haben uns zwanzig Jahre nicht gesehen. Offiziell lebe ich hier, verschwinde aber immer wieder ohne Ankündigung für längere Zeit, um dann wieder aufzutauchen. Hast du dich nie gefragt, was in den zwanzig Jahren passiert ist? Was ich getan habe? Worin ich verstrickt sein könnte? Warum glaubst du ausgerechnet, mir trauen zu können?«

Bärbel sah ihn lange an. Dann senkte sie den Blick.

»Ich wünsche es mir einfach. Wegen alter Zeiten und wegen Swintha.«

Killian saß in der Falle. Sie hatte ihn genau dort, wo sie ihn haben wollte. Er war anfällig für alte Zeiten, noch anfälliger, wenn man Swintha ins Spiel brachte.

»Du sagtest, sie würden auf dem Schlachthof Arbeiter suchen. Hast du die Telefonnummer?«, fragte er und presste dann die Lippen aufeinander in der Hoffnung, den Satz damit rückgängig zu machen. Es half nichts. Er hatte es gesagt.

Bärbel griff in die Hosentasche ihrer Jeans und zog das zerknitterte Stück Zeitung hervor.

»Hier.« Aus ihren flackernden Augen sprach mehr als nur Kampfgeist.

Killian wusste nicht, wie weit die Geschichte Bärbel und ihn wieder aneinanderrücken würde, aber er fürchtete sich davor. Dass sie freundschaftlichen Kontakt hielten, war gut, aber mehr musste nicht sein.

Er nahm den Zeitungsartikel entgegen, sah sich die Stellenanzeige an und wählte die Nummer auf seinem Handy.

***

Black Sabbath schepperte mit »Hole in the sky« aus den kleinen Lautsprechern. Laut genug, um nicht reden zu müssen. Stark und Marlena rauchten. Ab und zu begegneten sich ihre Finger am überfüllten Aschenbecher. Nach der Zigarette drehte Stark die Musik aus und sah zu Marlena rüber.

»Magst du das Risiko?«

Marlena zuckte mit den Schultern.

»Wie alt bist du?«

»Achtzehn. Sie müssten mich siezen.«

»Habe ich das nicht?«

»Vorhin schon.«

»Vorhin war dienstlich.«

»Und jetzt?«

»Privates Interesse.« Stark schaltete einen Gang zurück und begann eine Schlange von Autos zu überholen, die den Blick auf den Gegenverkehr unmöglich machte. »Ich mag Risiko.«

»Sind Sie verrückt geworden? Hören Sie auf damit!« Marlena klammerte sich am Griff über der Autotür fest.

Stark schaltete zwei Gänge hoch und drückte das Pedal durch. »Nur noch drei, dann ist es vorbei.« Ihre Finger umkrallten das Lenkrad, sie drückte ihren Körper in den Sitz und leckte sich mit der Zunge über die Unterlippe. »Nur noch zwei.«

Jetzt kam von vorne einer. Ein Van. Bei einem Zusammenprall würde sie den Kürzeren ziehen. Sie riss das Lenkrad nach links und krachte mit einem Satz auf den Fahrradweg und legte eine Vollbremsung hin. Lautes Hupen von den Autos der Landstraße. Stark kümmerte sich nicht darum. Sie sah zu Marlena. Die war kreidebleich und zitterte am ganzen Leib.

»Sie spinnen ja total.«

»Vielleicht. Dafür darf man bei mir im Auto rauchen.«

»Ich will raus. Lassen Sie mich raus.« Marlena fasste nach dem Türgriff, aber Stark hielt sie am Arm fest.

»Was für Aktionen habt ihr gemacht? Du, Joe, Olcay und die Aguecheeks?«

»Von mir erfahren Sie nichts.«

»Gut. Dann kann die Fahrt ja weitergehen.« Sie ließ den Motor heulen.

»Nein. Bitte nicht. Hören Sie auf. Ich sag ja alles.«

Stark öffnete das Handschuhfach und zog ein Aufnahmegerät hervor. Sie stellte es an, nannte Namen, Ort und Zeit und wartete darauf, dass Marlena plauderte.

»Erik hat gesagt, dass wir mit friedlichen Mitteln niemals weiterkommen würden. Die Metzger würden nur reagieren, wenn sie etwas spüren würden.«

»Und was sollten sie spüren?«

»Angst. Todesangst. So wie die Tiere, die sie zur Schlachtbank schleifen.«

»Und wie habt ihr das angestellt? Mit Backsteinen in Schaufenster? Meint ihr, das ängstigt? Das schafft nur Wut.«

»Es sollte ja nur der Anfang sein.«

»Was sollte folgen?«

Marlena sah auf den überfüllten Aschenbecher und schwieg. Stark wartete.

»Als Nächstes hätten wir jemanden entführt. Irgendeinen Angehörigen von einem Metzger. Erik wollte es uns morgen sagen.«

»Und wozu das?«

»Damit sie am eigenen Leib spüren, was sie den Tieren antun.«

***

Belledin drehte den Stick zwischen den Fingern und besah sich erneut das Chaos, das in Schwarz' Wohnung angerichtet worden war. Wer hatte hier gewühlt? Und wer hatte ihm eins über den Schädel gezogen? Der Computer war weg, aber der Stick im Tresor. Warum hatte der Eindringling den Tresor nicht gefunden? Oder war er gerade am Tresor gewesen, als er selbst reingekommen war? Er hätte doch noch Zeit gehabt, den Tresor zu knacken, nachdem er ihn niedergeschlagen hatte. Stark hatte recht. Das war kein Profi gewesen. Verdammt. Stark. *Sie* war ein Profi. Wie schnell sie den Tresor geknackt hatte. Als würde sie die Nummer kennen. Kannte sie die Nummer? Blödsinn. Er musste sich bremsen, seine Phantasie galoppierte.

Er vernahm ein Geräusch an der Eingangstür. Schnell zog er sich hinter eines der Regale zurück. Eine Frau, etwa dreißig, in Joggingklamotten und mit einem blonden Pagenkopf, stand in der Wohnung. Sie schien erschrocken über den Anblick.

»Erik? Was ist denn hier los? Erik?«

Belledin trat hinter dem Regal hervor. Die Frau schrie vor Schreck.

»Nur die Ruhe. Ich bin Hauptkommissar Belledin, Kripo Freiburg.« Er zeigte ihr seinen Ausweis. »Und wer sind Sie?«

»Koch. Daniela Koch. Mein Mann ist ein Kollege von Erik Schwarz.«

»Und was wollen Sie hier?«

»Ich … ich … nichts.«

»Nichts?«

»Ich meine, nichts Besonderes. Etwas abholen, für meinen Mann.«

»Schauen Sie sich um. Vielleicht finden Sie es ja.«

»Nein, ist nicht so wichtig. Ich kann auch warten. Ich komme ein anderes Mal vorbei. Wenn Erik da ist.«

»Warum sollte er jetzt nicht da sein?«

»Weil ... ich sehe ihn nicht. Sie sind dafür hier. Ein Polizist. Dann dieses Chaos.«

»So. Also? Was vermuten Sie, was hier passiert ist?«

»Jemand hat eingebrochen und etwas gesucht.«

»Vielleicht das, was Sie abholen wollen?«

»Das kann ich mir nicht vorstellen.«

»Was ist es denn?«

»Fotos vom letzten Vereinsfest.«

»Verein? Sind Sie auch bei den Tierschützern?«

»Ja. Besser gesagt mein Mann. Ich bin mehr so dabei. Nicht wirklich aktiv.«

»Aber unterstützend.«

Sie nickte.

»Erik Schwarz ist tot.« Belledin verfolgte, wie der Torpedo das Schiff versenkte. Daniela Koch fiel in sich zusammen. Sie sah ihn entsetzt an und schluckte.

»Tot?«

»Ja. Er wurde heute Morgen ermordet in der Nähe des Schlachthofs in Freiburg aufgefunden.«

Sie suchte Halt und fand ihn in einem Stuhl, der neben der Tür stand. Sie sank darauf und begann zu schluchzen. Belledin ließ ihr eine Minute, mehr Zeit bekamen von ihm nur direkte Angehörige. Vereinsmitglieder mussten mit der Minute auskommen.

»Standen Sie ihm sehr nahe?«

Sie sah auf. »Nicht ... so sehr.«

»Dafür scheint es Sie aber heftig zu treffen.«

»Ich weine weniger um ihn. Ich habe Angst.«

»Wovor?«

»Dass Holger der Nächste ist.«

»Ihr Mann?«

Sie nickte.

»Warum sollte er der Nächste sein?«

»Weil er auch im Vorstand ist. Erst gestern hat er gesagt, ›Wenn man heute für Tiere kämpft, ist es, wie wenn man unter den Nazis einen Juden versteckte‹.«

»Etwas überzogen, finden Sie nicht?«

»Sie haben Erik umgebracht, finden Sie das nicht auch überzogen?«

»Wer hat ihn umgebracht?«

»Die Schweine-Mafia. Ginter und all die Lobbyisten, denen Erik auf der Spur war.«

»Was für eine Spur war das?«

»Weiß ich nicht. Holger hat gesagt, es wäre besser, ich wüsste nichts davon.«

»Wo ist Ihr Mann jetzt?«

»In der Schule.«

»Nachmittagsunterricht?«

»Tierschützer-AG. Er teilt sich die AG mit … hat sie sich mit Erik geteilt. Oh mein Gott, wenn ihm auch was passiert …« Sie begann wieder zu weinen.

»Haben Sie Ihren Ausweis dabei?«, fragte Belledin.

Sie zog ihn aus einem Portemonnaie, das in der Reißverschlusstasche ihrer Trainingsjacke steckte. Belledin notierte sich Name und Adresse.

»Heppenheim. Hessin. Aschebescher.«

Sie sah auf, verzog dabei keine Miene.

»Hört man gar nicht.« Er gab ihr den Ausweis zurück.

***

Stark hatte Marlena am Hauptbahnhof abgesetzt und war direkt aufs Revier gefahren. Jetzt parkte sie neben einem Streifenwagen und blieb im Auto sitzen. Sie dachte über das Mädchen nach. Ein williges Werkzeug in den Händen eines Fanatikers. Aber war sie selbst denn etwas anderes? Sie besah sich im Rückspiegel und gab sich zwei Ohrfeigen. Sie schmerzten, aber erinnerten sie daran, im Moment zu sein und nicht in ihre eigene Geschichte zu sinken.

Stark hätte den Stick gerne selbst gesichtet. Aber Belledin hatte es sich nicht nehmen lassen. Es sollte sein Erfolg sein, wenn dadurch Hinweise auf den Mörder zum Vorschein kamen. Noch hatte sie von Belledin nichts gehört. Entweder er hatte sich den USB-Stick noch nicht angesehen, oder die Dateien darauf waren für den Fall wertlos.

Sie fuhr auf den Parkplatz des Polizeireviers und stieg aus dem Wagen. Noch eine Zigarette an der frischen Luft, dann betrat sie das Gebäude und stieg die Stufen ins zweite Untergeschoss hinunter. Dort lag das Archiv. Vieles war mittlerweile digitalisiert, aber den Dschungel von Berichten und Akten, den man zur Sicherheit aufbewahrte und anreicherte, konnte man dadurch kaum lichten.

Es roch nach schwarz-grau gesprenkelten Ordnern. Ein Geruch, den sie noch nie gemocht hatte. Am liebsten hätte sie sich jetzt eine Zigarette angezündet, aber hier unten herrschte Rauchverbot.

Wagner kämpfte mit einem Stapel von Ordnern, den er so ungünstig geschichtet hatte, dass er rutschen musste. Da half es auch nichts, dass er mit aller Gewalt sein Kinn daraufpresste. Er erschrak, als er sie im Augenwinkel bemerkte, und die Ordner krachten zu Boden.

»Entschuldigung, ich wollte Sie nicht erschrecken«, sagte sie und bückte sich, um ihm zu helfen, die Ordner aufzuheben.

»Schon gut. Ich war scho immer schreckhaft. Deswege bin ich auch nimmer im Außendienst.«

»Wo kommen die Ordner hin?«

»Dort hinte, zweite Reihe. Und? Wie läuft's?«

Sie antwortete nicht und verstaute einen Teil der Ordner dort, wo Wagner angewiesen hatte.

»Tief unter der harte Schale isch er ein guter Kerl. Aber ganz tief, verstehe Sie? Man muss lang bohre, dann findet man ihn. Und wenn man es bis dorthin gschafft hat, dann hat man ä Freund, den man nie mehr misse möcht.«

»Sind Sie bis dorthin gedrungen?«

»Nein. Ich hab nicht die Ausdauer ghabt. Aber es soll Menschen gebe, die es geschafft habe. Ihnen trau ich die Zähigkeit zu.«

»So?«

»Na ja, immerhin habe Sie es bis ins nordrhein-westfälische LKA geschafft.«

»Aber jetzt bin ich hier. So zäh kann ich dann wohl nicht sein, sonst hätte ich dort weiter Karriere gemacht.«

»Wieso lässt man so einen Karriereposten sause und kommt hierher?«

»Haben Sie in Ihren Akten nichts darüber gefunden?«

»Nit viel. Auch im Computer Fehlanzeige. Seltsam. Wo doch sonscht alles vermerkt wird. Auf eigenen Antrag. Das isch alles, was ich gfunden hab. Noch nicht einmal strafversetzt. Was isch da vorgfalle?«

»Warum interessiert Sie das?«

»Weil ich wisse will, mit wem ich es zu tun hab. Vielleicht schickt man Sie, um bei uns zu gucke, ob alles ordnungsgemäß abläuft? Innere Aufsicht?«

»Sie sehen Gespenster.«

»Weiße Mäus? Meine Sie das vielleicht? Die hab ich gsehe, da haben Sie recht. Zweimal Entzug, da sieht man einiges. Aber ich mach hier meinen Job. Und ich mach ihn gut. So gut ich kann. Wie wir alle hier.«

»Ich wollte mal was anderes von der weiten Welt sehen. Und da dachte ich mir, der Breisgau wäre doch eine hübsche Abwechslung.«

»Sie sehe mir nit so aus, als würde Sie auf Karriere verzichte, nur weil Sie vom Schwarzwald aus den Sonnenuntergang in der Rheinebene genießen wolle.«

»Wirklich nicht?«

»Nein.«

»Und wie sehe ich aus?«

»Wie jemand, der entweder hier schnüffelt oder der Dreck am Stecke hat.«

»Und auf was tippen Sie?«

Wagner biss sich auf die Unterlippe. »Ich bin mir noch nicht sicher. Aber ich krieg's raus.«

»Und was haben Sie über Saier herausgekriegt? Oder bin ich jetzt Ihr Fall?«

Wagner ging zu seinem Schreibtisch und öffnete eine Kladde. Er nahm ein Papier heraus und reichte es ihr. »Hat einmal gesesse. Aber nicht im Knascht. In der Geschlossenen.«

»Was genau hat er getan?«

»Es ging über das übliche Halloween hinaus. Er hat bei einem Kindergartenfescht den Zauberer gspielt. Dabei hat er aber keine weißen Hasen aus dem Hut gezaubert, sondern einen abgehackten Schweinskopf. Als ihn einer der Erzieher an dem Spiel hindern wollte, hat er ihn mit Blut beschmiert. Ein Familienvater, der seine

Tochter früher vom Kindergarten abholen wollte, ging schließlich dazwische und hat ihn überwältigt.«

»Seit wann ist er wieder draußen?«

»Drei Jahre.«

»Auffälligkeiten?«

»Zweimal nackt und mit Blut besudelt an Fastnacht. Er hat den Marquis de Sade gspielt und es als Performance deklariert. Sonscht nichts.«

Stark hatte sich während des Gesprächs selbstvergessen eine Zigarette in den Mund gesteckt und suchte in ihren Taschen nach Feuer.

»Würd ich nicht tun. Dann stehe mir hier im Rege.« Wagner zeigte an die Decke zu den Rauchmeldern.

Stark ließ das Feuerzeug in der Jacke, behielt die Zigarette aber im Mundwinkel. »Wie heißt der Held, der Saier überwältigt hat?«

»Leider nicht Erik Schwarz.«

»Sondern?«

»Klaus Baier, Schwarzwaldstraße 125. Steht auf dem gelben Post-it. Die aktuelle Telefonnummer auch. Aber ich glaub nicht, dass uns das weiterbringt. Er hat damals schon alles gesagt, Sie könne es ja nachlese. Hinfahren lohnt nicht. Würd ich nicht tun.«

»Was würden Sie tun?«

»Am liebsten? Mich in die Reben zu meinem Silvaner setze und ä gute Mirabell trinken. Und dann darauf wette, dass es dieses Jahr ein Jahrhundertwein gebe wird.«

VIER

Belledin gondelte über die kurvenreiche Landstraße zwischen Ihringen und Wasenweiler. Ausnahmsweise fuhr er nicht schneller als erlaubt.

Er ließ das Fenster herunter und inhalierte den Frühlingsduft. Bis tief in die Lungenbläschen sog er das Parfüm der Apfelblüte. Der Kaiserstühler Frühling erweckte in ihm ungeahnte Kräfte. Was für Popeye der Spinat, war für Belledin die Blütenexplosion und das junge Grün im Mai. Es war noch immer Mittwoch, und einmal war keinmal.

Seine gute Laune rührte aber nicht nur von Frühling und Mittwochsgelüsten; auch die Gewissheit, dass er mit dem USB-Stick aus Schwarz' Tresor bald mehr über dessen Mörder wissen würde, beflügelte sein Gemüt. Er tappte nicht gern im Dunkeln. Das machte ihn nervös und verführte ihn, sich in wilden Vermutungen zu verstricken. Er brauchte einen Zipfel, in den er sich beißen konnte, war er auch noch so klein. Der USB-Stick versprach mehr als einen Zipfel Wurst – der roch nach einem saftigen Steak.

Belledin lief bei dem Gedanken das Wasser im Mund zusammen. Er hatte den ganzen Tag noch nichts gegessen, bis auf das Brot mit Bierschinken, das ihm Biggi nach dem Quickie mit auf den Weg gegeben hatte. Und schon wieder war er beim Sex. Gegen den Frühling hatte er einfach keine Chance.

Nur das Knurren im Magen war stärker als der Frühlingstrieb. Er konnte es kaum erwarten, bei Metzger Zimmermann einzukehren und eine ordentliche Wurst- und Fleischration einzukaufen.

Ungeduldig wartete er an der Ampel der Bötzinger Kreuzung. Heute schien sie ewig auf Rot zu stehen. Er blickte nach rechts, auf den kleinen Vorplatz des Bistros »Mirage«. Dort saß man bereits draußen. Sollte er kurz ranfahren und einen Happen zu sich nehmen? Er sah, wie sich zwei Männer gegenseitig an den Kragen gingen und nur mit Mühe von anderen Gästen getrennt werden konnten. Darauf hatte er keine Lust. Er war Polizist. Die Leute würden erwarten, dass er für Ruhe und Ordnung sorgte. Aber er war nicht für jeden Streithahn am Kaiserstuhl zuständig. Sollten sie sich doch raufen; solange sie sich dabei nicht umbrachten, ging das in Ordnung. Jeder brauchte hin und wieder ein Ventil. Vor allem im Frühling.

Hinter Belledin hupte ein Auto. Die Ampel war auf Grün gesprungen. Belledin maulte in seinen Schnäuzer und legte einen Kavalierstart hin. Er wusste, dass die Terrasse des »Mirage« kollektiv den Kopf heben würde, um zu sehen, wer da Gummi gegeben hatte. Aber bis sie ihn gesehen hatten, war er bereits im engen Kanal der Hauptstraße verschwunden.

Er sah in den Rückspiegel und stellte mit Genugtuung fest, dass er dem ungeduldigen Hintermann binnen fünf Sekunden einen Vorsprung von zwanzig Metern abgenommen hatte. Er jodelte wie ein Cowboy. Verdammt, fühlte er sich jung! Er würde das Rinderfilet gleich roh verschlingen, so geiferte das Tier in ihm.

Vor der evangelischen Kirche parkte er den Wagen. Es war Punkt vier Uhr. Die Glocken der Kirche schlugen nicht. Dafür hörte Belledin weiter hinten im Dorf das Vespergeläut der katholischen Kirche. Es erinnerte ihn an die Tage, als er mit der Großmutter noch nachmittags hatte auf dem Feld arbeiten müssen. Sie hatte nie eine Uhr dabeigehabt. Die Glocken der Kirche waren laut und verlässlich gewesen. Und wenn es vier Uhr geschlagen hatte, wurde *z'viere gveschpert*. Es war die schönste halbe Stunde auf dem Acker gewesen. Danach war sein Wanst immer so vollgeschlagen, dass er die Hacke kaum mehr in den harten Löss gehauen bekam. Vor allem, wenn es tags zuvor geregnet hatte und dann Wind und Sonne drübergegangen waren, warf der Boden Risse und bildete Lehmplatten, wie man es sonst nur aus der Sahelzone kannte.

Direkt neben der Kirche lag die Metzgerei Zimmermann. Belledin wollte einen Blick in die Auslage werfen, aber die Fensterscheibe war mit dicken Klebestreifen tapeziert, um große Risse zu kaschieren und das Glas vor dem Auseinanderfallen zu schützen.

Er betrat die Metzgerei und wartete, bis Else, die Frau des Metzgers Arno, einer Kundin den Fleischsalat und die Putenbrust verpackt und gereicht hatte.

»Salli, Bello, lang nimmi gseh.« Else schwang ihre Hand über die Theke. Belledin drückte sie, und seine Handfläche roch in Elses Hand den Geruch von frischer Wurstware. Am liebsten hätte er ihre Hand an sich gezogen und hineingebissen. Er hielt sich zurück und erwiderte ein kurzes »Salli«, um gleich zur Bestellung überzugehen.

Else zeigte auf die lädierte Fensterscheibe. »Oder bisch dienschtlich hier?«

Belledin zwang seinen Blick von der fleischigen Auslage und sah Else fragend an. »Dienstlich?«

»Hä wege de Fenschterscheibe. Mir hän doch Anzeige erstattet.«

Belledin brummelte ungeduldig und schluckte das Unausgesprochene hinunter. Es machte ihn nicht satt, sondern verärgerte ihn noch mehr. Warum dachte jeder, dass er für alles zuständig war? Von Mundraub über Kneipenschlägerei, von Zechprellerei bis zum Einschlagen von Fensterscheiben. Man wollte nicht kapieren, dass er Hauptkommissar der Mordkommission Freiburg war, sondern hielt ihn für das Mädchen für alles. Er hatte seine guten Gründe gehabt, nicht ins »Mirage« zu gehen, als er die Prügelei gesehen hatte. Am besten, er würde nur noch Biggi hierherschicken, dann hätte er Ruhe vor solchen Belästigungen.

»Dä Arno glaubt jo, dass es die Dubel vu Breisach ware«, sagte Else. »Weisch, die Vegetarier. Die, wo alle vierzehn Tag in Breisach demonschtriere. Do hän sie au scho zweimol Fenschterscheibe eingschmisse. Einmal beim Pfunder und erscht vor zwei Woche beim Kanzinger. Die hän si doch nimmer alle.«

Belledin kaute an seinem Schnäuzer und dachte nach. Er hatte natürlich davon mitbekommen. Deswegen hatte er auch gleich die Schülergruppe um Schwarz damit konfrontiert. Aber er zog es vor, sich hier dumm zu stellen.

»Und du kennsch de Arno. Der lässt sich des nit gfalle. Der wartet nit, bis d' Polizei endlich was macht.«

»Wo isch er eigentlich?«, fragte Belledin in der Hoffnung, dass sein alter Kumpel nicht gerade irgendeinen Blödsinn ausheckte.

»Der isch im Oberdorf, beim Jenne Albert, ä Sau schlachte. Absolutes Bio-Schwein, wär was für dich.« Else zwinkerte ihm vielversprechend zu. Sie war Geschäftsfrau.

Damit war Belledin wieder beim Thema, und sein Blick fraß sich in die Auslage.

»Hier, probier emol das Rädle Wurscht.« Else reichte ihm ein Stück Lyoner über die Theke. Belledin schnappte danach und warf es sich in den Mund. Zwei Bisse, länger kaute er nicht.

»Mmhh. Davon erscht mal zweihundert Gramm.«

Else hatte gar nicht abgewartet, die Wurst fiel bereits in dünnen Scheiben am scharfen Rad der Maschine.

***

»Maximal eine Woche«, sagte Killian. »Wenn ich bis dahin nichts gefunden habe, ist die Sache für mich erledigt.«

»Danke.« Bärbel machte sich auf, das Atelier zu verlassen. An der Tür drehte sie sich noch mal um. »Falls ich was von Swintha höre, lasse ich es dich wissen.«

Killian nickte.

»Oder hat sie sich etwa doch schon bei dir gemeldet?«

Er verdrehte die Augen.

»Entschuldige. Ich bin es eben noch nicht gewohnt, dass Swintha zwei Elternteile hat«, sagte sie leise.

»Nach drei Jahren könntest du langsam mal damit anfangen.«

»Zwanzig zu drei. Eine schlechte Quote für dich.«

»Kommt darauf an, mit welchen Parametern man misst. Quantität oder Qualität.«

Bärbel biss sich auf die Zunge. Sie wusste, dass sie sich ein Gefecht jetzt nicht leisten konnte. Und sie wusste, dass Killian es wusste. Sie brauchte ihn und musste ihm dankbar sein. Es würde der Moment kommen, da sie wieder bessere Karten hatte. Dann würde er eine Antwort erhalten, die sich gewaschen hatte.

»Pass auf dich auf.« Sie konnte das eine vom anderen trennen. Manchmal.

»Du auch.«

Sie zog die Tür des Ateliers auf und ging hinaus.

»Lass auf, ich brauch noch etwas Abendsonne«, rief Killian ihr hinterher. Bärbel gehorchte, stieg in ihren Beetle und fuhr davon.

Killian ging zum Plattenspieler und legte Bob Dylan auf. Dann kramte er aus dem Küchenschrank Tabak und Blättchen hervor, nahm einen Stuhl und setzte sich damit auf die Rampe vor dem Atelier.

Während er sich einen Satz Zigaretten drehte, genoss er die letzten Strahlen der Frühlingssonne und lauschte dem sozialkritischen

Folk vergangener Tage. Er hatte Dylan nicht umsonst aufgelegt. Er erinnerte ihn an die Zeiten, da er selbst noch an politischen Widerstand geglaubt hatte. Das war lange her. Inzwischen wusste er an gar nichts mehr zu glauben. Die Welt war zynischer, als man es sich als unverbrauchter Kämpfer der gerechten Sache vorzustellen wagte. Viel zynischer. Und selbst steckte man mittendrin, war Werkzeug und Handlanger des dreckigen Spiels. Die Seele war längst ins dunkle Grau gefärbt. Da konnte ein Dienst für die gute Sache vielleicht wieder etwas reinwaschen. Aber man konnte schlechte Taten nicht mit guten aufwiegen. Es gab keine Wiedergutmachung für unterschlagene Fotos, keinen Rückwärtsgang für getötete Menschenleben.

»Ins Reine kommen«, murmelte Killian und schob sich eine der gedrehten Stängel in den Mund.

Ein Traktor stotterte durch die Bruckmühlenstraße. Er bremste vor der Rampe, der Fahrer winkte Killian.

»Salli, Killian. Schaffsch nix?«, rief der Bauer vom Bock herüber. Es war Frank Erschig, den alle nur »Schigge« riefen. Er hatte einen Kopf so rund wie ein Ball, und jetzt glühte er auch noch rot wie der Vollmond im Oktober. Schigge war Steuerberater, hatte aber einige Hektar Reben geerbt, die er bewirtschaftete. Er kelterte sogar seinen eigenen Wein. Sein Müller-Thurgau war mehr als nur ein Tafelwein. Er war kein Gedicht, aber mindestens ein Protestsong von Dylan gegen die Schickeria der überzüchteten Weinszene.

»Zigarette gege Müller?«, fragte Schigge.

Killian nickte.

Schigge parkte den Traktor mit einer Backe auf dem schmalen Parkplatz vor dem Atelier, mit der anderen stahl er der Bruckmühlenstraße Breite. Dann sprang er vom Bock, so geschmeidig es seine Fülle vermochte, und stieg die Stufen zur Rampe hoch, in der Hand eine Flasche Wein. Ein stummer Handschlag, und die Begrüßung war vollzogen. Killian erhob sich und holte aus dem Atelier einen weiteren Stuhl, zwei Gläser und einen Korkenzieher.

Schigge entkorkte die Flasche, goss ein und setzte sich. Er reichte Killian ein Glas, sie blickten sich an, hoben die Brauen und prosteten im Chor. »Wohlsein.« Dann tranken sie und schürzten beide anerkennend die Lippen. Killian reichte Schigge eine der frisch gedrehten Kippen, zündete an und inhalierte.

So saßen sie nebeneinander und lauschten Bob Dylan, Schigge wippte dabei mit dem rechten Fuß, an dem die Klumpen des Rebbergs im Profil klebten. Killian hielt die Augen geschlossen.

Als der Saphir die Leerrille des letzten Songs kratzte, waren die halbe Flasche getrunken und vier Zigaretten geraucht.

Schigge stand auf, stieg die Rampe hinab, kletterte auf den Bock des Traktors und startete den Motor. Er hob die Hand zum Gruß und fuhr davon.

Killian goss sich nach. Er wollte jetzt nicht aufstehen, um die Platte umzudrehen, sondern die Ruhe genießen, die die badische Variante des Zen-Buddhismus in ihm ausgelöst hatte. Es würde morgen früh schon wieder aufregend genug werden.

***

In jeder Kurve, die Belledin zwischen Wasenweiler und Merdingen nahm, knisterten zwei prall gefüllte Plastiktüten auf dem Beifahrersitz. Else hatte es gut gemeint und ihm mal wieder mehr eingepackt, als er eigentlich nehmen wollte. Er war nun mal ein Raubtier, er brauchte Fleisch. Gemüse diente ihm als Beilage. Er konnte Menschen, die freiwillig auf Fleisch verzichteten, nicht verstehen. Würde man ihm das Fleisch verwehren, er könnte sich gut vorstellen, auf die Barrikaden zu gehen. Aber für Gemüse?

»Die spinnen, die Vegetarier.« Er tätschelte mit der freien Hand die Plastiktüten.

Die Steaks würde er heute selbst braten, beschloss er spontan. Biggi kochte hervorragend, zweifellos, aber von Steaks hatte sie keine Ahnung. Sie mochte kein Blut, deshalb briet sie immer zu sehr durch. Belledin biss aber am liebsten in fast rohes Fleisch. Er war eben noch ein Kerl. Diese verweichlichten Neu-Hippies sollten ihre trockenen Bratlinge essen, Joints rauchen und sich mit Weltverbesserungsgeschwätz langweilen. Wie sie ihn nervten. Diese Klugscheißer wollten das Tier dem Menschen gleichsetzen, ein absoluter Blödsinn. Bald noch forderten sie eine Schule für Tiere, dabei kamen sie noch nicht einmal mit ihren jetzigen Schülern zurande. Das Chaos würde ausbrechen, wenn diese Menschen etwas zu sagen hätten. Und Belledin war angetreten, um das Chaos zu verhindern.

Er parkte den Audi vor der Garage und stieg aus. Biggi tauchte hinter dem Jägerzaun auf. Mit pinken Gartenhandschuhen umgriff sie den Stiel einer blauen Hacke und strahlte ihn verschwitzt an. Ihr Gesicht war leicht gerötet; sie wischte sich mit dem Unterarm über die Stirn.

»Des Unkraut wachst wie nix«, sagte sie. »Ich mach unter de Rose noch gschwind fertig, dänn kumm ich au. 's Esse steht in de Mikrowelle. Uf neunhundert und zwei Minute.«

Sie bückte sich wieder und häckelte unter den Rosen das Unkraut heraus. Belledin ging die Stufen des Kieselwaschbetons in Richtung Hauseingang. Vor der Tür drehte er sich nach Biggi um und gönnte sich einen Blick auf ihren weit ausladenden Hintern, den sie durch die gebückte Haltung gen Himmel reckte.

»Es ist noch immer Mittwoch«, sagte er halblaut und zog sich mit der Unterlippe den Schnäuzer in den Mund. Mit einem dreckigen Lacher verschwand er im Haus.

Er sah auf die Plastiktüten. Sein Magen knurrte. Aber bis er die Steaks gemacht hätte, wäre er verhungert. Also warum nicht erst das essen, was schon angerichtet war? Er legte die beiden Plastiktüten auf der Arbeitsplatte neben dem Kühlschrank ab und stellte die Mikrowelle so ein, wie es Biggi gesagt hatte. Allerdings gab er auf die zwei Minuten noch zehn Sekunden hinzu. Er mochte es gerne heiß. Während die Mikrowelle arbeitete, ging er ins Wohnzimmer, wo er seinen Laptop stehen hatte. Er fuhr ihn hoch, kramte den USB-Stick aus der Jackentasche und legte ihn neben den Rechner. Dann ging er wieder in die Küche und nahm den Teller aus der piepsenden Mikrowelle.

Ungläubig starrte er auf das Essen, das den Teller garnierte: Vollkornbratlinge und Rosenkohl! Am liebsten hätte er den Teller zu Boden gepfeffert. So weit war es schon gekommen: Jetzt hielten diese Vegetarier schon Einzug in sein Eigenheim! Belledin schritt zügig aus der Küche, durchquerte das Wohnzimmer und öffnete die Glastür zur Veranda. Biggi reckte noch immer den Hintern in die Höhe und wackelte damit bei jedem Queckenbüschel, den sie aus der Erde zog. Sollte sie nur. Er würde sie heute nicht mehr beglücken.

Er wollte sie anbrüllen, so laut, dass es das ganze Dorf hören konnte. Aber er unterließ es. Dafür stampfte er über die Terrasse auf den kurz geschorenen Rasen, drehte sich suchend im Kreis und entdeckte endlich den Komposthaufen. Er steuerte darauf zu und warf den vegetarischen Fraß zu den frisch gezupften Unkräutern. Dabei streifte er mit der Hand junge Brennnesseln, die aus dem Kompost wuchsen. Er jaulte auf.

Biggi unterbrach das Jäten und sah zu ihm hinüber. Ungläubig blickte sie auf den leeren Teller.

»Isch doch Natur!«, blökte Belledin. »De Würmer schmeckt's bestimmt!« Damit dampfte er ins Haus zurück, stürmte in die Küche, riss die Schränke auf und suchte nach der richtigen Pfanne. Er kannte sich nicht aus. Die Küche war Biggis Revier. Wenn er mal briet, dann bereitete sie ihm alles vor. Hilflos stand er auf den Terrakottaplatten und starrte in die überfüllten Schränke.

Er riss eine der Plastiktüten auf und schnappte sich ein Bündel Wienerle, in die er biss, als würde ein ausgehungerter Löwe ein Gnu reißen. Gleich ging es ihm besser. Wie den Asthmatiker das Kortison-Spray, so beruhigte der Geschmack von verwurstetem Schwein Belledins Gemüt.

Er schnappte sich noch geräucherten Schwarzwälder Schinken und einen Aufschnitt mit Pfeffersalami und ging ins Wohnzimmer an den Rechner, der längst betriebsbereit auf Anweisung wartete.

Belledin steckte den USB-Stick ein. Es war nur eine Datei darauf. Unverschlüsselt, in simplem Word-Format. Er klickte sie an und erwartete, dass nun in großen Lettern der Name des Mörders erschien. Aber es kam anders.

In Belledin kochte es wieder. Warum konnte nichts so sein, wie man es sich wünschte? Warum musste man auch im Frühling immer auf den Mittwoch warten? Warum lauerten Bratlinge in der Röhre, wenn man sich auf Fleisch freute? Warum glaubte ein Toter, dessen Mord man zu klären hatte, dass er einen zum Narren halten durfte?

Belledin griff zum Telefon und wählte das Revier an.

***

»Bringen Sie den Laptop morgen mit, oder soll ich heute noch bei Ihnen vorbeikommen? – Gut. Dann bis morgen.«

Stark legte auf. Da hatte Schwarz sich einen schönen Streich ausgedacht. Der USB-Stick war ein mit Viren verseuchter Datenträger, der jeden Rechner sofort lahmlegte und ihm alles von der Platte fraß. Belledin würde seinen Laptop von Grund auf sanieren lassen müssen, oder er konnte ihn wegschmeißen.

Wozu aber der Tresor? Schwarz musste brisantes Material gehabt haben, nur als Falle hatte er den Tresor bestimmt nicht in seinen Schrank einbauen lassen. Hatte er gewusst, dass man ihn lynchen wollte, und den Tresor nicht mehr als sicher genug empfunden? Schließlich war es für sie ein Kinderspiel gewesen, ihn zu knacken. Wenn die Gegenseite ihm einen Profi an die Fersen geheftet hatte, hätte der ihn ebenso leicht öffnen können.

Aber wer war die Gegenseite? Tatsächlich die Fleischer-Lobby? Sie musste mehr über den Toten erfahren.

Sie setzte sich hinter ihren Schreibtisch und fuhr den Rechner hoch. Auf dem Pass stand, dass Schwarz in Frankfurt geboren war. Sie loggte sich in die interne Datenbank ein und musste nicht lange warten, bis die Informationen auf dem Bildschirm leuchteten.

Gegen Schwarz war zweimal Anzeige erstattet worden. Einmal wegen Vandalismus im Frankfurter Waldstadion, als es noch so hieß, und einmal wegen Verführung Minderjähriger. In beiden Fällen war er nicht verurteilt worden. Bei der Randale während des Fußballspiels war ein Fan der gegnerischen Mannschaft zum Krüppel getreten worden. Auf dem Foto der Videoüberwachung, das den Tatvorgang zeigte, war Schwarz im Hintergrund mit einer Eisenstange zu sehen. Aber er hielt sie nur in der Hand, man sah ihn nicht zuschlagen. Zu wenig, um ihn zur Verantwortung zu ziehen. In dem Fall hatten die zwei Tretenden zu bluten gehabt. Der eine hieß Olaf Grabowski, der andere Hans Spiegelhalter.

Stark stutzte. Hieß nicht einer der Schießer vom Schlachthof Spiegelhalter? Sie notierte sich den Namen und würde gleich nach ihm recherchieren. Erst wollte sie etwas über die zweite Anklage erfahren. Eine siebzehnjährige Schülerin, Daniela Walter, hatte Anzeige wegen sexueller Belästigung erstattet, die Anzeige dann aber wieder zurückgezogen. Es war nicht zum Verfahren gekommen, der Vorfall dennoch vermerkt.

Schwarz war zu dem Zeitpunkt Lehrer an der Birkenwaldschule in Heppenheim gewesen – wie man heute wusste, ein Brutkasten der Doppelmoral. Die Kollegen aus Hessen hatten Schwarz verhört, obwohl die Anzeige schon zurückgezogen worden war. Vielleicht hatten sie ihm auf den Zahn fühlen wollen in der Hoffnung, dass er noch ganz andere Dinge ausplaudern würde. Aber er hatte nichts preisgegeben.

Das war vor drei Jahren gewesen. Schwarz hatte dann die Birkenwaldschule verlassen und ein Jahr an der Freien Schule Freiburg unterrichtet. Anschließend war er zu einer einjährigen Fortbildung in Oslo gewesen, ehe er zu Beginn des neuen Schuljahres in Breisach angeheuert hatte.

Stark tippte »Hans Spiegelhalter« in das Suchfeld. Es ergab einen Treffer unter den Vorbestraften. Allerdings konnte es sich nicht um den Spiegelhalter vom Schlachthof handeln, weil Hans vor zwei Jahren nach einem Auswärtsspiel seiner Eintracht besoffen gegen einen Brückenpfeiler gerast und dabei gestorben war.

Blieb noch Daniela Walter.

Über sie wusste der Rechner nichts. Stark würde morgen in Heppenheim anrufen müssen. Sie notierte sich auch das. Dann nahm sie ein leeres Blatt Papier und fasste darauf zusammen, was sie bereits wusste und was sie als Nächstes zu erledigen hatte. Das eine war, den Laptop von Belledin zu untersuchen. Vielleicht waren die Viren nur ein Ablenkungsmanöver, hinter dem sich die eigentliche Information verbarg. Es gab solche Programme; sie hatte sie selbst schon verwendet, um sich vor unbefugten Einsichten zu schützen.

Das andere war, Schwarz' undurchsichtige Vergangenheit genauer zu durchleuchten. Warum hatte Daniela Walter die Anzeige zurückgezogen? Lag da ein Tatmotiv?

Sie fuhr den Computer runter und packte zusammen. Dann steckte sie sich eine Zigarette in den Mund, wohl wissend, dass man in öffentlichen Gebäuden nicht mehr rauchen durfte. Deswegen zündete sie das Kraut auch nicht an. Sie wollte keinen Ärger mit der Aschenbrenner und der Sprinkleranlage. Der altgedienten Sachbearbeiterin war sie sowieso ein Dorn im Auge. Bislang war sie die einzige Frau auf der Etage gewesen, jetzt kam mit einem Mal eine achtundzwanzigjährige Kettenraucherin in Lederjacke und Cowboystiefeln, die ihr auch noch Anweisungen geben durfte. Für Aschenbrenner wäre es ein gefundenes Fressen, wenn sich Stark eine Kippe anstecken würde.

Sie rollte sie lässig in den Mundwinkel, schulterte ihre abgetragene Lederjacke und ging an Aschenbrenners Büro vorbei.

»Schönen Abend«, sagte sie.

Aschenbrenner sah hinter ihrem Schreibtisch hoch, nickte wortlos und widmete sich wieder dem Ordner, den sie gerade bearbeitete.

»Machen Sie nicht mehr zu lang.«

Wieder nur ein wortloses Nicken.

Stark überlegte kurz, ob sie die Zigarette jetzt anzünden sollte, um von Aschenbrenner dadurch eine sichtbarere Reaktion zu bekommen. Und tat es. Ihr Zippo ließ eine große Flamme lodern, mit einem Zug war der Tabak zum Glimmen gebracht, Qualm zog in Aschenbrenners Büro.

Stark drehte sich weg und ging den Korridor zum Ausgang entlang. Hinter sich hörte sie Aschenbrenner keifen. Wenigstens nickte sie nun nicht mehr wortlos. Stark drückte die Zigarette aus und ging zurück. Als sie vor Aschenbrenner stand, streckte sie die Hand aus.

»Entschuldigung. War nicht gegen Sie. Manchmal leide ich wohl unter einem Aufmerksamkeitsdefizit.«

Aschenbrenner schlug ein. Ihre Hand war weich und freundlich. Ihr Lächeln auch. Stark hatte ihr zu Unrecht Feindseligkeit unterstellt. Sie sah überall Feinde. Kein Wunder, wenn man so verraten worden war wie sie. Und selbst eine Verräterin war.

***

Bärbel stand gelähmt in ihrer Wohnung und sah sich das Chaos an, das unbekannte Eindringlinge verursacht hatten. Schubladen waren aus den Schränken gerissen, Kleider und Papiere lagen verstreut auf dem Parkett. Die Küche glich einem Schlachtfeld. Nicht einmal Swinthas Zimmer hatten sie verschont.

Bärbel wagte es nicht, sich zu bewegen. Sie starrte auf die fetten blutroten Lettern, die an die weiße Wand des Korridors geschmiert worden waren: »Wir ziehen euch das Fell über die Ohren!«

Sie tastete nach der Lehne eines Stuhls, um die Balance zu halten, und setzte sich dann darauf. Verstört schloss sie die Augen und überlegte, was als Nächstes zu tun sei. Belledin oder

Killian? Sie entschied sich für beide. Aber Killian zuerst. Sie zog ihr Handy aus der Tasche, zögerte, weil sie im Treppenhaus ein Geräusch vernahm. Wieso war da jemand? Außer Swintha besaß sonst niemand einen Schlüssel. Kam sie etwa überraschend zu Besuch? Ausgerechnet jetzt? Bärbel durfte sich nicht verleiten lassen. Swintha konnte es nicht sein, sie befand sich irgendwo in Skandinavien, um Elche zu fotografieren.

Bärbel war sich sicher: Sie kamen zurück. Sie hatten draußen versteckt gewartet, bis sie in der Wohnung war, weil sie nicht gefunden hatten, wonach sie suchten. Und jetzt kamen sie, um ihr das Fell über die Ohren zu ziehen. So stand es an der Wand geschrieben. Erst Erik, jetzt sie.

Die Holzstufen der Flurtreppe knarzten. Hörbar kamen sie näher. Es war ein schwerer Schritt, nur eine Person. Bärbel sah sich um und fasste einen Lampenfuß. Dann schlich sie hinter die Wohnungstür und wartete auf den Metzger, der ihr zu Leibe rücken wollte. Sie holte aus und hielt inne, als sie den Mann erkannte, der im Türrahmen erschien und sie verdutzt ansah.

»Holger«, stammelte sie und ließ den Arm sinken.

»Wie sieht es denn hier aus?«, fragte er und starrte auf das Chaos.

»Was willst du hier?«, fragte Bärbel.

»Dir den Schlüssel zurückbringen.«

Bärbel erinnerte sich. Sie hatte Holger während der Zeit ihrer geheimen Liebschaft einen Schlüssel gegeben, damit er nachts ohne großes Geläut in die Wohnung kommen konnte.

Er streckte ihr den Schlüssel entgegen, sie nahm ihn ohne Kommentar. Es war vorbei, und sie trauerte nichts nach. Sie war es gewesen, die den Schlussstrich unter die unsägliche Geheimnistuerei gesetzt hatte. Sie war nicht zur Zweitfrau geboren, die man nur hin und wieder aufsuchte, um mit ihr zu vögeln. Sie war anspruchsvoller, wollte mehr. Aber zu mehr hatte es nicht gereicht. Vielleicht hätte Holger seine Frau mit den zwei Kindern sogar verlassen, wenn sie es gefordert hätte, aber so ein Hecht war Holger dann doch nicht. Das war ihr rasch klar geworden. Die Gespräche nach dem Akt waren kaum ergiebig gewesen. Holger redete immerzu nur von den Hypotheken seines Hauses und den Problemen mit seiner Frau, der er Kaufsucht unterstellte. Eindeutig zu wenig für Bärbel. So gerne sie auch Sex hatte, ihr Interesse galt anderen Männern. Männern mit Ambitionen, die über den eigenen Tellerrand blickten, etwas riskierten, für ihre Ideen auch das eigene Leben in die Waagschale warfen. Männer wie Killian oder Erik Schwarz. Aber nicht Holger. Wenn er denn wenigstens eine richtige Nummer im Bett gewesen wäre. Aber auch da hatte sie nach wenigen Malen bereits die routinierte Spule des Einstudierten erkannt.

»Die spinnen«, sagte Holger und deutete mit dem Kinn auf die Schmiererei an der Wand. »Es tut mir leid um Schwarz. Er war ein feiner Kollege. Aber Radikalität führt eben nicht weiter.«

Bärbel starrte ihn an. Wie sie sich plötzlich vor diesem gemäßigten Spießer ekelte. Wie hatte sie mit so einem Floskeldrescher eine Affäre haben können?

»Mach, dass du verschwindest!«, zischte sie. »Geh in dein Hypothekenhaus und spar auf deinen Campingbus.«

Holger wollte etwas erwidern, aber er war nicht der flinke Rhetoriker. Er verzog bloß unsicher die Mundwinkel und stakste aus der Wohnung.

Bärbel lauschte dem Knarzen der Stufen und atmete tief durch, als sie die Haustür ins Schloss fallen hörte.

Dann wählte sie Killians Nummer.

***

Killian hatte das Fenster des Defenders heruntergekurbelt und atmete die Luft des nächtlichen Frühlings. Nirgendwo erlebte er die Intensität der vier Jahreszeiten so bewusst wie in seiner Heimat. Vielleicht lag es daran, dass sich ihm die Gerüche der einzelnen Vegetationsphasen über die Jahre intensiver eingebrannt hatten, als es an den anderen Orten der Welt hätte geschehen können. Vielleicht war es aber auch die Unrast gewesen, die ihm keine Zeit gegeben hatte, sich auf die Sinnlichkeit anderer Orte einzulassen. Er war fast überall gewesen, aber nicht, um sich die Gerüche der Natur einzuverleiben, sondern um Fotos von Menschen im Krieg zu jagen. Da roch man andere Dinge: Leid, Elend und Tod verbanden sich zu einer Melange, die zum Himmel stank. Das biss und fraß sich in die Schleimhäute, kroch bis in die Seele hinein und verlor niemals die Bitterkeit am hinteren Gaumen.

Hier aber umschmeichelte die Nase die Süße des jungen Grases, schlich die erwärmte Luft ins winterliche Gemüt und blies zum Weckruf in die Welt. Das war die Stimmung, in der er am liebsten sein Bündel schnürte, um aufzubrechen. Diesmal aber würde er bleiben, denn er wusste, dass es an der Zeit war, einen innerlichen Aufbruch zu starten. Vielleicht halfen ihm die Frühlingsgerüche der alten Heimat endlich, die Geruchsfetzen der toten Geister zu vertreiben.

Er fuhr in Breisach ein und blickte über die rechts gelegenen Gleise zur Bahnhofswohnung. In der Küche brannte Licht. Er glaubte, eine Silhouette im Fensterrahmen zu erkennen.

Er parkte den Defender, ging über die Straße und wollte den Klingelknopf drücken, da öffnete ein Summen bereits die Tür. Bärbel hatte am Fenster gestanden und auf ihn gewartet.

Sie fiel ihm um den Hals und drückte ihren Kopf gegen seine Schulter. Auch sie roch nach Heimat.

Er strich ihr durch den mit leichtem Grau durchsetzten roten Schopf und drückte sie fester an sich. Bärbel erwiderte den Druck. Vielleicht wollte auch sie sich in alte Gerüche flüchten.

Sie hob ihren Kopf von seiner Schulter und verschlang ihn mit ihren grünen Augen. Dann drückte sie ihre Lippen gegen seinen Mund und begann zart zu züngeln. Killian ließ es geschehen. Es war immer Bärbel gewesen, die den ersten Schritt gemacht hatte. Er machte den zweiten, indem er mit den Händen unter ihre Bluse glitt und über ihren warmen Rücken strich. Dann setzte er sie sich auf seine Hüften, torkelte mit ihr knutschend ein paar Schritte durch den Korridor, ehe sie inmitten des Chaos der herausgerissenen Schubladen auf dem Teppich des Wohnzimmers zu Boden fielen und sich gegenseitig in wilder Lust die Zähne ins Fleisch bissen.

»Zigarette?«, fragte Killian, und Bärbel kicherte. »Zu abgedroschen?« Er sah sie unsicher an.

»So schön«, sagte Bärbel. »Und trotzdem bedeutet sie immer das Ende.«

»Die Zigarette?«

»Der letzte Zug. Solange man sie noch raucht, ist alles in Ordnung, wenn man sie aber ausdrückt, ist alles vorbei. In jedem Film ist das so.«

»Also doch abgedroschen?«

»Die Jahreszeiten wiederholen sich auch, und dennoch sind sie immer wieder neu.«

Killian stützte sich auf den Ellbogen und suchte in der hastig abgeworfenen Jacke nach den Zigaretten, die er auf Vorrat gedreht hatte. Er reichte Bärbel eine davon. Sie schnappte sie sich mit den Lippen und ließ sich Feuer geben. Dann inhalierte sie zwei Züge und reichte sie ihm.

»Ich hatte eigentlich wieder damit aufgehört«, sagte sie.

»Du hattest doch erst wieder damit angefangen.«

»Ich bin eben ein launisches Weib über vierzig. Mit dir muss man rauchen. Aber du bist nie gewiss. Wenn es zwischen uns klar wäre, dann würde ich auch beim Rauchen bleiben.«

»Rauchen gefährdet Ihre Gesundheit.«

»Eben.«

Sie nahm ihm die Zigarette wieder weg und paffte.

»Und für wen hast du das Rauchen gesteckt?«

»Für einen verheirateten Schlappschwanz.«

»Für Schwarz?«

»Nein. Der war nicht verheiratet. Wie oft soll ich dir noch sagen, dass ich nichts mit ihm hatte. Für ihn hätte ich das Rauchen nicht stecken müssen.«

»Dafür Pflastersteine werfen?«

Bärbel streckte ihm die Zigarette wieder hin. »Der letzte Zug ist für dich.«

Killian inhalierte ihn und suchte nach einem Aschenbecher.

»Irgendwo unter den Sachen muss einer sein.« Sie starrte auf das Tohuwabohu, in dem sie beide noch immer nackt lagen, und begann ihre Kleidungsstücke zusammenzusuchen.

»Hier«, sagte sie und streckte Killian die Scherbe von einer zu Bruch gegangenen Vase entgegen. »Nimm vorerst das hier.«

Killian nahm die Scherbe und hielt dabei Bärbels Hand fest. Er zog sie an sich und küsste sie. Sie ließ es geschehen, erwiderte aber nicht die Lust auf eine zweite Runde.

»Drück sie aus«, sagte sie, und Killian wusste, dass für sie beide der Frühling vorerst verflogen war.

Er stieg in seine Hosen, warf sich das Armee-T-Shirt über und sah sich nun erstmals in dem Sauhaufen um, den die Vandalen hinterlassen hatten.

»Was haben die gesucht?«, fragte er, ohne Bärbel anzusehen.

»Ich weiß es nicht.«

»Hat Schwarz dir etwas gegeben, was von Bedeutung sein könnte?«

»Nein, nichts.«

»War er mal hier zu Besuch?«

»Ich hatte zweimal ein Essen gemacht, für den inneren Kern der Tierschützer.«

»Deine berühmten Wiener Schnitzel?«

»Sehr witzig.«

»Entschuldige. Wer zählt zum inneren Kern?«

»Maria Riesterer, Anna Bach und Holger Koch. Wieso?«

»Nur so.«

»Verdächtigst du einen von denen?«

»Sie waren bei dem Essen dabei. Könnten also vermuten oder sogar gesehen haben, wie Schwarz hier etwas versteckt hat.«

»Und was sollte das sein?«

Killian zuckte mit den Schultern. »Du hast doch von Beweisen gesprochen, die Ginter wegen Tierquälerei belasten können? Oder vielleicht konnte Schwarz belegen, dass die Viecher auf dem Schlachthof mit gesundheitsgefährdenden Futtermitteln gemästet worden sind.«

»Dioxin?«

»Ich spinne nur herum, wie es die Verschwörungstheoretiker gerne tun.«

»Nimmst du mich etwa auf den Arm?« Bärbel kniff die Augen zusammen.

»Überhaupt nicht. Ich kenne ganz andere Theorien, und ich weiß, dass die alles andere als gesponnen sind«, sagte Killian, und sein Blick wurde mit einem Mal kalt wie Eis. Er merkte, dass Bärbel davon fror, und versuchte zu lächeln.

»Du musst Belledin Bescheid sagen. Seine Spurensicherer können hier bestimmt mehr finden als wir.« Bärbel musste spüren, wie weit er mit einem Mal wieder fortgerückt war. Er konnte sich nicht dagegen wehren, es geschah einfach und riss ihn mit sich.

Er entglitt ihr, wurde ein Fremder.

»Bleibst du heute Nacht?«

»Du hast es selbst gesagt. Die Zigarette ist ausgedrückt.« Er griff seine Jacke und ging zur Tür. Dort drehte er sich noch mal zu ihr um.

»Ich habe morgen einen harten Tag. Um sechs fang ich im Schlachthof an.«

Er verließ die Wohnung. Es fiel ihm schwer.

***

Stark saß im »Auerhahn«, einer Studentenkneipe im Stühlinger. Rauchen durfte man hier nicht, dafür aber trinken. Sie wollte sich nicht besaufen, aber zwei Viertel Rotwein konnte sie durchaus vertragen. Zum ersten Glas hatte sie einen Camembert gegessen, beim zweiten schmeckte ihre Zunge gewohnt den Gaumen nach Tabak ab. Vergeblich. Es half nichts. Sie musste vor die Tür, wenn sie rauchen wollte.

Sie nahm das Rotweinglas mit und steckte sich draußen eine an. Die Nacht war mild. Frühling überall. Nur bei ihr nicht. In ihr fror tiefer Winter.

»Hasch du vielleicht Feuer?«, fragte ein bebrillter Mittzwanziger mit hängenden Schultern und streckte ihr den selbst gedrehten Stängel im Mund entgegen.

Stark zündete das Kraut an und roch sofort, dass da nicht nur Tabak verbrannte.

»Merci«, sagte er. »Bisch zum erschten Mal hier, oder? Hab dich noch nie hier gsehn.«

Stark musterte ihn. Marke Langzeitstudent. Was bildete der sich ein, sie anzugraben? Am liebsten hätte sie ihm die Brille richtig auf den Kopf gesetzt. Aber das hatten schon seine Eltern versäumt, denen er bestimmt noch immer auf der Tasche lag.

»Ich bin fascht jeden Tag hier. Wohn glei ums Eck«, fuhr er fort und ließ durch ein leichtes Heben der Augenbrauen erkennen, dass er die Anmache ernst meinte. Er nervte. Obwohl er gar nichts Arges im Sinn hatte.

Es war billig, aber sie tat es trotzdem: ein Griff in die Innentasche ihrer Lederjacke, und sie hatte ihren Dienstausweis in der Hand.

»Drogenfahndung«, sagte sie.

Der Kiffer warf seine Tüte auf den Asphalt und sprintete mit einem Tempo davon, dass er vermutlich hinter der nächsten Ecke vor Erschöpfung kollabierte. Sie spürte einen Moment der Genugtuung, steckte den Dienstausweis ein, trat den Joint aus und zog an der Zigarette.

Ihr Handy klingelte. Sie hatte Dienstbereitschaft und nahm den Anruf entgegen.

»Kripo Freiburg, Stark. – Nein, Hauptkommissar Belledin ist erst morgen früh wieder zu erreichen. Kann ich was für Sie tun?«

Sie ging ein paar Schritte, um sich von anderen Rauchern, die gerade aus dem Lokal traten, zu entfernen.

»Gut. Haben Sie schon was aufgeräumt? – Lassen Sie alles so, wie es ist. Ich komme vorbei.«

***

»Ist Wagner nicht mehr dabei?«, fragte Bärbel und musterte Stark. Sie war attraktiv, ohne dabei mit den weiblichen Klischees bestückt zu sein. Die Rundungen fehlten zwar nicht völlig, tendierten aber ins Knabenhafte. Sie hatte klare dunkelbraune Augen, und ihr schwarzes kurzes Haar schimmerte je nach Lichteinfall bläulich. Die Nase bog sich leicht, die Wangenknochen waren markant und ließen das Gesicht zu einem Dreieck werden, an dessen unterer Spitze ein energisches Kinn trotzte. Am meisten beeindruckte Bärbel die Art und Weise, wie Stark sich bewegte. Sie erinnerte an Rilkes »Panther«: »Der weiche Gang geschmeidig starker Schritte, der sich im allerfeinsten Kreise dreht, ist wie ein Tanz von Kraft um eine Mitte, in der betäubt ein großer Wille steht.« Bärbel erschrak. Jetzt wusste sie, an wen Stark sie erinnerte. An Killian. Es war dieselbe Art, sich zu bewegen. Auch die Traurigkeit im Blick, die sich mit Schärfe abwechselte, ließ eine Seelenverwandtschaft erkennen.

»Wagner arbeitet im Archiv. Ich mache jetzt seine Arbeit«, antwortete Stark, während sie sich durch das unberührte Chaos schlängelte und sich hin und wieder Notizen auf einen kleinen Block machte.

»Kommt keine Spurensicherung?«, fragte Bärbel.

»Vermissen Sie etwas?«

»Ich habe noch nicht nachgesehen. Sie sagten doch, ich sollte alles so lassen.«

»Nach wertvollen Gegenständen guckt man sofort, das limbische Hirn lässt sich nicht ausschalten.«

»Ich habe nichts von Wert. Ich wüsste nicht, was man mir stehlen sollte.«

»Wissen Sie etwas von einem USB-Stick, auf dem Schwarz wichtige Daten gespeichert hatte?«

»Nein.«

»Wer ist der Nachfolger von Schwarz?«

»Wie meinen Sie das?«

»Wer übernimmt jetzt das Kommando bei den Tierschützern?«

»Das weiß ich nicht. Das habe ich mich noch gar nicht gefragt. Meinen Sie etwa, dass jemand auf seinen Posten scharf war? Das ist ein ehrenamtlicher Job, den macht doch keiner aus Karrieregründen.«

»Das meine ich auch nicht. Aber wenn der Mörder aus der Szene der Fleischerlobby stammt, könnte auch der Nachfolger von Schwarz in Gefahr sein. Wenigstens so lange, bis sie gefunden haben, wonach sie in seiner Wohnung und hier gesucht haben.«

Bärbel war es nicht, die Schwarz beerben konnte. Dafür war sie viel zu emotional. Ihr fehlte die strategische Reife, um eine Guerilla in der Dimension anzuführen. Sie war eine gute Kämpferin, aber keine Anführerin.

»Anna Bach«, sagte sie. »Sie ist Tierärztin. Mit ihr hat Erik die Konzepte ausgearbeitet und auf wissenschaftliche Füße gestellt.«

Stark notierte sich den Namen. »Danke. Die Spurensicherer kommen morgen vorbei. Wenn es Ihnen nichts ausmacht, lassen Sie es bis dahin noch unaufgeräumt.«

Starks Händedruck war energisch, ihre Finger kalt. Bärbel spürte sie noch, als Stark die Wohnung bereits verlassen hatte.

FÜNF

Spiegelhalters Gesicht war ebenso rosig wie das der quiekenden Schweine, denen er das Messer mit einem Halsbruststich ins Leben rammte. Das Blut brach heraus und spie große Bogen. Oft trafen sie Spiegelhalter mitten ins Gesicht. Dann lachte er laut. Denn wenn es richtig spritzte, war es ein guter Stich.

»Es gibt kaum ä bessere Stecher als de Spiegelhalter. Er isch nit nur sauber, sondern au schnell«, sagte Ginter. »Komme Sie, ich will Ihnen zeige, was des für Sie bedeutet.«

Killian folgte Ginter durch das Schlachthaus zur nächsten Station der Wurstbereitung.

»Hier werde die Säue mit Wasserdampf überbrüht und entborschtet. Dann komme Sie zu Staude.«

Sie erreichten Staude, der den Säuen Augenober- und -unterlider entfernte und ihnen dann die Ohren abschnitt.

Killian glaubte zu sehen, wie ihn eines der Tiere noch lebendig aus den verstümmelten Schweinsäuglein anstierte. Ginter schien das Lebenszeichen ebenfalls bemerkt zu haben und sah Killian von der Seite her an.

»Des kommt hin und wieder vor. Bei der Schlagzahl kann nit jeder Stich hundertprozentig sitze. Des schafft keiner. Komme Sie mit. Das hier isch Ihr Job.« Er zeigte auf einen Mann, der die abgeschnittenen Konfiskate einsammelte und in einen Container stopfte.

»Daraus mache mir dann Gummibärle.« Ginter fand es komisch. Killian zwang sich zu einem einfältigen Lachen.

»Weiter hinte wird die Haut abgezoge, dann entweidet und schlussendlich in Hälfte geteilt. Des könne Sie sich aber später angucke. Ich würd sage, Sie fange gleich an. Gotthard zeigt Ihne, was Sie mache müsse. Frohes Schaffen.«

Ginter übergab an Gotthard.

Der streckte Killian die Hand entgegen und drückte zu, als wolle er eine Sau erwürgen. Es knackte leise in Killians Hand. Er biss die Zähne zusammen und entgegnete mit verspätetem Gegendruck. Der Schmerz blieb auch, nachdem Gotthard die Haxe wieder losgelassen hatte.

»Do lang«, sagte Gotthard. Killian folgte dem Zwerg von knapp eins fünfzig, der im Verhältnis zu seiner Körpergröße Schritte von zwei Metern zu machen schien. Seine weißen Gummistiefel staksten entschlossen über die Kacheln der Halle, während Killian Mühe hatte, darauf Halt zu finden.

Sie landeten in der Umkleide der Arbeiter. Gotthard zeigte mit seiner behaarten Pranke auf einen Spind, an dem Killians persönliche Schutzkleidung hing. Killian zog sich um und schlüpfte in die Metzgerkluft. Die weißen Gummistiefel waren ihm zwei Nummern zu groß, aber er meckerte nicht. Das weiße Schiffchen saß dafür perfekt auf seinem Kopf.

Gotthard warf ihm noch eine feuchtigkeitsabweisende Schürze in hellem Braun zu, die vom Brustbein abwärts den ganzen Körper bedeckte und nur die weißen Kappen der Gummistiefel hervorblitzen ließ. Killian band sie sich um und war bereit.

Gotthard musterte ihn. »Du häsch doch nie im Lebe Metzger glernt, hab ich recht?«

Killian nickte.

»Weiß des de Chef?«

Wieder nickte Killian. Darüber schüttelte Gotthard nur den Kopf. »Die nehme heut alles, was kummt. Bisch wenigschtens vu do?«

»Bötzingen«, sagte Killian kurz.

»Schwätzesch aber kei Dialekt. Bisch ä Plaschtiker? Schaffe die wieder kurz, oder schrumpfe sie gsund? Mir isch's egal. Vu mir us könne sie au den Lade hier dichtmache. Ich bin Ende des Monats in Rente. Dänn verdien ich meh wie do. Hausschlachtung, verstehsch? Super-Gschäft. Kannsch als Bio verkaufe, denn kumme die Herre Lehrer und Manager und kaufe *sauberes* Fleisch.« Gotthard lachte und schüttelte dabei den Kopf. »Wenn ich des schon hör. *Sauberes* Fleisch. Sterbe muss die Sau trotzdem. Und brülle tut sie au. Als ob die nit merke tät, dass sie uf d' Schlachtbank muss.« Er sah Killian an. »Kumm, mir müsse los. Die abgschnittene Schweinsohre laufe nit vu allei in de Container.«

***

»Warum haben Sie mich gestern nicht angerufen?« Belledin stellte Stark mit finsterer Miene seinen verseuchten Laptop auf den Tisch.

»Es war spät, ich hatte Bereitschaft, Sie einen freien Abend.«

»Ich habe nie einen freien Abend. Nicht, solange ein Mörder ungeschoren in meinem Revier rumläuft. Merken Sie sich das.«

Stark blickte auf die Tastatur des Laptops. Sie war wohl seit Anbeginn der Inbetriebnahme nicht mehr gereinigt worden. Zwischen den einzelnen Buchstaben fristeten Kuchenkrümel und Schokoladensplitter ihr Dasein und fütterten Mikroben unsichtbarster Art. Sie fuhr den Rechner hoch und sah zu Belledin.

»Alles klar. Das nächste Mal weck ich Sie auf.«

Belledin brummte. Er hätte mehr Widerrede erwartet und wusste jetzt nicht, ob es ihm recht sein sollte, dass seine Erwartungshaltung nicht erfüllt wurde. Er musterte sie, während sie auf den Bildschirm sah und auf die Hieroglyphen wartete, die der unbekannte USB-Stick ins Innenleben seines Rechners gezaubert hatte.

Sie hatte etwas, das Belledin beunruhigte. Es schien hinter ihrem Busen zu sitzen, dort, wo man das Herz oder die Seele vermutete. Er wusste nicht, ob er es schauen wollte. Es schien ihm gefährlich, wenn man es erfuhr.

»Das sieht übel aus«, sagte sie jetzt. »Den können Sie wegwerfen. Das ist ein Nimmersatt. Der frisst Ihnen alles.«

»Können die Experten auch nichts machen?«

»Ich bin Experte«, sagte Stark und drehte den USB-Stick zwischen ihren schlanken Fingern, als würde sie ihn sich gleich als Zigarette zwischen die Lippen führen und anzünden. »Den hier können wir vergessen. Das ist nur ein netter Scherz.«

»Aber von wem? Von Schwarz? Wollte er damit seine Gegner foppen? Oder haben uns seine Gegner den Stick in den Tresor gelegt, um sich über uns ins Fäustchen zu lachen?« Belledin ging vor seine abwischbare Magnettafel, die noch unbefleckt den Raum zierte.

Er nahm einen schwarzen Filzstift und schrieb den Namen des Ermordeten auf die Tafel. Dann zog er einen Kreis um den Namen und schrieb in einiger Entfernung sternförmig Stichworte, die ihm zu dem Namen einfielen: »Tierschützer«, »Lehrer«, »Schlachthof«. Das waren die Hauptgruppen. Von diesen Clustern zog er weitere Linien und schrieb neue Namen: Bärbel Engler setzte er zu den Lehrern, Arno Zimmermann schrieb er dem Schlachthof zu. Ob es ihm passte oder nicht, er würde Arno vernehmen müssen. Nicht auszudenken, wenn der etwas mit dem Mord zu tun hätte. Ob es im Knast auch eine eigene Metzgerei gab? Es gab Tischler, das wusste Belledin, aber Metzger? Falls ja, würde er seine geliebte Blutwurst dann aus der LVA beziehen müssen.

Blödsinn, nur wegen einer eingeschlagenen Fensterscheibe würde Arno keinen abschlachten. Nicht auf solch perfide Art. Im Affekt könnte er jemandem schon eine schieben, aber nicht so. Nein, Belledin würde seine Blutwurst weiterhin aus Bötzingen beziehen können. Den Namen ließ er dennoch stehen. Er sollte ihn an den Konflikt zwischen den Tierschützern und den ansässigen Metzgern erinnern. Die Gruppe um Marlena fiel ihm ein. Er schrieb sie zu den Tierschützern und verband den Cluster mit den Lehrern und den Metzgern.

Er drehte sich zu Stark um, die hinter seinem Laptop aufsah und die Skizze betrachtete.

»Was können Sie hinzufügen?«

Sie schwang sich hinter dem Schreibtisch hervor, ging auf ihn zu und nahm ihm den Stift aus der Hand.

»Maria Riesterer, Anna Bach und Holger Koch sitzen mit Bärbel Engler im Vorstand der Tierschützer.« Sie schrieb die Namen auf und verband sie mit Linien mit dem Cluster »Tierschützer«. »Holger Koch und Bärbel Engler gehören ebenfalls zu den Lehrern.« Sie zog auch hier Linien. »Spiegelhalter, Erdogan und Ginter gehören zum Schlachthof. Ginter ist der Chef des Ladens, Erdogan und Spiegelhalter sind Stecher und Bolzenschießer. Sie haben sich auf dem Hof eine Schlägerei geliefert. Da müssen wir noch nachhaken. Und Saier gibt es auch noch.«

Sie hielt kurz inne und knabberte an ihrer schmalen Oberlippe. »Was ist mit Braveheart?«, fragte sie und sah zu Belledin.

»Wer?«

»Seibert, der Hundebesitzer. Wäre nicht das erste Mal, dass Finder und Mörder dieselbe Person sind.«

Belledin zuckte mit den Schultern und plusterte die Wangen. »Schreiben Sie ihn drauf. Streichen können wir ihn immer noch.«

Belledin rechnete damit, dass ihm Stark den Stift nun wieder gäbe, aber sie schrieb weiter und machte obendrein zwei neue

Cluster auf: »Eintracht Frankfurt und Birkenwaldschule Heppenheim«, sagte sie und dehnte dabei die einzelnen Silben, während sie sie schrieb.

Hans Spiegelhalter setzte sie zur Eintracht Frankfurt und verband den Namen mit dem Namensvetter des Schlachthofs. Zuletzt schrieb sie noch »Daniela Walter« neben den Cluster der »Birkenwaldschule«, dann drückte sie den Deckel auf den Stift und reichte ihn Belledin. Er sah sie fragend an.

»Was wissen Sie, was ich nicht weiß?«

»Schwarz war mal radikaler Fußballfan. Jedenfalls war gegen ihn Anklage wegen schwerer Körperverletzung erhoben worden. Hans Spiegelhalter war ebenfalls angeklagt worden, einen gegnerischen Fan zum Krüppel geschlagen zu haben. Schwarz wurde aus Mangel an Beweisen freigesprochen, Spiegelhalter ging für vier Jahre in den Bau.«

»Ist es derselbe Spiegelhalter, der auf dem Schlachthof arbeitet?« Belledin witterte Lunte.

»Leider nein. Hans ist vor zwei Jahren gegen einen Betonpfeiler gerast. Er ist tot. Aber vielleicht ist der eine mit dem anderen verwandt.«

»Möglich.« Belledin sah missmutig zum Cluster »Birkenwaldschule«. »Und was soll das?«

»Schwarz war dort mal Lehrer.«

»Scheiße. So etwas brauche ich überhaupt nicht.«

»Daniela Walter hatte Schwarz wegen sexueller Nötigung angezeigt.«

»Und?«

»Nichts. Sie hat die Anzeige dann wieder zurückgezogen.«

»Also auch hier eine mögliche offene Rechnung.« Belledin knirschte mit den Zähnen und pfefferte den Stift wütend gegen die Magnettafel. Dann blitzte er Stark an. »Haben Sie noch was, was den Fall aufblasen könnte? Vielleicht eine Bunga-Bunga-Party mit Berlusconi?«

Stark hob den Filzstift vom Boden auf und drückte ihn Belledin in die Hand.

»Wie machen wir weiter?«, fragte sie.

Belledin fuhr sich runter. Starks strukturierte Art setzte ihn unter Druck. Er kam sich vor wie damals in Chemie. »Wie lautet die Formel von Propylenoxid?«, hatte ihn Eisner gefragt, und Belledin war ihm die Antwort bis heute schuldig geblieben. Damals hatte er die Kreide in den Fingern zerbröselt, jetzt setzte er nervös mehrere Male hintereinander die Kappe auf den Filzstift und zog sie wieder ab. Auf seiner Stirn bildeten sich Schweißtropfen.

»Fühlen Sie sich nicht gut?«

Belledin ging zwei Schritte durch den Raum, öffnete den Hemdkragen und ließ sich schnaufend auf einen Stuhl fallen.

»Alles klar.« Als Stark ihn misstrauisch ansah, raunzte er sie an: »Glotzen Sie nicht so! Ich bin in Ordnung.«

Gleichzeitig merkte er aber, wie ihm das Blut vom Schädel in die Beine stürzte, er musste so bleich sein wie die Kreide, die er damals zerbröselt hatte. Ihm wurde schummrig vor Augen.

Stark packte ihn unter den Achseln und zerrte ihn vom Stuhl zum Feldbett, das Belledin gern benutzte, wenn die Abende mal in die Nächte wuchsen und er nicht mehr nach Hause fahren wollte. Er wunderte sich, wie kräftig die kleine Stark war, dass sie ihn ziehen konnte. Schließlich war er kein Leichtgewicht.

»Hebelgesetze«, murmelte er, und es erinnerte ihn an Physik. Auch dort hatte er im Unterricht nicht aufgepasst, sonst hätte er die physikalischen Prinzipien von Starks Aktion expliziter erklären können.

Stark verschwand und kehrte mit einem nassen Lappen zurück, den sie ihm ins Genick drückte. Gleichzeitig lagerte sie seine Beine auf einem Kissen, das sie aus ihrer Lederjacke und einer Rotkreuzdecke geformt hatte. Belledin floss das Blut wieder in den Kopf. Allmählich fühlte er sich wohler.

»Sie sollten zum Arzt.« Stark legte kontrollierend eine Hand auf Belledins Stirn. Ihre Finger waren kühl und trocken.

»Wir müssen noch mal in die Schule«, sagte er und schielte von der Pritsche aus auf die Magnettafel. »Bärbel Engler ist ein Knotenpunkt. Sie kannte Schwarz von den Tierschützern und als Kollege, und man hat ihre Wohnung durchwühlt. Ich übernehme das. Gehen Sie noch mal zum Schlachthof und überprüfen Sie diesen Spiegelhalter. Wagner soll über die Ämter rausfinden, ob der tote Hooligan mit dem Metzger verwandt ist. Sollte es so sein, können wir uns vielleicht eine alte offene Rechnung basteln.«

»Und was ist mit der Birkenwaldschule?«, fragte Stark.

Belledin blies die Backen auf. »Geben Sie auch an Wagner weiter. Der hat da unten sowieso wenig zu tun. Er soll sich über Daniela Walter schlaumachen.«

»Dann bleibt noch der Vorstand der Tierschützer.«

»Die hocken in Breisach. Die knöpfe ich mir nach der Schule vor.«

Stark zog vorsichtig ihre Lederjacke aus dem improvisierten Kissenbündel und warf sie sich über.

»Dann bis später«, sagte sie und war fort.

Belledin blieb irritiert zurück. So warmherzig sich Stark eben um ihn gekümmert hatte, so unnahbar war sie mit einem Mal geworden. Hatte er etwas Falsches gesagt? Oder war sie einfach nur so strukturiert, dass sie in jeder Situation zielgerecht handelte? Sie kam ihm vor wie eine Maschine, die nach dem Polizeibuch agierte. Die perfekte Schülerin. Und trotzdem war sie rotzig und alles andere als ein Spießer. Er wurde aus ihr nicht schlau. Sie zwang ihn, seinen kriminalistischen Schlendrian in den Griff zu bekommen. Hatte er bei Wagner noch intuitiv agieren können, forderte ihn Stark zu analytischem Denken.

Er schwang sich von der Pritsche. Etwas zu schnell. Die Beule verpasste ihm wieder einen Stich.

***

Der Stich war mit Abstand der beste, den Spiegelhalter für heute gesetzt hatte. Das Blut spritzte in hohem Bogen aus der Kehle der Sau und traf ihn mitten ins Gesicht. Ein kurzes Lachen, schon hing das nächste Tier vor ihm. Wieder stach er zu. Der Erfolg des vorigen Stiches blieb ihm diesmal versagt, der Stich ging daneben. Die Sau wanderte quiekend zur nächsten Station. Das Brühen würde sie zum Schweigen bringen.

Killian war kurz stehen geblieben und hatte sich von Spiegelhalters Töten fangen lassen. Aus dem Schweinekopf war ein Mensch geworden.

Was brächte es, wenn er hier Fotos knipsen oder enthüllende Filme drehen würde? Was hier geschah, war zwar abstoßend, aber dem Gesetz entsprechend. Was hatte es gebracht, dass er die Leichenberge von Massengräbern fotografiert hatte? Der

Zeitung eine hohe Auflage. Für ein paar Tage. Dann wurde das Bild von einem blitzenden Busen bei der Oscar-Verleihung oder vom Finale der Fußballweltmeisterschaft verdrängt und zum Archivmaterial verdammt. Das Verfallsdatum einer Neuigkeit war rasch überschritten.

Und trotzdem. Durfte er hier wegsehen? Durfte Leben, auch wenn es das von Tieren war, so grausam ein Ende gesetzt werden? Mit Ethik würde man die Fleischesser nicht überzeugen. Aber die Tatsache, dass durch die quälende Art des Transports und der Schlachtung das Fleisch derart mit Adrenalin vollgepumpt war, konnte die Konsumenten schocken. Erst wenn es ans eigene Fleisch ging, sorgte sich der Mensch.

»Mir schaffe nit bei der Poscht!«, rief jemand durch die Halle.

Killian drehte sich nach der Stimme um. Es war Gotthard, der darauf wartete, dass er mit dem geleerten Trog wieder zurückkam.

Killian schob den Zinktrog hinaus zu den Containern, in denen der Tiermüll entsorgt wurde. Ob man daraus Hundefutter machte oder tatsächlich Weingummi, er wusste es nicht. Vielleicht fertigte die Pharma-Industrie teure Medikamente daraus, die den Kilopreis eines guten Filets weit hinter sich ließen? Schweinsohrenextrakt gegen Prostatakrebs? Alles war möglich.

Er schob den geleerten Bottich durch die Halle zurück. Diesmal verweilte er nicht bei Spiegelhalter. Er merkte nur, wie ihn ein Blutstrahl an der Schulter traf, und hörte Spiegelhalters triumphales Lachen hinter sich. Der Blick auf die mit Blut beschossene Schulter löste eine Bilderflut in ihm aus. Er wollte jetzt nicht an Rohina denken. Es war das Blut einer gestochenen Sau auf seiner Schulter, nicht der in Fetzen gerissene Unterleib seiner großen Liebe.

Er zwang sich aus den Erinnerungen und steuerte mechanisch auf Gotthard zu.

»Jetzt isch glei Mittag. Noch ein Zuber, dann kannsch Paus mache. Aber vorher geht nix.«

Killian glaubte so etwas wie Wärme in Gotthards Stimme gehört zu haben. An diesem Ort der Kälte so fremd wie das Teilen des Mantels vom heiligen Martin.

Ein Schrei zerschnitt die Halle. Eine Frau, die in ihrem Chanel-

Kostüm so gar nicht zwischen all die Schürzen und Hygieneapparaturen der Schlachthalle passte, stürmte kreischend an den stummen Schweinen entlang, passierte Spiegelhalter, rannte an Staude vorbei und fiel Gotthard schluchzend in die Arme.

***

Diesmal hatte der Mörder seinem Opfer das Gesicht noch gelassen. Zumindest das, was davon übrig geblieben war. Der Bolzenschuss hatte Ginters Gesicht derart verunstaltet, dass man ihn gut kennen musste, um ihn zu identifizieren.

Britta Vogt hatte ihn gut gekannt. Sie hatte sogar ein Verhältnis mit ihm gehabt. Heimlich. Zumindest hatten sie beide geglaubt, dass sie es heimlich taten. Tatsächlich wusste der ganze Laden, dass sie miteinander ins Bett stiegen. War schließlich nicht das erste Mal, dass ein Chef etwas mit seiner jungen Sekretärin anfing. Und wo lag die Fleischeslust näher beieinander als im Schlachthaus.

Belledin konnte Ginter verstehen. Britta Vogt sah so aus, wie man sich eine Sekretärin wünschte. Ihr Fleisch lebte in allen Formen und drängte sich in den Blick. Ein Wegschauen war unmöglich, da konnte man noch so gut erzogen sein.

Jetzt war ihr Gesicht aufgequollen, der knallige Lippenstift verschmiert, und die tränennasse Wimperntusche hatte ihre Augen zu Eulenhöhlen geschwärzt. Sie hielt sich an einem Ordner fest, den sie krampfhaft gegen ihren Bauch drückte.

Belledin sah sich nach Stark um. Sie war vor ihm am Tatort gewesen. Er selbst hatte gerade den Vorstand der Tierschützer unter die Lupe nehmen wollen, als ihn Starks Anruf erreichte.

Da er sie nirgendwo sah, wandte er sich Dr. Selinger zu, der noch immer die eingedrückte Stirn des toten Ginter untersuchte.

»Und?«

»Scheint mir dasselbe Modell zu sein. Genauer kann ich das aber erst sagen, wenn ich ihn gewaschen habe. Der Bolzen, der Schwarz den Schädel eingedrückt hatte, muss rechts eine Delle haben. Jedenfalls hat er nicht einwandfrei rund gestanzt. Der hier scheint mir ebenfalls unrund.«

»Also dieselbe Tatwaffe?«

»Gut möglich.«

Belledin wandte sich Britta Vogt zu. »Wo werden die Bolzenschussgeräte gelagert?«

»Dafür ist jeder selbst verantwortlich«, antwortete sie, und ihre Stimme brach nach jeder zweiten Silbe ein. »Manche lassen sie nach der Reinigung im Spind, andere nehmen sie mit nach Hause.«

»Wie viele Schützen habe Sie?«

»Derzeit nur einen. Erdogan.«

»Nur einen? Wollen Sie etwa behaupten, dass ein einzelner Mann täglich vierhundert Rindern ins Hirn schießt?«

»Bei Daimler dreht ein Einzelner auch vierhundert Schrauben am Tag«, antwortete Vogt.

Belledin merkte, dass sie eine eingefleischte Angestellte war. Der Spruch schien aber nicht ihrer Kreativität entsprungen. Sie musste ihn von Ginter gehört haben. Er fragte sich, was der ihr noch alles geflüstert hatte. Im Bett wurden Männer gern geschwätzig. Belledin selbst nicht. Er schlief nach dem Sex regelmäßig ein, wenn auch nur für ein paar Minuten. Vielleicht redete er dann im Schlaf, er wusste es nicht; Biggi hatte nie dergleichen erwähnt. Aber vielleicht schlief sie dann ebenfalls? Jedenfalls redeten sie danach nicht. Aber sie waren in diesem Jahr auch schon sechsundzwanzig Jahre verheiratet. Was sollte man da erzählen? Bei einer jungen Geliebten war das etwas anderes. Da würde wohl auch er sein Herz öffnen. Er überlegte kurz, ob er Britta Vogt seine Geheimnisse und Ängste anvertrauen würde.

»Kann ich Erdogan sprechen?«, fragte er und musterte Britta Vogt, die sich das Gesicht mit Hilfe eines Taschenspiegels und eines Abschminktuchs säuberte.

Sie klappte den Spiegel zusammen, zog die Nase hoch und nickte. »Es ist Mittag. Die Arbeiter sind alle in der Kantine. Ich gehe immer schon ein paar Minuten früher, um für Gerhard das Essen zu holen. Er isst – aß – lieber im Büro.« Ein Schluchzen brach aus ihr heraus und ergoss sich in einem lauten Schrei.

Diese Frau hatte Temperament. Wenn Belledin emotionalen Ausbrüchen gewachsen gewesen wäre, hätte er sie nun wohl in den Arm genommen. Aber er stand Biggis Hitzewallungen schon hilflos gegenüber, wie sollte er dann in der Lage sein, einer fremden Frau Trost zu spenden? Vor allem, wenn er trotz ihrer Tränen nur ihre Kurven sah?

Er atmete tief durch und drehte sich zum Ausgang des Büros. Dankbar sah er, dass Stark hereinkam.

»Kümmern Sie sich bitte um Frau Vogt«, sagte er und verließ den Tatort. Kaum war er draußen, kehrte er wieder um und fragte: »Wo geht es zur Kantine?«

»Ich komme gerade von dort«, antwortete Stark. »Wenn Sie wollen, erzähle ich Ihnen, was ich weiß.«

»Später. Jetzt muss ich mir erst einmal selbst ein Bild davon machen.«

»Über den Hof, dann rechts halten.«

»Was gibt's denn heute zu essen?«, fragte Belledin. Stark gab keine Antwort.

Er ging über den Hof und überlegte, ob er mittlerweile ebenso abgebrüht als Polizist arbeitete, wie ein Schlachter sein Vieh schoss. Aber war es verwerflich, dass man zur Mittagszeit etwas aß?

Wenn er gedacht hatte, in der Kantine wäre es still wie in einer Leichenhalle, hatte er sich getäuscht. Es ging hoch her. Man scherzte, brüllte über die Tische hinweg und schlug die Zähne in die frischen Haxen, die mit Kartoffelbrei und Jägersoße auf dem Teller lagen. Hier ging man mit dem Tod alltäglicher um. Auch wenn es der vom Chef war. Oder wussten sie etwa noch nichts davon?

Todesnachrichten verbreiteten sich schnell. Wenn Ginter aber nie in die Kantine gekommen war, kannten die meisten ihn wohl nur vom Einstellungsgespräch und von der Weihnachtsfeier.

Belledin hielt dem Koch, der das Essen ausgab, die Dienstmarke vors Gesicht und sagte: »Eine Haxe reicht. Dafür darf's mehr Kartoffelbrei sein. Mit viel Soße.«

Der Koch agierte wortlos und klatschte zwei Kellen Kartoffelbrei auf Belledins Teller.

»Wo sitzt Erdogan?«, fragte er.

Der Koch deutete mit der Kelle an einen Tisch. Belledin sah hinüber.

»Der mit dem Schnäuzer?«

»Daran erkennsch de Türk«, sagte der Koch und grinste frech.

Belledin strich sich mit Daumen und Zeigefinger der rechten Hand über den Oberlippenbart, zahlte und steuerte mit seinem

Tablett auf den Tisch zu, an dem Erdogan gemeinsam mit den Kollegen aß und laut diskutierte. Ihm rutschte beinahe das Tablett aus der Hand, als er erkannte, wer da mit den Metzgern in Arbeitskluft am Tisch saß und stumm seine Gulaschsuppe löffelte.

Er kannte Killian, seit sie auf Bötzingens Straßen gemeinsam gegen den Ball getreten hatten. Und sie waren auf dieselben Schulen gegangen. Erst auf die Grundschule Wilhelm-August-Lay in Bötzingen, später dann aufs Martin-Schongauer-Gymnasium in Breisach. Belledin war fünf Jahre älter, aber Killian hatte sich schon früh an die Größeren gehängt, um sich mit ihnen zu messen. Und er hatte dabei sogar oft auch noch gewonnen. Das hatte Belledin nie geschmeckt. Er selbst war kein begnadeter Fußballer gewesen, hatte auf der Straße mit seiner Schnelligkeit und seiner Körperkraft gepunktet. Killian hingegen spielte einen feinen Ball, galt als Riesentalent. Und irgendwann war er dann weg gewesen. Irgendwo am Puls der Weltgeschichte, den Krieg fotografieren. Auch da wollte er sich mit den Großen messen, auch da brillierte er als Riesentalent.

Vor drei Jahren war Killian wieder an den Kaiserstuhl zurückgekommen, nach zwanzig Jahren Dauerkrieg. Übel hatte er ausgesehen, als Belledin ihm zum ersten Mal wieder begegnet war. Jetzt sah er allerdings auch nicht viel besser aus. Belledin wusste, dass er immer wieder von Leuten angeheuert wurde, die ihn für brisante Fotos hinter die Linien des Krieges schickten. Ob es sich dabei um den Mossad oder die CIA handelte, konnte er nur raten. Und er wünschte, Killian würde jetzt in Syrien in einem Beduinenzelt Skorpione fotografieren, statt hier im Schlachthof Gulasch zu löffeln. Denn der Kriegsfotograf schien sich am Kaiserstuhl zu langweilen, wenn er nicht in der Nähe von Toten agierte. Jedenfalls war es ihm zur Gewohnheit geworden, sich regelmäßig in Belledins Fälle einzumischen. Das passte ihm gar nicht. Er brauchte keine kleinen Riesentalente, die sich mit den Großen maßen und am Ende noch das Spiel gewannen. Weder beim Fußball auf der Straße noch beim Ermitteln.

Killian warf ihm einen Blick zu, der ihm bedeuten sollte, nicht zu verraten, dass sie sich kannten. Der Kerl schien tatsächlich in geheimer Sache unterwegs zu sein. Wozu sollte er sonst im Schlachthof schuften? Wenn er tatsächlich für die großen Geheimdienste arbeitete, war sein Konto voll genug, da bräuchte es keinen Extrajob auf dem Schlachthof.

Belledin tat Killian den Gefallen, würde ihn aber bald über dessen Absichten befragen.

»Belledin, Kriminalpolizei. Mahlzeit«, sagte er und setzte sich mit an den Tisch.

Die Metzger kauten und nickten. Erdogan, der zuvor noch laute Reden geschwungen hatte, schwieg ebenfalls und schaufelte Kartoffelbrei auf seinen Löffel.

»Wie viele Bolzenschussapparate gibt es hier?«, fragte Belledin in die Runde.

Die Männer samt Killian blickten auf Erdogan. Der schob sich die Ladung Kartoffelbrei in den Mund und tat, als müsste er ihn lange kauen. Als er endlich geschluckt hatte, sagte er: »Drei.«

»Und wo sind die?«

»Mit einem schieß ich, der zweite liegt als Ersatz danebe, und de dritte isch in meinem Spind.«

»Dürfte ich die gleich mal sehen?«

»Jetzt? Ich hab Paus.«

»Ich aber nicht«, sagte Belledin und schaufelte ebenfalls Kartoffelbrei.

Erdogan stand auf und nahm sein Tablett vom Tisch. »Soll ich alle drei hole, oder komme Sie mit?«, fragte er.

Belledin biss ein kräftiges Stück aus der Haxe und kaute genüsslich. »Zu schade. Aber ich muss.«

Er schob den Teller von sich und erhob sich vom Stuhl. Dann wischte er sich im Stehen den fettigen Mund mit einer Serviette ab, warf sie zerknüllt auf den Teller und nickte Erdogan aufmunternd zu. »Gehen wir.« Er drehte sich noch einmal zu den anderen am Tisch um. »Und Sie warten hier bitte, bis ich wiederkomme.«

»Aber 's geht glei weiter«, maulte einer mit mächtigen Pratzen und einem Kreuz, auf dem zwei Weltkugeln ausreichend Platz finden würden.

»Wer sind Sie?«, fragte Belledin.

»Spiegelhalter. Stecher«, antwortete der Hüne.

»Wer will sich beschweren, wenn Sie heute eine etwas längere Pause machen? Ihr Chef ist tot. Aber vielleicht wissen Sie gar nicht mehr, was tot ist? Ich schon. Und es handelt sich hier um kein Schwein, sondern um einen Menschen. Und für Menschen nehme ich mir noch immer Zeit.«

Belledin folgte Erdogan nach draußen, ohne Killian dabei anzusehen.

***

Stark und Vogt sahen dem Abtransport der Leiche hinterher. Es war nicht Taktgefühl, das Stark schweigen ließ. Sie wusste, dass es die stillen Momente waren, in denen Menschen in ihre eigenen Bahnen drifteten. Wenn sie im richtigen Augenblick jemand aus seinen Gedanken riss, bekam sie oft Antworten, die ein pausenloses Drängen nie erzwingen konnte.

»Weiß seine Frau von Ihrer Beziehung?«, fragte sie endlich.

Vogt schwieg weiter, dafür senkte sie den Blick zu Boden und nagte mit den unteren Schneidezähnen den Lippenstift von ihrer Oberlippe.

»Wer übernimmt jetzt den Laden?«

»Benedikt«, sagte Vogt leise.

»Benedikt? Wer ist das? Arbeitet er hier?«

»Ja.«

»Ginters Sohn?«

Sie nickte.

»Wo ist er? Ich möchte gerne mit ihm sprechen.«

»Er ist nicht hier. Er ist auf Einkauf. In Polen. Und kommt erst morgen zurück.«

»Was ist mit seiner Frau?«

»Sie wusste es, aber es war ihr egal. Hauptsache, das Geld stimmte. Ihr wäre sogar eine Scheidung recht gewesen. Sie hätte ihn bluten lassen.«

»Und Sie? Wollten Sie eine Scheidung?«

Vogt sah auf und starrte durchs Fenster auf den grünen Grasstreifen mit Löwenzahn, der eben von einem Zweitakt-Rasenmäher gefressen wurde.

»Wir wollten sogar Kinder. Das ganze Programm, noch mal von vorn, aber anders. Das hatte er gesagt. Ich habe ihn nicht gedrängt. Er war es, der es unbedingt wollte.«

»Und? Wie weit ist der Kinderwunsch schon fortgeschritten?«

Vogt öffnete in Zeitlupe den Mund, wollte etwas sagen. Aber es kam nichts raus. Ihr Mund öffnete sich, Stark wartete auf den Schrei, der sich gleich lösen würde. Er wurde geschluckt.

»Vierter Monat.«

Stark musste es mehr von den Lippen lesen, als dass sie es hörte.

***

Belledin fröstelte in der Umkleide. Sonst war er ein Fan von verzinktem Stahl, aber hier kam er sich vor wie bei Dr. Selinger in der Leichenhalle. Sie mussten das gleiche Putzmittel verwenden.

»Des gibt's doch nit. Er isch nit do. Jemand muss ihn sich ausgliehe habe«, sagte Erdogan verblüfft.

Belledin hob die Brauen. »Wer außer Ihnen hat einen Schlüssel zum Spind?«

»Keiner.«

»Das Schloss ist aber nicht aufgebrochen.«

»Des sieh ich au. Aber der Apparat isch trotzdem weg.«

»Das spricht nicht für Sie. Ich muss Sie leider bitten, mit aufs Revier zu kommen.«

Erdogan fiel die Kinnlade herunter. »Des geht nit. Ich muss glei weiterschaffe. Mir habe noch hundertfünfzig Rinder in der Warteschleife.«

»Einer wartet immer.«

Er hatte Erdogan in die Enge getrieben. So mussten sich die Rinder fühlen, wenn sie rochen, dass es in die Schießbox ging.

Erdogan drehte sich zum Spind und fasste das faustgroße Vorhängeschloss. Es ging blitzschnell. Er fuhr herum und schlug Belledin das Schloss gegen die Stirn. Haut platzte, Belledin taumelte zurück und krachte gegen die anderen Spinde. Jetzt war Platz. Erdogan rannte davon.

Belledin tastete benommen über seine Stirn. Sie blutete. Er schloss die Lider und schüttelte den Kopf wie ein Hund, der gerade aus dem Wasser kommt. Sein Schädel brummte. Mühsam rappelte er sich auf und schwankte aus der Umkleide. Er spürte, dass er nicht mehr lange würde gehen können, und fasste nach seinem Handy in der Jacke. Es gelang ihm, es zu greifen, aber er konnte nicht mehr wählen. Wieder wurde ihm schwarz vor Augen, das verzinkte Blech begann sich zu drehen. Er sackte zu Boden, schloss die Augen und atmete schwer. Es war der Kreislauf, da war er sich sicher. Er hätte längst zum Kardiologen müssen. Er war zu schwer, zu fett, der Stress – da war es nur eine Frage der Zeit, bis ihm das Herz einen Streich spielte.

Wie einem plötzlich alles egal wurde, wenn man wusste, dass man gleich sterben würde. Um die linke Brust krampfte es sich ein. Übelkeit überkam Belledin. Todesangst? Nein, nicht wirklich. Also war es kein Infarkt. Er redete sich mutig. Todesangst durfte er nicht zulassen. Stuhldrang verspürte er ebenfalls keinen. Der letzte Schiss sollte noch auf sich warten lassen. Belledin war ein Kämpfer. So leicht wollte er es dem Sensenmann nicht machen. Doch nicht auf dem Schlachthof, das hatte er nicht verdient. Eine Kugel ins Herz, abgeschossen vom manikürten Finger eines mörderischen Vamps. Das wäre ein Tod. Das hätte Sex. Er wollte mit einem Ständer sterben, nicht mit Schiss in der Hose.

Der Kreislauf erholte sich, er atmete wieder ruhiger, sein Blick wurde klarer. Erdogan war weg.

***

Killian tunkte die Reste der Gulaschsuppe mit einem Stück Weißbrot auf und schob es sich in den Mund. Er blickte auf den hereinstürmenden Erdogan, der zwei Wagen mit abgegessenem Geschirr zur Seite stieß, durch die Kantine rannte und ebenso schnell wieder verschwand, wie er erschienen war.

Die Arbeiter steckten die Köpfe zusammen und tuschelten, der Koch fluchte über die Sauerei, die Erdogan hinterlassen hatte.

Killian sah zur Tür, durch die Erdogan hereingekommen war. Er vermutete, dass Belledin gleich darin auftauchen würde. Aber Belledin kam nicht. Killian geriet in Sorge, nahm seinen leeren Teller und stellte ihn auf einen der Karren, die der Koch wieder auf die Räder gesetzt hatte. Dann verließ er die Kantine in Richtung Umkleide.

Belledin stand an einen Spind gelehnt und fluchte in sein Handy. Dann schob er es in seine Jackentasche und blickte zu Killian, der neben ihm stand.

»Alles klar?«, fragte Killian und sah auf Belledins blutige Stirn.

»Badischer Dickschädel. Hält was aus.« Er kniff die Augen zusammen und sah Killian eindringlich an. »Was suchst du hier? Wieder im Dienst des Mossad unterwegs? Sollst du etwa nachsehen, ob das Fleisch koscher ist?«

Killian wusste, dass Belledin es ihm übel nahm, dass er nicht seine Kontakte besaß, die weit über das provinzielle Netzwerk eines Kriminalkommissars hinausgingen. Und das als autodidaktischer Hobbydetektiv. Dabei war Killian alles andere als ungeschult. Die Jahre an der Front, der Unterricht von Moshe und sein katzenhaftes Karma der sieben Leben hatten aus ihm einen Elitesoldaten gemacht, der er nie hatte werden wollen. Er war kein Killer, aber er schaffte es, Informationen zu besorgen, wo es besonders wehtat. Er war ein Spion geworden, weit entfernt von den hehren Idealen, die ihn einst als objektiven Kriegsfotografen getrieben hatten.

»Ich bin für Bärbel hier«, sagte er.

»Für Bärbel? Traut sie der Polizei nichts zu? Braucht es jetzt die Spezialisten von Interpol?«

»Ich soll nicht den Mord an Schwarz aufklären, sondern Bildmaterial von den hiesigen Schlachtvorgängen besorgen. Für die Tierschützer.«

Belledin näherte sein Gesicht dem Killians und raunte: »Ich kann dich hochgehen lassen. Was glaubst du, wie sich deine neuen Kollegen freuen, wenn sie erfahren, was du hier vorhast?«

Killian kapierte. »Was willst du?«

»Dass du von jetzt an nicht nur Bildmaterial für die Tierschützer ranschaffst, sondern auch für uns die Augen offen hältst.«

Killian atmete durch. Er hatte keine Lust auf Belledin. Der Kerl war anstrengend. Er arbeitete lieber auf eigene Rechnung, brauchte seine Freiheit. Moshe verstand das. Aber Belledin wollte die Kontrolle behalten, damit er es war, der am Ende die Lorbeeren kassierte. Um die Ehrung ging es Killian nicht. Je unsichtbarer er blieb, desto besser. Aber er wollte so arbeiten, wie er es gewohnt war. Unauffällig und unkonventionell. Und nicht Belledin Rapport geben. Aber es blieb ihm keine andere Wahl. Zwei Tote gab es bereits, und bei Bärbel hatte jemand die Wohnung durchwühlt. Wenn der Mörder in ihr eine Gefahr sah, konnte auch sie an die Reihe kommen. Er musste auf den Pakt mit Belledin eingehen.

»Einverstanden.«

»Du sprichst aber nur mit mir«, sagte Belledin.

»Mit wem sonst? Etwa mit Wagner?« Er kannte den unfähigen Hilfssheriff Belledins aus drei anderen Fällen, in denen sie sich über den Weg gelaufen waren.

»Wagner ist im Archiv. Der kann nicht mehr.«

»Verstehe. Und wen knechtest du jetzt? Einen armen Frischling von der Polizeischule?«

»Schlimmer. Eine Frau ohne Fleisch, von der ich noch nicht weiß, woran ich mit ihr bin.«

SECHS

Stark hatte Britta Vogt im Büro stehen gelassen und war sofort auf den Hof gerannt, als Belledin sie angerufen hatte. Erdogan war durch das Hoftor entschlüpft und zu seinem Auto gelaufen. Sie hatte ihn gesehen und verfolgt, aber Erdogan war konditionell im Vorteil. Ihr stach jede Zigarette auf der geteerten Lunge. Schon nach fünfundzwanzig Metern pumpte sie nach Luft.

»Verdammte Scheiße!«, schrie sie, als sie sah, wie Erdogan in seinen Wagen sprang und davonpreschte. Es dauerte beinahe eine Minute, ehe sie Kennzeichen und Automarke des Flüchtigen zur Fahndung durchgeben konnte. Einen Moment lang hatte sie sich überlegt, ob sie selbst die Verfolgung im Auto aufnehmen sollte. Aber Erdogan wäre längst über drei rote Ampeln gefegt, ehe sie auch nur ihren Wagen erreicht hätte.

Sie fluchte erneut über ihre beschissene Kondition und kramte nach einer Zigarette. »Jetzt erst recht«, sagte sie halblaut und schob sich das filterlose Kraut zwischen die Lippen.

Sie inhalierte tief und dachte nach. Konnte Erdogan der Täter sein?

Laut Britta Vogt war Ginter den ganzen Vormittag allein im Büro gewesen. Sie hatte im Vorzimmer gesessen, als er reinging, und niemanden herauskommen sehen. Und als sie dann hineingegangen war, war Ginter bereits tot gewesen. Die Fenster waren verschlossen. Der Mörder musste also im Büro auf Ginter gewartet haben. Aber wo war er gewesen, als Vogt ins Zimmer kam? Er musste sich versteckt haben, vielleicht hinter der Tür oder unter dem Schreibtisch; einen Einbauschrank gab es auch noch.

Er hatte gewartet, bis Vogt kreischend davongelaufen war, und den Tatort dann ungesehen verlassen. Ganz schön abgebrüht. Solche Nerven hatten eigentlich nur Profis. Erdogan war es bestimmt nicht gewesen, er hatte während der Zeit anderen ins Hirn geschossen. Und zwar legal.

Dass er schwache Nerven hatte, hatte sie schon tags zuvor bei der Streiterei mit Spiegelhalter erlebt. Der Kerl brächte so eine eiskalte Tat nicht fertig. Einen Mord vielleicht schon, das traute sie ihm zu, aber nicht die Chuzpe, die es brauchte, um Ginter im Büro aufzulauern und dann in aller Ruhe neben dem Toten zu warten, bis die Gelegenheit zur Flucht günstig war. Solche Nummern kannte sie nur von der russischen Mafia. Sie wusste, dass in Kehl mittlerweile viele Russen lebten, und es gab auch bereits einige Vorfälle, die auf die kriminelle Vereinigung deuteten, aber sie hatte nicht vermutet, dass im beschaulichen Breisgau ein größeres Fass in dieser Richtung geöffnet werden würde.

Sie hatte beim LKA ausreichend mit den Russen zu tun gehabt. Nicht zuletzt wegen ihnen hatte sie den Dienst dort quittiert und war hierhergekommen. Aber manche Dinge holten einen eben ein, man konnte vor ihnen nicht davonrennen.

Hätte sie sich nur dem Kampf gegen die Russen gestellt. Sie wäre jetzt wohl nicht mehr am Leben – dafür aber ohne den bitteren Geschmack der Einsamkeit.

Ob sie Belledin von ihrer Russenmafia-These erzählen sollte? Der würde hochgehen, weil die Sache damit eine Nummer zu groß für ihn wäre. Das LKA, vielleicht sogar das BKA würden ihm den Fall entziehen. Und was für Beweise hatte sie schon? Am Ende war es nur ihr eigenes Trauma, das ihr einen Mafiastreifen vorgaukelte.

Sie sah um sich und winkte Belledin zu, der über den Hof zu ihr herüberkam.

»Sieht übel aus«, sagte sie und deutete mit der Zigarette auf seine Stirn.

»Halb so wild. Da muss er schon mit dem Bolzenschießer kommen. Wo ist er hin?«

»Habe noch nichts gehört. Die Fahndung ist draußen.«

»Was weiß Britta Vogt noch?«

»Nichts. Sie hat keinen gesehen, der in Ginters Büro ging, und es kam auch keiner raus.«

»Ein Gespenst mit Bolzenschussgerät. Schön. Vielleicht ist es sogar noch drin?«

»Die Kollegen haben alles durchsucht. Da ist niemand mehr. Der Täter muss verschwunden sein, als Britta Vogt davongerannt ist.«

»Macht Sinn. Gefällt mir aber überhaupt nicht. Ist Spitznagel schon da?«

»Sie untersucht Ginters Büro bereits nach möglichen Spuren.«

»Gut. Noch was?«

»Britta Vogt ist schwanger.«

»Von Ginter?«

»Anzunehmen. Sie wollten Familie haben.«

»Sie oder er?«

»Wohl beide.«

»Und sie wollte den Schlachthof?«

»Glauben Sie nicht an Liebe?«

»Wo Tote rumliegen, fällt es mir schwer.«

»Man kann auch aus Liebe töten«, sagte Stark und dachte dabei an Schewtschenko.

»Was, wenn Ginter keine Familie mehr wollte? Schließlich hat er schon eine. Scheidung kostet. Und am Ende ist das Neue auch nicht lange neu und gleicht schnell dem Alten.«

»Haben Sie selbst nie daran gedacht, noch mal von vorne anzufangen? In Ihrem Alter ist das doch gängig.«

»Ich weiß. Aber ich bin kein Idiot. Ich würde keine schwängern und davon träumen, in der Reife ein guter Vater zu sein. Ich habe schon als junger Vater versagt. Da ändere ich mich nicht.«

»Vielleicht war Ginter anders? Vielleicht wollte er sich ändern, und seine alte Familie hat Angst gehabt, ihn zu verlieren.«

»Wenn sie Angst hat, ihn zu verlieren, bringt sie ihn nicht um.«

»Wenn sie Angst hat, später das Erbe teilen zu müssen, schon.«

Belledin sah sie an.

»Jedenfalls müssen wir das überprüfen«, sagte Stark.

»Und was ist mit Britta Vogt? Wenn Ginter nicht mehr wollte und sie schwanger zurückließ, sie vielleicht zu einer Abtreibung zwingen wollte? Sie könnte ihm den Bolzen ins Hirn gejagt haben und spielt uns jetzt die Unglückliche vor.« Er sah Stark auffordernd an.

»Könnte sein. Aber uns fehlt die Tatwaffe.«

Belledin glaubte im Unterton einen Vorwurf zu hören.

»Und wie steht der Mord an Schwarz mit Ginter in Verbindung? Hat Britta Vogt auch Schwarz getötet? Kannte sie ihn überhaupt?«

»Sie haben sie doch verhört.« Belledin war sichtlich froh um die Retourkutsche. »Kannte sie ihn?«

»Sie sagt Nein. Sie wusste zwar, dass er ein rebellischer Tierschützer war, mehr aber nicht.«

»Und warum sagen Sie das mit diesem Unterton?«

»Ich weiß nicht, ob ich ihr das abkaufen soll. Nur ein Gefühl. Mehr nicht.« Belledin musterte sie. Dann kniff er die Augen zusammen und kam näher an sie ran. Sie wich nicht zurück.

»Sie glauben an eine größere Sache, habe ich recht?«

Stark warf die Zigarette auf den Boden und blickte auf ihre Stiefelspitze, während sie die Kippe damit austrat.

»Sind Sie deswegen hier?«, fragte Belledin scharf.

»Was?« Bemüht unschuldig sah sie Belledin in die Augen. Der Kerl war nicht so blöd, wie er auf den ersten Blick wirkte.

»Wagner hat mir gesteckt, dass Sie beim LKA waren. Und ich habe mich natürlich schon gefragt, warum sich jemand aus den höheren Gefilden hierher versetzen lässt.«

»Ich war überarbeitet. Burn-out. Ich brauchte etwas ruhigere Gefilde«, sagte Stark und schnippte sich eine neue Zigarette aus der Schachtel. »Und ich dachte, hier wäre es ruhig.« Sie lächelte gequält, während sie sich die Kippe anzündete.

»Ich warne Sie, Stark. Versuchen Sie nicht, mich zu verarschen.« Belledin fixierte sie und spielte mit den Kaumuskeln.

Stark sog an ihrer Zigarette und sah an ihm vorbei. Was ging den chauvinistischen Provinzbullen ihre Depression an? Vom ersten Augenblick an hatte er sie wie Büromaterial behandelt. Ein Interesse am Menschen war diesem Typen fremd. Er hatte nur gecheckt, ob sie als Weib in sein Jagdraster fiel. Als er das für sich mit einem klaren Nein beantwortet hatte, war sie für ihn zum Klemmhefter geworden. Jetzt aber schien sie für ihn etwas zu werden, was er nicht fassen konnte, und das machte ihm Angst. Davor, dass sie von höherer Stelle an seine Seite gesetzt worden war, um dort unbehelligt dem weit gespannten Netz des organisierten Verbrechens nachzuspüren. Während er Mord aus Eifersucht aufzuklären hatte, war sie auf der Jagd nach den großen Strippenziehern der Milliardengeschäfte. Das konnte ihm nicht gefallen. Da musste er sich winzig und nichtig vorkommen.

Aber dem war nicht so. Sie hatte sich wirklich wegen des Burnouts versetzen lassen. Und wegen Schewtschenko. Aber das tat jetzt nichts zur Sache. Wenigstens hoffte sie, dass es nicht wieder zu einer Sache werden würde. Schewtschenko war tot. Eine Autobombe hatte ihn in die Luft gesprengt, und sie war Augenzeugin gewesen. Er hatte ihr noch einen Blick zugeworfen, ehe er in den Wagen gestiegen war, und gelächelt. Und sie hatte ihn verraten.

Die Druckwelle der Explosion hatte sie rücklings zu Boden geworfen. Sie spürte noch immer den Schock und den Schmerz, den sie empfunden hatte, während sie auf den brennenden Wagen starrte.

»Wenn mehr dahintersteckt, will ich es wissen«, hörte sie Belledins Stimme wie von fern.

Sie nickte apathisch. »Soll ich die anderen Arbeiter noch vernehmen? Oder machen Sie das?«

»Sie machen die Arbeiter. Ich glaube noch immer an die Tierschützer«, sagte Belledin. »Es sei denn, Sie wissen bereits mehr.«

Stark spürte, wie er sie auf jede Regung überprüfte.

»Ich weiß nicht mehr. Glauben Sie mir.«

Spitznagel kam aus dem Bürogebäude und steuerte auf sie zu. Zwischen den Fingern hielt sie einen Plastikbeutel.

»Ein blondes Haar. Und Schweißspuren auf dem Boden des Schranks. Gut möglich, dass sich der Täter dort versteckt hatte. Ansonsten unzählige Fingerabdrücke. Und Blut auf dem Teppich. Schätze, das stammt vom Opfer. Aber wir werden es untersuchen.«

»Bis wann darf ich mit Ergebnissen rechnen?«, fragte Belledin.

»Kann ich nicht genau sagen. Wir vergleichen die Spuren mit der DNA von Frau Vogt und den Arbeitern, die zur Tatzeit auf dem Hof waren. Dann sehen wir weiter. Vielleicht passen sie ja auch zu den Fingerabdrücken auf dem Baseballschläger.«

»Habt ihr die schon durch den Computer gejagt?«

»Ja. Niemand, den wir in unserer Kartei haben.«

»Dann legen wir hierfür eine eigene Kartei an.«

»Und wo soll ich beginnen? Alle Metzger? Lehrer? Tierschützer?«

»Wo Sie wollen. Wer nach Wiesbaden will, dem wird schon was einfallen«, knurrte Belledin.

***

Die Mittagspause war zu Ende. Die Arbeiter hatten sich wieder an ihren Plätzen eingefunden, das Schlachten ging weiter. Man konnte jetzt doch nicht einfach aufhören, nur weil der Chef tot war. Wie die Zukunft des Ladens aussehen sollte, würden andere entscheiden. Für die Arbeiter änderte das nichts. So hofften sie jedenfalls.

Selbst Gotthard, der bereits seit vierzig Jahren dem familiären Schlachtbetrieb Ginter angehörte, sah keinen Sinn darin, nicht weiterzuarbeiten. Allerdings sammelte er jetzt nicht mehr die Schlachtreste ein, sondern stand am Schussapparat, der durch Erdogans Flucht frei geworden war.

Gotthard schoss ein Rind nach dem anderen. Er schien bei keinem einzigen daran zu denken, dass sein langjähriger Chef wenige Stunden zuvor ebenfalls durch einen Bolzen getötet worden war.

Killian musste nun allein die für den Menschen unbrauchbaren Tierteile einsammeln und in den Container karren. Er hatte lange nicht mehr so geschuftet. Aber er hatte jetzt nicht nur bei Bärbel ein Versprechen einzulösen, sondern auch noch einen Deal mit Belledin. Er sollte für ihn die Augen offen halten, um Ginters Mörder auf die Spur zu kommen. Wenn es ihm dabei auch noch gelang, spektakuläre Fotos zu knipsen, die den Tierschützern in die Hände spielten, umso besser. Vorgänge, die den Verbraucher schocken konnten, gab es hier zuhauf. Er würde sie fotografieren und wenn er Glück hatte, sogar etwas über den Täter der beiden Morde herausfinden.

***

Belledin gab Vollgas. Er hatte das Blaulicht auf das Dach des Audis gesetzt und raste über den Zubringer von Freiburg in Richtung Umkirch. Für ihn war es ein Noteinsatz, obwohl es nur eine einfache Ermittlungsfahrt von Ort zu Ort war.

Wenn Stark tatsächlich von höherer Dienststelle bei ihm eingeschleust worden war, war es auch ein Notfall. Aber wieso sollte Wagner ihn belügen? Belledin hatte ja bereits selbst geahnt, dass sie keine durchschnittliche Polizistin war. Allein wie sie den Tresor in Schwarz' Wohnung geknackt hatte. Und ihr strukturiertes Handeln. Trotzdem. Sie war seine Kollegin. Sie hatte ihm zuzuarbeiten, ihn zu entlasten. Und nun herrschte der Verdacht, dass sie auf eigene Rechnung ermittelte.

Belledin schnaubte vor Wut. Das würde er sich nicht bieten

lassen. Wenn, dann wollte er eingeweiht sein. Als tumber Tanzbär übers Parkett gezogen zu werden, das würde er nicht dulden.

Er wählte Wagners Nummer und wartete, bis er abnahm.

»Wagner, hier Belledin. Ich brauch alles, was du über Stark weißt. Leg es mir in die Schublade. Ich hole es heute Abend ab. Danke.«

***

Stark hatte den Betrieb anhalten lassen. Es war ihr egal, wie viele Tiere auf Schlachtung warteten. Sie hatte Spiegelhalter ins Gesicht gelacht, als dieser monierte, die Tiere würden durch das Warten zu viel Adrenalin ausschütten, was das Fleisch schlechter machte.

Jetzt hockten die Arbeiter in der Kantine und warteten, dass sie ihre Fragen stellte. Aber sie musterte die Männer nur und machte sich ihre Gedanken. Spiegelhalter traute sie alles zu, aber er hatte ein Alibi. Sie alle hatten ein Alibi. Jeder hatte jeden bei der Arbeit gesehen. Da hielten sie zusammen. Der alte Gotthard wirkte erschöpft. Er war es wohl nicht mehr gewohnt, Rinder zu schießen, und schien dankbar für die unvorhergesehene Pause.

Der neue Arbeiter, Killian, erweckte ihr Interesse. Er sah nicht aus wie einer, der es nötig hatte, diese Schufterei zu machen. Seine Finger waren zartgliedrig, eher dazu gemacht, Ton zu modellieren, als Fleisch zu hacken. Er hatte sie noch kein einziges Mal angesehen, saß nur still da und tat so unbeteiligt, dass es ihr besonders auffallen musste.

Aber sie wandte sich nicht an ihn, das wollte sie sich für später, unter vier Augen, aufsparen. Jetzt sah sie Spiegelhalter an.

»Weswegen hatten Sie sich gestern eigentlich gestritten, Erdogan und Sie?«

»Interessiert des? Erdogan lebt doch noch. Wenn ich mit dem Chef gstritte hätt, würd Ihre Frag vielleicht ä Sinn mache.«

»Was war der Grund Ihres Streites mit Erdogan?«, wiederholte Stark ihre Frage.

»Geld. Immer wieder Geld. Erdogan verdient mehr Geld wie er. Weil er schneller und sauberer schafft«, mischte sich Gotthard mit matter Stimme ein.

»Tut er eben nicht. Er kriegt nur mehr Geld, weil er Rinder

schießt und keine Säu sticht. Da bisch automatisch schneller«, widersprach Spiegelhalter heftig, und das Blut stieg ihm umgehend saurot ins Gesicht.

»Wollten Sie mehr Geld von Ginter? Haben Sie deswegen auch mit ihm gestritten?«, fragte Stark.

»Wer sagt so ebbis? D' Vogt? Die soll bloß ihr Gosche halte, die Schlampe. Ablage mache und im Chef ohne Hösle aufm Schoß hocke, des sin mir die Liebschte. Und die, wo de Lade am Laufe halte, gehe mit de Hälfte an Monatslohn heim. Aber jetzt kann sie au gucke, wo sie bleibt. De Junior will mit dem Luder bestimmt nix zu schaffe habe. Da wird die alt Ginter scho hintedra sei.«

Er klopfte unterstreichend mit der Faust auf den Kantinentisch und sah anerkennungheischend in die Runde. Aber da war niemand, der ihm zustimmte. Als Spiegelhalter auf Gotthards Blick traf, senkte er die Lider und murmelte: »Entschuldigung, Gotthard. Aber was wahr isch, muss wahr bleibe.« Dann sah er wieder zu Stark auf. »Könne mir jetzt weitermache?«

Stark nickte. Die Mannschaft stand auf. Auch Killian wollte gehen.

Sie hielt ihn zurück. »An Sie hätte ich noch ein paar Fragen.«

Spiegelhalter und Gotthard sahen sich an, blickten dann zu ihr und Killian.

»Der weiß nix. Der isch neu«, sagte Gotthard.

»Deswegen«, sagte Stark. »Manchmal ist der unverbrauchte Eindruck schärfer. Frohes Schlachten.«

Gotthard und Spiegelhalter trotteten davon, als wären sie die Viecher, die zur Schlachtbank mussten.

Stark drehte sich zu Killian. »Kaffee?«

»Heißes Wasser.«

Sie sah ihn einen Moment irritiert an, nickte dann und stand auf, um an der Theke einen Kaffee und eine Tasse mit heißem Wasser zu holen. Was machte dieser Killian hier? Seine Hände, sein Blick, der trainierte Körper und die seltene Vorliebe für heißes Wasser – der Kerl war alles andere als ein Metzger, das stand fest. Aber sie hatte Angst, ihn direkt zu fragen, wer und was er war. Der Letzte, dem sie heißes Wasser gebracht hatte, war Schewtschenko gewesen. Ihn hatte sie allerdings nie gefragt, wer und was er war. Sie hatte es bereits gewusst, ehe sie ihm zum ersten Mal begegnet war. Seine Akte war dick genug gewesen, sie hatte sie studiert und war dann das Risiko eingegangen, sich undercover in die Szene einzuschleusen, in der er gelebt und gearbeitet hatte.

Auch dort war es wie auf dem Schlachthof zugegangen. Prostitution und Menschenhandel, Drogen- und Waffenschmuggel, das war sein Gewerbe gewesen. Er schoss keine Rinder im Vier-Sekunden-Takt, er ließ, ohne mit der Wimper zu zucken, dreißig illegal geschmuggelte Menschen im Container ersticken, wenn es die Situation erforderte. Und nicht nur das. Abseits dieser Schandtaten konnte er der charmanteste Mensch der Welt sein. Sie hatte beides erfahren müssen, und es hatte lange gedauert, bis sie von den Wogen ihres aufgewühlten Gefühlsmeeres wieder ausgespuckt worden war. Sie musste aufpassen. Sie durfte weder Projektionen der Sehnsucht verfallen, noch durfte sie verklären. Schewtschenko war ein eiskalter Killer gewesen, der sie schamlos benutzt hatte. Nicht sie hatte ihn ausgehorcht und überführt, sondern er hatte mit ihr gespielt. Sie war ihm hoffnungslos ausgeliefert gewesen. Nun war er tot, und es geschah ihm recht.

Der Mann, dem sie jetzt heißes Wasser brachte, hatte Schewtschenkos Ausstrahlung. Ihn umgab die Aura des lässigen Todes. Der Tod, der anzog, unwiderstehlich machte wie das marode Venedig.

»Bitte.« Sie stellte ihm die dampfende Tasse hin.

»Danke.«

»Was machen Sie hier?« Sie sah ihm in die gelb-braunen Augen und erschrak. Schewtschenko hatte immer damit geprahlt, dass seine Augen Bernsteine vom Wolgastrand wären – jetzt blickte sie wieder in welche. Unwillkürlich wich sie Killians Blick aus. Sie sah ihm auf die Stirn, das war sicherer.

»Ich arbeite hier«, sagte Killian.

»Für wen?«

»Für mein schmales Bankkonto.«

»Was machen Sie sonst?«

»Ich fotografiere. Aber derzeit ist die Auftragslage schlecht. Also muss ich mir etwas hinzuverdienen.«

»Verstehe.« Stark sah ihm wieder in die Augen. Sie konnte es jetzt ertragen. Sie dachte nicht an Schewtschenko, sondern fragte sich, ob Killian auch hier etwas zu fotografieren hatte. Er schien ihre Gedanken zu lesen und sagte: »Ich bin kein Reporter. Ich bin nicht wegen der Morde hier.«

Er konnte gut lügen, und trotzdem schimmerte der Bernstein seiner Augen ungetrübt weiter. Stark war schon einmal darauf hereingefallen, ein zweites Mal würde sie es nicht tun. Aber sie spielte mit. Sollte er glauben, dass sie ihm auf den Leim ging.

»Ich denke, Sie müssen wieder. Sonst schichten sich die Schweinsohren in den Gängen«, sagte sie und nippte an ihrem Kaffee.

Killian hatte sein heißes Wasser nicht angerührt. Er stand auf und sagte: »Auf Wiedersehen.«

Sie erwiderte den Gruß mit einem Nicken und versuchte dem Nachhall seiner Worte zu entnehmen, ob Hohn in seiner Stimme lag. Sie musste verneinen. Das gefiel ihr nicht. Auch bei Schewtschenko hatte sie nie etwas Verräterisches gehört. Und genau das war die Falle gewesen, in die ihr Herz getappt war.

***

Hunde aller Rassen balgten sich, Katzen lagen in der späten Mittagssonne auf dem Wellblech, und Karnickel hoppelten ungestört zwischen großblättrigem Löwenzahn und nicht geschnittenen Brennnesseln umher. Dazwischen zog eine junge Frau eine Ziege an einem Strick über das Areal, während ein Papagei auf einer Wäschestange sitzend im Zwanzig-Sekunden-Takt »Schießdreck!« plärrte.

»Kommen Sie, um den Mischling abzuholen?«, fragte eine herbe Stimme hinter Belledin. Er drehte sich um und blickte in das Gesicht einer Frau, mit der man wohl barfuß ohne Packesel die Anden durchqueren konnte.

»Frau Dr. Riesterer?«

»Ja.«

»Belledin, Kripo Freiburg.« Er zeigte ihr seinen Dienstausweis. »Ich komme –«

»Wegen Schwarz«, schnitt sie ihm den Satz ab. »Musste ja so enden.«

»Wieso?«

»Polarisierend. Stark polarisierend. Auch innerhalb unseres Vereins.«

»Wie darf ich das verstehen?«

»Wir sind im Grunde sehr konservativ und moderat. Ein paar Leserbriefe, Flugblätter, Aufklärungsfeste mit Tombola. Aber Schwarz war extremer. Er propagierte Gewalt. Und einige der Jüngeren fanden das gut. Wir hatten plötzlich ungeahnten Zuwachs. Viele Schüler der Oberstufe, die zuvor eher durch rechtsradikale Schmierereien aufgefallen waren, setzten sich mit einem Mal für das Wohl des Tieres ein.«

»Und das missfiel einigen aus der älteren Fraktion?«

»Aber hallo.«

»Und Sie? Wie standen Sie zu der Entwicklung?«

Riesterer schien einen Moment ernsthaft über die Frage nachzudenken. »Ich fand es gut, dass Bewegung in die Sache kam. Ich habe nicht alle extremen Ideen und Aktionen befürwortet, aber es war richtig, mehr zu riskieren und mehr Aufmerksamkeit zu erhalten.«

»Die haben Sie ja jetzt mit dem Tod von Schwarz ausreichend bekommen.«

»Das stimmt tatsächlich. Sie glauben gar nicht, wie viele Zeitungen sich seit gestern gerührt haben. Sogar das Fernsehen hat sich schon angemeldet. Für Sie mag es vielleicht abgeschmackt wirken, aber wir werden dieses kurze Zeitfenster nutzen, das uns die Öffentlichkeit schenkt.«

»Es gibt einen weiteren Toten«, sagte Belledin und lauerte auf eine Reaktion in Riesterers Miene. Doch dort tat sich nichts, was ihm einen Hinweis auf Mitwisserschaft hätte geben können.

»Ginter, der Chef vom Schlachthof Freiburg. Man hat ihm ebenfalls einen Bolzen ins Hirn gerammt«, fuhr er fort.

»Oh. Das tut mir leid.« Es klang teilnahmslos. Fast zynisch. »Hat man ihm auch das Gesicht abgezogen?«

»Nein. Vielleicht hatte der Täter keine Zeit.«

»Oder es war nicht derselbe Täter. Schwarz hatte einige sehr treue Anhänger unter den Jugendlichen. Vielleicht hat sich jemand gedacht, dass Ginter Schwarz hat abstechen lassen, und jetzt Vergeltung geübt. Ich traue das einigen zu.«

»Konkrete Namen?«

»Fragen Sie doch mal bei den Köhler-Brüdern nach.«

»Den Bleichenwangs?«

»Sie kennen sie?«

»Noch nicht. Haben die etwas mit dem Chemie-Lehrer zu tun, der sich für die christliche Umweltpartei engagiert?«

»Exakt. Der, der behauptet, die Pille wäre schuld am Treibhauseffekt. Haben Sie noch etwas? Ich muss hier nämlich weitermachen.«

»Wo waren Sie heute Vormittag, zwischen neun und zwölf Uhr.«

Riesterer blickte über das Areal, auf dem sich die bunte Tierschar tummelte. »Hier«, sagte sie. »Das können mehrere Tiere bezeugen.«

»Gibt es auch Menschen, die das bezeugen können?«

»Menschen können lügen, Tiere nicht. Ich würde eher den Tieren vertrauen.«

»Ich kann die Sprache der Tiere nicht. Ich schmatze nur mit ihnen, wenn sie paniert vor mir auf dem Teller liegen.«

Riesterer ließ sich nicht provozieren. »Anke, meine Assistentin, und etwa zehn Klienten. Sie können die Namen gerne haben.«

Sie ließ Belledin neben dem Papagei stehen und ging auf die Wiese, um sich einem humpelnden Gaul zu widmen.

»Schießdreck«, plärrte der grün-rote Vogel und flatterte zweimal mit den gestutzten Flügeln.

***

Es war einfach gewesen für Killian, Fotos zu schießen. Durch den Mord an Ginter hatten die Arbeiter ein Thema. Keiner hatte auf ihn geachtet. Niemand konnte sehen, wie er mit seiner kleinen Kamera heimlich Bilder vom Schlachtvorgang schoss. Er würde sie Bärbel geben, damit war sein Dienst für sie abgeschlossen.

Er hatte den Schlachthof bereits verlassen, war auf dem Weg zu seinem Defender, als ihm Spiegelhalter und Gotthard den Weg versperrten. Spiegelhalter streckte seine große Pranke aus.

Killian sah erst ihn, dann Gotthard fragend an.

»Gib her«, sagte Spiegelhalter ungeduldig.

»Mach's nit kompliziert«, übernahm Gotthard. »Du bisch nit der Erschte, wo glaubt, er kann uns verarsche.«

»Du stinksch nach Reporter. Guck mol unsere Händ an und dann deine. Merksch de Unterschied?«

Killian hatte schnell verstanden, dass sie ihm von Anfang an misstraut hatten. Schon Ginter würde ihnen gesteckt haben, dass sie ein Auge auf den Neuen werfen sollten. Er hätte sich denken können, dass er hier nicht einfach hereinspazieren und mit der Beute wieder rausgehen konnte. Nicht nachdem ein prominenter Tierschützer in der Nähe des Schlachthofes gemetzelt worden war, nicht nachdem die Polizei hier geschnüffelt hatte, und schon gar nicht, nachdem auch noch der Chef des Ladens einem Schussbolzen zum Opfer gefallen war.

»Ich bin kein Reporter«, sagte er und wollte an den beiden vorbei zum Wagen. Aber Spiegelhalter trat rasch einen Schritt zur Seite, packte ihn bei den Schultern und versetzte ihm einen wuchtigen Kinnhaken.

Killian strauchelte rückwärts und landete auf dem Asphalt. Er wollte sich aufrappeln, da trat ihm der Stiefel Spiegelhalters in den Magen.

Er krümmte sich. Zum Glück hatte ihm die Stiefelspitze keine Rippe gebrochen. Schon schossen die beiden Pranken Spiegelhalters auf ihn zu und rissen ihn am Kragen hoch. Wie ein Sack Reis wirbelte er durch die Luft und landete auf der Motorhaube seines Defenders. Ein ausladender Schwinger sauste durch die Luft und wollte ihm das Jochbein zertrümmern. Er tauchte darunter ab. Der Schwinger drosch ins Leere und brachte Spiegelhalter für einen Moment aus dem Gleichgewicht.

Killian nutzte die Sekunde, rückte an Spiegelhalter heran und verpasste dem Hünen mit aller Wucht drei kurze Leberhaken hintereinander.

Spiegelhalter schnappte nach Luft, verdrehte die Augen und sackte zu Boden.

Schon sah Killian im Augenwinkel Gotthard, der einen Holzbengel durch die Luft schwang. Es gelang ihm nicht mehr, den Hieb zu blocken. Also duckte er sich und kassierte den Schlag knapp über den Schulterblättern. Er stöhnte auf und ahnte, dass Gotthard bereits zum nächsten Hieb ausholte. Gerade noch rechtzeitig rollte er sich darunter weg und landete auf der Straße. Der Holzbengel donnerte auf den Kühler des Defenders.

Autoreifen quietschten vor Killian, eine Tür schlug auf. Der Holzbengel fiel neben ihm auf den Boden. Füße rannten davon, andere Füße näherten sich. Killian drehte den Kopf und sah Cowboystiefel, die auf ihn zukamen. Noch ein Schritt, und er würde zupacken. Die Stiefel waren flinker und sprangen hoch. Killian fürchtete, dass sie ihm gleich ins Gesicht treten würden, und hob schützend die Arme davor. Er würde den Tritt einstecken und dafür den Stiefel packen. Aber der Stiefel trat nicht. Dafür hörte er das Knacken einer Walther, die gesichert wurde.

Killian nahm die Arme vom Gesicht weg und blickte nach oben.

»Alles klar?«, fragte Stark.

***

»Nichts, was man nicht schon kennen würde.« Belledin gab Killian die Kamera zurück. »Solche Bilder findest du auf Youtube zur Genüge. Und es ändert gar nichts. Die Leute sehen es, schütteln betroffen den Kopf und panieren dann ihr Schnitzel. Noch nicht einmal explodierende Atomkraftwerke rütteln auf, solange es nur Bilder sind. Die Kraft der Bilder ist schwach geworden. Nur wenn gleichzeitig der Erlebnischarakter dabei ist, haben sie einen Wert, verstehst du? Wenn jeder fotografieren kann, hat nur noch das eigene Foto Bedeutung.« Er durfte dozieren und fand sich schlau dabei. Killian schien es nicht zu beeindrucken.

Belledin sah zu Stark, die mit einer Tasse heißem Wasser für Killian ins Büro kam und sie vor ihn auf den Schreibtisch stellte. Killian nahm einen kleinen Schluck.

»Wenn du nur auch mal so vorsichtig beim Schnüffeln wärst«, sagte Belledin, der nicht verstand, dass einer heißes Wasser trinken konnte, wo es doch Tees in allen Geschmacksrichtungen gab.

»Warum haben Sie mir nicht gesagt, dass Sie sich kennen?«, fragte Stark.

Belledin sah zu ihr hinüber. »Weiß ich alles über Sie? Wie weiß ich, dass ich Ihnen trauen kann?«

»Wir sind beim selben Verein«, sagte Stark.

»Sind wir nicht. Sie kommen vom LKA. Schon vergessen?«

»Ich *war* beim LKA. Jetzt bin ich hier.«

»Noch in der Probezeit.«

»Es gibt keine Probezeit.«

»Bei mir gibt es immer eine Probezeit. Und die kann manchmal Jahre dauern. Fragen Sie Wagner.«

Stark atmete tief durch. Sie hatte noch etwas auf der Zunge, schluckte es aber runter. Das gefiel Belledin. Er siegte gern nach Punkten.

»Ist Spiegelhalter vernehmungsfähig?«, fragte er.

Sie nickte.

»Dann vernehmen Sie ihn.« Er hob seine buschigen Brauen und sah Stark auffordernd an. Sie hielt den Blick einige Sekunden länger, als er es gerne gehabt hätte, dann verließ sie den Raum.

Er wandte sich Killian zu. »Ich traue ihr tatsächlich nicht.«

Killian schwieg.

»Dir übrigens auch nicht. Sie kommt vom LKA, du pflegst mit den Herren vom BKA dein heißes Wasser zu schlürfen, und ich bin ein kleiner Dorfbulle, der Metzger verhört. Und alle drei hängen am selben Fall. Ist doch merkwürdig, oder nicht?«

Killian setzte seine Tasse ab. »Deine Kollegin Stark hat sich bereits vor dem Mord an Schwarz hierherversetzen lassen, ich kenne Bärbel seit Urzeiten, und zu deinem Job gehört es nun mal, auch Metzger zu verhören.«

»Mach dich nicht lustig über mich, hast du verstanden? Du hast deine Fotos jetzt geschossen. Und du bist aufgeflogen. Das ist schade. Für mich bist du dadurch wertlos.« Er verzog das Gesicht. »Aber vielleicht ist es auch besser so. Mir reicht schon eine Überqualifizierte.«

Killian stand auf. »Dann kann ich jetzt also gehen?«, fragte er ruhig.

»Mach, dass du wegkommst«, blaffte Belledin. »Und sag Bärbel Engler, dass ich mit ihr noch lange nicht fertig bin.«

***

Spiegelhalter sagte kein Wort. Er hielt die Unterarme über dem breiten Brustkorb verschränkt, zog eine Schnute und stierte auf das Mikrofon, das Stark vor ihm aufgestellt hatte.

»Wollen Sie einen Anwalt?«, fragte Stark.

Spiegelhalter sah zu ihr auf und schüttelte verneinend den Kopf.

»Warum haben Sie Killian so zugerichtet?«

Spiegelhalter grinste.
»Sie haben etwas gegen Tierschützer, stimmt's?«
Spiegelhalter verdrehte die Augen.
»Dann hatten Sie bestimmt auch etwas gegen Erik Schwarz. Hätten Sie Killian auch einen Bolzenschuss versetzt und ihm dann die Haut abgezogen?«
»Blödsinn!«, entfuhr es Spiegelhalter. »Ich stech Säu. Erdogan und Gotthard schieße Rinder. Wenn, dann hätt ich ihn abgstoche. Ausblute muss ma die lasse. Bolzeschuss geht doch viel zu schnell.«
»Haben Sie sich deswegen mit Erdogan gestern auf dem Hof gestritten? Weil er Ihnen mit dem Bolzen zuvorgekommen war?«
»Sie rede nur Blödsinn. De Erdogan war an meiner Frau dran, der Drecksack. Bei der Hausschlachtung am letschte Samschtag. Ich rasier die Sau, und der Dreckspatz will in der Zeit mei Alte vögle. Des lass ich mir doch nit gfalle. Wie steh ich vor de andere da? Wenn er es wenigschtens für sich behalte hätt, aber er verzählt's glei überall im Gschäft rum. Des geht nit. Henei, ich bin doch kei Dubel.«
»Und warum Killian?«, kam Stark wieder zum Punkt.
»Weil er Fotos gmacht hat. Des geht au nit. De Chef hat gsagt, der wär Fotograf. Ein Klick im Internet, und du weisch ja heut alles. Der isch sogar bekannt. Kriegsfotograf. Da gibt's Hunderte von Fotos von dem im Netz, und der glaubt, er kann unentdeckt bei uns rumspioniere. Aber de Chef war scho immer ä aufgweckts Bürschle.«
»Jetzt ist Ihr Chef aber tot. Den weckt keiner mehr auf.«
»Des kann manchmol ganz schnell gehe. Jede Sau, wo in de Schlachthof kommt, weiß, dass sie sterbe muss. Die riecht des schon, wenn sie vom Hof in de Laschtwage muss. Nur mir Mensche, mir glaube, dass mir ewig lebe. Mir denke gar nit dran, wie schnell es gehe kann. De Ginter hätt's aber wisse müsse. Wer jede Tag de Todesschrei hört, wenn es au von einer Sau isch, der isch sich des Todes bewusst.«
»Und weil Sie Ginter daran erinnern wollten, haben Sie ihm den Bolzen ins Hirn gedrückt?«
»Blödsinn. Wie gesagt, ich stech Säu. Ich schieß nit mit dem Bolze. Zeit hab ich au keine ghabt, ich hab gschafft. Und ich hab kei Ärger ghabt mitm Ginter. Also au kein Grund. War's des?«

»Wie steht es mit Gotthard? Der hätte Zeit gehabt, oder?«

Spiegelhalter lachte. »Den trifft's doch am härteschte, dass de Ginter tot isch.«

»Warum?«

»Weil er jetzt nimmer in de Genuss kommt, auf seine alte Tage Schlachthofbesitzer zu werde.«

»Das verstehe ich nicht.«

»Britta Vogt isch die Tochter von Gotthard Vogt. Und de Ginter wollt sich scheide lasse und Britta heirate. Jedenfalls hat des de Gotthard verzählt.«

»Und wie schätzen Sie das ein? Hätte Ginter das getan?«

Spiegelhalter zuckte mit den Schultern. »Scheidung koschtet Geld. Alimente aber au. Britta isch schwanger. Alles eine Rechenfrage. Und rechne hat er könne, de Ginter.«

»Anscheinend hat er sich jetzt aber bei irgendjemandem verrechnet.« Stark sah Spiegelhalter eindringlich an. Er verzog den Mund und schwieg.

»Gäbe es etwas Besonderes im Schlachthof, was der Fotograf hätte knipsen können?«, fragte sie und lauerte auf die nächste Grimasse, die Spiegelhalter ziehen würde.

Er behielt seinen schiefen Mund bei und flatterte Luft durch die Lippen. »Nit dass ich wüsst.«

»Und weswegen habe Sie ihn dann verprügelt?«

»Aus Prinzip. Wer schnüffelt, verdient ä Abreibung.« Spiegelhalter beugte sich über den Tisch. »Da gibt es keine Ausnahmen.«

Er war nah genug an sie herangekommen, dass sie ihm mit der Stirn das Nasenbein hätte brechen können. Sie unterließ es, lehnte sich zurück und drückte die Stopptaste des Rekorders. Das Verhör war beendet.

SIEBEN

Killian bezahlte das Taxi und stieg in seinen Defender, den er vor dem Schlachthof zurückgelassen hatte. Er wollte den Wagen starten, da sah er Britta Vogt heftig gestikulierend hinter dem Fenster ihres Büros. Killian hatte nur kurz mit ihr zu tun gehabt, als er den Personalbogen ausgefüllt hatte. Er kurbelte das Fahrerfenster runter und versuchte zu erkennen, mit wem Vogt da so heftig diskutierte. Der Schlachthof war zu, die Sau geschlachtet.

Jetzt drehte sich Vogt vom Fenster weg und gab den Blick auf die andere Person frei. Gotthard war es nicht, der sie zu beruhigen versuchte. Der Mann war größer und kräftiger, er überragte sie um zwei Köpfe.

Mit der kleinen Kamera konnte Killian nicht so gut zoomen. Er öffnete das Handschuhfach und zog die digitale Nikon heraus, die er gerne für Schnellschüsse verwendete.

Er setzte die Kamera an und holte Vogt und den Fremden heran. Er kannte den Mann nicht. Auf dem Schlachthof hatte er ihn jedenfalls noch nicht gesehen. Killian schätzte ihn auf Anfang dreißig. Volles braunes Haar, durch das er sich nervös mit der Hand strich. Vogt schüttelte den Kopf, drehte sich von ihm weg. Er rückte an sie ran, nahm sie von hinten an den Schultern. Killian schoss Fotos. Vogt drehte sich zu dem Fremden um und drückte sich weinend an dessen Brust. Er strich ihr durchs Haar. Wieder surrte Killians Auslöser.

Wer war dieser Mann? Was hatte er hier zu suchen? Wieso weinte sich Britta Vogt bei ihm aus? Und wo war Erdogan? Er glaubte nicht, dass Erdogan etwas mit dem Mord an Ginter zu tun hatte. Jedenfalls nicht direkt. Er wäre zu blöde, wenn er ausgerechnet auf die Art, mit der er täglich vierhundert Rinder tötete, den eigenen Chef ermordete. Aber er war geflohen. Warum? War die Flucht als Schuldbekenntnis zu werten? Belledin würde es aus Bequemlichkeit tun, in der Hoffnung, Erdogan auch den ersten Mord anzuhängen. Den hätte er begehen können. Und den Mord an Ginter? Killian hatte Erdogan am Schussapparat gesehen. Aber Gotthard hätte ihn kurz ablösen können. Killian selbst war mit den Konfiskaten beschäftigt gewesen; er hätte nicht schwören können, dass Erdogan die ganze Zeit nur Rinder geschossen hatte. Er konnte es also gewesen sein. Aber auch Gotthard. Der hatte Gelegenheit, unbemerkt in Ginters Büro zu gelangen. Und Gotthard war es auch gewesen, der ihm zusammen mit Spiegelhalter aufgelauert und niedergeschlagen hatte.

Zu gerne hätte er jetzt Gotthard gestellt und ihn persönlich gefragt. Aber er war nicht da, Erdogan auch nicht; dafür der Fremde, der die hysterische Vogt zu beruhigen versuchte. Worum ging es? Wusste er etwas, womit er Vogt unter Druck setzte? Wer war er?

Jetzt drückte sie sich von ihm ab und schrie wild gestikulierend. Killian fing die Dramatik ein. Mehr konnte er erst einmal nicht tun. Wenn er nicht so lädiert wäre, würde er sich vielleicht heranschleichen, um etwas von dem Gespräch zu erlauschen. Aber Schädel und Unterleib schmerzten zu sehr, als dass er es wagen wollte. Wozu auch? Um Belledins Job zu machen? Es reichte schon, dass er sich für Moshe jahrelang den Arsch aufgerissen hatte. Moshe zahlte immerhin gut. Belledin wollte alles gratis und fühlte sich gleichzeitig gestört, wenn man sich einmischte. Sollte er sich doch von Spiegelhalter und Gotthard vermöbeln lassen. Und für Bärbel hatte Killian alles getan, was er tun konnte. Er hatte Fotos geschossen und dafür eine mächtige Abreibung kassiert. Aber vielleicht war es gerade das, was ihn antrieb, weiterzuschnüffeln. Er ließ sich nicht gerne wie einen Köter treten. Er hatte schon immer zurückgebissen, sich nichts gefallen lassen. Schon gar nicht von denen, die meinten, dass sie stärker wären. Mit Gotthard und Spiegelhalter hatte er eine Rechnung offen. Und die wollte beglichen werden.

Aber morgen war auch noch ein Tag. Er würde ihnen an den Fersen bleiben, und er würde gewappnet sein.

Killian legte die Kamera beiseite und wollte den Wagen starten, da wurde ihm vom Rücksitz etwas Metallenes an die Kehle gedrückt.

»Beide Kameras«, sagte das Gesicht, das Killian im Rückspiegel erkannte. Er grapschte nach der Nikon und reichte sie nach hinten. Gotthard nahm sie mit der freien Hand entgegen.

»Die andere auch«, forderte er.

Killian kramte in seiner Jacke und zog die Minikamera hervor. Gotthard nahm sie und verstaute sie in seinem Kittel.

»Ich sollt dich grad absteche wie ä Sau, weisch des?«

Killian sagte nichts. Er wagte es noch nicht einmal, zu schlucken, weil er fürchtete, dass sein Kehlkopf dann an der scharfen Klinge rieb und sie zum Schnitt provozierte.

Gotthard dachte nicht daran, das Messer von seinem Hals zu nehmen. Er wollte ihm aber wohl auch nicht die Kehle aufschlitzen, sonst hätte er es schon getan. Er schien zu warten. Worauf?

Killian kiebitzte zum Bürofenster. Vogt und der Fremde waren nicht mehr zu sehen.

Ein Auto bremste neben dem Defender. Killian wollte den Kopf drehen, aber der Druck der Klinge hinderte ihn daran.

»Ganz ruhig«, sagte Gotthard.

Killian gehorchte und wandte seinen Kopf wieder nach rechts. Gotthard rutschte mit dem Messer ein Stück unter den Kehlkopf und ritzte seinen Hals.

»Als Erinnerung.«

Dann löste er die Klinge, schlüpfte aus dem Defender und stieg in den wartenden Wagen, der sofort davonfuhr. Es war ein roter Toyota Cruiser mit getönten Scheiben.

»TÜ-MM-209«, murmelte Killian und kramte in seiner Jacke nach einem Stift. Er kritzelte das Kennzeichen auf den Daumenballen der linken Hand und startete den Wagen. Dann fuhr er langsam am Büro vorbei, reckte den eben geretteten Hals und versuchte zu erkennen, ob sich noch jemand im Büro befand. Es war leer. Vogt und der Fremde waren verschwunden.

***

Bärbel wartete nervös vor Killians Atelier. Der Tod von Ginter irritierte sie. Ginter war eindeutig von der Gegenseite gewesen. Dass er nun ebenfalls ermordet worden war, passte nicht in ihre Verschwörungstheorie.

Killian hatte ihr am Telefon nicht mehr erzählen wollen. Man hatte ihm schon immer alles aus der Nase ziehen müssen, weil er glaubte, die Dinge seien offensichtlich, wieso sie dann noch benennen?

Bärbel machte diese Verschwiegenheit der badischen Männer verrückt. Sie hatte darin schon immer nur eine Masche gesehen, den Kopf in den Sand zu stecken. Anstatt sich politisch zu engagieren, lehnten sie sich zurück und nickten wissend, während Frauen wie sie sich aufrieben.

Der Defender kroch über die Bruckmühlenstraße aufs Atelier zu. Killian parkte den Wagen, stieg aus und lächelte zum Gruß. Dann ging er die Stufen zum Atelier hoch. Bärbel folgte ihm. Sie glaubte zu sehen, dass er leicht humpelte.

»Ist alles in Ordnung mit dir?«

»Alles klar.« Er schloss die Ateliertür auf.

Bärbel folgte ihm ins Innere. »Soll ich zumachen?«, fragte sie. Sie wusste, dass Killian das Abendlicht mochte. Und die Tür war die einzige Öffnung zum natürlichen Licht, die Killians Atelier besaß. Ansonsten glich der Raum einer düsteren Höhle, in der sich ein Eremit an der Finsternis erfreute.

»Mach zu, ich habe heute keinen Blick mehr für die Schönheit der Welt«, sagte Killian und knipste einige Strahler an, die das Atelier erhellten.

Bärbel schloss die Tür.

»Kaffee?«, fragte er und verschwand in der Küche.

»Gerne.« In Bärbels Kopf kreisten hundert Fragen, mindestens zehn davon lagen ihr bereits auf der Zungenspitze. Aber sie hielt sie zurück. Es war badisches Ritual, dass man nur etwas erfuhr, wenn man nicht zu viel fragte. Ein Paradoxon, aber es galt.

Sie wartete, so geduldig sie konnte, bis Killian mit dem Kaffee und einer Tasse mit heißem Wasser aus der Küche zurückkam, nahm den Kaffee und nippte daran. Noch immer wurde kein Wort gesprochen. Killian konnte zäh sein. Fast hatte Bärbel den Verdacht, er spannte sie mit Fleiß auf die Folter.

Killian setzte sich auf das barocke Sofa und bat sie per Handzeichen, auf einem Holzstuhl Platz zu nehmen.

Sie setzte sich auf die Schmutzwäsche, die den Stuhl belagerte. Was blieb ihr übrig? Auf dem Sofa wäre noch Platz gewesen, aber da Killian sie anscheinend nicht neben sich haben wollte, pflanzte sie sich eben dorthin, wohin er sie dirigierte.

Er schwang die Beine aufs Sofa und streckte sich aus. Dabei stöhnte er leise auf.

Erst jetzt bemerkte Bärbel, dass er eine Schramme im Gesicht hatte. »Mein Gott, wie siehst du denn aus?«, fragte sie erschrocken, sprang auf, setzte sich an die Kante des Sofas und untersuchte sein geschwollenes Gesicht.

»Da muss Eis drauf, sonst siehst du morgen aus wie Nicole Kidman nach der letzten Botoxspritze«, sagte sie und strich mit den Fingern sanft über Killians geschundenes Gesicht. »Hast du welches da?«

»Nein. Aber ein kalter Waschlappen tut es auch«, sagte er. Das Sprechen schien ihm Mühe zu bereiten.

Das beruhigte Bärbel. Also war es doch nicht nur badische Attitüde, dass er so schweigsam gewesen war. Er hatte sie nicht auf die Folter spannen wollen, er konnte einfach nicht reden. Also gab es auch keinen Grund, die angestauten Fragen zurückzuhalten.

»Was ist passiert? Wer hat Ginter getötet? Warum? Wer hat dich so zugerichtet? Hast du Fotos gemacht? Wo sind sie?«

Killian drehte langsam den Kopf zu Bärbel und sah sie schweigend an. Sie lächelte verlegen. Sie hätte sich vielleicht doch erst einmal für eine einzige Frage entscheiden sollen. Jetzt hatte sie es verbockt. Und sie merkte, wie sie allmählich wütend wurde. Ihre Ungeduld schlug gerne in Wut um. Und die traf dann meist den Falschen.

Sie stand vom Sofa auf in der Hoffnung, ihre Wut in Bewegung auflösen zu können. »Wo finde ich hier einen Waschlappen?« Es sollte fürsorglich klingen, aber im Unterton schwang mit, dass man in diesem Saustall gar nichts finden konnte.

»Nimm ein Unterhemd. Auf dem Stuhl, unter der Jeans, müsste eins liegen.«

Bärbel ging zum Stuhl, hob einige Kleidungsstücke hoch, die sehr nach Killian rochen, fand aber kein Unterhemd. Sie blickte auf die Schmutzwäsche in ihrer Hand, sah dann zu ihm hinüber und pfefferte die Klamotten wütend auf den Boden.

Killian blieb ruhig.

»Entschuldige«, sagte Bärbel und fuhr sich mit der Hand durch die Haare. »Aber ich halte diese Art der Kommunikation nicht aus.«

»Tut mir leid«, sagte er mit einem Mal. »Aber ich weiß selbst noch nicht so recht, wo ich anfangen soll. Eigentlich wollte ich meine Ruhe finden. Und jetzt stecke ich wieder mittendrin in einer Sache, die keinen klaren Faden aufweist.«

»Ist es nicht klar, dass die Metzgermafia Tierschänder sind und auch vor Menschenmord nicht zurückschrecken?« Bärbel hob ein Unterhemd auf. »Sieh dich doch selbst an. Wie sie dich zugerichtet haben. Das waren doch sie, oder nicht?«

»Gab es etwas, das Schwarz und Ginter miteinander verband?«, fragte Killian, ohne ihre Frage zu beantworten.

»Wüsste nicht, was die beiden verbinden sollte.«

»Kanntest du Ginter?«

»Klar. Der hat uns mal die Polizei mit Wasserwerfern auf den Hals gehetzt, als wir die ganze Osterwoche vor dem Schlachthof protestiert haben.«

»War da Schwarz auch dabei?«

»Was denkst du denn? Der ging vorneweg.«

»Haben Ginter und Schwarz miteinander gesprochen?«

»Lautstark. Sogar über Megafon.«

»Und sonst hatten sie keine Begegnung, von der du weißt?«

»Wie meinst du das?«

»Runder Tisch, Verhandlungen, Mediationsgespräche, Diskussionsrunde. Irgendetwas, bei dem eine Videokamera lief. Wird doch alles dokumentiert und ins Netz gestellt. Habt ihr ja bestimmt auch gemacht.«

»Klar. Aber nur von Demos und Kundgebungen. Und ich kann mich nicht daran erinnern, dass sich die beiden die Hände geschüttelt hätten. Worauf willst du hinaus?«

»Ich weiß es nicht. Ich suche nur eine Verbindung zwischen Ginter und Schwarz, die nicht auf Gegnerschaft beruht. Etwas, das jemanden veranlassen könnte, beide umzubringen.«

»Nur weil beide mit einem Bolzenschussgerät getötet worden sind, heißt das noch lange nicht, dass es derselbe Täter war.«

»Und wenn es dasselbe Bolzenschussgerät war?«

Bärbel ging in die Küche und tränkte das Unterhemd mit kaltem Wasser. Sie wrang es aus und brachte es Killian.

»Was hast du jetzt vor?«, fragte sie.

Killian legte sich das Unterhemd auf das geschwollene Gesicht. So konnte er gar nicht mehr reden.

***

»Danke«, sagte Belledin und legte auf. Es war bei beiden Morden dieselbe Tatwaffe gewesen, daran war nicht zu rütteln. Dr. Selinger war sich absolut sicher. Wäre günstig, wenn es sich auch um denselben Täter handelte. Aber es wollte nicht passen. Warum Ginter?

Belledin hoffte auf Erdogan. Er musste etwas wissen, warum sonst war er abgehauen? Nach den Aussagen von Britta Vogt und einigen Arbeitern konnte Erdogan selbst es nicht gewesen sein. Die Zeit, die Vogt nicht im Büro gewesen war, war für Erdogan zu knapp gewesen, um vom Arbeitsplatz unauffällig zu verschwinden. Außerdem wäre es aufgefallen, wenn sich die Rinder ungeschlachtet angestaut hätten. Erdogan hätte einen Ersatz finden müssen. Und daran kaute Belledin. Gab es einen Komplizen, dem Erdogan die Tatwaffe gegeben hatte? Zwei Täter, die zusammenarbeiteten, und eine Tatwaffe, die glauben machen sollte, dass es sich um nur einen Mörder handelte?

Aber Ginter hatten sie noch ein Gesicht gelassen, Schwarz nicht. Warum? Zeitnot. Britta Vogt hätte jeden Moment an den Tatort kommen können. So wie sie es dann auch getan hatte und den toten Ginter fand.

War sie es gewesen? Warum nicht? Gotthard Vogt war ihr Vater, sie war mit der Schlachterei aufgewachsen. Sie war sicherlich in der Lage, ein Bolzenschussgerät zu bedienen. Aber was hatte sie mit Schwarz zu tun?

Belledin musste Erdogan finden. Von Erdogan zu Spiegelhalter war es nur ein kleiner Gedankensprung. Er nahm das Verhörprotokoll, das Stark ihm auf den Tisch gelegt hatte, und las es noch einmal durch. Spiegelhalter wusste, dass Britta Vogt von Ginter schwanger war und dass Gotthard auf eine Scheidung Ginters gehofft hatte. Wenn der nun aber keine Scheidung haben wollte, Britta vielleicht sogar zur Abtreibung hatte zwingen wollen, lagen massig Motive vor. Er würde sich Gotthard und Britta vorknöpfen. Was den Mord an Ginter betraf, waren sie die heißeste Spur, die er im Augenblick besaß.

Er stemmte sich aus seinem Drehstuhl und schrieb die Namen »Gotthard und Britta Vogt«, »Erdogan« und »Spiegelhalter«, während er sie aussprach, als Cluster mit Rot an die Magnettafel. Anschließend trat er einen Schritt zurück und sah sich das Gesamtgebilde an, das dieser Fall bislang geflochten hatte.

Er blieb bei den Namen und Clustern hängen, die nicht in seiner eigenen Handschrift geschrieben waren. Jetzt wäre er gern Graphologe gewesen. Aber er konnte über Starks Handschrift nur spekulieren. Sie war geradlinig und zielstrebig, sparte an den Rundungen. Häufig wechselten Druckbuchstaben mit Schreibschrift. Das »W« beispielsweise war in Druckschrift, es wirkte hakig statt rund.

Belledin griff nach dem Pappbecher mit dem Kaffee, nahm einen Schluck und verzog das Gesicht. Kalter Kaffee schmeckte nie. Auch nicht als Eiskaffee, da konnte ihm Biggi noch so viele Vanillekugeln ins Glas stopfen. Kaffee musste heiß sein. Lieber die Lippen verbrühen als diesen abgestandenen Geschmack am Gaumen. Belledin überlegte, wo er jetzt noch einen anständigen Kaffee trinken konnte. Aschenbrenner hatte längst Feierabend gemacht; wo Stark war, wusste er nicht. Auch ihr stand Feierabend zu. Nur er arbeitete immer. Er konnte nicht so einfach den Hammer zur Seite legen. Abschalten, solange ein Fall nicht gelöst war, das ging nicht.

Wieder schmeckte er mit seiner Zunge den Gaumen ab. Er brauchte einen frischen heißen Kaffee. Und er wusste jetzt auch, wo er ihn noch kriegen konnte.

***

Stark wand sich ein Handtuch um den nackten nassen Körper und ging barfuß aus dem Bad in die Küche. Durch ihre Zwei-Zimmer-Wohnung kroch »When a hero cries« von Edguy. Sie hatte sich für eine selbst gebrannte Sammlung langsamer Hardrock-Balladen entschieden. Das versüßte ihr den Abend und ließ sie zu sich kommen. Wenigstens erhoffte sie sich das.

Sie tauschte das Handtuch gegen ein hellblaues T-Shirt und einen roten Minirock, trat damit vor den Spiegel. Sie fand sich nicht unsexy. Mit etwas Silikon könnte man sogar richtig was aus ihr machen. Das hatte Schewtschenko zu ihr gesagt, und sie hatte ihm eine saftige Ohrfeige dafür verpasst. Anschließend waren sie dann übereinander hergefallen. Leidenschaftlich und zerstörerisch, voller Liebe und Hass.

»The Maiden and the Minstrel Knight«, dröhnte es aus den Boxen. Sie seufzte. Zu gerne hätte sie jetzt einen Typen wie Schewtschenko gehabt, den sie durch die Zimmer peitschen konnte. Ein richtiger Kerl, der mit der Seele bereits über dem Abgrund baumelte.

Belledin fiel ihr ein, und sie musste laut lachen. Nein. Der wäre nichts für sie. Nicht einmal auf einer einsamen Insel und hundert Frühlingstagen ohne Mahl. Aber dem Fotografen, der im Schlachthof geschnüffelt und von Gotthard und Spiegelhalter eine Abreibung kassiert hatte, wäre sie nicht abgeneigt. Er trug diesen Abgrund im Blick, in den sie sich so gerne fallen ließ. Sie wusste, dass ihre Seele bei solchen Typen abfackelte, bis nur noch ein feuerfester Kern übrig blieb. Hatte sie die Kraft, sich in ein solches Abenteuer zu werfen? Es würde ihr zu nah werden, sie würde um sich schlagen und leiden, wenn er dann wieder fortginge. Und er würde wieder fortgehen – wenn er überleben wollte, musste er es sogar.

Sie schüttelte sich. »Nur für eine Nacht, Dummerchen«, sagte sie ihrem Spiegelbild. »Es muss ja nicht gleich wieder ein Drama werden, oder?« Sie zwinkerte sich zu und ging in die Küche.

Dort öffnete sie den Kühlschrank und nahm sich ein Tannenzäpfle heraus. Sie köpfte das Bier, entfernte den goldenen Alukragen sorgfältig, damit er nicht zerriss, und legte ihn zu den anderen, die sie bereits gesammelt hatte. Sie wusste noch nicht, was sie mit dem Glitzerpapier anfangen würde, es aber einfach wegzuwerfen, war ihr zu schade. Sie stellte sich vor, es wäre echtes Gold. Mit Gold könnte sie sich ein neues Leben schaffen. Irgendwo, wo niemand sie kannte. Sie sah auf die rotwangige Frau, die das Etikett der Flasche zierte, und kniff sich selbst in die Wangen. Sie spürte, wie die Durchblutung hineinschoss.

»Auf die einsamen Frauen«, sagte sie, dann prostete sie der Flaschenfrau zu und nahm einen kräftigen Schluck.

»Wasting Love« von Iron Maiden erklang, und es half nicht, ihre Stimmung zu heben. Sie wehrte sich nicht gegen die Melancholie. Es nützte ohnehin nichts.

Sie setzte sich hinter ihren Laptop, den sie auf dem Küchentisch stehen hatte, und ließ die Finger über die Tastatur springen. Es war ein Leichtes für sie, in das innere Archiv der Polizei zu gelangen. Aber zuerst wollte sie Informationen über Killian, an die jeder kommen konnte. Also googelte sie nach »Killian Fotograf« und war überrascht, was die Suchmaschine ihr an Daten und Informationen ausspuckte. Der Kerl war ein echter Promi in der Szene. Es gab preisgekrönte Bildbände, zweimal sogar hatte er das Foto des Jahres geschossen. Sie kannte die Bilder, sie hatte sie schon gesehen. Man sah so viele Fotos, die Bilderflut über Kriege und Katastrophen war mittlerweile selbst zu einem Tsunami geworden, der einen unter sich begrub. War es da verwunderlich, dass die Menschen, die diese Bildergewalt schufen, selbst dahinter verschwanden? Trotzdem überraschte es sie, dass es kaum Fotos von dem Fotografen selbst gab. Die Infos bei Wikipedia waren nur oberflächlich, über den Menschen erfuhr man dort wenig. Ein paar Daten und Preise, noch nicht einmal ein kolportiertes Zitat.

Ihr war das zu wenig. Sie wollte mehr über den Kerl wissen, der sich in den Schlachthof eingeschleust hatte, um sich dann von Spiegelhalter vermöbeln zu lassen.

Ihre Finger öffneten Seiten, zu denen der normale Bürger keinen Zutritt hatte. Sie wusste nicht nur, wie man das gemeine Archiv der Polizei nutzte, sie kannte auch Datenbänke, die selbst Hauptkommissaren wie Belledin verschlossen blieben. Sie zählte eins und eins zusammen. Killian hatte an Fronten gearbeitet, an denen viele schon ihr Leben gelassen hatten. Entweder er war ein Gefrorener, an dem der Tod einfach vorüberging, oder er hatte gute Freunde, die auf ihn aufpassten, wenn es brenzlig wurde. Sie glaubte nicht an Ersteres, sonst wäre Schewtschenko auch noch am Leben. Gefrorene gab es nicht. Sie waren nur eine Legende.

Sie loggte sich beim BKA ein und ging auf Fischfang. Keine drei Sekunden, und sie hatte, wonach sie suchte. Sie pfiff durch die Zähne und nahm einen weiteren Schluck Bier. Sie hatte gewusst, warum der Kerl sie interessierte. Der melancholische Glanz seiner Augen war die eine Sache; sein Lebenslauf bestätigte, dass er ein Hasardeur war. Aber was spielte er? Warum ließ er sich von Metzgern zusammenschlagen, die er mit zwei gezielten Aktionen hätte töten können? Für wen war er unterwegs? Hatte das BKA ihn angeheuert? Ging es um mehr als nur – ja, als nur was? Worum ging es in diesem Fall eigentlich? Zwei Tote, die nichts miteinander zu tun hatten? Wenn es auf der privaten Ebene blieb, konnte man für den Mord an Schwarz noch nicht viel sagen. Die zurückgezogene

Anzeige der Schülerin aus Heppenheim, der tote Hooligan-Freund aus Frankfurt, der zufällig auch Spiegelhalter hieß. Aber das war gar nichts. Da hatten sie bislang noch nicht weiterrecherchiert. Auf politischer Ebene wäre ein Mord an einem Tierschützer möglich. Aber was hatte Schwarz in der Hand gehabt, um der Fleischerlobby gefährlich zu werden? Und was war der Grund dafür, dass Spiegelhalter den Fotografen zusammengeschlagen hatte? Was hätte er fotografieren können außer Rindern und Schweinen, die nicht tierfreundlich geschlachtet wurden?

Im Grunde interessierten Fotos und Filmaufnahmen von leidendem Vieh niemanden. Die Fleischfresser bekundeten einige Sekunden Betroffenheit, dann griffen sie wieder in die Kühlregale, um sich die verschweißte Salami in den Einkaufswagen zu werfen. Deswegen brachte man niemanden um. Schwarz musste also etwas gewusst haben, was die Fleischer in Aufruhr brachte, etwas von größerer Dimension. Und wenn ein Haudegen wie Killian plötzlich dort auftauchte, roch das ebenfalls nach mehr. Aber wonach? Wieder dachte sie an organisiertes Verbrechen. Wieder an die Russen. Sollte sie alte Bekannte kontaktieren? Nein, das konnte sie nicht. Sie war froh, sich aus der Schusslinie genommen zu haben. Außerdem würde keine der früheren Kontaktpersonen sich mit ihr treffen wollen. Sie war verbrannt. Die Gefahr, andere auffliegen zu lassen, zu groß.

»Heart of steel« von Manowar flutete die Wohnung. Sie loggte sich aus und ging an den Kühlschrank, dem sie ein weiteres Tannenzäpfle entnahm. Dann sah sie der rotwangigen Frau ins Gesicht und stellte die Flasche zurück. Sie wollte ihre Einsamkeit nicht weiter mit dieser Frau teilen. Ihr Goldkragen war ein leeres Versprechen. Sie wollte Antworten. Kurz entschlossen warf sie sich in ihre Lederjacke, stieg in die Boots und verließ die Wohnung.

***

Killian war froh, dass Bärbel wieder gegangen war. Sie hatten eine gemeinsame Tochter und in den letzten drei Jahren, nachdem er in die Heimat zurückgekehrt war, einige Male miteinander geschlafen. Aber tatsächlich hatten die zwanzig Jahre, in denen sie sich nicht gesehen hatten, eine große Kluft zwischen sie gerissen. Während Bärbel weiter auf politisches Engagement setzte, hatte er durch seine Einsätze zu viel Einblick hinter die Kulissen der Weltpolitik erhalten, um noch an die Kraft von Flugblättern glauben zu können.

Jetzt blies er in seine Klarinette und verschwand hinter den Klezmertönen, denen er hin und wieder schrägen Jazz abtrotzte.

Es krachte derzeit allerorten, als würde der Planet kotzen und sich gleichzeitig die lästigen Menschenläuse vom Haupt schütteln wollen. Der Traum vom Frieden war ebenso illusorisch wie die Hybris des Menschen, sich die Erde untertan machen zu wollen. Am Ende traf es doch ihn selbst. Seine Gier und Dummheit war ein messerscharfer Bumerang, der ihn verfolgen und ihm den Hals rasieren würde. Die ganze Welt ein großer Schlachthof.

Er setzte einen Triller, blies ein Glissando und holte Luft. Es klopfte an der Tür. Er unterbrach sein Konzert und öffnete. Vor ihm stand die Polizistin, die ihn davor bewahrt hatte, Spiegelhalter und Gotthard zusammenzufalten. Er erinnerte sich nicht mehr an ihren Namen. Dafür vergaß er kein Gesicht der Welt. Und ihr Gesicht war schön, auch wenn es nicht die Schönheit war, die der Mode entsprach. Es hatte die Schönheit des Zeitlosen. Und dunkle Augen, die Killian bekannt vorkamen. Er wusste nicht, woher, es war nur ein Gefühl, als wären sich ihre Blicke schon einmal begegnet, vor langer Zeit. So etwas gab es. Auch bei Rohina hatte er dieses Gefühl gehabt. Auch Rohina war schön gewesen.

»Rohina«, fiel es Killian aus dem Mund. »Komm doch rein.«

Sie blieb im Türrahmen stehen und sah ihn fragend an. Allmählich veränderte sich das Gesicht, nur ihre Augen blieben. Killian erkannte wieder die Polizistin und lächelte verlegen.

»Wie war noch mal Ihr Name?«

»Stark«, antwortete sie. »Stark, wie schwach. Darf ich einen Moment hereinkommen?«

Killian ging einen Schritt zur Seite, und sie trat ein. Ihre dunklen Augen wanderten flink das Atelier ab und gaben Informationen an das geschulte Hirn weiter. Killian wusste, dass sie versuchte, sich über seinen Wohnraum ein Bild von seiner Persönlichkeit zu machen. Er wusste aber auch, dass sie sich schon anderweitig ein Bild von ihm gemacht haben musste. Sonst wäre sie jetzt nicht hier. Nicht so spät am Abend.

Sie sah auf die Klarinette in seiner Hand, und er glaubte ein Lächeln über ihre Lippen huschen zu sehen.

»Mögen Sie Jazz?«, fragte er.

Sie schüttelte den Kopf. »Metal.«

»Verstehe. Wein?«

»Bier.«

»Mit uns wird das wohl nichts.«

»Was haben Sie tatsächlich auf dem Schlachthof gesucht?«, fragte sie ohne Umschweife.

»Erst sollte ich Fotos für eine Freundin von Erik Schwarz machen, dann bat mich Ihr Chef, ich sollte die Augen offen halten.«

Killian merkte, wie es Stark fuchste, dass Belledin ihr nichts von ihm erzählt hatte.

»Wie heißt die Freundin von Schwarz?«, fragte sie.

»Bärbel Engler.«

»Ich erinnere mich. Bei ihr wurde ebenfalls eingebrochen und gewühlt. Wie gut kennen Sie sich?«

»Wir sind alte Schulfreunde. Und irgendwie gibt es da noch etwas, was darüber hinausgeht.«

»Das ist ja wie in einer Telenovela.«

»In etwa. Jedenfalls alles sehr privat. Überhaupt nicht politisch. Deswegen sind Sie doch hier, oder? Sie haben recherchiert. In Archiven, in denen man eigentlich nicht recherchieren dürfte.« Killian sah sie eindringlich an. »Ich hatte leider noch keine Zeit, mich über Sie zu erkundigen. Aber vielleicht erzählen Sie mir selbst, was Sie hierher verschlagen hat. Als zweite Kraft eines Provinz-Maigrets.«

Sie fixierte ihn, sagte aber nichts.

»Sind Sie etwa auch undercover? Oder fliehen Sie vor alten Geschichten? Dann hätten wir am Ende doch eine Gemeinsamkeit gefunden.«

Killian drehte sich um und verstaute die Klarinette im blauen Samt des Musikkoffers. Anschließend ging er zu seinem Plattenspieler und nahm die Platte, die er zuletzt gehört hatte, vom Teller. Er steckte sie vorsichtig in die Papierhülle, dann verstaute er sie im Cover. Es war »A Kind of Blue« von Miles Davis. Er schob die Platte zwischen ein Heer von anderen und wanderte mit dem Finger die Reihe ab. Endlich blieb er an einer Stelle hängen und griff eine Scheibe heraus. Ebenso behutsam, wie er die vorige

Platte verstaut hatte, enthüllte er diese und legte sie auf. Er ließ den Plattenteller drehen, setzte den Saphir auf das Vinyl und schraubte das Volumen der Anlage höher. Nach zwei Leerrillen ertönte »Believe« von Savatage.

»I am the way, I am the light, I am the dark inside the night …!«, sang Killian mit, während er in der kleinen Küche verschwand, um mit zwei Flaschen Bier wieder zu erscheinen. Er zog ein Feuerzeug aus der Tasche und fegte die Kronkorken damit weg, dann reichte er Stark eine davon. Sie stand überrumpelt von Killians Musikangebot mitten im Raum und hielt sich an der Flasche fest. Wortlos griff sie auch die selbst gedrehte Zigarette aus Killians Etui und ließ sie sich von ihm anzünden. Ein Klacken der Flaschen, ein tiefer Blick in die Augen des anderen und der erste Schluck. Dann sogen sie an den Zigaretten und lauschten der Metal-Ballade, ohne ein Wort zu verlieren.

Beide wussten, dass dieses Lied enden würde. So wie alle Mythen ihre verfluchte Dramaturgie hatten, würde auch dieser Moment einer möglichen Gemeinsamkeit sein Ende finden. Sie sahen sich verloren an, jeder in seiner eigenen Vergangenheit gefangen, auf den Augenblick hoffend, der ihnen ihre Unschuld zurückgab. Was sie gerade taten, war mehr, als aus Fleischeslust übereinander herzufallen. Sie tauschten ihre Seelen, ließen die Herzen bis in den Hals klopfen, jeder in den anderen die Erlösung projizierend. Nur das Lied war lauter als das Hämmern ihres Herzschlags. Doch es klang schon aus. Beide kannten die Strophen und die Gesetze des Arrangements. Ein Gitarrenriff noch, dann kehrte der Refrain zurück, und das Lied würde verstummen. Aus der Stille würden dann wieder die Fragen zurückkehren, die sie sich zu stellen hatten.

Killian ging zum Plattenspieler und hob den Tonarm. Stille. Er legte keine neue Platte auf. Blieb bei den Platten stehen und betrachtete von dort aus die verführerische Polizistin, die in Minirock und Lederjacke, eine Flasche Bier in der Hand und eine qualmende Zigarette im Mundwinkel, vor seinem Barocksofa stand und ihn musterte, als wäre er ein Fabelwesen aus dem Mythenkitsch der Metal-Freaks.

»Was wollen Sie noch wissen?«, fragte Killian.

»Hat Sie das BKA angeheuert?«

»Nein.«

»Sie haben diese Sache also nur Ihrer alten Freundin zuliebe gemacht?«

»Richtig.«

Sie schüttelte den Kopf und lachte mit einem Hauch von Zynismus durch die Nase. »Weiß Ihre Freundin, was sie sonst so machen?«

»Keiner weiß, was ich sonst so mache. Noch nicht einmal ich selbst.«

»Oh, jetzt wird's philosophisch.«

»Wissen Sie es denn?«

Sie nahm einen Schluck Bier und setzte einen Zug an der Zigarette hinterher. »Ich jage Mörder. Kleine Menschenmetzger.«

»Und ich die Herren des globalen Schlachthauses.«

»Ist das nicht gefährlich?«

»Nein. Es ist sinnlos. Und ich sollte damit endlich aufhören.«

Sie lachte und zeigte eine kleine Lücke zwischen ihren oberen Schneidezähnen. »Sie wollen mir doch nicht erzählen, dass man als Angestellter Ihrer Kategorie so einfach Schluss machen kann. Aus freier Entscheidung?«

»Kann man das als Angestellter Ihrer Kategorie? Warum sind Sie hier? Warum sind Sie nicht beim LKA geblieben?«

»Sie zuerst. Warum sind Sie hierher zurückgekehrt? Müssen Sie sich aus der Schusslinie ziehen? Oder operieren Sie hier für neue Auftraggeber? Vielleicht für die Russen? Haben Sie Ginter liquidiert? Waren die Fotos nur ein Vorwand, um an ihn ranzukommen?« Stark hatte jede Frage mit einem Halbton höher angegriffen.

»Ich wollte schon länger aufhören. Habe es aber nicht geschafft. Ich habe die Ausrede, dass ich Geld für das Studium meiner Tochter ranschaffen muss.« Killian schwieg einen Moment. »Tatsächlich ist es eine Sucht. Ich zittere vor dem Einsatz, und ich träume schlecht danach. Aber wenn ich auf dem Schlachtfeld bin, vergesse ich alles. Dann ist alles richtig. Meine Hände wechseln blind Objektive, meine Finger drücken im richtigen Moment den Auslöser. Es fließt, und ich habe das Gefühl zu leben. Und ich habe keine Ahnung, wie lange das noch gut geht. Vielleicht ist es mir auch egal.«

»Aber Sie haben ja die Ausrede, das Geld für das Studium Ihrer

Tochter ranschaffen zu müssen.« Stark hatte ihn fest im Blick. Er ging auf sie zu, trat so nah an sie heran, dass der nächste Schritt unweigerlich in Kuss oder Ohrfeige enden musste.

»Vielleicht ist das unser gemeinsamer Fall. Wer die Frage des anderen zuerst gelöst hat, hat gewonnen.«

Sie sahen sich an. Wieder versanken ihre Blicke ineinander, verschwammen die Gesichter und ließen nur die Augenpaare scharf. Dann spürte Killian den heißen Kuss auf seinen Lippen. Er brannte auf der Zunge und tief unten im Bauch. Ein Biss ließ ihn jaulen und seine Unterlippe bluten. Ihre Zunge leckte die Wunde tröstend. Dann stieß sie sich von ihm ab und schmetterte die Bierflasche zu Boden. Scherben klirrten. Wie ein wildes Tier sah sie ihn an. Sie glühte vor Zorn.

»Ich kriege dich!«, schrie sie. Dann drehte sie sich auf dem Absatz um, riss die Tür des Ateliers auf und verschwand in der frischen Frühlingsnacht.

***

Wagners Kaffee war nicht besser geworden. Aber er war heiß, und man konnte sich an ihm festhalten.

Belledin saß mit einer Backe auf dem Schreibtisch, hinter dem Wagner seine Arbeitsstunden verbrachte, und sah auf seinen ehemaligen Assistenten, der gerade einen Ordner im Regal verstaute.

»Gefällt es dir hier unten?«, fragte Belledin.

»Besser als daheim«, antwortete Wagner.

»Und der Schnaps?«

»So trocke wie die Ordner hier.«

»Gut. Dann könntest du ja bald wieder aus der Höhle raus.«

»Ärger mit der Neuen?«

»Nicht mein Fall, wenn ich ehrlich bin.«

»Zu selbstständig?«

»Zu männlich. Ich glaube, die ist vom anderen Ufer.«

»Sie isch überqualifiziert. Das stört Sie.«

»Kann sein. Da sind mir solche Stümper wie du lieber.« Belledin fand es lustig. Wagner verzog den Mundwinkel leicht und schluckte den Treffer.

»Aber sie ist nicht von hier. Das ist es. Ihr Temperament, ihre

Arbeitsweise. Ich werde einfach nicht warm mit ihr. Was hast du über sie noch rausgefunden?« Belledin knabberte an dem Pappbecher und legte den Kopf in den Nacken, um den Zuckerbrei auszuschlürfen. »Wohin damit?« Er zeigte auf den leeren Becher.

Wagner nahm ihn und sah Belledin einen Moment unschlüssig an. Dann rang er sich doch durch.

»Stark isch eine von meiner Sorte«, begann er.

»Wie? Säuft sie etwa? Oder nimmt sie Drogen?«

Wagner schüttelte den Kopf und tippte mit dem Zeigefinger gegen seine Stirn. »Hier obe hat sie Probleme. Was ich Ihnen jetzt sag, isch aber vertraulich. Das dürft ich gar nicht wisse. Es steht in keiner der offizielle Akte.«

»Ah, geheime Kontakte. Fängst du jetzt auch schon damit an. Kann irgendeiner in meinem Umfeld noch den geraden Dienstweg gehen?«

»Ich kann's auch für mich behalte.« Wagner tat eingeschnappt.

»Spuck's aus.«

»Sie isch hyperintelligent, kommt aber mit den Welten nicht klar.«

»Was hat hyperintelligent mit dir zu tun?«

»So wie ich Kriminalfäll mit Leichtigkeit lös, wenn sie als Roman oder Bericht vor mir liege, so sehr zehrt es an meinen Nerve, wenn ich tatsächlich einen angehe soll.«

»Reden wir jetzt von dir?«

»Bei Stark isch es so, dass sie die Trennung von Gut und Böse nicht halten kann. Ein Phänomen von viele, die undercover eingesetzt werden.«

»Wer hat dir das diktiert?«

»Glaube Sie's oder glaube Sie's nit.«

»Sie war undercover? Oder ist sie hier undercover? Wagner, was weißt du? Und woher? Wer ist dein Kontakt?« Belledin wurde laut.

»Ich bin im Archiv. Da weiß man vieles. Und auch wenn diese Ordner hier aussehe, als wäre das System von vorgeschtern, haben wir auch Datenbänke. Außerdem habe Sie angeordnet, ich soll mich über sie schlaumachen. Und Kontakte verrät man nicht.«

»Ist ja gut. Mach's nicht so lang. Erzähl einfach.«

»Stark war an einer Sache dran. Russische Mafia im Rheinland. Vor allem Köln und Düsseldorf. Schewtschenko –«

»Schewtschenko?«, wiederholte Belledin, und seine Kinnlade fiel ihm runter. »*Der* Schewtschenko?«

»Exakt.«

Belledin klatschte mit der flachen Hand auf einen von Wagners Ordner, dann zog er düster die Augenbrauen zusammen. »Warum sagt mir das keiner?«

Wagner zuckte mit den Achseln. »Sie sollte vermutlich eine zweite Chance kriegen.«

»Wieso, was hat sie angestellt?«

»Sie war die Geliebte von Schewtschenko.«

»Stark?«

Wagner nickte. »Ich weiß, sie ist nicht Ihr Typ, aber Kerlen wie Schewtschenko und mir gefallen Frauen dieses Kalibers.«

»Weiter.«

»Am Duisburger Hafen sollte eine halbe Tonne Heroin umgeschlagen werden. Schewtschenko war selbst vor Ort, Stark an seiner Seite. Irgendjemand musste ihm einen Tipp gegebe habe, dass sie eine von uns war. Aber er knallte sie nicht ab. Entweder er hatte sie bereits umgedreht oder –« Wagner stockte.

»Oder was?«, fragte Belledin ungeduldig.

»Oder Schewtschenko hatte sich tatsächlich so sehr in sie verliebt, dass ihm ihr Verrat alles andere sinnlos erscheinen ließ. Er sprengte sich in seinem Wage in d' Luft, ehe die Kollege ihn fasse konnte.«

»Ich erinnere mich. Stand groß in den Zeitungen. Aber man vermutete, dass es interne Gegner waren, die Schewtschenko hatten beseitigen wollen. Aus Liebeskummer bringt sich so einer nicht um. Schon gar nicht wegen einer wie Stark.«

»Die Zeitunge schreibe immer nur das, was sie dürfe.«

»Bis auf die Badische. Die schreibt immer, was sie will. Jedenfalls was mich betrifft. Weiter.«

»Das Heroin war wohl in Amsterdam auf die Reise geschickt worde, der Container allerdings leer. Jemand muss den Russen einen Tipp gegebe habe, sodass sie auf dem Wasser Gelegenheit hatte, umzuladen.«

»Stark?«

Wagner zuckte mit den Schultern. »Hat sich nie zu dieser Sache geäußert. Bekam einen Nervenzusammenbruch und war für ein Dreivierteljahr in einer Klinik.«

»Aha. Daher weht dein Kontakt. Und jetzt ist sie hier zur Reha? Leck mich doch am Arsch!« Belledin versetzte Wagners Ordner einen weiteren Schlag. Der Karton knickte.

***

Stark war noch immer wütend. Was bildete dieser Fotofuzzi sich eigentlich ein? Mit keiner Zuckung hatte er ihren Kuss erwidert. Als wäre sie ein Stück Holz. Am liebsten hätte sie ihm sein Maul in Fetzen gebissen, diesem selbstgefälligen Affen.

Manowar schepperte übersteuert aus den Boxen ihrer Autoanlage. Sie befand sich irgendwo auf dem Zubringer zwischen Umkirch und Freiburg. Und sie schrie. Es war kein Text, aber in der Lautstärke und der Aggressivität passend zur Musik. Sie musste handeln. Irgendetwas tun. Am besten den Fall lösen. Seibert fiel ihr ein. Er hatte Schwarz gefunden. Beim Schlachthof hatte er sein Hundefutter gekauft. Kannte er auch Ginter? Sie zog ihren Notizblock heraus, legte ihn auf den Schoß und blätterte. Freiburg-Zähringen, Harbuckweg 12. Sie tippte die Adresse in ihr Navi und folgte der Frauenstimme ans Ziel.

Der Harbuckweg lag direkt am Waldrand. Stark inhalierte die warme Frühlingsnacht und klingelte. Ein Bellen antwortete, dann eine Stimme, die den Hund beruhigte. Seibert öffnete die Tür. Er wirkte verschlafen, trug aber Tageskleidung.

»Darf ich kurz reinkommen?«, fragte Stark.

Braveheart schnüffelte an ihrer Hand. Seibert trat einen Schritt zurück und ließ sie herein.

»Entschuldigen Sie bitte die Unordnung«, sagte er und ging durch den Flur voran in ein Wohnzimmer, das gleichzeitig Arbeitsraum war.

Stark fand es überhaupt nicht unordentlich. Fein sortiert standen Bücher in den Regalen, stapelten sich Zeitungen und Ordner auf verschiedenen Tischen. Seibert ging auf ein Sofa zu, auf dem eine zerwühlte Decke lag. Er faltete sie sorgfältig zusammen und legte sie auf die Lehne.

»Ich bin kurz eingeschlafen«, sagte er. »Passiert mir manchmal, wenn ich zu lange über Korrekturen hänge. Korrekturen sind ein Gräuel. Vor allem unter Zeitdruck. Statt Fehler zu beheben, verdopple ich sie.« Er schob einen Stuhl an einen kleinen Tisch, auf dem eine Thermoskanne Kaffee mit einer Tüte Kekse standen. »Bitte setzen Sie sich. Was kann ich für Sie tun?«

Stark setzte sich und nahm sich ungefragt einen Keks. Seibert platzierte sich ihr gegenüber.

»Wo waren Sie heute Vormittag zwischen elf und zwölf Uhr?«, fragte sie.

»Hier. Und dann mit Braveheart im Wald spazieren.«

»Zeugen?«

»Ja. Bauer Fritsch vom Aussiedlerhof. Braveheart und ich gehen dort täglich vorbei. Da gibt es zwei Schäferhunde, mit denen Braveheart gern spielt.«

Stark zückte ihr Notizbuch und schrieb es auf.

»Kennen Sie Ginter? Den Schlachthofbesitzer?«

»Nein. Warum?«

»Er ist ermordet worden. Mit einem Bolzenschussgerät.«

»Oh. Waren die Abdrücke meiner Gummistiefel wieder in der Nähe?« Seibert lächelte.

»Nein. Aber vielleicht Sie?«

»Ich sagte doch schon, ich war hier spazieren. Ich fahre nur zum Schlachthof, wenn ich für Braveheart einkaufe. Und das war gestern.«

Stark nahm sich noch einen Keks und stand auf. »Entschuldigen Sie die Störung, aber ich muss das überprüfen«, sagte sie.

Seibert erhob sich ebenfalls. Braveheart blieb vor dem Sofa liegen.

»Ich finde es richtig, dass Sie sauber ermitteln. Wenige tun das noch. Sie glauben gar nicht, wie viel Schlamperei es gibt, weil nicht richtig recherchiert wird. Ich schreibe gerade an einem Artikel darüber. Könnte ich Sie bei Gelegenheit vielleicht mal begleiten?«

»Am besten gleich. Sie zeigen mir, wo der Aussiedlerhof ist, dann kann ich Ihr Alibi direkt überprüfen.«

»Gern. Ich muss sowieso noch mit Braveheart raus. Es ist nicht weit.«

Er ging zur Tür. Stark und Braveheart folgten ihm vor die Tür.

Vor dem Haus zeigte er in den Wald. »Wenn wir querfeldein durch den Wald gehen, sind wir schneller.« Er sah sie fragend an.

Stark glaubte einen Moment, einen Hinterhalt in seinem Blick zu erkennen. Aber sie konnte sich auch irren. In ihrer Verfassung sah man gerne überall Gefahr.

»Gut. Gehen wir durch den Wald. Haben Sie eine Taschenlampe?«

»Nein. Die Augen gewöhnen sich schnell an die Dunkelheit. Außerdem haben wir Braveheart.«

Er ging vor, Stark folgte ihm durchs Dickicht. Instinktiv tastete sie nach ihrer Walther. Sie wollte auf alles gefasst sein.

»Sie kommen nicht von hier, habe ich recht?«, fragte Seibert.

Stark antwortete nicht. Sie achtete darauf, mit ihren Cowboystiefeln in kein Loch zu treten oder über einen Ast zu stolpern.

»Riechen Sie den Bärlauch? Ich liebe den Duft. Er ist unverwechselbar. Klare Aussage. Was ich hasse, ist, wenn man Dinge verwischt, verstehen Sie? Die Politik, die Wirtschaft und die Justiz verwischen Dinge. Aus Eigeninteressen. Sie stehen zu keinen klaren Aussagen mehr. Das ist schlimm. Dagegen muss man sich wehren.«

Stark blieb mit ihrer Jeans an einer Heckenrose hängen. Seibert ging einen Schritt auf sie zu und half ihr, sich von den Dornen zu befreien. Dabei kam er mit der Hand zu nahe an ihren Oberschenkel. Sofort schob sie ihre Handkante unter sein Kinn und zog mit der anderen die Pistole. Sie entsicherte die Waffe und blitzte ihn an. Seibert wich zurück. Braveheart knurrte.

»Fassen Sie mich nicht an«, sagte Stark leise.

Seibert hielt die Hände beschwörend in die Höhe. »Entschuldigung. Ich wollte Ihnen nur helfen.«

Stark sicherte die Walther wieder und steckte sie ein.

»Wir sind gleich draußen. Dann können wir die Straße nehmen.« Er zeigte mit der Hand in die Richtung, in die es gehen sollte.

Stark folgte ihm. Nach etwa zweihundert Metern erreichten sie die Zufahrtstraße zum Aussiedlerhof. Stark klopfte sich den Waldboden von den Stiefeln. Anklingeln brauchte sie nicht. Zwei Schäferhunde schlugen Alarm, Braveheart antwortete mit Gebell. Ein kräftiger Bauer im karierten Holzfällerhemd und Händen wie Baseballhandschuhe trat aus dem Haus. Eine Lampe erleuchtete ihn und warf seinen großen Schatten auf den Hof.

»Seibert, was gibt's so spät?«, fragte Fritsch.

»Polizei.«

Fritsch lachte. Er mochte es für einen Scherz halten. Die Schäferhunde kümmerten sich nur kurz um Stark, dann balgten sie sich mit Braveheart. Fritsch sah neugierig zu Stark, dann fragend zu Seibert.

»Polizei? Willsch mich verscheißern? Wer isch die Frau?«

»Kripo Freiburg«, sagte Stark, stellte sich breitbeinig vor Fritsch und hielt ihm ihren Ausweis unter die Nase.

Er nahm ihn in die Hand und hielt ihn ins Licht. Dann nickte er und gab ihr den Ausweis zurück. »Und?«, fragte er. »Was verschafft mir die Ehre?« Er zwinkerte Seibert zu.

»Sie will wissen, ob –«

»War Herr Seibert heute Morgen zwischen elf und zwölf Uhr bei Ihnen?« Es gefiel ihr nicht, dass Seibert das Wort übernehmen wollte. Sie fürchtete Suggestion.

Fritsch sah Seibert fragend an. Dann drehte er sich zu ihr. »Hejo, wie jede Morge.«

»Aber gestern war er nicht hier.«

Fritsch war sich unschlüssig, wie er antworten sollte. Er wartete auf ein Zeichen Seiberts.

»Nein. Aber das wissen Sie doch«, sagte Seibert.

»Ich wollte es von Herrn Fritsch hören. Hätte ja sein können, dass er Ihnen auch für gestern ein Alibi bescheinigt, dann wäre das hier jetzt wenig wert gewesen.«

»Das ist billig. Wenn Sie so zu Ihren Tätern kommen wollen, wünsche ich Ihnen viel Glück.« Seibert war lauter geworden. »Genau das ist es, was ich meine. Keine Klarheit. Mit Vermutungen und Fangfragen an irgendein schnelles Ziel. Aber mit Wahrheit hat das nichts zu tun.«

»Der Zweck heiligt die Mittel. Mir ist auch ein Geständnis recht.«

»Ich glaube, das war's wohl, oder?« Seibert wandte sich zu Fritsch. »Noch eine Partie Schach?«, fragte er.

Fritsch sah zu Stark, zögerte und blickte dann fragend wieder zu Seibert.

»Sie findet den Weg allein zurück«, sagte Seibert.

»Gut. Ich nehme diesmal Weiß.«

»Dann bleibt mir nur Schwarz.« Er hielt inne. »Hieß so nicht der Tote von gestern?« Damit ließ er Stark stehen und ging ins Haus. Fritsch nickte und verschwand ebenfalls darin. Einen Moment später wurde das Hoflicht abgeschaltet, und Stark stand im Dunkeln. Nur das Balgen der Hunde war zu hören. Sie ging vom Hof. Diesmal entschied sie sich für den längeren Weg auf der Straße.

Seibert hatte für Ginters Mord ein Alibi. Sympathisch war er ihr deswegen aber nicht. Ein erfolgloser Schreiberling und selbstgerechter Moralapostel, dem es gutgetan hatte, sie in der Dunkelheit durch den Wald zu führen und dabei ihre Unsicherheit zu spüren. Gerne hätte sie ihm was angehängt. Aber gegen die Aussage von Fritsch konnte sie nichts tun.

Sie stieg in ihren Wagen und fuhr los. Ohne Musik, dafür mit einer Zigarette im Mund. Sie fuhr an ihrer Wohnung vorbei und bog auf den Zubringer in Richtung Umkirch. Sie wollte nicht nach Hause, konnte jetzt nicht allein sein. Und sich in irgendeiner Kneipe besaufen, um dann einen Typen abzuschleppen, von dem ihr noch vor Morgengrauen übel werden würde – das wollte sie am allerwenigsten. Also bretterte sie die Strecke zurück, die sie vor zwei Stunden gefahren war.

Sie rauchte und überlegte, ob sie vor dem Atelier auch wieder kehrtmachen würde. Sie könnte das Spiel dann so lange treiben, bis der Tank leer war. Ihr eigener Tank fuhr ohnehin schon lange auf Reserve. Sie war erstaunt darüber, dass ihr Motor noch immer lief und lief und lief. Irgendwann würde er anfangen zu stottern und dann schließlich trockenliegen. Dann wäre sie dort, wo sie sein wollte. Bei Schewtschenko. Ohne Lügen, ohne doppelten Boden.

Jetzt aber konnte sie noch stillstehen. Sie hatte es versucht. Mit aufgeschnittenen Pulsadern, einer warmen Badewanne und einer Handvoll Schlaftabletten. Aber man hatte sie gefunden. Zufall. Wie so oft, wenn man diesen Weg als letzten wählte. Sie hatte vergessen, dass der frühe Freitagmorgen kein guter Zeitpunkt für einen Selbstmord war. Olga, die ukrainische Putzfrau, kam immer schon um sieben Uhr. Sie hatte sie finden müssen. Vielleicht hatte sie auch gewollt, dass man sie fand. Das wurde Selbstmordversuchern ihrer Art gern unterstellt. Ein Hilferuf. Na und? Dann war es eben einer gewesen. Hatte man ihn gehört?

Wahrscheinlich. Jedenfalls war sie eingewiesen worden. Mehr aber war nicht passiert. Gehört hatte man sie, aber nicht verstanden.

Sie bremste vor dem Atelier. Ein Blick auf die Tanknadel sagte ihr, dass sie es noch bis nach Hause schaffen konnte. Und dann?

»Blödsinn«, sagte sie zu sich und drehte den Motor ab. Dann stieg sie aus und schlug die Tür zu. Von außen war nicht zu sehen, ob im Atelier noch Licht war. Sie atmete tief durch, stieg die Stufen zur Tür hoch und klopfte energisch. Jetzt hoffte sie, dass niemand öffnete. Und doch war sie froh, als sich die Tür zur Seite schob.

***

Belledin hatte es zweimal versucht. Aber es war bereits weit nach Mitternacht, Biggi schlief wie ein Stein. Da war nichts zu machen. Würde er sich eben bis kommenden Mittwoch gedulden.

Er stemmte sich aus dem Bett und knipste die Nachttischlampe an. An Schlaf war nicht zu denken, zu sehr beschäftigte ihn der Fall. Das, was Wagner ihm über Stark erzählt hatte. Plötzlich hatte sie für ihn an Wert gewonnen. Er kannte solche Frauen sonst nur aus dem Kino. Angelina Jolie hätte er so eine Rolle zugetraut. Aber Stark sah ganz anders aus, war überhaupt keine Jolie. Dafür war sie schlau. Eigentlich zu überqualifiziert, um an seiner Seite zu ermitteln. Belledin merkte, wie ihn das wurmte. Jetzt bedauerte er es, dass er den Ruf zu höheren Weihen stets hatte verhallen lassen, nur um sein geliebtes Baden nicht verlassen zu müssen. Die Heimatverbundenheit konnte auch eine Fessel sein. Killian war gegangen, und er hatte Abenteuer im Gepäck, mit denen er drei Monate Lagerfeuerrunden begeistern konnte. Auch Stark hatte ihren Roman. Er selbst hingegen wusste nur ein paar regionale Anekdoten aufzutischen, von der großen weiten Welt wusste er nichts zu erzählen. Aber nicht Killian und Stark, sondern er würde den Mörder von Schwarz und Ginter finden.

Er wollte an keine Geschichte von größerer Tragweite glauben. Nichts Politisches. Für ihn rochen die Fälle nach privater Abrechnung. Geld oder Liebe, vielleicht sogar beides. Dass Killian zusammengeschlagen worden war, war für ihn kein Grund, die Sache aufzublasen. Killian hatte geschnüffelt und seine Abreibung bekommen. Belledin spürte einen Hauch von Genugtuung. Es tat gut, dass dieser Superheld mal eine ordentliche Tracht Prügel bezogen hatte.

Trotzdem. Selbst wenn es nur eine Abreibung gewesen war: Killian konnte möglicherweise doch mehr wissen, als Belledin ahnte.

Er sah auf den Wecker. Viertel nach zwei. Jetzt konnte er nicht mehr zu Killian fahren. Aber schlafen konnte er auch nicht. Er sah auf Biggi. Sie kümmerte es nicht, dass Licht im Zimmer war. Ob er doch noch einen Anlauf wagen sollte? Sich im Schlaf an sie drücken? Dann würde ihre Lust schon kommen. Oder sie würde weiterschlafen und am Morgen denken, Wunder was geträumt zu haben.

Belledin lachte dreckig. Das Lied von der rauschenden Donau fiel ihm ein, und er sang: »Oho-o-olalla … ein schlafendes Mädchen im Grase ich fand.« Er ging aus dem Zimmer und stieg die Stufen zum Wohnzimmer hinunter. Western oder Krimi. Eins von beiden würde ihm die Schlaflosigkeit versüßen. Er entschied sich für »Der eiskalte Engel« mit Alain Delon. Melville war ein Meister der Einsamkeit.

ACHT

Stark hatte die Schiebetür des Ateliers geöffnet. Die ersten Strahlen der Frühlingssonne fielen herein. Nackt stand sie auf dem kalten Steinboden, bis ihre Füße einen kleinen Perserteppich fanden, der vor dem Barocksofa lag, auf dem sich ihre und Killians Kleider vermischt hatten.

Sie suchte sich ihre Kleidungsstücke heraus und zog sie an. Langsam. Bewusst ohne Hast. Sie wusste, dass es vorbei war, wenn sie angezogen war. Es gab nie ein zweites Mal. Seit Schewtschenkos Tod ertrug sie einen Mann nur für eine Nacht. Alles, was darüberging, geriet in den Verdacht einer Beziehung. Und das wäre Verrat. Verrat an Schewtschenko, dem sie schon einmal in den Rücken gefallen war. Sie hasste sich noch immer dafür. Sie konnte es nicht ausradieren. So viele Argumente sie auch dagegen wusste, sie war eine Verräterin, hatte dem Menschen, der sie bedingungslos geliebt hatte, den Judaskuss verpasst.

Sie streifte sich ihre Lederjacke über und ging die wenigen Schritte bis zu der Schlafstatt, in der sie mit Killian getobt hatte. So, wie er dalag, war die Nacht bestimmt gut gewesen. Aber sie wusste nichts mehr davon. Sie hatte den Akt verdrängt. Ihr Rücken brannte. Er musste seine Nägel in sie hineingegraben haben. Es blieben also Spuren. Immerhin. Sie lächelte. Aber sobald sie es bemerkte, gefror es. Sie mochte keine Spuren auf ihrer Haut. Sie mochte keine Erinnerung an diese Nacht. Sie mochte auch nicht, dass Killian und ihre Wege sich noch einmal kreuzten. Das würde aber geschehen, weil er in den Fall verwickelt war. Es sei denn, er ließ davon ab. Sie würde einen Bericht schreiben und ihn zu den Akten legen.

Aber Killian war keiner, der einfach Ruhe gab. Vielleicht war es besser, ihn zu töten. Der Gedanke stand im Raum und wuchs sich aus. Wie ein Dämon füllte er ihr Hirn und forderte sie mit weit aufgerissenen Augen dazu auf, ihn in die Tat umzusetzen. Womit? Mit der Dienstwaffe? Die hatte sie zum Glück im Wagen gelassen. Hatte sie nicht irgendwo ein Messer gesehen? Dort, neben dem Bett. Auf dem Teller mit den Apfelschalen.

Sie sah auf Killians Hals. Offenbar hatte sie ihm einen fetten Knutschfleck neben den Kehlkopf gesetzt. Er zeigte ihr die Stelle, in die sie hineinstechen konnte. Dahinter verbarg sich die Halsschlagader. Es würde spritzen wie bei einer angestochenen Sau. Am besten ihr in die Augen, bis sie blind wäre von Blut und es für immer alles auslöschte, was sie jemals hatte sehen müssen und dürfen. Sie wusste nicht, was besser wäre zu vergessen: das Schöne oder das Hässliche. Egal. Jede Erinnerung sollte ausgelöscht werden. Nur so gäbe es einen Neuanfang.

Sie schritt auf den Teller mit dem Messer zu, beugte sich hinunter und wollte danach greifen, da packte sie ein Arm am Handgelenk und zog sie aufs Bett. Wenige Augenblicke später fühlte sie die vollen Lippen Killians auf ihrem Mund. Sie konnte nicht widerstehen, ihre Zunge gegen seine zu stemmen.

Während seine Hände unter ihrer Lederjacke ihre Brüste suchten, umklammerte sie entschlossen das Messer. Das Klingeln eines Handys unterbrach den Kuss. Killian zog seine Hand von ihrer Brust und griff nach dem Telefon.

»Ja? – Was? Jetzt? – Zur großen Pause? – Gut, ich komme.«

Er legte das Handy wieder zur Seite und sah sie an.

»Kaffee?«

Sie ließ das Messer lautlos auf den Teller gleiten und nickte.

»Die Jacke gefällt mir. Ist mir aber wohl etwas zu klein«, sagte er, als er sich aus dem Bett schwang.

»Original aus den Sechzigern«, antwortete sie, und es war ihr gelungen, den Dämon in den Höllengrund ihrer Seele zu verdammen. Manchmal war es stärker als man selbst. Sie hätte zugestoßen, Killian getötet. Einfach so. Wie ferngesteuert. Noch mal davongekommen. Sie dachte an Saier, den verrückten Metzger, der blutverschmiert Kinder erschreckte. Wie lange würde er es schaffen, seine Dämonen zu bändigen? Hatten sie ihn vielleicht doch schon längst im Griff? Was war sein Alibi wert? Sie würde ihn noch einmal vernehmen müssen.

***

Wie konnte man so eine Frau betrügen? Belledin sah Bernadette Ginter auf den wohlgeformten Hintern. Ihre Gefasstheit stand ihr sehr gut. Das schwarze Trauerkleid ebenfalls. Es war gewagt eng, aber sie konnte es durchaus tragen. Trotz – oder gerade wegen ihrer weiblichen Formen.

»Ich wusste schon lange von dem Verhältnis«, sagte sie, als sie mit dem Tablett aus der Küche kam. »Aber wir hatten die finanziellen Angelegenheiten schon früh vertraglich geklärt, also machte ich mir keine Gedanken. Den Rest kann man nicht beeinflussen. Das ist der Lauf der Welt. Die Männer wollen auch mit fünfzig noch den Stier in sich beweisen. Wieso sollte man sich dagegenstemmen? Dazu ist das Leben doch zu kurz.«

Belledin sagte nichts. Er nahm den Kaffee vom Tablett, löffelte zweimal Zucker und schlürfte. Eindeutig kein Filterkaffee. Es gab ja mittlerweile viele Haushalte, die mit Kaffeemaschinen ausgestattet waren, als betrieben sie eine Bar. Belledin hatte auch mal daran gedacht, sich so ein Gerät hinzustellen. Er liebte Kaffee. Kaffee hätte sogar zu einem Hobby werden können, wenn er denn Zeit für ein Hobby gehabt hätte. Vielleicht wenn er in Pension war. Dann würde er sich eine richtige Profi-Dampfmaschine leisten und täglich Kaffee brühen, wie ihn die Welt noch nicht getrunken hatte. Vorher musste er allerdings zum Arzt gehen. Biggi drängte ihn ständig, sich durchchecken zu lassen. Wenn sein Herz nicht mitspielte, konnte er sein privates Kaffeehaus vergessen.

»Wo waren Sie gestern Morgen zwischen elf und zwölf Uhr?«, fragte Belledin und ahnte bereits, dass diese Frau sich nicht um ein Alibi kümmern musste.

»In der Sauna. Drei Freundinnen und ein Masseur können das bezeugen«, antwortete Bernadette.

Es war unumgänglich, dass Belledin sie im weißen Frotteehandtuch vor sich schwitzen sah. Noch deutlicher sah er allerdings, wie der Masseur das Fleisch dieser attraktiven Fünfzigjährigen durchknetete.

»Hatte Ihr Mann Feinde?«, zwang er sich zur Sachlichkeit.

»In der Innung gab es immer mal Ärger. Aber das ist normal. Wo es um Geld geht, wird gestritten.«

»Und die Tierschützer?«

Bernadette lachte. »Entschuldigen Sie. Aber diese Spinner hat mein Mann nie ernst genommen. Dazu gibt es viel zu viele Fleischliebhaber. Sie nervten ihn zuweilen, wenn sie vor dem Tor aufmarschierten und ihre verqueren Parolen skandierten. Wissen Sie, was er dann gemacht hat? Er hat ihnen mittags Wurstbrötchen bringen lassen. Und Sie werden es nicht glauben, die Tabletts waren anschließend leer.« Sie lachte wieder.

Kein Funke der Trauer. Als wäre der Tod ihres Mannes nichts anderes als der Wechsel eines Kleides. Was sie heute wohl getragen hätte, wenn ihr Mann nicht gestorben wäre? Belledin fand sie nun nicht mehr erotisch, sondern geschmacklos. Eine reiche Zicke. Eine Marie-Antoinette, die sich freute, dass ihr Volk Würstchen fraß. Wenn ihr Louis unter die Guillotine musste, war das eben so. Hauptsache, ein Lakai grapschte ihr an den Busen und fünf Höflinge glotzten sich die Augen aus dem Schädel. Am liebsten hätte Belledin ihr jetzt eine Ohrfeige verpasst, damit sie aus ihrem Opernball erwachte. Stattdessen stellte er die nächste Frage.

»Wo befindet sich Ihr Sohn?«

»Benedikt? Oder Paul?«

»Sie haben zwei? Ich dachte –«

»Paul ist aus erster Ehe. Da war ich achtzehn. Jung und naiv, Sie verstehen. Ein Urlaub in Brasilien, das ging ganz schnell. Reicher Viehzüchter, schmucker Mann. Und schon war's passiert. Vier Jahre war ich dort, dann habe ich die Viehzucht nicht mehr ertragen. Zum Glück kam Gerhard. Er war damals noch Viehhändler. Ich habe mich ihm an den Hals geworfen und bin mit ihm nach Deutschland. Hätte ich gewusst, dass ihm das Reisen keinen Spaß mehr machte, ich hätte es mir überlegt. So war es aber besser als nichts. Ist zwar kein Schloss, aber ganz hübsch hier, oder? Man kann leben.«

Ihre Direktheit überforderte Belledin.

»Ihr erster Sohn, ist der noch in –«

»Brasilien? Ja. Er hat das Geschäft seines Vaters übernommen. Es geht ihm wohl ganz gut. Aber wirklich etwas mit ihm zu tun habe ich nicht. Mit Benedikt übrigens auch nicht. Ich habe sie beide geboren, das ist alles. Gekümmert haben sich andere um sie. War wohl besser so. Immerhin ist aus beiden etwas geworden.« Wieder lachte sie.

Langsam kam Belledin der Verdacht, dass Bernadette auf Hysterie gebettet lag.

»Und wo ist Benedikt jetzt?«

»In Polen. Er verhandelt dort mit einigen Viehzüchtern. Kleine Fingerübungen, hat es mein Mann immer genannt. Er hat Benedikt kurzgehalten, wollte nicht, dass er ihm zu früh über den Kopf wächst. Und Benedikt konnte es gar nicht erwarten, endlich größer in den Laden einzusteigen. Er hatte wohl einiges an Verbesserungsvorschlägen, die bei seinem Vater nicht auf Gehör stießen. Jetzt kann er sie umsetzen.«

»Was für Verbesserungsvorschläge?«

Bernadette hob ihre wohlgeformten Schultern. »Vermutlich irgendetwas, womit man mehr Geld verdienen kann. Gerhard war noch vom alten Schlag. Für jeden sollte etwas abfallen. Sehr seriös und sehr konservativ. Benedikt geht es nur um Profit. Viel Geld für wenig Arbeit. Da kommt er nach der Mutter.« Ihr Lachen verzerrte sich für einen Moment zur Fratze. Belledin erschrak. So etwas kannte er bislang nur aus schlechten Träumen. Die Verzerrung verschwand, wie sie gekommen war. Bernadettes Gesicht hatte sich wieder geglättet, die maskenhafte Schönheit war zurückgekehrt.

»Noch einen Kaffee?«, fragte sie, und die Pupillen ihrer blaugrauen Augen weiteten sich verheißungsvoll.

Belledin dachte an Odysseus. Jetzt bräuchte er Freunde, die ihn an den Schiffsmast banden, damit er keine Dummheit beging. Sein Handy brummte. Immerhin.

»Entschuldigen Sie«, sagte er und zog das Handy aus der Tasche. »Belledin. – Wo?« Er atmete tief durch. »Ich komme.« Er steckte das Handy wieder zurück und sah in die Maske von Bernadette. Sie hatte sich nicht verändert, als hätte man bei einem Film auf die Pausetaste gedrückt.

»Erdogan. Kennen Sie den?«, fragte er, und sein Bass hatte an Schärfe gewonnen.

»Sollte ich?«

»Er hat bei Ihnen auf dem Schlachthof gearbeitet.«

»Ich war nie auf dem Schlachthof. Ich mag den Geruch nicht, und ich habe Angst vor den Menschen dort. Es reichte mir schon, dass ich zur Weihnachtsfeier mitmusste und beim Innungsfest den Schlachter des Jahres zu küren hatte. Wenn Ihnen so einer die Hand gibt, glauben Sie, Ihre Finger werden gleich zu Würsten.«

»Hat Ihnen Erdogan jemals die Hand gegeben?«

»Kann sein. Ich habe meine Sinne so gut es ging ausgeschaltet auf diesen Festen. Ich erinnere mich an keine Namen, an keine Gesichter. Nur dem Händedruck, dem entging ich nicht. Horror, sage ich Ihnen.«

Belledin nickte. »Horror. Da haben Sie recht.« Er sah sie stumm an. Ihre geweiteten Pupillen konnten ihm nun gar nichts mehr anhaben. Diese Frau kotzte ihn nur noch an. »Bleiben Sie in der nächsten Zeit in der Stadt. Falls Sie verreisen wollen, melden Sie es bitte vorher bei uns an.«

Sie lächelte irritiert und zuckte zusammen, als Belledin die Kaffeetasse einen Tick zu laut aufs Tablett stellte. Grußlos verließ er das Haus.

***

Stark kramte nervös nach der letzten Zigarette und wurde fündig. Sie war verbogen, aber nicht geknickt. Man konnte sie noch rauchen. Das war gut. Sie brauchte jetzt eine. Erdogan sah fürchterlich aus. Auch ihm hatte man mit einem Bolzen ins Hirn geschossen. Und bei ihm hatte der Mörder anscheinend wieder ausreichend Zeit gehabt. Erdogan fehlte wie Schwarz die Gesichtshaut.

So hatte ihn der Lieferwagenfahrer auf dem Rastplatz gefunden und ihn nicht angerührt, bis Stark mit der Truppe angerückt gekommen war.

»Ist leider meine Letzte«, sagte sie und steckte sich den Stängel an. Dann gab sie ihm seinen Ausweis zurück.

»Ich hab aufgehört damit. Dafür fresse ich jetzt Schokoriegel. Man sieht's, oder? Zwanzig Kilo in drei Jahren. Ein Wahnsinn. Aber wenn man nur hinterm Steuer sitzt, ist das kein Wunder.« Er fuhr sich mit der einen Hand über den dicken Bauch, mit der anderen fegte er sich fast gleichzeitig die dunkelblonden Strähnen aus dem Gesicht.

»Was fahren Sie aus, Herr Dufner?«, fragte sie.

»Gemüse.«

»Er war für Fleisch zuständig. Erdogan. Kennen Sie ihn vielleicht?«

Dufner schüttelte verneinend den Kopf.

»Hätte ja sein können. Die Welt ist schließlich klein.«

»Kann ich weiterfahren? Ich hab Termine.« Er wischte sich wieder die Strähne aus der Stirn.

»Dr. Selinger, haben Sie eine Schere?«

Selinger notierte sich gerade einige Punkte über Leiche und Fundort. Abwesend griff er in seinen Koffer und zog eine Schere hervor, die er in die Richtung hielt, aus der Stark gerufen hatte.

Sie nahm die Schere, drehte sich zu Dufner um und schnitt ihm eine Strähne ab. Dufner starrte sie fassungslos an.

»Für die DNA-Analyse«, sagte Stark. »Sie können gehen.«

Dufner trottete ab, stieg in den Lieferwagen und fuhr los. An der Ausfahrt des Parkplatzes schoss ihm hupend ein silbergrauer Audi entgegen. Dufner stieg in die Eisen. Er ließ den Audi passieren und fuhr dann aus der Parkbucht in Richtung Gottenheim davon.

Stark verstaute Dufners Locke in einem Klarsichtbeutel und übergab ihn an einen der Spurensicherer. Belledin stapfte auf sie zu.

»Was wissen Sie, was ich nicht weiß?«, schnaubte er.

Sie hob verdutzt die Brauen und aschte ab.

»Das ist kein Psychopath, das hat Methode. Hier geht es um große Geschäfte, habe ich recht?«

»Ich weiß nicht, was Sie meinen.« Sie blieb ruhig.

»Spielen Sie nicht die Dumme, Stark. Ich weiß alles über Sie. Und ich weiß, dass Leute wie Sie uns Provinzbullen für romantische Stümper halten, nur weil wir hier nicht global operieren, sondern uns noch um die Menschen hinter den Taten kümmern, um die Hinterbliebenen, das Umfeld.«

»Das Schlachtfeld wohl eher.«

»Lecken Sie mich am Arsch mit Ihrem Zynismus. Sagen Sie mir, was Sache ist. Um welche Mafia handelt es sich? Was ist Ihr Auftrag? Warum geben Sie bei mir die Assistentin?« Drei Tote auf diese Weise. Er wollte einfach nicht mehr an eine alltägliche Mordgeschichte glauben. Hier musste es um etwas Größeres gehen. Und er witterte, dass Stark mehr wusste, als sie ihm erzählte.

»Ich habe aus privaten Gründen um Versetzung gebeten. Das ist alles.«

»Versetzung und Herabstufung?«

»Mir liegt nicht viel an Status«, antwortete Stark.

»Mir liegt aber etwas an offenen Karten. Was glauben Sie, wie blöd ich mir vorkomme, wenn ich in Schulen und bei Tierschützern ermittle, während Sie bereits wissen, dass es sich um eine fette Geschichte des organisierten Verbrechens handelt?«

»Das weiß ich doch gar nicht. Wieso unterstellen Sie mir das?«

»Weil ich rechnen kann!«, schrie Belledin. »Sie kommen vom LKA und waren eine große Nummer im Fall Schewtschenko. Killian wiederum spitzelt an den Fronten für das BKA und weiß Gott noch wen. Und zufällig treffen sich beide in einem Fall, bei dem Menschen systematisch geschlachtet werden. Für wie dumm halten Sie mich denn?«

»Es ist Zufall. Reiner Zufall.« Stark blieb weiterhin ruhig. »Aber Sie haben recht, es könnte eine organisierte Verbrecherbande dahinterstecken.«

Belledin kochte weiter und biss sich auf die Zunge. Er war sehr laut geworden. So laut, dass sogar Selinger von seinen Notizen aufschaute und zu ihnen herübersah.

»Aber der Mafia würde es reichen, ihren Opfern die Kehle von rechts nach links aufzuschlitzen. Hier macht sich jemand verdammt viel Arbeit. Für mich sieht das persönlicher aus als die Arbeit von Auftragskillern. Aber ich werde mich erkundigen. Ich kenne jemanden, der vielleicht etwas weiß«, sagte Stark.

Belledin versuchte, sich zu beruhigen, sah Stark aber weiterhin misstrauisch an. Der dritte Tote zerrte an seinen Nerven. Er brauchte jetzt etwas, woran er sich festbeißen konnte. Die Mafia-Theorie kam ihm da gelegen.

»Der Bolzenschuss und die abgezogene Haut müssen etwas mit dem Metier zu tun haben. Die Mafia würde nicht so fachspezifisch töten«, fuhr sie fort.

»Auch nicht, um abzulenken?«, fragte Belledin.

»Die Mafia will, dass man weiß, dass sie es ist. Nur so setzt sie diejenigen unter Druck, denen das Morden gilt.«

»Und wem gilt das Morden? Nicht den Toten?«

»Wenn es die Mafia ist, gilt es denjenigen, mit denen man noch Geschäfte machen will. Geschäftspartner werden nur getötet, wenn man bereits selbst Geschäftsführer des Unternehmens ist oder ein Konkurrenzunternehmen unterstützt.«

»Macht Sinn«, nuschelte Belledin in seinen Schnäuzer und drehte sich von Stark weg, um sich die Leiche anzusehen.

»Und?«, fragte er Selinger.

»Wie gehabt. Soviel ich sehen konnte, handelt es sich wieder um denselben Bolzen.«

»Das ist ja beruhigend«, zischte Belledin und kam zu Stark zurück. Er sah an ihr vorbei in den Wald und schwieg. Dann endlich atmete er tief ein und fragte: »Wie würden Sie vorgehen?« Den Blick hielt er weiter auf die aufgeforsteten Käsepappeln gerichtet.

»Wir könnten uns Spiegelhalter noch mal intensiver vorknöpfen. Er muss etwas wissen. Wenn er hört, dass Erdogan tot ist, fällt ihm vielleicht etwas ein, was für uns wichtig sein könnte.«

»Und was ist mit Gotthard und Britta Vogt? Benedikt, dem Sohn von Ginter?«

»Auch eine Möglichkeit.«

»Und Schule und Tierschützer? Lassen wir die jetzt fallen?«

»Sollten wir trotzdem auch überprüfen.«

»Dann übernehmen Sie die Vegetarier. Was ist eigentlich mit dem Hundebesitzer, der Schwarz gefunden hat?«

»Habe ich gestern Abend noch überprüft. Für Ginters Tod hat er ein Alibi. Wenn wir von einem einzigen Täter ausgehen, fällt er weg.«

»Wir behalten ihn trotzdem noch auf der Liste.«

»In Ordnung. Ich würde aber auch gerne Saier noch mal auf den Zahn fühlen.«

»Saier?«, fragte Belledin.

»Den krankgemeldeten Stecher.« Stark warf den abgerauchten Stummel auf den Asphalt des Parkplatzes und trat ihn mit ihrer Stiefelspitze aus.

»Aufheben!«, rief Spitznagel. »Nachher haben wir den Stummel im Beutel und unnötige Arbeit.«

Stark sah zu Spitznagel hinüber und gehorchte. Die Kippe schob sie in die Tasche ihrer Lederjacke.

Belledin verkniff sich ein Grinsen. Spitznagel würde ihm fehlen. Sie war wenigstens auf seiner Seite.

***

Killian sah vom Eckartsberg hinab auf seine ehemalige Schule und wartete, bis es zur großen Pause läutete. Hier oben hatten sie früher gern ihre Freistunden verbracht. In den unteren Klassen, um am Gemäuer der Ruine zu klettern und Mutproben zu wagen; als sie dann älter waren, kamen sie zum Rauchen und Knutschen hierher.

Killian inhalierte die Luft der Erinnerung und bekam wacklige Knie. Unter ihm füllte sich der Pausenhof mit Schülern, die sich nach drei Stunden Paukerei Luft verschaffen durften. Es sirrte ein zeitloser Tonteppich, der noch immer vertraut klang. Die Möhlin lungerte mit müder Strömung hinter der Schule. Weiter hinten lag der Rhein, dann kam Frankreich. Seine alte Sehnsucht keimte auf. Er hatte immer in Frankreich leben wollen. Schuld daran waren die Filme von Truffaut und Melville gewesen. Der Film noir mit den schönen Frauen. Dem ständigen Zigarettenqualm, der von der Leinwand direkt in den Kinosaal oder vom Bildschirm ins Wohnzimmer gedrungen war. Dafür hatte es sich gelohnt, mit dem Rauchen anzufangen, aber nicht, Französisch zu pauken.

Er steckte sich bei dem Gedanken eine seiner Selbstgedrehten an und atmete die Vergangenheit. Vielleicht würde er doch noch nach Frankreich ziehen. Jetzt war sein Französisch besser als damals.

Er stieg die Stufen des kleinen Rebbergs hinab und rauchte die Zigarette zu Ende, ehe er durch den efeubewachsenen Treppengang den Schulhof betrat. Hierhinten, bei den Fahrrädern, wollten sie sich treffen. Bärbel hatte Hofaufsicht.

Killian sah sich nach ihr um. Sie war nicht da. Sie hatte es wichtig gehabt am Telefon, wollte ihm nicht sagen, worum es ging. Angst hatte in ihrer Stimme gelegen. Dass sie jetzt nicht da war, beunruhigte ihn. Er überlegte, ob er in die Schule gehen sollte, um sie zu suchen, aber es genügte ihm schon, vor der alten Penne zu stehen.

Neun Jahre seines Lebens hatte er in dieser Einrichtung verbracht. Wichtige Jahre. Jahre, die ihn geprägt hatten. Menschen hatten Macht über ihn besessen, die er heute mit einem Lidschlag auf ihre Plätze verweisen könnte. Zweifel an den eigenen Fähigkeiten hatten mit Glücksgefühlen gewechselt, je nach Lob und Tadel. Manchmal war es die Hölle gewesen. Aber er hatte die Schule trotzdem geliebt. Weniger wegen der Lehrer und der Fächer, sondern wegen der Schüler, die das Leid mit ihm geteilt hatten. Das Korsett der Schule hatte ihn herausgefordert, unkonventionell und kreativ dagegenzuarbeiten, wollte er kein Systemsoldat werden.

Und die Helden des Film noir hatten sich nie dem System gebeugt. Lieber waren sie gestorben. Und Killian hatte es ihnen gleichgetan. An der Tafel und während der Schularbeiten starb er, aber er stand wieder auf in den Pausen und bei den Späßen, die sie hinter den Rücken der Lehrer trieben.

Ein paar Jungs traten gegen einen kleinen Lederfußball. Killian hatte früher in den Pausen mit leeren Coladosen gekickt. Die waren günstiger gewesen und hatten gelärmt, aber auch schnell unheilbare Löcher in die Schuhe gerissen. Er hatte Lust, mal wieder zu kicken. Der Ball rollte zu ihm, er schoss ihn Vollspann zurück. Etwas unkontrolliert, vielleicht auch übermotiviert. Jedenfalls beschrieb die Flugbahn des Balles einen Bogen, der so von Killian nicht gedacht gewesen war. Das Leder verschwand im geöffneten Fenster des ersten Stockwerks. Killian erinnerte sich, dass dort früher das Sekretariat gewesen war. Er hörte Geschirr klirren. Flüche.

Die unschuldigen Fünftklässler blickten angespannt nach oben, dann suchten sie Killian. Er hatte sich bereits aus dem Staub gemacht.

Die große Pause war gleich zu Ende. Wenn Bärbel nicht bald kam, würde er wieder gehen.

»Killian?«, hörte er eine Stimme in seinem Rücken.

Er drehte sich um. Er kannte diese Stimme nur zu gut. Fünf Jahre lang hatte sie ihn in Französisch gepeinigt. Instinktiv kramte er nach einer Ausrede, warum er *»les devoirs«* nicht hatte machen können.

»Madame Ardant«, sagte er, und er fand, dass es sehr französisch klang.

»Was für eine Überraschung. Vorgestern Belledin, jetzt Sie. Bekommen Sie Sehnsucht?«, fragte sie und lächelte schmallippig.

Denise Ardant war schon immer blass gewesen. In Kombination mit ihrem farbenfrohen Make-up hatte diese Blässe für Killian immer das Flair des Absolutismus gehabt. Sie wäre eine gute Maitresse des Sonnenkönigs gewesen. Nach außen hin distinguierte Kühlheit, aber unter den Reifröcken ein unstillbares Lustfeuer.

Was hatten sie sich früher immer vorgestellt, wie es die einzelnen Lehrer wohl trieben. Was sollte man auch sonst tun, wenn der

Unterricht fad war. Man konnte nicht immer nur aus dem Fenster gucken.

»Ich habe eine Verabredung mit Bärbel Engler«, sagte Killian.

»*Oh, là, là.* Alte Liebe? Wir werden doch nicht etwa sentimental? Das zahlt sich nie aus.«

Killian lächelte gezwungen. Er hatte keine Lust auf die Weisheiten der alten Klugscheißerin. Er hatte ihr schon früher ungern zugehört, und abgekauft hatte er ihr schon zweimal nichts. Aus Prinzip. Sie mochte ja recht haben, aber es gab eben Pauker, die hätten einem lange erzählen und beweisen können, dass die Erde um die Sonne kreiste, man hätte ihnen niemals geglaubt. Vielleicht war Galilei auch so ein Besserwisser gewesen, und man hatte ihn nur deswegen so lange zappeln lassen.

»Oh, die Pause ist vorbei. Ich muss in den Unterricht. Frau Engler hatte wohl keine Zeit. Aber was ein wahrer Romeo ist, der klettert auch den Balkon hoch.« Denise Ardant verzog das Gesicht wie ein Pantomime, der sich gequält vor Selbsthingabe beim Publikum bedankt, und klimperte mit den Wimpern.

Killian rang sich jetzt noch nicht einmal mehr ein falsches Lächeln ab. Er hatte es satt, gute Noten zu kassieren. Die Schule war für ihn schon lange aus.

Es nervte ihn, dass Bärbel ihn versetzt hatte. Erst war es so wichtig gewesen, und nun war sie nicht gekommen. Eigentlich nicht ihre Art. Oder doch? Killian wusste nicht mehr, was Bärbels Art war. Dazu hatten sie sich zu lange nicht gesehen. Er stieg die Stufen durch den Efeugang hinauf, wollte noch mal auf den Eckartsberg. Wenn er schon hier war, konnte er auch gleich ein paar Fotos schießen. Vielleicht taugten sie für einen Kalender?

»Killian«, hörte er wieder jemanden seinen Namen rufen. Diesmal war es aber nicht die schneidende Sichel von Madame Ardant, sondern Bärbel, die abgehetzt hinter ihm auftauchte.

Sie keuchte, stützte die Hände auf die Knie und pumpte Luft in ihre Lunge. Dann fuhr sie sich mit der Hand durchs rote Haar und starrte Killian verstört an.

»Ich wurde aufgehalten, entschuldige. Einige Schüler spielen verrückt wegen Eriks Tod. Sie planen Rache.«

»Wie soll die aussehen?«

»Neue Gewaltaktionen gegen Metzgereien. Ein Blödsinn. Damit machen wir uns keine Freunde. Ich habe versucht, die heiße Luft rauszunehmen.«

»Erfolgreich?«

»Ich hoffe es.« Sie war wieder bei Atem.

»Deswegen hast du mich aber nicht angerufen, oder?«

Anstatt einer Antwort streckte Bärbel ihm eine CD entgegen.

»Was ist das?«, fragte er.

»Die habe ich heute Morgen in meinem Fach gefunden.«

»Und? Was ist drauf?«

»Ich kann sie nicht abspielen. Dafür braucht man ein Passwort.«

»Und von wem ist sie?«

»Das weiß ich auch nicht. Aber sie könnte von Erik sein.«

»Er ist seit zwei Tagen tot.«

»Ich habe seit drei Tagen nicht mehr in mein Fach geguckt. Normalerweise mache ich das täglich, aber in den letzten Tagen war so viel los. Die Vorbereitungen für die große Demo, dann der Mord an Erik ...«

Killian nahm die CD und sah sie sich an. »Vielleicht hat jemand geahnt, dass du irgendetwas bekommen solltest, und hat in deiner Wohnung danach gesucht. Vielleicht ist es aber auch nur ein schlechter Scherz deiner Schüler.«

»Wenn wir reingucken, wissen wir mehr«, sagte Bärbel. »Du kannst so etwas doch.«

»Ich? Wie kommst du darauf?«

»Na ja. Geheimdienst.«

»Hör auf. Ich bin Fotograf und knipse manchmal dort, wo sich sonst keiner hintraut, das ist alles.«

»Aber du hast doch bestimmt Freunde, die das können, oder? Vielleicht finden wir dadurch den Mörder.«

»Name und Adresse samt Geständnis. Und das Passwort ist bestimmt der Name seines Haustieres.«

»Verarsch mich nicht. Ich habe einfach Angst, kannst du das nicht verstehen? Die waren in meiner Wohnung und haben das da gesucht. Und jetzt liegt es in meinem Fach! Also, was ist: Hilfst du mir?«

»Wäre ich sonst hier?« Killian steckte die CD in seine Jackentasche.

Bärbel schien beruhigt. »Wer hat dich eigentlich so zugerichtet?«, fragte sie.

Killian fuhr mit der Hand über die Schwellung, die ihm von der Prügelei mit Gotthard und Spiegelhalter geblieben war. »Zwei Metzger haben mich wohl mit einer Sau verwechselt. Hatte ich das nicht schon erzählt?«

»Ich meine nicht das Auge. Sondern den Fleck da neben deinem Kehlkopf.«

Killian griff sich unwillkürlich an den Hals. Er hatte keinen Fleck bemerkt, erinnerte sich aber an den saugenden Biss von Stark, und schob den Kragen seines Hemdes darüber.

Bärbel schwieg, als wartete sie auf eine Antwort.

Killian wurde unbehaglich. Plötzlich war er siebzehn und sollte seiner Freundin erklären, woher der Knutschfleck an seinem Hals kam. Er bekam Platzangst, die Wände des Treppengangs begannen sich zu bewegen. Bärbel zerfloss vor ihm wie in einem Zerrspiegel. Er sah die blutende Rohina neben ihr, dann Stark mit einem Vampirgebiss, mit dem sie ihm das Fleisch von den Wangen riss. Der wilde Efeu löste sich von dem Sandstein und kroch auf ihn zu, schlängelte sich um ihn und rankte sein Immergrün bis zum Hals hinauf. Es begann ihn zu würgen. Killian schnappte nach Luft, stieß Bärbel beiseite und hastete aus dem Gang auf den Schulhof. Dort knickte er keuchend und kalten Schweiß treibend auf den Asphalt zwischen die Fahrradständer.

»Ist alles in Ordnung?« Das war nicht Bärbels Stimme.

»Holger, was machst du denn hier? Hast du nicht Unterricht?«, fragte Bärbel den Mann mit dem halblangen Haar und der runden Brille. Sein braungrünes Cord-Jackett changierte und flimmerte vor Killians Augen.

»Ah, Bärbel. Du bist auch hier? Ich hoffe, ich störe nicht. Ich habe nur gedacht, er bräuchte Hilfe.«

»Alles klar, geht schon wieder. Nur eine Kreislaufschwäche«, sagte Killian und rappelte sich auf.

»Wollen Sie etwas trinken? Einen Schluck Wasser vielleicht?«, fragte Holger und kramte eine Plastikflasche mit Mineralwasser aus seiner Ledertasche.

Killian nahm sie entgegen und trank. »Danke«, sagte er und gab die Flasche zurück. Dann blickte er zu Bärbel hinüber, die nun ihrerseits dastand, als hätte man sie beim Knutschen mit dem falschen Mann erwischt. »Ich melde mich«, sagte er schließlich und ging. Er passierte das Hallenbad der Schule, um dann über die Straße, an der Möhlin entlang, zu seinem Wagen zu gelangen.

Er musste dringend in Behandlung. Die Anfälle mehrten sich. Er hatte gehofft, mit der Zeit würden sich die bösen Geister beruhigen. Aber dem war nicht so. Sie wollten gehört, nach außen gebracht werden. Sie ließen sich nicht so einfach in den untersten Keller des Vergessens stecken. Durch den kleinsten Spalt krochen sie, jede Gelegenheit nutzend, ohne Ansage. Nur wenn er im Einsatz war, ließen sie ihn in Frieden. Wenn er selbst im Krieg stand, schienen sie befriedigt. Als wären die Bilder des Krieges ihre Nahrung. Solange die Dämonen gefüttert wurden, schnurrten sie artig, die Fastenzeit aber schien ihnen unerträglich. Dann rissen sie sich von ihren Ketten und brüllten Killian in die Ohren, dass ihm der Schädel zu platzen drohte.

Er wollte jetzt aber nicht in den Krieg. Er war gerade erst zurückgekommen. Seine inneren Bastarde müssten noch genügend Elendsfraß im Napf haben. Oder waren es mittlerweile so viele geworden, dass die Happen nicht mehr für alle reichten? Moshe würde es freuen. Er hätte ihn sowieso am liebsten im Dauereinsatz.

Doch Killian mochte nicht mit seinen Dämonen durch die Dauerhölle hetzen. Er wollte auch leben, etwas von Swintha mitkriegen. Warum wollten die Dämonen ihn nicht verstehen? Es nutzte nichts, mit ihnen zu verhandeln. Nicht er allein. Allein war er ihnen ausgeliefert. Sie waren in der Überzahl und hatten die besseren Argumente. Ein anderer musste sie festnageln und dann vom Hof jagen. Er würde in Behandlung gehen. Bald. Sobald diese Angelegenheit bereinigt war. Er wusste, dass er sich dadurch bloß Aufschub verschaffte, dass das Detektivspiel eine Art Kriegsersatz war. Methadon für die Dämonen. Die kleine Variante, die immerhin so viel Adrenalin ausschüttete, um den Entzug vom großen Spektakel nicht zu spüren.

Er stieg in den Defender und besah sich sein Gesicht im Rückspiegel. Er drückte den Hemdkragen beiseite und erinnerte sich mit leiser Lust. Ob er noch mal die Gelegenheit bekommen würde, sich bei Stark zu revanchieren?

***

Bärbel fühlte sich unbehaglich, mit Holger allein auf dem Schulhof zu stehen. Ausgerechnet hier hinten, wo die Liebespärchen sich gerne verdrückten, um ungestört zu sein. So lange war ihre Affäre nun doch nicht her.

»Was willst du?«, fragte sie.

»Mit dir reden.«

»Aber nicht hier. Wir können uns heute Abend treffen.«

»Geht nicht.«

»Wegen Anna? Die braucht sich keine Sorgen mehr zu machen. Ich bin durch.«

Sie sahen sich lauernd an. Dann brach Holger das Schweigen.

»Machen wir einen Spaziergang?« Er deutete mit dem Kopf zum Eckartsberg.

»Nein, das ist mir zu romantisch.« Bärbels Ton blieb giftig. »Wir können auch ins Lehrerzimmer und uns vor allen aufs Maul hauen, dann gibt es wenigstens keine Gerüchte mehr.« Holgers Hochmut machte sie aggressiv. Sie stand knapp davor, ihm eine Ohrfeige zu geben.

»Es geht nicht um uns. Es geht um Erik«, sagte er und senkte dabei konspirativ seine Stimme.

»Ja?« Bärbel blieb betont neutral.

»Kurz bevor er … ich meine, bevor sie ihn umgebracht haben, hat er mir gesagt, dass er mir etwas geben wollte.«

»Und?«

»Irgendeinen USB-Stick oder eine CD.«

»Mit welchem Inhalt?«

»Ich weiß es nicht. Er hat mir ja nichts gegeben.«

»Und weswegen kommst du damit jetzt zu mir?«

»Ich dachte, du wüsstest vielleicht etwas darüber. Ich meine, ihr wart in letzter Zeit auch sehr eng miteinander.«

Jetzt verpasste ihm Bärbel die Ohrfeige. Holger nahm sie verdutzt entgegen, wehrte sich nicht.

»Hat er dir etwas gegeben?«, fragte er stattdessen.

»Nein«, log Bärbel. Holger ging die CD nichts an. Ihn hatte überhaupt nichts mehr anzugehen, was sie betraf. Seinen Mitgliedsbeitrag für die Tierschützer konnte er gerne weiterbezahlen, aber im Vorstand wollte sie ihn nicht mehr sehen. Er konnte auch gerne ganz aus ihrem Leben verschwinden. Wenn sie ihn jetzt so vor sich sah, mit der rot durchbluteten Wange, der neutestamentlich hingenommenen Ohrfeige, schämte sie sich, dass sie mit so einem Waschlappen ein Verhältnis gehabt hatte, von dem sie sich sogar mehr als nur heimliche Nummern im VW-Bus erhofft hatte.

»War's das?«, fragte sie.

»Er hat dir wirklich nichts gegeben?«

»Nein.«

»Aber ich habe gesehen, wie du Killian etwas gegeben hast.«

»Es war der Hausschlüssel. Du brauchst ihn ja nicht mehr.«

»Habt ihr etwa wieder etwas miteinander?«

»Geht es dich etwas an?«

»Nach allem, was du mir von ihm erzählt hast, würde es mich wundern.«

»So?«

Er sah sie eindringlich an. »Es war eine CD, stimmt's?«

»Und wenn?«

»War es eine CD von Erik?«

»Ja. Von Erik Satie. Killian mag solche Musik.« Bärbel grinste innerlich.

»Ich hoffe, du sagst die Wahrheit.« Holgers Stimme bekam etwas Gefährliches.

»Warum ist diese CD denn so wichtig?«, fragte sie. Vielleicht konnte sie etwas herauskriegen, was Killian das Knacken des Passwortes ersparte.

»Das weiß ich nicht. Aber ich bin sicher, dass es etwas mit Eriks Tod zu tun hat.«

»Woher willst du das wissen?«

»Intuition.« Holger verzog den Mund. Nun schien er wieder Oberwasser zu haben.

»Darin bist du ja ganz gut«, sagte Bärbel, wandte sich um und ging über den Schulhof auf das Schulgebäude zu. Sie wusste, dass Holger ihr nachsah. Sie ahnte aber auch, dass andere Augenpaare irgendwo aus den Fenstern des Gebäudes gesehen hatten, wie sie und ihr Kollege Holger Koch ein Gespräch im Turteleck geführt hatten, bei dem sie ihm eine saftige Ohrfeige verpasst hatte. Ausreichend Gewürz für die Gerüchteküche. Ihr war es egal. Sie hatte nichts zu verlieren. Es war Holger, der seine Vorzeigefamilie nicht aufs Spiel setzen wollte. Sie wunderte sich, dass er sie dennoch auf dem Schulhof angesprochen hatte. Die CD musste so wichtig für ihn sein, dass er darüber sogar seinen ehrbaren Ruf vergaß.

Bärbel hoffte, dass Killian den Datenträger bald geknackt haben würde, und sie ertappte sich bei einem Seufzer. Er hätte die Ohrfeige nicht so einfach hingenommen. Er hätte sie mindestens geküsst.

Sie schüttelte über sich selbst den Kopf und strich ihren wilden Rotschopf aus der Stirn. Sie hasste sich für solche macho-archaischen Bilder, aber sie kamen nun mal hoch. Wütend trat sie gegen eine Redbull-Dose, die ein Schüler mal wieder neben den Abfalleimer geschmissen hatte. Die Dose schepperte über den Asphalt des Hofes und landete zwischen zwei blank geputzten Halbschuhen der Marke Alden. Klassische Cordovans, zeitlos wie das Latein, das ihr Besitzer jederzeit zum Besten gab.

Direktor Gugel bückte sich und hob die Dose auf.

Bärbel sah ihm direkt ins Gesicht und wartete auf ein Zitat aus dem »Gallischen Krieg«. Vielleicht auch Seneca. Aber Gugel schwieg und entsorgte die Dose demonstrativ im Abfall. Dann erst sah er zu Bärbel.

»Alles in Ordnung, Frau Engler?«

»Alles in Ordnung.« Sie wollte an ihm vorbei ins Schulgebäude.

»Der Kriegsfotograf. Killian, was wollte der hier?«, fragte Gugel in ihren Rücken.

Bärbel drehte sich auf der Treppe um. »Wir hatten angedacht, in der Projektwoche wieder zusammenzuarbeiten. Diesmal könnte es um die Despoten in der arabischen Welt gehen. Er hat einiges an Fotomaterial darüber. Infos aus erster Hand, ungefiltert, ohne Medientünche. Das ist interessant für unsere Schüler.«

»Die ganze Wahrheit wird wohl auch er nicht kennen.«

»Da haben Sie vermutlich recht. Haben Sie Einwände gegen ein solches Projekt?«, fragte sie, froh ein Thema gefunden zu haben, das von Holger und Erik ablenkte.

»Nein, ganz im Gegenteil. Halbwahrheiten sind immerhin keine Lügen. Solange man sich bewusst ist, dass es eben nur Halbwahrheiten sind.« Er sah sie bedeutungsvoll an. *»Mundus vult decipi, ergo decipiatur.«*

Er konnte es nicht lassen. »Von wem ist das?«, fragte er und wippte auf den Fußballen.

Bärbel verdrehte die Augen. »Von Luther«, antwortete sie.

»Nur der erste Teil«, korrigierte Gugel. »Den zweiten Teil hat Paracelsus hinzugefügt. Aber ursprünglich war es Brant. ›Das Narrenschiff‹. Luther hat den Spruch ins Lateinische übersetzt.«

»Waren Sie dabei?« Sie ließ ihn stehen und verschwand im Schulgebäude.

NEUN

Belledin parkte den Wagen vor dem Schlachthof und stieg aus dem Wagen. Ihm war unwohl. So gerne er Fleisch aß, den Laden hier mochte er nicht. Hausschlachtungen kannte er von Kindesbeinen an. Das waren immer große Feste gewesen. Aber die Massenschlachtung konnte einem den Appetit verderben.

Er steuerte auf das Bürogebäude zu. Ein junger, dynamischer Mann um die dreißig kam ihm entgegen. Belledin erkannte sofort die Ähnlichkeit mit der Mutter.

»Kann ich etwas für Sie tun?«

Belledin streckte ihm den Dienstausweis entgegen. »Benedikt Ginter?«, fragte er.

»Ja.«

»Ihre Mutter sagte, Sie seien in Polen.«

»War ich auch. Vor knapp einer Stunde bin ich hier angekommen. Zum Glück musste ich nicht selbst fahren. Bin so schon gerädert. Jemand muss die Geschäfte ja weiterführen.«

»Ihr Vater ist ermordet worden. Das scheint Sie nicht groß zu berühren.«

Benedikt sah Belledin direkt ins Gesicht. »Nein. Es berührt mich nicht. Für mich war er schon lange gestorben. Er war ein Schwein. Verzeihung, ich tu dem Tier Unrecht. Was er meiner Mutter angetan hat, hat uns entzweit.«

»Britta Vogt?«

Benedikt lachte. »Die? Ach was. Das fing doch schon viel früher an. Und je jünger, umso besser.«

»Sie hätten also Grund gehabt, Ihren Vater zu töten?«

»Sehr sogar. Aber jemand anders hat es für mich übernommen. Und wenn ich ihm begegne, bekommt er von mir die Prämie für den Schlachter des Jahres.«

»Haben Sie jemanden beauftragt, der das für Sie tut? Vielleicht Erdogan?«

»Blödsinn.«

»Und dann haben Sie Erdogan auf Ihrem Rückweg aus Polen getötet, weil er mehr wollte als bloß die Medaille für den Schlachter des Jahres.«

»Erdogan ist auch tot? Wieso das?«

»Jemand hat ihm einen Bolzen ins Hirn geschossen und ihm dann die Haut abgezogen. So wie dem Tierschützer Schwarz. Kannten Sie den?«

»Ein Spinner. Ich hab ihn nie ernst genommen.«

»Kannten sich Ihr Vater und Schwarz näher?«

»Nicht dass ich wüsste. Aber der Alte hatte viele Geheimnisse. Dem traue ich alles zu.«

»Fahren Sie in nächster Zeit nicht nach Polen. Kann sein, dass ich noch ein paar Fragen an Sie haben werde.«

»Keine Sorge, der Laden wird mich so schnell nicht weglassen. Vor allem muss ich mich erst einmal durchs Büro arbeiten. Und das ohne Sekretärin.«

»Was ist mit Britta Vogt? Oder reden Sie aus verletztem Stolz nicht mit ihr?«

»Stolz ist schlecht fürs Geschäft. Ich würde auch mit Britta Vogt arbeiten, wenn es der Sache diente. Aber sie ist nicht da. Verschwunden. Ihr Vater auch. Und wenn jetzt auch noch Erdogan tot ist, sind wir völlig unterbesetzt. Am Ende muss ich noch auf den verrückten Saier zurückgreifen.«

Belledin wurde mit einem Schlag nervös. Britta und Gotthard Vogt waren verschwunden? Er zückte sein Handy und gab eine Fahndung nach den beiden aus.

»Was ist mit Spiegelhalter? Ist der da?«

»Rackert wie ein Berserker. Bitte lassen Sie ihn jetzt seine Säue stechen, sonst muss ich noch dran. Und dann haben die Schweine keinen so sauberen Tod.«

»Tut mir leid. Darauf kann ich keine Rücksicht nehmen.«

Spiegelhalter stach im Sekundentakt. Benedikt hatte sich in Schlachtermontur geworfen und zupfte ihn am Ärmel. Er wechselte ein paar Worte mit ihm und löste ihn schließlich ab. Belledin wartete in sicherer Entfernung, bis Spiegelhalter zu ihm kam.

»Gehen wir in die Umkleide, da ist es nicht so laut«, sagte Spiegelhalter. Belledin nickte und folgte ihm. Diesmal würde er aufpassen. Noch einmal würde man ihn in der Umkleide nicht überrumpeln.

»Hat der Junior es Ihnen schon gesagt?«

»Ja. Aber ich kann's ja wohl schlecht gewesen sein. Ich hab in der Zeit andere Lebe aufm Gewisse ghabt.« Spiegelhalter lachte trocken, rieb sich die müden Augen und ließ die rechte Schulter kreisen. Die Akkordarbeit schaffte.

Belledin saß ihm gegenüber und verzog keine Miene. »Worüber haben Sie sich vorgestern mit Erdogan auf dem Hof gestritten?«, fragte er.

»Privatsache.«

»Wenn Sie es weiter privat halten, könnten Sie der Nächste sein, der ohne Gesicht im Gras liegt.«

»Die Sau soll nur kumme. Die stech ich ab«, prahlte Spiegelhalter, aber Belledin hörte die Angst heraus, die unter den lauten Tönen lag.

»Hatte Erdogan Feinde?«, fragte er.

»Sympathisch war er nit grad. Hitzig halt, wie Türke ebbe so sin.«

»Ich kann auch hitzig werden und bin kein Türke.«

»Aber Sie hänn so ä Bart wie ä Türk.« Spiegelhalter fand es lustig.

Der Metzger begann zu nerven. Dem könnte man drei Bolzen ins Hirn schießen – es würde nichts dabei zerstört werden.

»Wo sind Britta und Gotthard Vogt?«

»Keine Ahnung.«

»Kannten die beiden Erdogan näher?«

»Manchmol hänn sie zsamme Grillfeschtle gmacht. Bim Gotthard in der Rebe. Aber ob do was zwische de Britta und ihm glaufe isch, weiß ich nit. Kann scho sein. Mit meinere Alte hätt er jo au was afange welle. Der Dreckspatz. Gehörnte Männer sind auch Rinder. Vielleicht wollt sich von denne einer räche.« Er lachte.

Heilige Einfalt. Belledin musste sich beherrschen. Er stand einfach auf, ohne sich bei Spiegelhalter zu verabschieden. In seinem Hirn ratterte es. Britta Vogt könnte der Schlüssel sein. Zwei der Toten hatte sie gekannt. Welche Beziehung konnte sie zu Schwarz gehabt haben? Wenn er dieses Mosaiksteinchen fand, könnte ihn das zur Lösung bringen. Aber Britta Vogt war verschwunden. Und ihr Vater ebenfalls.

Auf dem Weg über den Hof begegnete ihm Benedikt. Er hatte sich die Schlachtermontur ausgezogen, sein Boss-Jackett aber nicht wieder angelegt. Die Arme des weißen Hemdes hochgekrempelt, einige Blutspritzer auf dem Bruststoff, stakste er entschlossen in Richtung Bürogebäude. Er war wie ausgewechselt. Vorher noch BWL-Absolvent, stand er jetzt bis zu den Knöcheln im Blutrausch.

»Ich wusste gar nicht mehr, wie toll dieser Beruf ist«, sagte er. »Während der Lehrzeit habe ich mich manchmal durchkämpfen müssen. Ist nicht immer leicht unter Metzgern. Da herrscht ein rauer Ton. Während meiner Studienzeit hatte ich in den Semesterferien auf dem Schlachthof gejobbt. Aber seit drei Jahren bin ich nur noch im internationalen Einkauf für den Schlachthof tätig. Vor allem weil ich Abstand zu meinem Vater brauchte. Täglich mit ihm im Betrieb, das wäre nichts gewesen.« Er atmete tief durch, Tränen stiegen ihm in die Augen. Belledin dachte, jetzt käme doch ein Anflug von Trauer über den Tod des Vaters.

»Aber wenn ich das hier sehe und rieche, mit anpacke, ganz unten, an der Basis des Erfolgs, dann weiß ich, dass ich endlich wieder mein Zuhause gefunden habe.«

Belledin sah ihn an. »Wollen Sie mir nicht sagen, was konkret Ihren Vater und Sie so entzweit hat, dass Sie so kalt für ihn empfinden?«

»Ich empfinde nicht kalt. Ich empfinde nichts. Es gibt ihn nicht mehr, und es hat ihn nie wirklich gegeben. So einfach ist das.«

»So einfach. Danke.« Belledin ließ ihn stehen und ging zu seinem Auto. Bevor er einstieg, klingelte er bei der Fahndung an. Keine Spur von den Vogts.

Die Magnettafel war übervoll. Drei Tote, zwei davon gehäutet, einem hatte man das Gesicht gelassen, ihn aber auf dieselbe Art hingerichtet. Es musste auch derselbe Täter sein. Es sei denn, der Täter des ersten und des letzten Mordes hätte seine Waffe kurz unbeaufsichtigt gelassen, und ein anderer hatte Ginter als Trittbrettfahrer gelyncht, um es so aussehen zu lassen, als ob es derselbe Täter gewesen wäre. Mühsam. Belledin hatte nur Schnipsel, aber nichts, was ihn weiterbrachte. Bis auf das plötzliche Verschwinden von Britta und Gotthard Vogt. Wenn sie die beiden wiederhätten, könnte Klarheit geschaffen werden. Bis dahin musste er aber auch den anderen Hinweisen nachgehen.

Aus den Notizen, die auf der Magnettafel hafteten, konnte er mindestens drei Krimis spinnen, einer verwegener als der andere.

Tierschützer? Erbstreit? Eifersucht? Oder doch das ganz große Spiel: Mafia? Aber was für eine Mafia? Und warum sollte sie so bedeutungsschwanger töten? Stark wollte einen Informanten kontaktieren. Sie hatte sich noch nicht gemeldet. Sie wollte sich erst um die Tierschützer kümmern.

Belledin blies die Backen auf und warf den Edding auf den Schreibtisch. Er zog einen Stapel Schreibpapier aus der Schublade und legte die nackten Blätter vor sich hin. Vier große Themen, vier Möglichkeiten. Er würde sich vorbereiten, bis Stark käme, und dann würde er mit ihr nochmals alle Varianten durchgehen. Er griff sich den Edding wieder und schrieb auf vier Blätter die vier Überschriften: »Tierschützer«, »Erbstreit«, »Eifersucht« und »Mafia«. Dann legte er die Blätter nebeneinander, sah auf die Magnettafel und begann alles aufzuschreiben, was sie bislang in die Richtung der Tierschützer ermittelt hatten. Das war nicht viel. Bisher war er nur bei Bärbel Engler und der Tierärztin gewesen. Die Jugendlichen, die wohl für die eingeschlagenen Fensterscheiben einiger Metzgereien verantwortlich waren, hatte er auch nur oberflächlich abgegrast.

***

Stark trat nervös von einem Fuß auf den anderen und sah auf die Strömung des Rheins. Fünfzig Minuten hatte sie bis Kehl gebraucht. Petzold hatte sie gefragt, ob sie verrückt wäre, sich bei ihm zu melden. Aber sie hatte ihn überredet, sich mit ihm zu treffen. Er war ihr noch einen Gefallen schuldig. Sie wollte nur Sicherheit, das war alles. Wenn Petzold ihr sagte, dass die Sache nichts mit den Russen zu tun hatte, war alles in Ordnung. Dann konnte sie das abhaken.

Ein Ruderachter flog über den Rhein. Sie schob sich eine Zigarette in den Mund und steckte sie an. Es war bereits ihre dritte, seit sie am Ufer auf Petzold wartete. Noch eine würde sie sich geben. Wenn er dann nicht erschien, würde sie wieder gehen. Zwei Jogger liefen an ihr vorbei, ein Schlaks auf Rollerblades mit schwarzer Sonnenbrille schoss auf sie zu, bremste abrupt ab und ließ sich neben sie auf die Bank fallen. Petzold. Ein Auftritt nach seinem Geschmack.

»Du spinnst völlig, Stark«, sagte er, nahm sie in den Arm und drückte ihr einen Kuss auf die Wange. »Trotzdem freu ich mich, dich wiederzusehen. Hast mir gefehlt.«

Sie sah ihn nicht an, hielt ihren Blick auf den Rhein gerichtet und mahnte sich, keine Bilder der Vergangenheit in sich aufkommen zu lassen. Es gelang ihr nur mit Mühe.

»Was willst du wissen?«

»In Freiburg gibt es drei Tote, die nach Ritualmord aussehen. Bolzenschussgerät und abgezogene Haut.«

»Autsch.«

»Alles rund um einen Schlachthof. Kann es sein, dass hier ein paar Leute ihre Finger im osteuropäischen Fleischhandel drinhaben?«

»Nichts gehört. Hier ist es sowieso ruhiger, als man denkt. Ein paar Schiebereien. Vor allem Waffen. Aber nichts Großes. Schewtschenko war da schon eine andere Nummer.«

Genau das hatte sie vermeiden wollen. Aber es war unumgänglich, wenn sie Petzold kontaktierte. Er war nur eine Randfigur in der Geschichte gewesen, aber er war dabei gewesen. Und er war nicht aufgeflogen. Er hatte noch immer seine Tarnung.

»Für wen arbeitest du gerade?«

»Sokolow.«

»Was macht der hier unten?«

»Kleingeld. Wirklich lächerlich. Aber mit Schewtschenko ist für ihn auch ein großer Markt weggebrochen. Du bist verrückt, dass du wieder arbeitest. Ich wäre an deiner Stelle völlig von der Bildfläche verschwunden.«

»Womit? Abtauchen kostet Geld. Ich habe nichts gelernt außer Täuschen und Jagen. Und die Fremdenlegion nimmt noch immer keine Frauen.«

Er küsste sie wieder auf die Wange. »Leb wohl«, sagte er, stieß sich von der Bank ab und rollte davon. Stark sah ihm nicht nach. Die Vergangenheit begann sich unwohl in ihr auszubreiten. Gleichzeitig war sie froh, dass die Russen mit der Sache nichts zu tun hatte. Sie rief Belledin an.

»Hier Stark. Die Russen können wir ausschließen. – Ja, todsichere Quelle. – Ich fahr jetzt nach Breisach und nehme mir Holger Koch von den Tierschützern vor.«

»Wir bremsen auch für Tiere«, prangte neben dem Anti-Atomkraft-Aufkleber am Heck des VW-Busses. Bestimmt waren sie auch Nichtraucher. Stark erstickte die Kippe im überfüllten Aschenbecher ihres Wagens und stieg aus.

Das Einfamilienhaus in der Meisenstraße hatte alles, was man brauchte, wenn man ein gut verdienender Oberstudienrat war, dem die Banken vertrauten: gepflegter Vorgarten, Solarzellen auf dem Dach und auf der mit Wildblumen angereicherten Rasenfläche ein rundes Trampolin, das mit einem Sicherheitsnetz umspannt war. Durch die Zypressenhecke hindurch sah Stark dort zwei Kinder tollen, während eine wuschelige Promenadenmischung gelangweilt im Schatten des Trampolins lungerte.

Eine blonde Frau von etwa dreißig Jahren kam mit frisch gepresstem Orangensaft und Schokoladenkuchen aus dem Haus über die Terrasse in den Garten gelaufen. Heile Welt.

»Lotte! Paulchen! Es gibt Kuchen!«, rief die Frau, die vermutlich Daniela Koch war, und stellte alles auf einem Gartentisch ab. Dann verschwand sie wieder im Haus und kehrte kurz darauf mit Gläsern und Tellern wieder zurück. »Lotte! Paulchen!«, wiederholte sie ihre Aufforderung, ohne dabei allerdings energischer zu werden.

»Ist Papa schon da?«, rief der etwa achtjährige Paul vom Trampolin.

»Müsste gleich kommen«, sagte Daniela Koch.

Stark drückte den Klingelknopf am Gartentor. Es schellte im Haus.

»Das ist er bestimmt, wahrscheinlich hat er den Schlüssel vergessen«, rief Koch. »Lotte, machst du auf?«

»Immer ich«, maulte Lotte, die Stark auf zehn Jahre schätzte.

»Bei dir freut sich Papa doch am meisten«, stänkerte Paulchen.

»Kommt, hört auf damit. Keine Sticheleien«, sagte Daniela Koch, und es schien, als besäße sie für sämtliche Situationen bloß eine einzige Sprachmelodie. Vielleicht würde sich ihr Ton ändern, wenn sie Stark vor sich und einige fiese Fragen zu beantworten hätte. Aber Stark hatte wenige davon im Gepäck.

Lotte öffnete und sah sie neugierig an. Eine Frau in abgewetzter Lederjacke, die auf drei Meter gegen den Wind nach Zigarettenrauch stank, hatte die Kleine wohl selten zu Gesicht bekommen. Vermutlich noch nicht einmal im Fernsehen. Solche

Familien sahen keine Krimis, die das Leben halbwegs realistisch nachzeichneten, sondern irgendwelchen Pädagogenquatsch, fern von der Welt, in der Stark aufgewachsen war. In Lottes Alter hatte sie sich bereits mit den Jungs in der Hochhaussiedlung die Nase blutig geprügelt und für ihre eigene Gerechtigkeit geboxt. Hier gab es Gerechtigkeit im Überfluss, fein dosiert vom immer lieben Singsang aus Mamas Kehle.

»Stark, Kriminalpolizei Freiburg, Mordkommission. Ist dein Vater zu Hause?«

Sie hatte jedes ihrer Worte mit Bedacht ausgesprochen, sie sollten nach dem Gutenachtkuss der Mama in Lottes Hirn Bahnen ziehen und Fragen aufwerfen, die das waschmittelweiße Bettlaken in Falten knitterte. Lotte sollte ruhig wissen, dass es auch andere Frauen gab. Welche, die nicht säuselten, die nicht nach Dr. Hauschka rochen und die um jeden Zipfel Gerechtigkeit kämpften, selbst wenn ihre Seelen bereits abgewetzt waren wie die Lederjacken, die sie trugen.

»Nein. Er ist in der Schule«, antwortete Lotte tonlos. »Aber meine Mutter ist da.«

Kaum hatte Lotte zu Ende gesprochen, lugte auch schon der blonde Schopf aus der Haustür.

»Die Frau ist von der Polizei. Sie sucht Mörder. Und sie will Papa sprechen«, sagte Lotte, und Stark hörte in der zittrigen Stimme des Mädchens heraus, dass ihr Auftritt bereits erste Wirkung tat.

»Polizei?«, rief es aus den Zypressen, und Paulchen tauchte auf. Die Augen weit aufgerissen, bereit zu jedem Abenteuer. »Kommt Papa ins Gefängnis?«, fragte er aufgeregt, ohne moralische Wertung.

»Nein«, sang Daniela Koch. »Papa kommt nicht ins Gefängnis. Geht, spielt weiter.«

Die Kinder gehorchten und verschwanden in den Garten.

Daniela Koch kam zu Stark ans Tor und streckte ihr zaghaft die Hand entgegen. Sie war sich wohl unsicher, ob man das Polizisten gegenüber tat. Stark tat ihr den Gefallen und schüttelte die Hand; sie fühlte sich genauso an, wie ihre Stimme klang. Unverbindlich heiter. »Stark, Kripo Freiburg«, stellte sie sich vor. »Frau Koch?«

Die blonde Frau nickte. »Sie kommen bestimmt wegen des Mordes an Erik.«

»Mittlerweile gibt es noch zwei weitere Tote.«

»Was?«, fragte Daniela Koch, und ihre Stimme änderte sich auch hier keinen Halbton. »Wieso das? Etwa Bärbel? Maria?«

»Wie kommen Sie auf diese beiden?«, fragte Stark.

»Weil sie auch im Vorstand der Tierschützer sind. Es sind ja nur vier Vorstandsmitglieder. Und Holger lebt noch. Sie haben ja gerade nach ihm gefragt.«

»Bei den anderen beiden Toten handelt es sich um Vertreter der Gegenseite. Der Schlachthofbesitzer Ginter und der Schlachthofarbeiter Erdogan sind auf die gleiche Weise wie Erik Schwarz ermordet worden.«

»Aha.«

»Wann kommt Ihr Mann nach Hause?«

»Das weiß man nie so recht. Er hat heute Nachmittag zwar keinen Unterricht, aber er ist sehr engagiert. Er leitet die Theater-AG und ist auch zweiter Vorstand in der Volkshochschule. Aber eigentlich müsste er jede Minute kommen. Ich gehe jetzt nämlich gleich zum Volleyball, und jemand muss ja bei den Kindern sein. Wollen Sie kurz reinkommen und auf ihn warten?«

»Der Garten wäre mir lieber. Bei Ihnen darf man drin bestimmt nicht rauchen, oder?«

»Im Garten eigentlich auch nicht. Holger mag das gar nicht, wegen der Kinder. Er sagt, dass sie Partikel auch im Freien einatmen. Manchmal kann er sehr anstrengend sein.« Sie lächelte, und Stark dachte, dass Holger für Daniela wohl das größte ihrer Kinder sein musste. Ob sie ihm gegenüber genauso säuselte? Wie stritt es sich mit so einem Trallala im Gemüt?

Sie folgte Daniela Koch zwischen betont wild angelegten Frühjahrsstauden hindurch auf die Terrasse. Als die Kinder sie kommen sahen, verzogen sie sich ans Ende des Gartens in eine Blockhütte. Stark war sich sicher, dass sie hinter den bunten Vorhängen des kleinen Fensters kiebitzten und gespannt darauf warteten, ob sie gleich mit ihrer Pistole in die Luft ballern würde. Am liebsten hätte sie es getan. Einfach um einen anderen Ton als diesen sphärischen Liebreiz aus Daniela Kochs Stimme zu locken. Oder sollte sie die Gute einfach mal ordentlich durchschütteln? Nein, das würde nur Ärger geben und nicht nachhaltig helfen.

»Wollen Sie etwas trinken?«, fragte Daniela, wies auf einen Gartenstuhl und setzte sich selbst ebenfalls an den Tisch.

Stark schüttelte den Kopf und kramte ihre Zigarettenpackung heraus. Sie schob sich eine Zigarette zwischen die Lippen und steckte sie an.

»Warten Sie, ich hole einen Aschenbecher«, sagte Daniela, und Stark schien es, als hätte sie eine Veränderung in ihrer Stimme wahrgenommen. Etwas Raues hatte da eben mitgeschwungen.

Daniela war bereits aufgesprungen und im Haus verschwunden. Stark rauchte und blies eine weiße Wolke in den blauen Nachmittagshimmel. Idyllisch. So konnte man leben. Die Asche an der Zigarette wurde länger. Sie würde halten, bis Daniela mit dem Aschenbecher zurückkam. Aber wo blieb sie? Vermutlich war es nicht einfach, einen Aschenbecher in einem Nichtraucherhaushalt aufzutreiben, aber irgendein Schälchen, aus dem der Hund fraß, würde es auch tun. Oder ein Blumentopf. Es standen ja genügend davon herum.

Daniela kam nicht.

Stark aschte auf die Wiese und ging ins Haus. Es störte sie nicht, dass sie hierdrin weiterqualmte. »Frau Koch?«, rief sie durch das Wohnzimmer in die Küche hinein.

Keine Antwort.

»Frau Koch?«, rief Stark jetzt lauter und überlegte, ob sie ein Auto hatte wegfahren hören. Aber es war ruhig gewesen, als sie im Garten gewartet hatte.

Sie stieg die Stufen empor, die ins obere Stockwerk führten. Wieder rief sie nach Daniela Koch. Wieder bekam sie keine Antwort. Sie durchkämmte das Schlafzimmer, die beiden Kinderzimmer, das Arbeitszimmer und stand dann vor einer Tür, die sich nicht öffnen ließ. Dahinter plätscherte Badewasser.

Sie ahnte es. Die plötzliche Veränderung in Danielas Stimme hätte sie warnen müssen.

Mit Schwung warf sie sich gegen die Badezimmertür. Sie gab nicht nach.

»Daniela! Machen Sie auf. Tun Sie es nicht! Denken Sie an Ihre Kinder!«, schrie sie, und sie wusste, dass diese Phrasen niemanden davon abhalten konnten, seinen Weg in die Finsternis zu gehen. Erneut schmiss sie ihren Körper gegen die Tür. Und noch einmal. Mit jedem Versuch wurde sie verzweifelter. Sie hasste die Filme, in denen so einfach ein Türstock herausbrach. Bei ihr hatte es noch nie geklappt. Und dennoch warf sie sich noch mal dagegen, dass ihre Schulter schmerzte. Ohne Ergebnis.

Ein letzter Versuch. Auch er brachte nichts.

»Daniela! Machen Sie es nicht! Das hilft keinem!« Sie zog die Walther und entsicherte sie. Sie zielte und schoss. Das Schloss barst, und sie hörte die Kinder schreien. Jetzt hatte sie Lotte wirklich erschreckt. Aber jetzt hatte sie es nicht gewollt. So einen Schock wünschte sie keinem Kind.

»Was ist hier los? Was machen Sie hier?«, fragte eine männliche Stimme hinter ihr.

Stark fuhr herum und vermutete Holger Koch vor sich, flankiert von Paulchen und Lotte.

»Ihre Frau ist da drin. Sie hat abgeschlossen. Deswegen habe ich die Tür aufgeschossen.«

»Geht runter«, befahl Koch den beiden Kindern. »Geht runter! Hört ihr schlecht?« Die Kinder zuckten zusammen. Den energischen Ton kannten sie wohl nicht. Paulchen fing an zu weinen und rührte sich nicht vom Fleck. »Nimm ihn mit!«, schrie Koch Lotte an. Sie griff ihren kleinen Bruder an der Hand und zerrte ihn die Treppe hinunter.

Stark steckte die Walther ein und drückte die Badezimmertür auf. Daniela Koch lag mit aufgeschlitzten Pulsadern in der Wanne. Auf den Fliesen ein Medikamentendöschen. Einige Pillen waren auf dem Boden verstreut, der Rest befand sich vermutlich in Danielas Magen. Donormyl, die derzeit wohl stärksten Schlaftabletten auf dem Markt. Stark kannte sie. Sie hatten ihr in der Zeit nach Schewtschenkos Tod geholfen, die eine oder andere Nacht durchzuschlafen.

***

Killian stellte seinen Defender auf dem Parkplatz vor dem Polizeirevier ab und stieg aus dem Wagen.

»Dass ich des noch erlebe darf!«, rief eine Stimme hinter ihm, die Killian als die Wagners erkannte.

Belledins ehemaliger Assistent balancierte einen Stapel Ordner unter dem Kinn. »Was machsch du denn hier? Wieder im Chef seine Arbeit? Vorsicht, des mag er gar nicht. Aber da erzähl ich dir nichts Neues.« Er lachte, und der Stapel unter seinem zitternden Kinn begann bedrohlich zu wackeln. »Ich bin jetzt im Archiv. Wird alles digitalisiert. Die Ordner hier, die kannsch bald verbrenne. Aber ich würd sie trotzdem behalten. Ich trau dem digitalen Zauber nit. Ein Wurm, und alles isch weg. Stell dir vor, die hätte die Bibel nur als Datenträger verbreitet.«

»Die Mission wäre schneller und mit weniger Blut vor sich gegangen«, sagte Killian.

»Schneller, des glaub ich gern. Aber weniger Blut? Du weisch doch am beschte, dass Blut gerade durch die Digitalisierung noch mehr fließt. Weil's weiter weg isch. Es genügt ein Mausklick, um irgendwo ä Bombe in d' Luft zu jage. Das isch wie beim Fleischesse. Wenn die Leut selber metzgern müsste, dann würde sie gar nicht so viel Fleisch esse. Glaub mir, Killian, das Digitale isch der Anfang vom Ende. Auch in der Fotografie.« Er nickte bekräftigend, die Kopfbewegung übertrug sich auf die Ordner, aber keiner davon wagte es, auszubrechen und den Stapel zum Zusammenbruch zu zwingen.

»Der Chef isch obe. Aber ich warn dich. Er isch nit besonders gut drauf. Drei Tote und noch nichts Handfeschtes.« Wagner zuckte mit den Schultern. »Mich kratzt des nimmer. Ich reiß mir keinen mehr aus.« Er starrte über den obersten Ordner auf den Pflasterstein des Parkplatzes. Dann sah er wieder zu Killian hoch. »Du siehsch übrigens scheiße aus. Solltescht vielleicht auch mal die Abteilung wechseln. Man sieht sich.« Damit ließ er Killian stehen.

Belledin drehte die CD in seinen Händen und sah Killian skeptisch an.

»Wir hatten bereits einen USB-Stick, aus Schwarz' Wohnung. Hat mir nur den Computer lahmgelegt, mehr nicht. Und die Experten haben noch nicht einmal was Brauchbares darauf gefunden.«

»Ich kann die Scheibe auch wieder mitnehmen.« Killian griff danach, Belledin zog flink seine Finger zurück.

»Und du hast noch nicht reingeguckt?«

»Nein. Ich dachte, das sei Sache der Polizei. Aber ich bin gerne mit dabei, wenn du sie öffnest.«

»Wieso?«

»Damit ich Bärbel Bescheid sagen kann. Sie sitzt auf Kohlen.«

»Ich auch. Schau dir das an!« Belledin deutete mit der Linken zur Magnettafel. »Das ist der Stand der bisherigen Ermittlungen. Egal, welchen Faden ich aufnehme, irgendwo reißt er immer wieder ab oder schlingt sich zum Doppelknoten.«

Killian sah auf das Assoziationsgebilde und versuchte die Informationen, die er bislang besaß, mit denen auf der Magnettafel abzugleichen. Belledin ließ ihm jedoch keine Zeit, sondern stürmte in seinem angeheizten Ton weiter.

»Und dann habe ich hier zwei Gestalten in allernächster Nähe um mich, die überqualifiziert sind und denen ich keinen Meter über den Weg traue.«

Killian warf unschuldig die Stirn in Falten.

»Diesen Dackelblick kannst du dir sparen. Den haben schon ganz andere versucht. Vergebens, kann ich dir da nur sagen. Vergebens.«

»Was willst du?«, fragte Killian, nun ebenfalls gereizt.

»Ich will, dass du mir sagst, ob die ganze Geschichte etwas hat, was das BKA interessiert! Wäre schließlich nicht das erste Mal, dass du mir ungefragt dazwischenfunkst. Oder hast du Popescu bereits vergessen?«

Killian hatte Popescu nicht vergessen. Ein rumänischer Pate, der hinter den Plänen eines dubiosen Regenmachers her gewesen war und der schon lange als international gesuchter Verbrecher auf den Steckbriefen gestanden hatte. Moshe hatte damals ebenfalls Interesse an ihm bekundet. Killian hatte ihm Popescu daraufhin geliefert. Offiziell wusste niemand, dass der Rumäne in den Händen des Mossad war. Auch Belledin nicht. Man hatte Popescu einige Wochen später in einem Hotelzimmer in Istanbul erhängt aufgefunden. Er hatte Selbstmord begangen, hieß es.

Aber diesmal hatte er seine Finger in keinem globalen politischen Spielchen. Er war nur Bärbel zuliebe in den Schlachthof gegangen. Er hatte Fotos gemacht und ihr ausgehändigt. Hätten ihn Gotthard und Spiegelhalter nicht zusammengeschlagen, er hätte überhaupt keinen Ehrgeiz, mehr über die Angelegenheit zu erfahren. Und nun war Bärbel auch noch mit dieser CD gekommen.

»Ich habe Popescu nicht vergessen«, sagte Killian. »Aber Popescu war eine andere Dimension. Hier gibt es keine Hinweise auf internationale Verflechtungen.«

»Es reicht mir schon überregionales Interesse!«

Killian strich sich genervt mit der Hand über den kurz getrimmten Schädel. »Wenn ich auf deine Tafel sehe, entdecke ich nichts, was darauf schließen ließe. Der einzige überregionale Hinweis kommt aus Frankfurt und Heppenheim.«

»Was?« Belledin blickte irritiert zwischen Killian und der Magnettafel hin und her. »Wieso?«

»Schwarz war mal Hooligan der Eintracht und Lehrer in Heppenheim. Hessen. Steht hier«, sagte Killian. »Also, was ist jetzt mit der CD? Wenn sie dich nicht interessiert, nehme ich sie wieder mit.«

»Die bleibt hier! Und du lässt ab jetzt deine Finger aus dem Fall. Wenn Bärbel etwas weiß, dann soll sie sich gefälligst direkt an mich wenden. Haben wir uns verstanden?«

Killian nickte. »Ist mir recht. Dann habe ich mehr Zeit für meinen eigentlichen Beruf. Übrigens mach ich gerade eine Fotoserie über badische Gärten. Hat nicht deine Frau einen grünen Daumen? Wäre fein, wenn ich mich diesbezüglich mal bei ihr melden dürfte.«

»Ich warne dich. Wenn du auch nur ein Foto von meinem Eigenheim machst, krieg ich dich wegen Hausfriedensbruch!«

»Und wenn ich von Biggi bereits die Erlaubnis habe?«, fragte Killian und sah Belledin spitzbübisch an.

»Siehst du, man kann sich auf dich nicht verlassen!«, brauste Belledin auf, dann übte er sich wieder an seinem Röntgenblick. »Hast du dir tatsächlich schon die Erlaubnis von Biggi geholt?«

Killian hätte beinahe laut losgelacht. Er hätte jetzt gelogen und Ja gesagt, nur um Belledin zu ärgern. Aber der kleine Schwindel blieb in der Schwebe, weil Stark in der Tür erschien.

»Ah, Frau Kollegin«, wandte sich Belledin ihr zu. »Haben Sie den Fall gelöst, oder kriegen wir Nachschub von der nächsten Sondereinheit?«

Er war sichtlich in Fahrt. Als Gockel war er nun doppelt gefordert. Killian war männliche Konkurrenz, Stark ein Typ Frau, bei dem man den Eindruck hatte, sich ständig wehren zu müssen, damit sie einen mit ihrer Schnoddrigkeit nicht überrollte. Da half nur blitzschnelles Austeilen.

»Ich kenne keine Sondereinheiten. Ich habe nur eine Information, die unseren Fall betrifft.«

Belledin fuhr seine Hitze runter. »Schießen Sie los.«

»Daniela Koch, die Frau des Tierschützers und Lehrers Holger Koch, hat versucht, sich in der Badewanne das Leben zu nehmen. Während ich im Haus war.«

»Was? Wie geht denn so was?«

»Ich habe ihr ein paar Fragen gestellt, dann ist sie ins Haus, um einen Aschenbecher zu holen, und kam nicht wieder. Als ich nach ihr geschaut habe, lag sie mit einer Überdosis Schlaftabletten und aufgeschlitzten Pulsadern in der Wanne.«

»Was haben Sie sie gefragt?«

»Nichts. Ich wollte ihren Mann sprechen, das war alles. Ich kam gar nicht dazu, meine Fragen zu stellen.«

»Meinen Sie, sie hatte Angst vor diesen kommenden Fragen?«, fragte Belledin.

Stark zuckte mit den Schultern.

Belledin ärgerte sich. »Sie kann der Schlüssel zu dem Ganzen sein. Sie war auch in Schwarz' Wohnung, als ich dort niedergeschlagen wurde. Und Sie bringen sie fast um! Sie sind ein Trampel, Stark. Feingefühl, das geht Ihnen wohl völlig ab. Ist sie vernehmungsfähig?«

»Noch nicht. Sie haben ihr den Magen ausgepumpt, sie schläft aber noch.«

»Dann sollten wir uns ihrem Mann widmen. Haben Sie ihn verhört? Was sagt er zu der Angelegenheit?«

Stark senkte den Blick.

»Nun?«

»Ich habe ihn nicht verhört. Ich fand es nicht den richtigen Zeitpunkt. Die Kinder waren auch noch da. So ein Trampel wollte ich dann doch nicht sein.«

»Natürlich. Schneller eine Ausrede als eine Maus ein Loch! Sie bringen mich zur Weißglut. Wie soll da einer wissen, woran er mit Ihnen ist. Sie springen wie Quecksilber. Mal agieren Sie wie eine Anfängerin, dann brillieren Sie in Nikita-Manier und prahlen mit Querverbindungen.«

»Querverbindungen?«

»Querverbindungen. Leute wie Sie haben immer Querverbindungen. Je weiter einer nach oben klettert, umso mehr hat er sich querverbunden. Das bleibt nicht aus. Und selbst wenn er es nicht absichtlich tut, geschieht es einfach. Es querverbindet sich sozusagen. Verstanden?«

Stark sah an Belledin vorbei auf die Magnettafel.

»Was halten Sie davon, wenn wir darauf mal Querverbindungen ziehen?«, fragte sie abwesend.

Belledin drehte sich zur Tafel um und beruhigte sich. Auch Killian, der dem Dialog zwischen den beiden amüsiert zugehört hatte, sah jetzt auf die Tafel.

»Darf ich noch etwas ergänzen?«, fragte er.

Stark und Belledin sahen ihn an.

»Nur zu. Vielleicht gibt uns der große Meister sogar noch Unterricht? Einen Zeigestock haben wir leider nicht im Haus.« Belledin konnte sein Gefieder nicht abstreifen.

Killian steuerte an ihm vorbei auf die Tafel zu und griff sich den roten Filzstift, der in der Tafelrinne lag. Er stellte sich extra so hin, dass er Belledin die Sicht verdeckte, während er schrieb. Dafür konnte Stark sehen, was er notierte. Er blieb auch noch so stehen, als er bereits zu Ende geschrieben hatte. Belledin musste das fuchsen. Vor allem weil Stark angesichts der neuen Information bereits zu kombinieren begann.

»Isch dei Vadder Glaser?«, brummte Belledin.

Killian drehte sich um und trat mit unschuldigem Blick einen Schritt beiseite.

»Gotthard, Britta, Unbekannter, Fotos«, las Belledin laut, dann sah er zu Killian. »Erklärung? Oder soll ich mir daraus jetzt einen Kurzkrimi schreiben?«

»Als ich meinen Wagen gestern am Schlachthof abholen wollte, habe ich hinter dem Fenster des Büros Britta Vogt mit einem großen Mann sprechen sehen. Ich habe meinen Apparat gezückt und ein paar Fotos davon geschossen.«

»Wo sind die Fotos? Warum habe ich die noch nicht?«

»Weil Gotthard sie mir abgenommen hat. Er hat im Wagen gesessen und mir ein Messer an die Kehle gedrückt.«

»Und dann?«

»Dann ist ein anderer Wagen gekommen, in den Gotthard eingestiegen ist. Und Britta und der Unbekannte waren nicht mehr im Büro. Ich schätze, dass sie in dem Wagen saßen.«

»Was für ein Wagen? Hast du ein Kennzeichen?«

»Roter Toyota Cruiser mit Tübinger Nummer.« Killian nannte die Buchstaben-Ziffern-Kombination.

Belledin schob den Unterkiefer von rechts nach links und wieder zurück. »Warum kriege ich die Information erst jetzt? Es läuft bereits eine Fahndung nach den beiden Vogts. Aschenbrenner!«, schrie er und verließ schnaubend das Büro.

Stark und Killian sahen sich an. Sie versuchten beide, die gestrige Nacht nicht zwischen sich flackern zu lassen. Es gelang nicht. Stark senkte den Blick auf den Schreibtisch. Er verfing sich auf der CD.

»Die habe ich mitgebracht. Bärbel Engler hat sie mir gegeben. Sie war ihr von Schwarz ins Lehrerfach gelegt worden. Vielleicht ist was Wichtiges drauf.«

Stark nahm sie und sah wieder zu Killian. Er hielt ihrem Blick stand. Viel zu lange.

Belledin kam ins Büro zurück. »So, die Fahndung nach dem Wagen ist draußen.«

»Falls Sie die CD aufkriegen – es würde mich interessieren, wenn ein paar gute Songs darauf wären.« Er lächelte und hoffte, dass Stark die Einladung verstanden hatte. Dann verließ er das Büro.

»Der Kerl kostet Nerven. Immer wieder. Seien Sie froh, dass Sie mit dem nichts zu tun haben. Versuchen Sie es erst gar nicht. Er bringt Unglück«, sagte Belledin und hob warnend den Zeigefinger.

»Wieso bringt er Unglück?«, fragte Stark.

»Wir beide haben zusammen nicht so viele Tote gesehen wie Killian an einem Tag. Er zieht den Tod an, bleibt aber selbst ungeschoren. Dafür sterben die Leute um ihn herum wie die Fliegen. Sie glauben mir nicht, was? Meinetwegen. Ich habe Sie gewarnt.«

Er zeigte mit seinem fleischigen Finger auf die CD, die Killian auf dem Schreibtisch zurückgelassen hatte. »Wenn Sie darauf etwas finden, hat ihn das gar nichts anzugehen. Er hat nichts mit dem Fall zu tun. Es sei denn –« Belledin unterbrach sich selbst.

»Es sei denn?«, fragte Stark.

Belledin sah zu ihr auf. »Nichts. Gar nichts. Es geht ihn nichts an.« Er versuchte krampfhaft, in Arbeitsstimmung zu kommen, starrte verbissen auf die überfüllte Tafel. »Und wo schreiben wir den Selbstmordversuch jetzt hin? Wo ist denn da noch Platz?«

»Vielleicht hier?« Stark nahm den roten Filzstift und schrieb »Daniela Koch – Selbstmordversuch« in die Lücke, die noch neben »Frankfurter Hooligans« und »Birkenwaldschule Heppenheim« übrig geblieben war.

»Das macht dort ja überhaupt keinen Sinn.« Belledin nahm ihr den Stift aus der Hand und zog einen geschlängelten Pfeil von Daniela Koch an den übrigen Clustern vorbei zu den Tierschützern. Dann ging er einen Schritt zurück und besah sich das Knäuel in der Hoffnung, der Abstand würde ihm eine Eingebung schenken. Dem war nicht so.

»Knacken Sie jetzt die CD?«

»Vorher wollte ich noch mal zu Saier. Sein Alibi für den Mord an Schwarz ist sehr dünn. Ich möchte seine Lebensgefährtin fragen, wo er war, als Ginter und Erdogan getötet wurden.«

»Gute Idee. Ich werde mich mal um Erdogans Angehörigen kümmern. Vielleicht wissen die, was er getrieben hat. Die wohnen in Breisach. Auf der Tour gehe ich dann auch noch gleich bei den Bleichenwangs vorbei.« Belledin ging aus dem Büro. Stark folgte ihm auf den Gang.

»Bleichenwangs?«

»Söhne des alten Chemielehrers Köhler. Wagner hat mir eine Akte zusammengestellt über die Gruppe, die im Verdacht steht, die Fensterscheiben der Metzgereien zu demolieren. Die Bleichenwangs gehören dazu. Ich werde ihnen mal auf den Zahn fühlen.« Belledin spürte, dass Stark unruhig von einem Bein aufs andere wankte.

»Müssen Sie auf Toilette?«, fragte er.

»Nein. Aber eine rauchen. Frau Aschenbrenner mag es nicht so gern vor ihrem Büro, hab ich recht?«

Aschenbrenner hob noch nicht einmal den Kopf hinter ihrem Bildschirm.

Stark nickte Belledin zu und ging. Kaum war sie fort, lugte Aschenbrenner hinter dem Rechner vor und holte Luft, um etwas zu sagen. Belledin kam ihr zuvor.

»Und? Schon was wegen dem Cruiser oder von den Vogts?«

»Nein.«

»Rufen Sie mich sofort an, wenn Sie was hören.« Er ging in sein Büro, schnappte sich Trench und Hut und machte sich auf den Weg.

★★★

Bärbel hatte ihm zweimal auf die Mailbox gesprochen, der Selbstmordversuch von Daniela Koch war der neueste Tratsch. Während Killian die Nachrichten abhörte, begann das Handy zu läuten. Es war wieder Bärbel. Er nahm den Anruf entgegen und lenkte den Defender durch die March in Richtung Kaiserstuhl.

»Klar kannst du vorbeikommen. In einer halben Stunde bin ich daheim.« Er legte das Handy auf den Beifahrersitz und suchte im Handschuhfach nach einer Zigarette. Fehlanzeige. Es gab nur Tabak und Blättchen. Aber Lucky Luke drehte auch mit einer Hand. Killian ging es an und beäugte das Gebilde, das beim ersten Versuch herauskam: ein krummer Hund, aber er war es wert, dass man ihn paffte. Er hätte jetzt gerne Streichhölzer aus echtem Schwefel gehabt, die man sich am Stiefel anzünden konnte. Stark kam ihm in den Sinn. Sie hatte sicher solche Schwefelzünder. Überhaupt hatte sie alles, was ein Cowboy brauchte. Das musste Belledin verrückt machen, sah er sich doch selbst gerne in der Rolle des Südstaaten-Marshalls. Und nun hatte er einen weiblichen Clint neben sich. Killian lachte durch die Nase und blies dabei den Rauch seines krummen Hundes gegen die Windschutzscheibe.

Lieber würde er sich jetzt mit Stark treffen als mit Bärbel. Er drehte den Rückspiegel zu sich und schob den Hemdkragen beiseite. Der Knutschfleck, den sie ihm verpasst hatte, war auf dem Höhepunkt seiner Farbenpracht angelangt. Das forderte Revanche. Vielleicht würde er sie bekommen.

Ein Auto überholte ihn auf der Landstraße zwischen Neuershausen und Bötzingen und zwang ihn zum Abbremsen. Killian erkannte den Wagen und das Tübinger Kennzeichen. Er riss den Defender über den Grünstreifen auf den Fahrradweg und brachte ihn zum Stehen.

Zwei Männer sprangen aus dem Wagen und rissen die Fahrertür des Defenders auf, beide trugen Strumpfmasken.

Killian verpasste dem Größeren direkt einen Faustschlag auf

die Nase und versuchte ihm die Strumpfmaske vom Gesicht zu reißen, scheiterte aber. Dafür verpasste er dem Kerl einen zweiten Kinnhaken, den der aber wegsteckte, als hätte ihn bloß eine Schnake gestochen.

Der andere Maskierte drängte vor, die Eisenstange schwingend, die er in Händen hielt.

Killian zog den Kopf zurück und hörte, wie das Eisen auf das Blech seines Defenders krachte.

»Lass die Maske ruhig auf, Gotthard, damit ich deinen Schweinskopf nicht ertragen muss«, rief Killian. Er wusste, dass er den kleinen Metzger damit provozierte. Gleich würde er wieder ausholen. Diesmal unkontrollierter. Killian musste den richtigen Moment abpassen. Dann, wenn Gotthard mit dem Schlag bereits in der Abwärtsbewegung war.

Jetzt.

Killian stieß sich von der Fahrertür ab, packte den Kräftigen und brachte ihn mit dem Schwung seines Sprunges in die Position, die dieser selbst zuvor eingenommen hatte. Gnadenlos ging die Eisenstange auf die Schulter des Komplizen nieder. Er schrie auf und sackte zu Boden. Gotthard stand wie gelähmt und starrte auf ihn herab. Dann schielte er zu Killian, der zum Gegenangriff ansetzte. Er schleuderte die Eisenstange, um Killians Kopf damit zu treffen, aber Killian duckte sich, und die Stange knallte an die Fahrertür des Defenders. Gotthard half dem Verletzten auf, schleppte ihn zum Wagen, verfrachtete ihn, sprang hinters Steuer und floh.

Killian kramte nach seinem Handy und rief Belledin an.

Bärbel würde sich noch gedulden müssen.

***

»Du schon wieder?« Gerlinde sah müde aus. »Heiner ist nicht da.«

Sie öffnete die Tür und schlurfte durch den Flur. Stark folgte ihr. In der Wohnung roch es wie in einer Kaffeerösterei.

»Wo ist er?«, fragte sie.

Gerlinde war bereits in der kleinen Küche und schnupperte an den frisch gemahlenen Bohnen. »Willst du auch einen? Aus Brasilien. Magenschonend.«

Stark nickte. »Wo ist Saier?«

»Bei den Mengen, die ich derzeit trinke, ist das wichtig. Sonst mache ich es nicht mehr lange. Aber ohne schaffe ich keine Zeile. Da geht es mir wie Balzac. Kennst du Balzac?«

Stark wusste, dass er ein französischer Schriftsteller gewesen war. Gelesen hatte sie allerdings nie etwas von ihm. Sie las überhaupt nicht. Sie sah gerne Filme und überflog hin und wieder eine Graphic Novel, aber das war es dann auch.

»Balzac schrieb nur nachts, mit viel Kaffee. Dann nahm er ein heißes Bad und schlief in den Tag. Ich komme weder zum Baden noch zum Schlafen. Ein Genie, dieser Balzac. Sagt die Nachwelt. Vielleicht hoffe ich auch auf die Nachwelt.«

Sie brühte das Pulver auf. Melitta-Filter. Das gab es noch.

»Ich hab keine Ahnung, wo er ist. Schon seit zwei Tagen ist er verschwunden. Dein Besuch hat ihn schwer aufgeschreckt.«

»Warum haben Sie das nicht gemeldet?«

»Warum sollte ich? Er verschwindet öfter mal. Wenn ich ihm überall hinterherrennen würde, käme ich zu gar nichts mehr. Und morgen ist schon wieder Abgabe.« Sie goss schwarzen Kaffee in zwei Porzellantassen mit Goldkante. »Zucker?«

Stark wurde ein aufgerissener Karton mit Zuckerwürfeln entgegengestreckt. Sie fingerte zwei heraus und warf sie in den Kaffee.

»Haben Sie eine Ahnung, wo er sein könnte?«, fragte sie.

»Am liebsten ist er in Parks oder kleinen Grünanlagen. In der Nähe von Spielplätzen fühlt er sich auch ganz wohl. Jetzt, wo es wieder wärmer wird, verbringt er ganze Nächte im Freien. Den Schlafsack hat er jedenfalls mitgenommen. Das habe ich überprüft.«

Sie rührte ihren Kaffee um und reichte Stark dann den Löffel. »Gibt gerade nur einen.«

Stark rührte ebenfalls und trank.

»Und?«, fragte Gerlinde. »Wie ist er?«

»Angenehm«, sagte Stark.

»Schmeckst du nichts?«

»Doch. Kaffee mit Zucker.«

»Und den Ingwer?«

Stark trank noch mal. »Ja, jetzt schmecke ich den Ingwer.«

»Ein Trick von Balzac. Er hatte ihn von einem Sizilianer. Der Ingwer schont den Magen.« Gerlinde nahm noch einen Schluck.

»Jetzt muss ich aber weiterschreiben. Du entschuldigst mich.« Sie nahm die Kaffeekanne und schlurfte aus der Küche.

»Hat Saier ein Handy, auf dem man ihn erreichen kann?«

»Oder orten über GPS?« Gerlindes Augen funkelten. »Ich kenne eure Methoden. Und er auch. Er ist vielleicht verrückt, aber nicht dumm. Wenn er nicht gefunden werden will, schafft er das auch.«

Sie verschwand in ihrer Schreibhöhle. Stark nahm noch einen Schluck Ingwerkaffee und verließ die Wohnung.

***

»Ja. Geben Sie die Fahndung nach ihm raus. Wir haben übrigens eine Spur von dem Tübinger Toyota. Killian wurde von zwei Maskierten angegriffen, die ihn mit dem Wagen verfolgt haben. Er vermutet, dass der eine Gotthard war. Den anderen konnte er keinem uns Bekannten zuordnen«, sagte Belledin und drückte die Haustür auf, deren Schloss eben per Summer geöffnet wurde. Er steckte sein Handy ein und überlegte beim Erklimmen der Treppe, ob Saier wohl ihr Mann sein konnte. Ein durchgeknallter Metzger, der bereits wegen seiner irren Blutspektakel auffällig geworden war, gäbe schon was her. Doch wie stand er mit den Opfern in Verbindung? Ginter und Erdogan kannte er vom Schlachthof. Aber Schwarz? Von den Demonstrationen vielleicht? Er würde ihn danach fragen, sobald sie ihn erwischt hätten. Jetzt hatte er noch die Bleichenwangs vor sich.

Belledin pumpte nach Luft und sah nach oben. Ein aschfahles Gesicht lugte vom Geländer auf ihn herab. Belledin kannte es gut. Es war der Horror seiner Chemie-Stunden: Fritz Köhler.

»Wer sind Sie? Was wollen Sie?«, rief Köhler durchs Treppenhaus.

Belledin fehlte der Atem. Köhler würde auf die Antwort warten müssen, bis er bei ihm oben war. Köhler hatte immer lange auf seine Antworten warten müssen. Wenn sie überhaupt gekommen waren. Noch ein halbes Stockwerk, dann standen sie sich gegenüber.

Köhler trug eine abgewetzte Cordhose, ein helles kariertes Hemd und eine hellbraune Strickjacke. Seine Füße steckten in jägergrünen Filzpantoffeln. Die Gläser der Brille waren dicker geworden, die weißen Haare dünner. Er schien Belledin nicht zu erkennen. Kein Wunder, hatte er ihn doch schon zu Schulzeiten nie richtig angesehen.

»Ich bin gut versichert«, sagte Köhler und drehte sich von Belledin weg, um in der Wohnung zu verschwinden.

»Auch Haftpflicht für Ihre beiden Söhne?«, fragte Belledin, und sein Unterton stach Köhler in den Rücken.

Er drehte sich um und musterte ihn. Belledin machte es ihm einfach und zückte den Dienstausweis. Köhler nahm ihn unter die Lupe und lachte laut, wobei er große gelbe Zähne zeigte.

»Belledin.« Er schüttelte den Kopf. »Ich fass es nicht. Kommissar Belledin. Wer hätte das einmal gedacht?« Er gab den Ausweis zurück. »Aber man muss sich ja nur mal umgucken, wer heute an welche Posten kommt. Da wundert einen gar nichts mehr.«

»Immerhin wird noch verhindert, dass nicht alle an ihre ersehnten Posten kommen. Oder sind Sie etwa doch schon heimlich auf dem Weg zum Ministerpräsidenten?« Belledin spielte auf die politischen Ambitionen an, die Köhler finanziell ruiniert hatten. Die christlich-ökologische Partei, die er einst gegründet hatte, hatte ihn Haus und Hof gekostet. Dafür war er mit Hohn und Spott überreich beschenkt worden. Der einstige Spross reicher Gutsherren wohnte jetzt in einer Drei-Zimmer-Wohnung in der Neutorstraße. Allein. Ohne Frau. Nur mit den beiden Söhnen, wegen denen Belledin nun hier war. Wagner hatte ihn gut mit Material versorgt. Auch dass Köhler und Schwarz gemeinsam Vorträge gehalten hatten, war vermerkt. Da konnte Belledin ansetzen.

»Schadenfreude ist das niedrigste aller Laster.« Köhler verzog verächtlich den Mund.

»Wie standen Sie zu Erik Schwarz?«

»Guter Mann. Verdammt guter Mann. Der hätte es weit bringen können. Konsequent in seinen Ansichten. Aber das haben wohl auch seine Gegner gerochen. Immerhin ist ihm meine Schmach erspart geblieben. Mich hat nämlich damals auch nicht der Wähler kaltgestellt, sondern die Intrigen der politischen Gegner. Aber das glaubt ja keiner. Wenn ich sagen würde, warum ich wirklich nicht dorthin gelangen konnte, wohin ich wollte – man hielte mich für verrückt.«

»Verschwörungstheorien?«

»Leck mich am Arsch, Belledin.«

Belledin schluckte es. Er genoss es, den alten Pauker nach Ausreden für sein politisches Versagen suchen zu sehen. Wie viele Ausreden hatte sich Belledin einst aus den Fingern gesogen, wenn er mal wieder die Antwort auf irgendeine absurde Frage nicht parat hatte. *Leck mich am Arsch.* Das hatte er damals oft gedacht. Und Köhler dachte es nun auch. Allerdings laut. Was sich Belledin damals nie getraut hätte. Er hatte Oberwasser. Mit der nächsten Frage würde er Köhler wieder etwas mehr unter Druck setzen.

»Ihre beiden Söhne, wo sind sie? Ich habe ein paar Fragen an sie.«

»Sie sind nicht da. Sie bereiten eine Aktion vor, die den Lobbyisten zeigen soll, dass wir uns nicht einschüchtern lassen.«

»Mit Gewalt?«

»Sagen wir: mit einem Vorgeschmack davon.«

»Sie wissen, dass das strafbar ist, was Sie hier von sich geben.«

»Ich gebe gar nichts von mir. Sie erfinden alles. Oder haben Sie Zeugen?« Köhler bleckte wieder die gelben Zähne.

»Wo sind Ihre Söhne jetzt? Sie wollen doch nicht, dass ich sie mit Blaulicht suchen lasse, oder? Denken Sie an Ihren Ruf.«

»Ich habe keinen Ruf mehr. Nur noch eine Berufung. Und die ziehe ich durch. Und meine Söhne werden mir dabei helfen.«

»Wo sind sie?«

»In der Schule. Sie geben gratis Nachhilfeunterricht in Chemie und Physik. Vielleicht sollten Sie sie tatsächlich aufsuchen. Wenn ich mich richtig erinnere, war das damals ein recht blinder Fleck bei Ihnen.« Damit ging er in seine Wohnung zurück und schlug die Tür vor Belledins Nase zu.

Belledins Genugtuung war verschwunden. Köhler hatte es geschafft, ihn genauso dumm stehen zu lassen wie früher. Nur dass jetzt keine versammelte Klasse zusah und sich ins Fäustchen lachte. Aber das Gefühl von Demütigung und Groll, das in Belledin aufstieg, war dasselbe.

***

Stark hatte die Fahndung nach Saier rausgegeben und war nach Hause gefahren. »November Rain« von Guns N' Roses heulte durch die Wohnung.

»November kann auch im Mai sein«, sagte sie zur Bierflasche, ehe sie das goldene Alupapier des Tannenzäpfles auf den Stapel der übrigen legte. Dann wandte sie sich wieder der rotwangigen Frau auf dem Etikett zu. »Alle denken, die Depression käme mit dem Novemberniesel. Blödsinn. Im November fühlen sich alle allein. Sogar die Spießer verwechseln dann ihre heimelige Melancholie mit Depression. Und die teilen sie mit all den anderen Teetrinkern und Vorweihnachtsgebäcklern. Aber die Depression, die teilt man nicht, die trägt man allein zu Grabe. Und deswegen ist der Mai auch viel unerbittlicher als der November, verstehst du? Das Frühjahr zeigt dir, dass du allein bist. Wenn all die anderen, die es nicht sind, verliebt auf den Parkbänken knutschen und gemeinsam in den Rausch torkeln. Während du danebenstehst und dich nicht einmal traust, hinzuschauen, weil dich die Welt als Voyeur und depressiven Müll entlarven könnte, dann ist das härter als zwölfmal November im Jahr. Prost.«

Sie trank und dachte an Daniela Koch. Über der Musik von Guns N' Roses hörte sie Danielas Stimme voll erzwungener Heiterkeit, die mit einem Mal zu Totengesang geworden war. Was war der Auslöser gewesen, dass sie sich im Beisein einer Polizistin hatte umbringen wollen? Was für ein Schrei sollte das gewesen sein? Was hatte Daniela nicht sagen können, dass sie es mit einem solchen Zeichen brüllen musste?

Stark hatte gleich gespürt, dass in der heilen Welt der Kochs etwas nicht stimmte. Bei jedem Pilcher-Film erging es ihr ebenso. Sie glaubte immer, gleich käme ein Mann mit einer Axt aus dem Schrank gesprungen und köpfte all die Frischverliebten, die sich im Sonnenuntergang Versprechen für die Ewigkeit gaben. Schewtschenko hatte diese Filme geliebt, deswegen hatte sie sie sich auch angesehen. Um bei ihm zu sein, um ihn besser verstehen zu können. Er hatte gewusst, dass es Kitsch war. Verlogen und unerreichbar. Aber er hatte gesagt, dass auch niemand geglaubt hätte, dass er mal in Kaviar und Champagner baden würde, als er in den Plattenbauten Moskaus um jeden Krumen Brot kämpfen musste. Kitsch war erreichbar, man musste nur bereit sein, den Preis dafür zu bezahlen. Manchmal, wenn das Schmalz der Schmonzette die Grenze des Erträglichen längst überschritten hatte, weinte Schewtschenko. Seine Tränen waren echt gewesen, ausgelöst durch die falschen der schlechten Schauspieler. Ein Paradoxon. Das Leben war voll davon. Die Bierflasche schon wieder leer.

Sie nahm keine neue Flasche aus dem Kühlschrank, sondern schob die CD, die Belledin von Killian erhalten hatte, in den Laptop. Das Laufwerk surrte, der Ventilator schnaufte, dann forderte die CD ein Passwort. Sie machte sich daran, es zu knacken.

***

Marlena saß auf dem Sockel des Brunnens vor dem Schuleingang und tippte auf ihrem Handy herum. Als sie Belledin sah, steckte sie das Handy ein.

»Ich suche die Köhler-Brüder. Sie sollen hier irgendwo Nachhilfeunterricht geben«, sagte er.

»Im Chemiesaal. Oberster Stock.«

»Den kenne ich.« Er sah sie an. »Bist du gut in Chemie?«

»Abgewählt. Hab dafür Bio-LK.«

»Verstehe. Ich hatte damals Physik. War aber auch nicht besser.«

Sie nickte und zog ihr Handy wieder raus, um weiterzuschreiben. Belledin beugte sich zu ihr runter.

»Gibt es irgendetwas, das du weißt und mir noch sagen möchtest?«

Marlena sah auf. »Deutsch-LK habe ich auch. Aber da kriegen wir jetzt eine neue Lehrerin. Weil Erik doch tot ist. Das ist scheiße. Bei Erik hatte ich meine fünfzehn Punkte sicher. Jetzt kriegen wir die Engler. Die ist zäh.«

»Dafür lebt sie noch.«

»Das stimmt allerdings. Tut mir leid, ich bin etwas neben der Kappe. Der Tod von Erik ist hart für uns.« Sie sah durch Belledin hindurch.

Er atmete schwer und ging ins Schulgebäude.

Im Chemiesaal hatte man die Bänke ausgetauscht. Belledin hätte gerne nachgesehen, ob seine Schmierereien noch das Holz der Tische zierten. Herzchen und spritzende Penisse hatten sie gekritzelt. Hin und wieder auch einen aufgeschnappten Klospruch und eine linke Parole, die sie nicht verstanden hatten. Generationen von Schülern hatten sich auf den Bänken verewigt. Man hatte sie entsorgt. Der Saal strahlte weiß. Selbst die Bleichenwangs gewannen darin Farbe.

Sie sahen irritiert von den Heften auf, als Belledin den Saal betrat. Wortlos starrte er auf die große Tafel, die das Periodensystem abbildete. Kalter Schweiß brach auf seine Stirn. Zwei verschlafene Schüler, denen der Kopf vom Formelquark zu dampfen schien, blickten fragend zu den Köhler-Brüdern. Zwei Mädchen hatten Belledin noch gar nicht bemerkt, so sehr hielt sie das Thema wohl gefangen.

»Kann ich mit euch beiden kurz allein reden?«, fragte Belledin.

Die Brüder sahen sich an. Der Kleinere von beiden nickte, der andere wandte sich zu den vier Nachhilfeschülern. »Wir machen fünf Minuten Pause.« Die vier drückten sich aus den Bänken und verschwanden.

»Was für eine Aktion plant ihr?«, fragte Belledin.

Die beiden sahen sich an und stellten sich dumm.

»Euer Vater sagte, dass ihr eine Aktion plant, die den Lobbyisten zeigen soll, was Sache ist.«

Der Größere lachte. »Unser Vater erzählt viel. Seitdem er in Pension ist, ist er dankbar für jeden Zuhörer, der ihm seine Geschichten abkauft.«

»Das klingt nicht sehr respektvoll.«

»Er ist ein Spinner«, sagte der Kleinere.

»Durch ihn haben wir alles verloren.«

»Auch den Respekt vor ihm.«

»Warum lebt ihr dann nicht bei eurer Mutter?«

Sie sahen sich an. »Weil sie tot ist.«

»Oh, das tut mir leid. Das wusste ich nicht.« Belledin blickte kurz betreten zu Boden. Aber für Pietät war jetzt keine Zeit. »Und Schwarz? Was war Schwarz für euch?«, fragte er weiter.

»Feiner Kerl. Obwohl er kein Chemiker war, hatte er Ahnung davon.«

»Hat er euch zu Gewaltaktionen angestachelt?«

»Nein. Nicht wirklich«, sagte der Kleinere und sah an Belledin vorbei.

»Was heißt das?«

»Er hat gesagt, man müsste mal was Zwingendes tun, was die Leute aufrüttelt.«

»Und ihr seid dann losgezogen und habt die Fensterscheiben der Metzgereien eingeworfen.«

»Es war vor allem Joe. Der sprang sofort darauf an. Am liebsten hätte er mehr gemacht.«

»Was heißt mehr?«

»Die Läden in die Luft gejagt.«

»Und wo ist Joe jetzt?«

»Keine Ahnung. Wahrscheinlich hängt er irgendwo ab. Seitdem er sich seine Entschuldigungen selbst schreiben kann, sieht man ihn nicht mehr so oft in der Schule.«

»Wo wohnt er, und wie heißt er mit Nachnamen?«

»In Achkarren, heißen tut er Engist.«

»Falls ihr ihn vor mir seht, sagt ihm, dass er keine Dummheiten machen soll.«

»Er wird sich Ihren Rat sicher zu Herzen nehmen«, sagte der Größere, und das zynische Lächeln erinnerte Belledin stark an das von Köhler senior.

»Und euch nehme ich mir zur Brust, falls ihr mich linken wollt. Sollte irgendetwas in Richtung Metzgereien geschehen, seid ihr dran, das verspreche ich euch.«

Sie schwiegen. Belledin sah auf die Schultafel, auf der sich chemische Formeln wie Efeu rankten. Bilder stiegen in ihm auf, wie er mit der Axt unter dem Motto der Abi-Feier die alte Tafel zertrümmerte. Er konnte die Jungen verstehen. Irgendwo musste der Lebensfrust sich Bahn brechen. Aber er durfte es nicht zulassen.

ZEHN

Bärbel wollte gerade gehen, als sie das Knattern von Killians Defender am Ende der Bruckmühlenstraße hörte.

»Tut mir leid«, sagte Killian, als er aus dem Wagen sprang und die Treppen zum Atelier hinaufstieg. »Aber jemand wollte mich wieder zu Wurst verarbeiten.«

Er öffnete die Schiebetür, ging hinein und knipste das Licht an. Bärbel folgte ihm.

»Ist aber nichts passiert. Ich bin in Ordnung. Glas Wein?«

Bärbel nickte.

Killian verschwand in der kleinen Küche und kehrte kurz darauf mit einer angebrochenen Flasche Müller-Thurgau und zwei Gläsern zurück.

»Und? Was ist auf der CD?«, fragte Bärbel.

»Ich weiß es nicht. Ich habe sie Belledin gegeben.«

»Was? Wieso das denn?«

»Weil er der Polizist ist. Und wenn Hinweise zum Mord an Schwarz darauf sind, wird er am meisten damit anfangen können.«

»Mist. Ich traue Belledin einfach nicht. Er ist Fleischfresser und hält Vegetarier für Spinner.«

»Deswegen wird er trotzdem den Mörder finden wollen.«

Killian stieß mit seinem Glas gegen Bärbels und prostete ihr beiläufig zu. Er nahm einen Schluck, hielt ihn kurz im Mund und trank. »Der ist gut. Einfach gut. Könnte das Leben nicht genauso sein wie ein schlichter Müller?«

Bärbel nippte und verzog das Gesicht. »Ist mir zu sauer.« Kein Wein der Welt hätte ihr jetzt geschmeckt. »Und jetzt erzähl. Was ist dir schon wieder passiert?«

»Zwei Maskierte haben mich überfallen. Einer davon war Gotthard, der Metzger aus dem Schlachthof. Den anderen habe ich nicht gekannt.«

»Aber dir ist nichts passiert?«

»Hätte die Eisenstange dort getroffen, wo sie treffen sollte, wäre ich jetzt tot.« Er sah Bärbel an und genoss es, dass sie jetzt ein schlechtes Gewissen hatte.

»Tut mir leid. Ich hätte dich da nicht mit reinziehen dürfen. Aber ich dachte, du bist Gefahr gewohnt. Naiv, nicht?«

»Es muss irgendetwas mit den Fotos zu tun haben, die ich geschossen habe.«

»Aber du hast sie doch nicht mehr? Oder hast du mir nur gesagt, sie hätten sie dir geklaut, weil etwas drauf ist, das ich nicht wissen soll?« Bärbel witterte Verschwörung. »Warum sonst hast du die CD an Belledin abgegeben? Da steckt doch irgendwas dahinter. Ihr wollt etwas vertuschen. Die Großen decken, hab ich recht? Ihr macht es euch einfach. Wenn man an die Großen nicht rankommt, schiebt man den Fall einfach auf die üblichen Verdächtigen. Das ist billig, Killian, sehr billig! Jetzt ist mir klar, warum du an der Front so lange überlebt hast. Weil du immer wusstest, wie du dich mit den Mächtigen arrangierst. Küsschen für die Despoten, solange sie gut zahlen, was? Und die Fotos, die du angeblich auf dem Schlachthof gemacht hast? Die wurden dir wirklich von den Metzgern wieder abgenommen? Oder haben sie einfach nur besser bezahlt als wir? Komm, sag, wie viel willst du? Zehn-, zwanzig-, hunderttausend? Das können wir natürlich nicht bringen. Tut mir leid!«

Bärbel knallte das Weinglas auf den kleinen Holztisch, der zwischen ihr und Killian stand, und keifte weiter: »Zeig mir die Fotos!«

»Ich habe sie nicht.«

»Schon vertickt? Ging aber schnell.« Bärbel sprang auf und stapfte zur Schiebetür. Dort drehte sie sich noch mal um. »Wenn du deine Alimente auf diese Art verdienst, kannst du sie dir in den Arsch schieben.« Sie riss die Tür auf und verschwand.

Killian ging ihr nach. Das tat er sonst nie. »Bärbel, bleib. Es ist so, wie ich es dir gesagt habe. Mir wurde die Kamera von einem der Metzger abgenommen. Ich weiß nicht, wo sie gerade ist.«

Bärbel sah ihn skeptisch an.

»Das ist wahr.« Er legte ihr die Hand auf die Schulter. Sie schüttelte sie ab.

»Von wem ist der Knutschfleck?«, fragte sie.

»Es gibt wichtigere Fragen, findest du nicht?«

»Natürlich. Interessiert mich auch nicht wirklich. Nur Wunderfitz.«

Killian nahm sie bei der Hand. »Kommst du noch mal rein?«

»Nur wenn du einen Roten aufmachst.«

»Merdinger Bühl?«

»Hunger habe ich auch.«

»Ich hab nur noch schwarze Schokolade.«

»Gehen wir essen?«

»Ungern.«

»Ist nicht einfach mit dir. Solltest mehr unter Menschen. Geh doch in den Musikverein. Die können eine Klarinette bestimmt gebrauchen.«

»Oder zu den Tierschützern? Da ist auch gerade wieder eine Stelle frei geworden.«

Bärbel starrte ihn an. »Wie kann man nur so geschmacklos sein. Zählt ein Menschenleben für dich denn gar nichts mehr? Bist du so abgestumpft?« Sie klatschte ihm die Hand ins Gesicht. Er packte sie am Handgelenk. Instinktiv. Und sehr fest.

»Aua. Du tust mir weh.« Bärbel versuchte, ihre Hand wegzuziehen. Killian hielt sie fest und zog sie an sich. Mindestens drei mögliche nächste Aktionen schossen ihm durchs Hirn: Arm auf den Rücken drehen und Schulter auskugeln. Direkt mit der Stirn auf ihr Nasenbein schlagen. Küssen. Er tat nichts dergleichen, sondern ließ ihr Handgelenk los.

Bärbel sah ihn entgeistert an. »Du solltest endlich in Behandlung«, sagte sie leise.

Killian reagierte nicht. Er war woanders. Bärbel ging langsam rückwärts zu ihrem Wagen und stieg ein. Der Motor sprang an, die Rücklichter färbten Killians Gesicht. Der Beetle fuhr davon, und das Rot auf Killians Gesicht wechselte zu grellem Weiß. Ein anderer Wagen, der an die Rampe gefahren kam, brachte das neue Licht.

Der Motor wurde abgestellt, die Scheinwerfer gelöscht. Killian, noch geblendet, hörte eine Autotür knallen, dann eine Stimme, die er noch nicht oft gehört hatte, die ihm aber seit Jahrhunderten vertraut klang.

»Ich habe uns Pizza mitgebracht. Und Bier. Und eine CD, die es in sich hat«, sagte sie, ging an ihm vorbei und verschwand im Atelier.

***

Belledin war kurz vor der Ortseinfahrt nach Achkarren gewesen, als ihn die Nachricht übers Handy erreicht hatte. Ein roter Toyota Cruiser mit Tübinger Kennzeichen war zwischen Bötzingen und Eichstetten von der Fahrbahn abgekommen und gegen einen Nussbaum gekracht. Er war sofort hingefahren. Den Fahrer hatten sie hinter dem Steuer herausschweißen müssen. Belledin hatte das Gesicht nur einmal gesehen, aber sofort wiedererkannt: Benedikt Ginter.

Killian hatte von zwei Angreifern gesprochen, aber außer Ginter war niemand im Wagen gewesen. Dafür hatte Spitznagel Spuren gefunden, die vom Wagen zur Landstraße führten.

Spitznagel war einfach die Beste. Sie war es auch gewesen, die Killians Fotoapparat in dem Wagen gefunden hatte.

Dreimal hatte sich Belledin bereits durch die Fotos geklickt, die Killian vom Schlachthof geschossen hatte. Beim ersten Mal hatte er die Schlachterei noch abstoßend gefunden, allmählich gewöhnte er sich jedoch daran. Man konnte sich an alles gewöhnen. Bei seiner ersten Leiche hatte er sich auch noch übergeben. Eine Prostituierte, der ihr Zuhälter die Kehle aufgeschlitzt hatte. Aus giftgrünen Augen hatte sie ihn angestarrt. Über Jahre hatte ihn dieses grelle Grün verfolgt. Und auch jetzt sah er sie wieder. Die toten Augen von Lilly Krämer. So hieß sie. Manche Namen vergaß man nie. Die erste Liebe und die erste Tote, die musste man sich merken. Die toten Schweine und Rinder hatten keine Namen. Es waren Tiere. Und Tiere tötete der Mensch, damit er überleben konnte. Aber tötete er nicht auch Menschen aus demselben Grund? Den Tätern ging es immer ums eigene Überleben. Das rechtfertigte ihre Tat. Belledin wollte das nicht gelten lassen. Nicht bei Menschen. Bei Tieren schon.

Er sah auf das Foto, das ihn an Lilly Krämer erinnerte. Eine Kuh, die ihn direkt anstarrte. Sie hatte dunkle Augen, aber sie waren ebenso rund und vorwurfsvoll wie die von Lilly.

So kam er nicht weiter. Er nahm die Kamera vom Tisch und verließ das Büro. Im Revier war es leer, er war wieder mal der Letzte. Das machte ihm nichts aus, er arbeitete gerne in Ruhe. Jetzt wollte er aber Gesellschaft. Er hoffte, dass Wagner noch im Archiv war.

Er klopfte nicht an. Wagner zuckte zusammen, als er ihn

im Türrahmen sah. In der Rechten ein Glas, in der Linken die Schnapsflasche. Er bemühte sich erst gar nicht, den Alkohol zu verstecken. Zuckte nur mit den Schultern.

»Schenkst du mir auch einen ein?«, fragte Belledin.

»Hab nur ein Glas. Auf Gäste bin ich nicht eingestellt.«

»Ich trink auch aus der Flasche.«

»So schlimm?«

Belledin nickte wortlos.

Wagner reichte ihm die Flasche. Sie prosteten sich zu und kippten einen Schluck. Belledin goss Wagner nach. Sie wiederholten die Prozedur.

»Seit wann bist du wieder dabei?«, fragte Belledin.

»Drei Wochen.«

»Scheiße. Oder?«

»Wie man's nimmt. Tut auch ganz gut.«

»Selbst gebrannt?«

Wagner lächelte stolz. »Hält im Abgang lange an.«

Belledin nahm einen Schluck und kostete nach. »Sauber.«

Er füllte Wagners Glas und leerte die Flasche.

»Ich hab noch eine«, sagte Wagner.

»Reicht. Ich muss noch was tun. Du auch.«

»Ich geh nicht mehr raus. Das kannst du vergessen. Da draußen verreck ich.«

»Und hier unten?«

»Sieht's keiner.« Er spülte den Lacher mit Schnaps die Kehle hinab.

»Ich habe hier Fotos, die Killian auf dem Schlachthof geschossen hat. Spiegelhalter, Vogt und Ginter junior sind ihm deswegen an den Kragen. Und jetzt ist Ginter tot. Ich bringe es nicht zusammen. Vielleicht entdeckst du etwas, was uns weiterbringt. Vier Augen sehen mehr als zwei.«

»Und ich sehe schon doppelt.« Wagner gefiel sich in seinem Selbstwitz.

»Machst du jetzt auf Dean Martin?«

»Eher auf Harald Juhnke.«

»Barfuß oder Lackschuh?«

»Birkenstock statt Gummistiefel.«

»Guck dir die Fotos mal an.« Er streckte Wagner den Fotoapparat entgegen. Der griff danach, bekam ihn aber nicht richtig zu fassen. Die Kamera glitt ihm aus den Fingern, schlug auf die Kante des Schreibtischs und schepperte dann auf den Steinboden. Belledin bückte sich und hob das Gerät auf. Das Display war hin. Er fingerte die Speicherkarte aus dem Schlitz und reichte sie Wagner. »Bis morgen.«

»Ich dachte, wir gucken zusammen?«

»Möchte noch jemand anders auf die Nerven gehen. So spät ist es noch nicht.« Belledin ging zur Tür.

Wagner schob die Speicherkarte in seinen Laptop und gesellte die leere Flasche zu einigen anderen, die in einer Plastiktüte lagen.

Belledin drehte sich noch einmal zu ihm um. »Und schick Killian die Fotos durchs Netz. Vielleicht entdeckt er etwas.«

»Und was ist mit der kaputten Kamera?«

»Bestimmt versichert.«

***

Earl Hines drehte sich auf dem Plattenteller. »Lover come back to me« von 1965. Killian genoss das Piano und die Zigarette, die Stark rauchte.

Stark schwieg. Sie hatte es nicht gewollt. Nicht zweimal. Aber es war passiert. Einmal konnte man durchgehen lassen. Das war unverbindlich. Aber beim zweiten Mal kannte man sich bereits. Auch wenn man versuchte, nichts zu erzählen. Irgendetwas verriet man immer von sich. Und dann war es zu spät. Sie sah ihn an. Seine Finger, die das Plattencover hielten. Jazz. Sie hörte Jazz mit ihm. Sie mochte keinen Jazz. Aber das Klimpern des Schwarzen mit der Sonnenbrille und der Zigarette im Mundwinkel, das gefiel ihr. Weil ihr der gefiel, dem diese Musik gefiel.

»Wollen wir die CD angucken?«, sagte sie und drückte die Zigarette in einer Untertasse aus.

Killian legte das Plattencover zur Seite und sah sie an. Eindringlich. Er ließ sich Zeit. Sie wich nicht aus. Es begann wieder zu kribbeln. Tiefes Schweigen.

»You are too beautiful«, sagte Killian schließlich. »Das ist die nächste Nummer auf der Platte.«

Stark wich dem Blick beschämt aus. Das konnte sie nicht ertragen. Er meinte es ernst.

Killian schien ihren Rückzug zu spüren. Nahm ihn hin. Er stand auf und hob den Plattenarm vom Teller. Stille. Er öffnete seinen Mac und schob die CD ins Laufwerk. Es surrte, eine Liste mit Namen erschien. Er sah zu ihr hinüber, die noch nackt auf dem Sofa saß und verloren ihr T-Shirt von links auf rechts drehte.

»Was sind das für Namen? Tierschützer? Schlachthofbesitzer?«, fragte er.

»Keine Ahnung.«

»Nichts in den Datenbänken gefunden?«

»Nicht in denen, auf die ich Zugriff habe.«

»Verstehe. Und du meinst, ich hätte Zugriff …?«

»Wäre ich sonst hier?«

Sie hatte bereits ihre Jeans an und stand hinter ihm. Sie roch gut, trotz oder gerade wegen des Nikotins. Er drehte sich zu ihr um. Seine Nase war auf Höhe ihres Bauchnabels. Er grub seine Nasenspitze hinein und inhalierte ihren Geruch. Sie bohrte ihm den Daumen in die Fuge zwischen Hals und Schlüsselbein. Er jaulte auf.

»Wir arbeiten jetzt«, sagte sie.

Killian wandte sich wieder dem Rechner zu und loggte sich in Moshes System ein. Er wusste, dass sie gerne gesehen hätte, welches Passwort er verwendete, aber er war zu flink und hatte sie mit einer Körperdrehung für den entscheidenden Moment außer Sicht gebracht. Er tippte die Namen von der Liste der Reihe nach ein. Moshes System würde Verbindungen herstellen, wenn es welche gab.

Aber es schien nichts zu geben. Hinter den Namen standen ordentliche Bürger. Keine Vorstrafen. Sie kamen noch nicht einmal alle aus derselben Region. Von Rostock bis Tübingen, Saarbrücken bis Dresden. Ein geheimes Netzwerk, das nicht einmal Moshe kannte?

»Wie viele sind es? Hast du sie gezählt?«, fragte Killian.

»Sechsundvierzig. Warum?«

»Könnte ein Code sein.«

»Du meinst, es geht gar nicht um die Personen hinter den Namen, sondern um eine codierte Botschaft?«

»Wäre möglich.«

»Kannst du den Code knacken?«

»Nein. Aber ich kenne Leute, die das können.«

»Wie lange dauert das?«

»Kommt darauf an, was ich ihnen als Gegenleistung biete.«

Es blinkte auf dem Bildschirm, eine grinsende Comicfigur klimperte mit den Augen.

»Ma slomcha?«, fragte die Figur.

»Tov toda.«

»Hallo, Killian, alter Freund. Hast du Langeweile?«

»Siehst gut aus, Moshe.«

»Was kann ich für dich tun?«

»Sudoku.«

»Verstehe. Löst du wieder Rätsel für den badischen Kommissar? Du vertrödelst deine Zeit. Entweder du kurierst dich, oder du kommst zu uns.«

»Das ist Teil der Kur.«

Die Figur riss den Mund auf und wieherte wie ein Pferd. Dann schüttelte sie sich und sagte: »Und nach der Kur gehen wir gemeinsam ins Dampfbad. Versprochen?«

Killian zögerte.

»Versprochen?«

»Die Kur kann diesmal länger dauern.«

»Dann wird unsere Rätselabteilung auch länger brauchen.«

»Moshe.«

»Killian.«

»Verdammt. Du bist ein elender Teppichhändler.«

»Die Welt ist ein Basar. Außerdem hast du angeklopft. Ich habe dich in Ruhe gelassen, obwohl ich dich hätte gar nicht erst fahren lassen dürfen.«

»Lass mir einfach noch ein wenig Zeit. Ich muss hier ein paar Sachen ordnen. Vor allem möchte ich Swintha sehen. Dann bin ich wieder bereit«, sagte Killian, und es ging ihm schwer von den Lippen.

»Damit kann ich gut leben. So schnell hat der Iran keine Atomwaffen.«

»Dafür habt ihr schon die neuen U-Boote.«

Die Figur bleckte die Zähne. Ein Goldzahn blitzte. »Du weißt doch. Rechtzeitig abtauchen ist alles. Schalom.« Sie verschwand mit einem Blubbergeräusch.

»Humor hat er«, sagte Stark und hörte die Mailbox ihres Handys ab.

»Ich wünschte, ich könnte ihn teilen.« Killian drehte sich zu ihr und packte sie an den Hüften. Dann steckte er seinen Kopf unter ihr Shirt und blies ihr in den Bauchnabel. Sie schlug ihm die Handkante ins Genick. Killian stöhnte und tauchte unter dem Shirt auf.

»Die Arbeit ist getan«, sagte er.

»Für mich noch nicht. Selbst wenn auf der CD die Lösung stehen sollte, kann ich nicht sicher sein, dass deine Comic-Freunde sie knacken. Außerdem gibt es noch andere Spuren in dem Fall.« Sie lauschte der Mailbox.

»Und welche?« Killian lehnte sich zurück. Er wollte sie hierbehalten. Er musste sie in ein Gespräch verwickeln. Hauptsache, sie blieb. Er wollte nicht allein sein. Nicht jetzt. Nicht nachdem er einen Menschen gerochen hatte, der ihm in seiner eigenen Krankheit so nahe war.

»Der rote Toyota hatte einen Unfall. Den Ginter junior hat es erwischt.«

»Er war der andere Maskierte?«

Stark legte das Handy weg. »Scheint so.«

»Und Gotthard?«

»Ist flüchtig.«

Es klopfte an der Tür.

»Erwartest du Besuch?«, fragte Stark.

»Vielleicht Belledin, der seine Kollegin sucht.«

Stark sah ihn erschrocken an. Sie wollte nicht, dass Belledin wusste. Außerdem war es ja auch schon wieder vorbei. Diesmal endgültig. Ein drittes Mal würde es garantiert nicht geben.

»Du brauchst ja nicht aufzumachen«, sagte sie.

»Er hat bestimmt dein Auto gesehen.«

»Verdammte Scheiße.« Sie trat gegen ihre Lederjacke, die vor dem Sofa auf dem Boden lag, dann verpasste sie Killian eine Ohrfeige.

An der Tür klopfte es wieder. »Mach auf. Ich weiß, dass du da bist.« Bärbel.

Killian rieb sich die Wange. Stark nahm seine Hand und küsste ihn auf die Stelle, die sie eben geschlagen hatte. »Tut mir leid.«

Er ließ ihre Hand los, stieg in seine Kleider und öffnete die Tür.

»Ich wollte mich entschuldigen«, sagte Bärbel. »Das war doof von mir vorhin.«

»Jetzt fehlt nur noch Belledin, dann haben sich alle heute bei mir einmal entschuldigt. Komm rein.«

Er ließ Bärbel an sich vorbei und schloss die Tür.

»Kennt ihr euch?« Er sah fragend von Bärbel zu Stark.

»Ja. Wir hatten bereits das Vergnügen. Und ihr anscheinend auch. Wenigstens ist das Rätsel um den Knutschfleck jetzt gelöst.«

Killian wollte etwas sagen, aber Bärbel kam ihm zuvor. »Keine Sorge, ich bin nicht eifersüchtig. Das ist lange her.« Sie wandte sich an Stark. »Gibt es was Neues im Fall Schwarz?«

Stark antwortete nicht. Sie warf sich ihre Lederjacke über und verließ das Atelier. Bärbel sah ihr nach.

»Ist die immer so?«

Killian hörte sie nicht. Er hörte nur, wie Starks Wagen ansprang und davonfuhr. Sie war weg. Verdammt. Dabei hätte er sie in dieser Nacht gebraucht. Einfach nur da sein, das hätte genügt. Dafür hätte er auch noch die andere Wange hingehalten. Jetzt war sie fort, dafür hatte er Bärbel an der Backe. Zorn stieg in ihm auf. Ein Gift, das Bärbel gleich abkriegen würde.

»Bist du so allein, dass du immer mich nerven musst?«

Das saß. Bärbel schluckte. Sie holte Luft, wollte wohl etwas sagen, aber schaffte es nicht. Matt sank sie aufs Sofa und stierte vor sich hin.

Jetzt war es an Killian, sich zu entschuldigen.

***

Von Gotthard und Britta Vogt fehlte jede Spur. Sie wohnten in Endingen. Belledin hatte es den Kollegen überlassen, sich dort umzusehen. Er selbst war wieder nach Achkarren gefahren. Er wollte Joe Engist auf den Zahn fühlen. Er glaubte, dass der Grund der Morde etwas mit der Militanz der Tierschützer zu tun hatte. Aber er dachte nicht an die Metzger, sondern an innere Streitigkeiten.

Diesmal passierte er das Ortsschild ohne Unterbrechung seines Handys. Wagner hatte gesagt, dass Engist in der Schlossbergstraße wohnte, direkt neben der Achkarrer Krone.

Belledin parkte den Wagen und stieg aus. Er klingelte und wartete. Es öffnete keiner. Er wiederholte das Klingeln. Endlich öffnete eine alte Frau, die schwer gegen ihren Buckel ankämpfen musste. Gekrümmt schielte sie von unten zu Belledin hoch.

»Ja?«, schrie sie, und Belledin wusste, dass sie nicht mehr gut hörte.

»Ich will zum Joe Engist. Isch der do?«

»Ich kenn kei Joe.«

»Joachim vielliecht?«

»Häjo, dä Joachim kenn ich. Je, der isch gwachse. Ich kenn ihn noch, wie er so klei war ... so klei.« Sie zeigte mit ihren knöchrigen Fingern, wie klein Joe einst gewesen war.

»Isch er do?«

»Nei, der isch nit do. Der isch in de ›Krone‹ ... Wie dä Vadder, am Stammtisch ä große Rede schwinge. Aber uffm Feld kannsch dä Hase geh.«

»Danke vielmals. Dann guck ich mol drübe.«

Belledin grüßte und ging. Er spürte, dass die Alte ihm noch eine Weile nachsah, ehe sie die Tür schloss. Dann ging er zur »Krone«. Rein musste er gar nicht. Die Tür flog auf, und zwei kräftige Arme schleuderten einen jungen Mann heraus.

»Wenn du nüchtern bisch un emol wieder ä grade Satz rusbringsch, kannsch gern wiederkumme. Aber so lang bliebsch besser furt.« Der Schrank mit dem mächtigen Bierbauch schloss die Tür. Der Betrunkene fluchte unverständlich und rappelte sich auf.

»Joe Engist«, sagte Belledin. »Ich hab ein paar Fragen an dich.«

Joe sah zu Belledin. »Du häsch mir grad noch gefehlt«, sagte er.

»Das Du lassen wir besser.«

»Du dutzesch mich doch au.«

Belledin packte Joe am Arm und zog ihn mit sich fort.

»Aua! Des tut weh. Des därfsch du gar nit.«

Belledin verfrachtete Joe auf den Beifahrersitz seines Wagens und setzte sich daneben.

»Ich habe ein paar Fragen wegen der eingeschlagenen Fensterscheiben.«

»Rede mr jetzt Hochdeutsch?«

»Leichter zu protokollieren.«

Joe lachte. »Der war nit schlecht. Ich bleib beim Badische, wenn's recht isch.«

»Solange du mir sagst, was ich wissen will, kannst du auch Chinesisch reden.«

»Sching-Schang-Schong.« Joe fand sich sehr witzig.

Belledin packte ihn mit einer Hand hart am Hals. Joe jaulte und schnappte nach Luft. »He! Des dürfe Sie nit.«

Belledin ließ ihn los. »Das war nicht ich. Auch den ausgeschlagenen Zahn werden alle dem Wirt zuschreiben.«

»Ausgeschlagener Zahn? Der hätt mir kei Zahn ausgschlage.«

»Noch nicht.« Belledin verzog die Mundwinkel zu einem falschen Grinsen. »Wenn du keine Faxen mehr machst, mach ich auch keine.« Er zog die Brauen hoch. »Also?«

»Also was?«

»Wie lief das mit den Fensterscheiben? Und wer plant was weiter?«

»Die Aguecheeks, Marlena und ich. Mir habe die Fensterscheibe in Breisach, Ihringe, Waseweiler und Bötzinge eingworfe.«

»War das der Plan von Schwarz?«

Joe schüttelte den Kopf.

»Der alte Köhler?«

»Nein.«

»Wer?«

»Koch.«

»Der Lehrer?«

»Er hat gsagt, die reagiere nur, wenn mir härter agiere.«

»Und Schwarz?«

»War dagege. Er wollt keine Scherereie. Koch und Schwarz habe sich deswege beinah mal gschlage. Traut mer dem Koch gar nit zu, dass der so hitzig werde kann. War mir auf einmal richtig sympathisch.«

»Und Schwarz?«

»War in Ordnung. Mir hat er e wing zviel gschwätzt. Ich brauch Aktione, Theorie schläfert mich ein.«

»Warum hat dich der Wirt rausgeworfen?«

Joe lachte dreckig. »Weil ich einem seiner Gäscht s panierte Schnitzel als Perücke auf de Kopf gsetzt hab.«

Belledin verzog keine Miene.

***

Belledin fuhr gerade auf das Wohnhaus zu, da sah er sie. Marlena, das Mädchen mit den Rasta-Zöpfen. Hatte doch etwas Gutes, wenn man auffiel. Er hatte sich rasch geduckt, als sie vor Kochs Haus auftauchte. Was machte sie dort? Hausaufgaben? Unwahrscheinlich, um die Uhrzeit. Kochs Frau lag im Krankenhaus. Belledin durfte nichts ausschließen. Was, wenn Koch etwas mit einer Schülerin hatte? Seine Frau hatte es herausgekriegt und sich deswegen umbringen wollen? Gut möglich. Aber das war nicht sein Fall. Er hatte sich um drei Morde zu kümmern. Und Koch war ein Baustein, dem er mehr Aufmerksamkeit zollen wollte. Der Streit mit Schwarz, von dem Joe erzählt hatte, konnte tiefere Wurzeln ziehen und vielleicht ein Motiv für einen Mord sein.

Er wartete noch einige Augenblicke, dann stieg er aus und läutete an. Koch öffnete.

»Belledin, Kripo Freiburg.« Er zeigte seinen Ausweis. »Darf ich reinkommen?«

Ehe Koch etwas erwidern konnte, war Belledin schon im Haus, stiefelte an Koch vorbei, bis er im Wohnraum stand, der zur Terrasse und in den Garten führte. Auf der Treppe stand, barfuß, ein Laken um den Körper gewickelt, das Mädchen mit den Rastazöpfen. Koch lief rot an.

»Das ist Marlena. Sie schläft heute bei den Kindern. Meine Frau … Sie wissen ja.«

»Was weiß ich?«

»Sie ist im Krankenhaus. Wegen …«

»Hat sie sich wegen Marlena die Pulsadern aufgeschnitten?«

»Was? Nein! Blödsinn. Marlena ist nur hier, um auf die Kinder aufzupassen. Sie glauben doch nicht etwa …?«

»Wieso nicht? Wäre nicht das erste Mal.« Belledin bemerkte, dass Koch ins Schwitzen geriet. Vielleicht würde er gleich zusammenbrechen und alles gestehen. Den Mord an Schwarz, Ginter und

Erdogan. Oder zumindest, dass er seine Frau auf dem Gewissen hatte. Und dafür schwitzte er jetzt.

»Sag es doch endlich. Sag endlich, dass wir ein Paar sind.«

Koch sah Marlena fassungslos an. Seine Lippen bebten, er bekam kein Wort heraus. Ein kleiner Junge erschien hinter Marlena auf der Treppe.

»Papa, ich kann nicht schlafen. Mama soll wieder kommen.«

»Mama kommt wieder, Paulchen. Morgen oder übermorgen. Bald. Ganz bestimmt.« Koch ging an Marlena vorbei zu dem Jungen, nahm ihn auf den Arm und verschwand mit ihm nach oben.

»Wie lange geht das schon zwischen Ihnen und Koch?«

»Was geht Sie das an?«

»Ich bin Polizist, schon vergessen?«

»Ich kann meine Aussagen verweigern.«

»Dann wird die Sache an die große Glocke gehängt. Willst du das?«

Marlena sah an Belledin vorbei auf den Boden. »Dann wäre es endlich raus. Diese Geheimnistuerei halte ich nicht mehr aus.«

»Seit wann?«

»Seit der Zehnten.«

»Wie alt warst du da?«

Sie sah ihn an. »Zwei Jahre jünger.«

»Sechzehn.«

Sie nickte.

»Weiß es jemand von deinen Freunden?«

»Nein.«

»Hast du es keinem gesagt? So ein Geheimnis wiegt schwer. Das muss manchmal raus.«

»Es gibt doch auch Mörder, die nie jemandem gesagt haben, was sie getan haben.«

»Gibt es die?«

»Ich glaube schon.«

»Aber du bist nicht so abgebrüht. Du scheinst sogar erleichtert, dass ich es jetzt weiß.«

»Das stimmt. Ich fühle mich leichter. Hängen Sie es an die große Glocke?«

»Es kommt darauf an, was noch dahintersteckt. Koch hatte

einen Streit mit Schwarz, bei dem die beiden sich fast geprügelt haben. Tatsächlich nur wegen der militanten Steinwurfaktionen, oder steckte da mehr dahinter?«

»Verdächtigen Sie etwa Holger? Er kann Erik nicht getötet haben.«

»Wieso nicht?«

»Weil er am Dienstag die ganze Nacht mit mir zusammen war.«

»Das müsstest du vor Gericht bezeugen.«

Koch kam die Stufen herunter. »Das müssen Sie doch verstehen. Ich kann doch nicht öffentlich mit einer meiner Schülerinnen zusammen sein. Dazu noch, wenn sie minderjährig ist.«

»Ich bin nicht mehr minderjährig. Seit zwei Monaten bin ich achtzehn. Du hattest gesagt, wenn ich achtzehn wäre –«

»Ich habe gesagt, wenn das Abi vorbei ist. Das ist etwas anderes. So verliere ich meinen Job, meine Familie, meine Existenz. Kannst du das denn nicht begreifen?«

»Soll ich mir auch die Pulsschlagadern aufschlitzen? Stehst du dann zu mir?« Marlena hatte es ruhig gesagt.

Jetzt stürmte sie an Belledin vorbei und rannte die Treppen nach oben.

Koch wollte ihr nach, entschied sich dann aber anders. Er setzte sich auf einen Stuhl, der neben dem Esstisch stand, und kämpfte mit den Tränen. Belledin empfand kein Mitleid.

»Was soll ich denn tun? Ich kann mich doch nicht zerreißen.«

Er sah zu Belledin auf und erwartete eine Antwort. Belledin aber hatte Fragen.

»Wie war Ihr Verhältnis zu Erik Schwarz?«

Koch putzte sich die Nase. »Nicht besonders gut. Er war ein Besserwisser und ein Moralapostel. Manchmal glaubte er wohl schon selbst, er sei ein Heiliger. Askese, Meditieren und Kräuter fressen. Dass ein Mensch auch Schwächen haben kann, wollte er nicht verstehen.«

»Kannte er Ihre Schwächen?«

»Marlena?«

»Gibt es vielleicht noch andere Schülerinnen?«

»Was?«

»Wäre nicht das erste Mal.«

»Sie spinnen wohl.« Koch sprang auf.

»Wenn Schwarz das wusste, hatte er Sie in der Hand.«

»Sie reden Schwachsinn.«

»Hat er Sie erpresst?«

»Verlassen Sie mein Haus. Sie hören von meinem Anwalt.«

Diesen Satz hatte Belledin schon so oft gehört, wie »Morgen soll es regnen«. Er ging bei ihm in ein Ohr rein und aus dem anderen raus.

»Warum wollte sich Ihre Frau umbringen? Hat Sie von dem Verhältnis gewusst?«

»Raus. Ich habe gesagt, Sie sollen raus.« Koch wurde laut.

»Sie wecken die Kinder.« Belledin blieb hart. Gleich hatte er ihn so weit.

Marlena kam die Treppen heruntergerannt. Sie hatte sich angezogen. Ohne einen Blick auf Koch und Belledin lief sie aus dem Haus. Die Tür ließ sie offen. Koch wollte an Belledin vorbei, Marlena einfangen, aber Belledin versperrte ihm den Weg.

»Hat Ihre Frau von dem Verhältnis gewusst?« Scharf wie das Messer einer Fleischschneidemaschine schnitt Belledins Stimme.

»Daniela war schon immer gefährdet. Seit ihrer Schulzeit.«

»War sie auch eine Ihrer Schülerinnen?«

Koch schüttelte den Kopf. »Nein. Ich war nie in Heppenheim. Ich habe mit der Birkenwaldschule nichts zu tun. Ich bin kein Perverser. Ich habe mich einfach nur in Marlena verliebt, weil sie etwas Besonderes ist. Das ist eine einmalige Sache.«

»Ihre Frau war auf der Birkenwaldschule?«

Koch nickte.

»Erik Schwarz war dort mal Lehrer«, sagte Belledin.

»Was?«

»Wussten Sie das nicht?«

»Nein.«

»Wurde Ihre Frau dort missbraucht?«

»Sie sagt Nein.«

»Aber Sie glauben ihr nicht?«

»Sie ist manchmal merkwürdig. Nicht sie selbst. Depressiv. Ist doch klar, dass man denkt, da war was.«

»Vor allem, wenn man selbst was mit einer Schülerin anfängt.«

»Ich zwinge Marlena zu nichts. Ihre Noten sind durch unsere Liebe nicht besser geworden.«

»Kannten sich Schwarz und Ihre Frau?«

»Ja. Klar. Sie macht auch bei den Tierschützern mit.«

»Ich meine, ob sich Schwarz und Ihre Frau aus Heppenheim kannten?«

»Nein. Ich glaube nicht. Sie hat nie etwas gesagt. Glauben Sie etwa?«

Belledin schwante etwas. Hatte Stark ihm nicht von einer Anzeige gegen Schwarz wegen sexueller Belästigung erzählt? Hieß die Klägerin nicht auch Daniela? Ihm fiel der Nachname nicht mehr ein.

»Wie heißt Ihre Frau mit Mädchennamen.«

»Körber.«

»Nein. So hieß sie nicht«, sagte Belledin enttäuscht zu sich selbst. »Ich werde Ihre Frau darüber befragen, sobald ich zu ihr kann.«

Belledin sah erst jetzt ein Mädchen im Nachthemd auf den oberen Stufen stehen.

»Ich glaube, Ihre Tochter wartet auf Sie.«

Koch drehte sich erschrocken um. »Lotte, stehst du schon lange hier?«

Lotte schwieg.

»Komm, ich bring dich ins Bett. Morgen früh ist wieder Schule.«

Er ging die Treppe hoch, nahm sie bei der Hand und verschwand im Dunkel.

Belledin stieg in seinen Wagen und erschrak, als er Marlena auf dem Beifahrersitz entdeckte.

»Es war nicht abgeschlossen.«

»Du hast hier drin geraucht«, sagte er.

»Das Auto hat einen Aschenbecher. Es ist ausgestattet, um darin zu rauchen.«

»Es hat auch einen Schleudersitz.«

Marlena lächelte leicht. »Sie sind gar nicht so ein böser Bulle, wie Sie tun.«

»So?«

»Nein. Sie kämpfen nur für Ihre Sache. Erik hat auch für seine Sache gekämpft. Aber er war nicht so gut, wie er immer getan hat. Er war ein Heuchler.«

»Inwiefern?«

»Er hat sich mit Ginter junior zusammengetan. Sie haben Gammelfleisch vertrieben. Sie können ja bei ihm mal nachfragen.«

»Ginter junior ist tot.«

»Was?«

»Autounfall. Gibt es Beweise für deine Aussage?«

»Eine CD, auf der die Namen der Strohleute stehen.«

»Wo ist die CD?«

»Keine Ahnung. Ich dachte, ich würde sie bei Schwarz in der Wohnung finden. Aber Sie haben mich beim Suchen gestört.«

Belledin strich sich über den Kopf. Die Beule war zurückgegangen, aber bei leichtem Druck spürte er sie noch immer. »Du warst das?«

»Tut mir leid. Aber ich wusste ja nicht, wer Sie sind.«

»Und wenn du es gewusst hättest?«

»Hätte ich stärker zugeschlagen.« Sie grinste. »War ein Scherz.«

»Ich kann dich deswegen anzeigen.«

»Ich weiß. Aber es war wirklich aus Angst.«

»Wie lief das mit dem Gammelfleisch?«

»Abgelaufene Ware wurde nach Polen gefahren, umetikettiert und von einer Tochterfirma, die auf Ginter junior lief, wieder eingeführt. Ein Riesengeschäft. Für Ginter und Schwarz.«

»Und warum wusstest du davon?«

»Schwarz hat es mir gesagt.«

»Warum erzählt er dir so etwas?«

»Weil er wollte, dass ich mit einsteige. Er brauchte eine vertrauenswürdige Sekretärin. Die Geschäfte liefen gut.«

»Und warum fragt er da ausgerechnet dich?«

»Weil er bei mir sicher sein konnte, dass ich nichts verrate.«

»Wegen Koch?«

»Bingo.«

»Er hat dich also erpresst. Hast du es Koch gesagt?«

»Erst nachdem Schwarz tot war.«

»Warst du auch bei Bärbel Engler in der Wohnung und hast sie durchwühlt?«

»Das war Holger. Er hatte den Schlüssel. Er dachte, die CD wäre bei ihr.«

»Was wollte er damit? Zur Polizei?«

Marlena senkte den Kopf.

»Ginter erpressen?«

»Es wäre eine Chance gewesen. Mit etwas Kohle hätten wir irgendwo neu anfangen können.« Sie sah ihn an. »Ich weiß, was Sie denken. Mann, ist die Kleine naiv. Vielleicht haben Sie recht. Aber ich liebe Holger eben.«

Sie stieg aus dem Wagen und schlug die Tür zu. Belledin startete den Motor, und die Tür öffnete sich wieder.

»Fahren Sie nach Freiburg?«, fragte sie.

»Eigentlich wollte ich direkt nach Hause. Aber ich kann auch einen Schlenker machen.«

***

Petzold hatte es wichtig gehabt. Er würde nach Freiburg kommen, wollte wissen, wo er sich mit ihr treffen konnte. Sie nannte den »Auerhahn«. Er lag bei ihr ums Eck, und sie war schon einige Male da gewesen.

Viel war nicht los in dem Laden. Lediglich drei Männer, die an verschiedenen Tischen im Raum hockten, Bier oder Wein tranken und mit ihren Handys spielten oder Pommes in Ketchup tunkten. Petzold saß am Tresen und nippte an einem Aperol. Der Wirt, ein Bulle mit rotem Schnäuzer und einem Knopf im linken Ohrläppchen, nickte Stark zu, als wäre sie seit Jahren Stammgast, und stellte ihr ein Pils auf den Tresen.

»Darf man jetzt rauchen?«, fragte sie.

»Was mach ich, wenn die Polizei kommt?«

»Sagen Sie einfach, ich sei Helmut Schmidt.«

Er lachte. »Meinsch, des glaube die?«

»Die glauben alles.« Sie legte ihren Dienstausweis auf den Tresen.

»Du kannst jetzt gehen«, sagte Petzold. Der Wirt verschwand in die Küche.

»Was gibt es?«, fragte sie. »Und wieso soll er gehen?«

»Weil wir das Lokal für heute gemietet haben.«

Sie sah sich im Raum um. Die drei Männer, die verteilt an Tischen hockten, sahen zu ihr auf. Sie kapierte. Es waren Russen. Schewtschenkos Erben. Oder die, die es werden wollten. Sie versuchte, ruhig zu bleiben. Einer der Männer erhob sich und schloss die Tür, drehte zweimal den Schlüssel und setzte sich wieder an seinen Platz. Petzold bot ihr eine Zigarette an.

»Nimm, es könnt deine letzte sein.«

Sie nahm sie und schob sie sich zwischen die Lippen. Petzold gab ihr Feuer. Sie konnte den Moment nutzen, ihn am Handgelenk packen, die Walther ziehen und eine große Schießerei veranstalten. Stattdessen sah sie zu, wie die Flamme des Feuerzeugs erlosch und die Glut an der Zigarettenspitze glomm. Durch den ersten Rauch entdeckte sie einen Mann, der von den Toiletten in den Gastraum trat. Sie kannte die Silhouette, hatte sie studiert, verachtet, geliebt und verraten. Er war tot. Alles Einbildung. Wieder einmal ging die Phantasie mit ihr durch, verschoben sich Realitäten.

Sie kniff die Augen zusammen, zählte bis drei und öffnete sie wieder. Jetzt müsste das Lokal voll sein. Studenten sollten Dart spielen, Pärchen in den Ecken knutschen, der Wirt ein Bier nach dem anderen zapfen. Aber es blieb, wie es war. Dort hinten, am anderen Ende des Raums, stand er. Als hätte es das mit ihm explodierende Auto nie gegeben. Sein Lächeln blitzte durch das schummrige Licht. Er kam näher. Schritt um Schritt. Gleich würde er vor ihr stehen. So nah, dass sie ihn anfassen konnte. Sie wusste, dass sie tot war, noch ehe sie einen Finger krümmen konnte.

»Marina. *Kak djela?*«, sagte er. Seine Stimme war dunkel und angekratzt, nicht mehr so ölig wie früher. »Aber du bist ja nicht Marina. Du bist Polizistin. Stark. Ein passender Name. Stark machte mich schwach. Aber der Teufel hat mich gewarnt. Ich wollte es erst nicht glauben.« Er sah sie an. Mit Bernsteinaugen. Killians Augen. Wieder schloss sie die Lider. Wieder zählte sie bis drei. Und wieder stand er vor ihr. Leibhaftig. Schewtschenko.

»Unser Spiel. Die Augen zusammenkneifen, bis drei zählen und in eine andere Welt tauchen. Es funktioniert nur, wenn man wirklich liebt. Wenn man die Liebe verrät, verfliegt der Zauber.«

»Vadim. Bist du es wirklich?« Sie ließ die Zigarette fallen.

»Ich bin nicht mehr Vadim. Vadim ist in Flammen aufgegangen, nachdem sein Herz verglüht war. Jetzt heiße ich Boris, Andrej, Iwan. Und es gibt kein Herz mehr, das für jemanden schlagen könnte.«

»Mach es kurz.«

»Du willst mich wieder reinlegen. Du unterschätzt mich. Dein schneller Tod bringt mir nichts. Ich will meine fünf Tonnen zurück. Und du wirst sie mir bringen.«

»Das kann ich nicht. Ich weiß nicht, wo sie sind.«

»Du hast mich gefunden, bist in mich reingekrochen und hast mich zerstört. Wer das schafft, der findet auch fünf Tonnen Heroin. Selbst wenn man sie auf den Mond geflogen hätte.«

Stark glaubte zu sehen, wie sich Schewtschenkos Augen mit Tränen füllten. Er nickte dem Russen in der Nähe der Tür zu. Der erhob sich und drehte den Schlüssel zweimal. Dann setzte er sich wieder.

»Jetzt schließe ich die Augen und zähle bis drei. Wenn ich sie wieder aufmache, bist du weg. Aber wir sehen uns wieder. Es ist nur eine Sache zwischen dir und mir.«

Er schloss die Augen. Stark sah ihn an und ging wie ferngesteuert aus dem Lokal. Hinter ihr drehte sich der Schlüssel zweimal im Schloss.

***

»Am Bahnhof können Sie mich rauslassen.«

Belledin fuhr rechts ran.

»Danke. Gute Nacht.« Marlena stieg aus dem Wagen.

Belledin hatte sie nicht gefragt, wohin sie ging. Er wusste, dass sie in Breisach wohnte. Was tat sie nachts in Freiburg? Sie drehte sich nach ihm um. Er musste losfahren, wollte sie ihn nicht verdächtigen, dass er ihr folgte. Aber genau das beabsichtigte er. Sie war emotional angeschossen, hatte sich ihm sogar anvertraut. Aber sie hatte nicht alles gesagt. Jetzt musste sie zu jemandem, dem sie alles erzählen konnte – oder der alles wusste.

Er fuhr an und bog rechts ab, damit sie sah, dass er weg war. Unmittelbar nach der Biegung parkte er den Wagen und eilte zurück, um ihr zu folgen. Sie war weg. Verflucht. Wo konnte sie so schnell hin sein? In den Bahnhof? Wusste sie, dass er sie bluffen wollte? Sie war clever, unter ihren Rastazöpfen steckte mehr Verstand, als er ihr zugetraut hatte.

Er überquerte die Straße, betrat den Bahnhof und ließ seinen Blick einmal durch die Halle wandern. Ein paar Reisende, die auf den Nachtzug warteten, eine Handvoll Penner, die trotz des schönen Wetters ein Dach über dem Kopf bevorzugten, und eine Gruppe Jugendlicher, die mit Bierdosen den Sieg ihrer Fußballmannschaft feierten. Keine Spur von Marlena.

Sollte er noch zu den Gleisen? Vielleicht wollte sie abhauen? Er durchquerte die Halle und betrat Bahnsteig eins. Hier fuhren die Züge in die weite Welt, nach links in die Schweiz, nach rechts Richtung Norden. Der Steig war nur spärlich bevölkert, Marlena nirgends zu sehen. Belledin gab es auf. Er konnte nicht die ganze Nacht durch Freiburg streifen, um sie zu suchen. Verfluchter Idiot. Sie kannte Details über zwei der Mordopfer. Auch über das Gammelfleisch wusste sie Bescheid. Und er ließ sie entwischen. Es half nichts. Er musste eine Fahndung nach ihr rausgeben.

Er dachte an die andere Fahndung, die er laufen hatte. Gotthard und Britta Vogt. Noch immer gab es keine Spur von den beiden. Die Kollegen waren zwar in Endingen gewesen, hatten dort aber niemanden gefunden. Vielleicht würde er etwas finden. Einen Hinweis, wo sie sich versteckt hielten.

***

Sie kauerte noch immer vor den Stufen des »Auerhahn« und stierte auf den Asphalt. Hatte sie das alles eben tatsächlich erlebt? Oder war sie jetzt vollends durchgeknallt? Schewtschenko war tot. Sie hatte es mit eigenen Augen gesehen. Er war ins Auto gestiegen, hatte den Wagen gestartet, und eine Explosion hatte ihn in Flammen aufgehen lassen. Oder war das nur eine Finte gewesen, und er hatte ein Double in die Luft gejagt? Hatte das Auto über einem Gully gestanden, war ein Loch im Boden des Wagens gewesen, durch das er abgehauen war, ehe der Wagen explodierte? Schewtschenko war berühmt für seine Taschenspielertricks. Das hatte er eben bewiesen. Warum hatte er sie nicht gleich liquidiert? Warum hatte er die Nacht, in der sie ihn verraten hatte, noch mit ihr verbracht? Ihr gesagt, wie sehr er sie liebte und immer lieben würde – egal, was passierte. Gerade weil er es gewusst hatte?

Gleich musste es geschehen. Gleich musste ihr der Kopf platzen.

»Da kannsch lang warte, der macht heut nimmer auf«, sagte eine Stimme neben ihr. »Scho seit heut Mittag isch zu. Angeblich wege Krankheit geschlossen. Kommt mir spanisch vor. Ich studier hier seit fünf Jahren, der Karl war noch nie krank. Noch nit einmal Urlaub hat der gmacht.«

Stark sah auf. Es war der Student, der sie neulich hatte angraben wollen.

»Hast du Gras?«, fragte sie ihn.

»Diesmal bin ich sauber.«

»Schade. Ich hätte ein paar Züge gebrauchen können.«

Er musterte sie skeptisch. Dann grinste er. »Wenn's so isch. Ich glaub, hier hab ich doch noch ä Kleinigkeit.« Er schlug mit der Hand auf die Außenseite seiner Jackentasche.

»Dann dreh uns doch eine.«

»Isch des au keine Falle?«

»Ich stelle keine Fallen. Ich tappe rein.«

Der Student setzte sich. »Liebeskummer?«, fragte er.

Stark sah ihn an. »So kann man es auch nennen.«

»Lohnt sich nicht, *my darling*, schade um die Tränen in der Nacht«, sang er. Stark hoffte, dass sein Joint besser war als seine Stimme.

»Ich bin Hagen. Wie Hagen von Tronje. Der heimtückische Siegfried-Mörder. Scheiße, wenn du den Namen von einem Verräter mit auf den Weg kriegsch. Stell dir vor, dich tauft einer Judas.« Er drehte, während er schnatterte. Stark hoffte, dass die Kanone bald rauchte, damit Hagen sediert wurde.

»Ich hab mir schon oft überlegt, ob ich meinen Namen nit ändern soll. *Nomen est omen.* Aber ich schaff's nit. Kann mich doch nit auf einmal Siegfried oder Gunther nennen, nur weil ich kein Verräter sein will. Und ob du's glaubsch oder nit, ich hab au schon Leut verrate. Emotional. Verstehsch?« Er zündete die Tüte an und inhalierte tief, dann reichte er den Joint an Stark weiter.

***

Bärbel hatte sich auf dem Sofa zusammengerollt und schlief. Killian sah sie an und dachte an Swintha. Sie hatte viel von ihrer Mutter. Aber nur äußerlich. Vom Wesen kam sie nach ihm. Sie meldete sich nicht, wenn sie unterwegs war. Er verstand sie. Wenn man in einer anderen Welt war, vergaß man die alte gerne, auch wenn man sie liebte. Wer das konnte, war reich. Alles andere vergessen, nur den Moment leben. Er selbst schien es verlernt zu haben. Immer häufiger hing er vergangenen Bildern nach. Mit Stark konnte er den Moment leben. Sie forderte ihn ein. Sie war aber nicht hier, sondern Bärbel. Und Bärbel gehörte zur Vergangenheit.

Er nahm einen Schluck heißes Wasser und setzte sich an den Rechner. Moshe hatte sich noch nicht gemeldet. Die CD schien eine härtere Nuss zu sein. Dafür blinkte eine neue Mail in seinem Postfach. Von Wagner. Mit Anhang. Es waren seine Schlachthof-Fotos. Er öffnete sie: Gotthard, Spiegelhalter und Erdogan bei der Arbeit. Dazwischen totes Fleisch. Gehackt, zerstückelt, in Containern gestapelt. Das Rot des Blutes klebte an den Schürzen der Metzger.

Killian klickte weiter. Immer schneller. So schnell, wie sein Herz zu rasen begann beim Anblick der Täter und Opfer. Erst nachdem er dreimal durch die Serie gehetzt war, warf er sich schweißnass in den Stuhl zurück und schnappte nach Luft. Jetzt, er wollte im Jetzt sein. Aber die Vergangenheit würgte ihn. Es gab kein Jetzt ohne Geschichte. Die Vergangenheit war auch ein Jetzt, nur mit einer größeren Zeitklammer. Er lachte. Ja. So war es. Das ganze Leben ein großes Jetzt. Das musste man begreifen. Dann war man frei.

Er sah das Foto an, das er zuletzt angeklickt hatte. Es war anscheinend unbeabsichtigt entstanden. Er musste es geschossen haben, als er die Kamera verstecken wollte. Es zeigte die unteren Leisten eines Containers und viel Boden. Auf dem Container klebte ein Schild.

Killian zoomte es heran: *»Rzeźnia Kraków«*. Ein wenig Polnisch sprach er. »Metzgerei Krakau«. Ging das Fleisch nach Polen?

Er klickte weiter. Gotthard und Spiegelhalter im Gespräch. Er musste mit Gotthard reden. Wo war Gotthard? Und seine Tochter, wo war Britta Vogt?

Killian googelte Gotthards Adresse und fand sie in Endingen, Rempartstraße 7. Britta war dort ebenfalls gemeldet. Er warf sich seine Weste über und verließ das Atelier.

ELF

Stark lag auf dem Rücken. Die Matratze hing durch, als hätten Generationen von WGs sie geritten. Der Student nestelte an ihrer Hose, grunzte dabei lüstern, sah sie an und schlabberte mit der Zunge. Sie sah es durch einen dichten Schleier hindurch. Er grinste doof, zeigte Zahnfleisch und tauchte mit seinem Kopf zu ihrem Schoß hinab. Jetzt grapschte er ungeschickt an ihrer Jeans, um sie von ihren Hüften zu ziehen. Es gelang ihm nach mehreren Versuchen. Stark brauchte nur einen einzigen. Der Handkantenschlag in seinem Genick saß. Er sackte bewusstlos auf ihren Bauchnabel. Sie wälzte ihn zur Seite und zog sich die Hose hoch.

Was glaubte dieser Trottel? Dass sie mit jedem Kiffer ins Bett stieg? Noch nicht einmal das Vorspiel hätte er überstanden. Aber sie brauchte seine Bude. In ihrer Wohnung war sie nicht mehr sicher. Und auch hier hatte sie nur eine kurze Verschnaufpause, Schewtschenkos Leute waren ihr bestimmt gefolgt. Sie musste rasch weiter. Wohin? Weg. Einfach nur weg. Ins Ausland. So schnell wie möglich.

Sie brauchte neue Papiere. Eine neue Identität. Und Geld. Viel Geld. Verdammt. Woher sollte sie das nehmen? Sie konnte sich bei ihren Leuten melden und dort um Hilfe bitten. Doch die trauten ihr auch nicht über den Weg. Auch die dachten, sie wüsste, wohin die fünf Tonnen verschwunden waren. Dabei wusste sie gar nichts. Jetzt wünschte sie, dass sie es wüsste. Ihr war egal, woher das Geld käme. Keine Seite war die bessere. Überall lauerten Verräter. Petzold, das Schwein. Sie hätte es wissen müssen. Er hatte sie an Schewtschenko verraten. Vermutlich schon damals. Sie würde ihn töten. Nicht jetzt. Dafür war keine Zeit. Aber der Tag würde kommen. Sie stand allein. Keiner konnte ihr helfen. Nein, nicht ganz. Vielleicht einer. Sie hatte es gespürt. Da war mehr gewesen als nur Leidenschaft. Seine Bernsteinaugen hatten sie anders angesehen, als man einen kurzen Fick ansieht. Mit Liebe und der Sehnsucht nach mehr.

Sie würde Killian um Hilfe bitten. Er hatte Kontakte. Sie würde auch für den Mossad arbeiten. Warum nicht? Hauptsache, sie kam hier aus der Schusslinie. Schewtschenko war sie nicht gewachsen.

Sie drückte sich von der Matratze. Der Lattenrost ächzte. Der Student hörte nichts davon, er lag noch immer bewusstlos am Boden. Sie ging ans Fenster und sah auf die Straße hinab. Vierter Stock. Das Haus lag hinter dem Bahnhof. Zwei Ecken weiter befand sich ihre Wohnung. Es gab nichts, wofür sie dorthin musste. Klamotten würde sie überall finden. Habseligkeiten besaß sie keine. Ein paar CDs. Die stapelten sich in ihrem Auto.

Unter der Laterne gegenüber stand niemand. Wäre auch zu schön gewesen. Nein, sie befand sich in keinem Film. Ihr Streifen war echt. Immer gewesen. So hatte sie es gewollt. Samt beschissener Romantik, die aufschlug wie ein Blumentopf auf Pflasterstein.

Irgendwo würden seine Leute stehen und warten. Vielleicht lauerten sie sogar schon vor der Tür und lauschten, ob sie und der Student noch vögelten.

Sie trat vom Fenster zurück und streifte durch die Wohnung. Drei Zimmer. Ganz schön groß für einen Studenten. Sie fand einen Balkon und prüfte die Distanz zum Nachbarn. Etwa zwei Meter fünfzig. Das konnte sie schaffen. Sie hatte es schon oft geschafft. Im Training. Zweimal sogar im Einsatz. Da war sie noch in Form gewesen. Physisch und mental. Jetzt war sie ein Wrack.

Vorsichtig stieg sie auf das Geländer. Ihre Knie wackelten. Mit der Hand stützte sie sich am Putz der Hauswand ab und sah hinab. Das durfte man nicht. Nie. Niemals in den Abgrund blicken. Das war die Regel. Sie kannte sie. Trotzdem. Sie musste schauen. Sie sah Mülleimer. Wenn die Deckel offen standen, wäre sie gleich entsorgt. Irgendjemand würde sich aber beschweren, dass sie falsch sortiert war. Sie gehörte nicht zu den Plastikflaschen.

Sie riss den Blick hoch. Rüber zum anderen Geländer. Ihr Herz schlug hart, die Lungen rasselten. Jetzt. Sie ging in die Hocke und stieß sich ab. Schloss die Augen und griff blind. Ihre Finger umfassten das Geländer und hielten fest. Sie baumelte über dem Abgrund. Lange durfte sie nicht hängen. Diese Kraft hatte sie nicht. Sie hebelte sich mit einem Armzug hoch und klemmte ihre Füße auf das Sims des Balkons, schwang sich über das Geländer und plumpste auf der anderen Seite auf den Beton. Ihr Herz raste, ihr Leib zitterte. Geschafft. Sie ballte die Rechte zur Faust und brüllte den Triumph in sich hinein.

Die Balkontür war offen. Glück. Sie schlüpfte in das dunkle Zimmer. Jemand schnaufte, langsam und regelmäßig. Sie wollte nicht wissen, wer in dem Bett lag, huschte durch das Zimmer und gelangte in den Flur. Die Wohnung war ebenso geschnitten wie die des Studenten. Aber sie hoffte, dass sie nicht denselben Hauseingang besaßen. Sie fand die Wohnungstür und steuerte auf sie zu.

Eine Klospülung rauschte. Sie drückte sich in die Küche. Jemand schlurfte furzend durch den Flur. Er würde doch keinen Durst haben? Sie hielt den Atem an und lauschte. Der Schlurfer ging an der Küche vorbei und verschwand im Balkonzimmer. Sie hörte, wie er sich hinlegte, und schlich zur Wohnungstür. Der Schlüssel steckte im Schloss, eine Kette versperrte die rasche Flucht. Es würde Geräusche machen. Ihr blieb keine Wahl. Erst die Kette, das ging problemlos. Dann der Schlüssel. Er klemmte. Sie musste spielen. Er hakte ein, drehte sich. Einmal. Zweimal. Das Schloss sprang auf. Sie schlüpfte aus der Wohnung und zog die Tür leise hinter sich zu, dann rannte sie die Stufen hinab, so schnell sie konnte. Unten horchte sie. Der Schlurfer hatte sie nicht bemerkt. Oder er hatte Angst und wollte nichts von Einbrechern wissen. Wer wegsah, lebte länger.

Sie spähte aus dem Hauseingang. Unter der Laterne gegenüber stand noch immer niemand. Sie musste sich gedulden. Wenn sie jetzt auf die Straße ging, wäre alles umsonst.

***

Killian fuhr langsam durch die Endinger Altstadt. In der Hauptstraße, zwischen dem »Pfauen« und der Buchhandlung Vollherbst-Koch, parkte er den Defender. Es war ruhig auf den Straßen, mitten in der Nacht. Er ging zu Fuß in die Rempartstraße. Ein Neubau aus den Achtzigern, mit Vorgarten und zwei Garagen. Killian umriss die Möglichkeiten: unten durch den Keller, direkt durch die Haustür oder über die Garagen in den ersten Stock. Er entschied sich für die Garagen. Von dort gelangte er auf einen Balkon, der über die Länge des ganzen Hauses reichte. Zwischen

Geranientöpfen kletterte er über die Brüstung. Wenn Britta Vogt abgetaucht war, konnte er in Ruhe schnüffeln. Ansonsten musste er besonders leise sein.

Er suchte ein offenes Fenster und fand es. Es war klein, aber er würde durchpassen. Es musste das Klo sein. Vom Balkon aus kam er jedoch nicht direkt dran. Mit einem Spreizschritt auf dem Absatz des ersten Stocks konnte er das Sims fassen. Er zog das andere Bein nach und klebte wie ein Gecko an der Wand, dann schob er den Kopf durch das Fenster. Es war das Klo. Er drückte sich durch die Öffnung und griff mit der Rechten auf die Klobrille. Dann glitt er mit dem Körper durchs Fenster und lauschte. Stille. Von fern ein Motorrad. Im Haus war Ruhe.

Er öffnete die Tür und schlich durchs Haus, schritt Zimmer für Zimmer ab. Hier oben war niemand. Er untersuchte das Erdgeschoss. Auch hier war alles leer. Vielleicht hatten sie etwas zurückgelassen, das ihm weiterhalf.

Er fand ein Arbeitszimmer und begann die Schubladen zu durchsuchen. Nichts, was er gebrauchen konnte. Aber was konnte er gebrauchen? Etwas, das Gotthard und Britta mit dem Tod an Ginter, Erdogan und Schwarz verband. Bislang war es nur das Bolzenschussgerät gewesen. Und jetzt vielleicht noch das Foto mit dem polnischen Container. Fleisch aus Polen. Lag hier der Grund? Wäre nicht das erste Mal, dass mit verdorbenem Fleisch ein Reibach versucht wurde.

Die Schublade unter dem Schreibtisch ließ sich nicht öffnen. Killian ertastete ein Schloss. Er griff in seine Weste und zog Schließwerkzeuge heraus. Ein Dreh, und das Schloss sprang auf. Ein Bündel Hundert-Euro-Scheine und ein Foto. Darauf waren Gotthard, Ginter, Britta Vogt und ein Mann, den Killian nicht kannte, zu sehen. Er steckte das Foto ein, das Geld legte er zurück. Er war kein Dieb.

An der Eingangstür stocherte jemand im Schloss. Er fuhr herum, suchte nach Deckung und kroch unter den Schreibtisch. Der Kegel einer Taschenlampe durchschnitt den Raum. Britta Vogt konnte es nicht sein. Wenn er kein Licht machte, war der Besucher hier ebenso wenig zu Hause wie Killian. Noch ein Schnüffler?

Der Unbekannte kam näher. Killian konnte es hören. Jetzt stand er vor ihm. Die Taschenlampe leuchtete kurz auf den Boden und zeigte ein Paar braune Budapester. Killian kannte die Schuhe: Belledin.

Sollte er sich zu erkennen geben? Belledin würde am Ende noch einen Herzinfarkt kriegen oder aus Panik schießen.

Belledin zog die Schublade auf. Killian hörte, wie er das Bündel Geldscheine zwischen die Finger nahm. Würde er das Geld einstecken? So viel verdiente er als Polizist nicht. Aber er warf das Bündel zurück, Killian hörte es deutlich. Auch Belledin war kein Dieb. Die Schublade wurde zugeschoben, die Budapester traten zwei Schritte zurück, die Taschenlampe blendete Killian ins Gesicht.

»Was war noch drin?«, fragte die Stimme hinter dem Licht.

Killian hob eine Hand vor die Augen. »Darf ich rauskommen? Ist etwas unbequem hier unten.«

Belledin nahm die Lampe runter, und Killian kroch unter dem Schreibtisch hervor.

»Was hast du gefunden?«, fragte Belledin.

»Nichts.«

»Blödsinn. Die Schublade war unverschlossen, obwohl sie ein Schloss hat, und es liegen mindestens fünftausend drin.«

»Meinst du, ich hätte Geld liegen lassen?«

»Hab ich ja auch.«

»Weil du wusstest, dass ich hier bin.«

»Weil ich wusste, dass du das Geld bereits gesehen hattest.«

Killian legte das Foto auf den Tisch. Belledin leuchtete mit der Taschenlampe darauf.

»Schwarz«, sagte er. »Das ist Erik Schwarz. Beim Würstchengrillen mit den Metzgern. Wenn das keine Überraschung ist.« Er ließ sich auf den Drehstuhl sinken, der neben dem Schreibtisch stand. »Wird die Sache dadurch komplizierter oder klarer?«, fragte er mehr sich selbst als Killian. »Und das ist alles, was du hier gefunden hast?«

Killian antwortete nicht.

»Killian?«

Nichts. Belledin zielte mit der Taschenlampe in die Richtung, in der er Killian zuletzt gesehen hatte. Er war weg. Die Tür zur Terrasse stand offen, eine Gardine flatterte. Der Kerl war ihm unheimlich.

Er steckte das Foto ein und überlegte, ob er weiterstöbern sollte. Was konnte er noch finden? Die Mordwaffe. Erdogan und Ginter waren tot. Und das Foto, das Belledin in Händen hielt, zeigte, dass Gotthard auch zu Schwarz eine Verbindung gehabt hatte. Jetzt noch die Mordwaffe im Haus, dann wäre er in dem Fall einen großen Schritt weiter.

Belledin hatte keine Lust, die Bude alleine zu durchforsten. Das Foto musste reichen, um einen Durchsuchungsbeschluss zu bekommen. Zwar nicht mehr heute Abend, aber rückwirkend. Er rief Spitznagel an, die den Anruf verschlafen entgegennahm. Sie maulte nicht. In einer halben Stunde wäre sie hier.

Belledin konnte es sich solange gemütlich machen. Er legte sich auf das Sofa im Wohnzimmer und schloss die Augen. Nur zum Entspannen. Einschlafen würde er nicht.

***

Killian saß in seinem Defender und fuhr in Oberrotweil ein. Was hatte Schwarz mit Gotthard zu schaffen? Gerne hätte er das Foto Bärbel gezeigt. Schwarz mit einem Pappteller Würstchen in der Hand, im Kreis des harten Kerns der Schlachthofbelegschaft. Was würde sie dazu sagen? Sie würde ihm eine Fotomontage unterstellen. Bärbel glaubte an ihre Helden. Bis zum bitteren Ende.

Er parkte den Wagen vor dem Atelier und stieg die Stufen zur Rampe hoch. Ebenso leise, wie er bei Gotthard eingestiegen war, öffnete er die Schiebetür des Ateliers. Wieder knipste er kein Licht an, um Bärbel nicht zu wecken. Er stieß mit dem Fuß an einen Gegenstand, der sich sonst nicht dort befand. Es war der kleine Tisch, der eigentlich neben dem Sofa stand. Er streckte alle viere in die Höhe. Was war hier los?

Killian lauschte. Nur von draußen klang ein vorbeifahrendes Auto. Er knipste das Licht an. Hier hatte jemand gewühlt. Bärbel war verschwunden.

***

Sie kamen zu zweit. Einer würde bestimmt noch irgendwo sitzen und den Hauseingang beobachten. Wenn die beiden Gorillas mit dem Studenten fertig wären, würden sie Alarm schlagen. Dann würde der Dritte aus der Deckung kommen, und sie konnte agieren. Solange musste sie sich gedulden. Sie suchte nach Zigaretten. Fand keine. Also kaute sie an den Fingernägeln.

Jetzt. Dort hinten, in dem dunkelblauen BMW. Die Tür des Wagens öffnete sich. Der Fahrer stieg aus. Oleg. Schewtschenkos Leibwächter. Ihr Erzfeind. Er hatte sie vom ersten Augenblick an gehasst. Sie konnte es verstehen. Sie war Schewtschenko mehr als auf den Leib gerückt, Oleg hatte keine Chance mehr gehabt, seiner Aufgabe gerecht zu werden.

Er sah sich um. Und sie ahnte, dass er sie witterte. Schewtschenko hätte vielleicht noch Gnade mit ihr, aber Oleg nicht. Wie eine Schlange bewegte er sich vom Wagen weg und kam auf sie zu. Sie drückte sich einen Schritt zurück in den Hauseingang. Oleg war nicht dumm. Er hatte gesehen, wie sie ins andere Haus hineingegangen war. Er hatte nachgedacht und sich in ihre Situation versetzt. Gleich standen sie sich gegenüber. Sie konnte das Überraschungsmoment nutzen. Aber Oleg war nicht zu überraschen. Er war auf alles gefasst. Immer.

Sie schlüpfte ins Treppenhaus zurück. Vielleicht durch den Keller. Sie eilte die Stufen hinunter und drückte die Klinke der Kellertür. Verschlossen. Sie rannte wieder hoch. Verdammt. Wäre sie doch sofort nach oben. Jetzt musste sie Oleg begegnen. Wenn sie sich nicht beeilte, saß sie in der Falle. Sie sprintete und riss sich mit der Rechten am Geländer hoch. Es nutzte nichts. Oleg versperrte ihr am Hauseingang den Weg. Lächelte er? Nein. Adrenalin? Vielleicht. Genugtuung? Bestimmt.

Bis sie die Walther gezogen hatte, war er längst bei ihr. Also drehte sie sich um, rannte die Stufen wieder hinab und warf sich mit ihrem Fliegengewicht gegen die Kellertür. Ein Witz. Die Tür lachte, bewegte sich aber keinen Deut.

Oleg kam mit dem Gesichtsausdruck des Siegers die Stufen zu ihr herunter. Bis auf einen Meter. Vielleicht einen Tritt in die Eier?

»Denk noch nicht einmal daran«, sagte Oleg. »Ich könnte dich jetzt umlegen. Bei Fluchtversuchen scherzt Schewtschenko nicht, weißt du das nicht mehr?«

»Ihr braucht mich noch.«

»Scheint so. Jedenfalls glaubt Schewtschenko das. Also mach keine Dummheiten. Wir finden dich immer. Egal, wo.« Oleg legte ihr seine Hand an die Wange und streichelte sie. Sie ertrug es. So weit war es gekommen. Früher hätte Oleg das nie gewagt. Da hätte ein Lidschlag von ihr genügt, und Schewtschenko hätte ihn einbetoniert in den Rhein geworfen. Jetzt fuhr er ihr mit seinem hornigen Daumen über die Lippen. Die Versuchung, hineinzubeißen, schwelte. Sie tat es nicht.

Er grinste. Genoss die Erniedrigung. »Das nächste Mal bin ich nicht so zärtlich«, sagte er.

»Ich auch nicht.« Das hatte sie sich nicht verkneifen können. Dafür kassierte sie eine schallende Ohrfeige, deren Wucht sie drehte und gegen die Kellertür schmiss. Ihre Stirn schlug gegen das Metall. Abgewandt von Oleg griff sie in ihr Holster, entsicherte die Walther, schnellte herum und drückte ab. Ein Schuss genügte. Sie wollte seine Stirn treffen, verfehlte knapp, die Kugel schoss durch Olegs linkes Auge ins Hirn. Er riss den Mund auf, schwankte und stürzte auf sie zu. Sie wich aus. Sein Körper schlug auf die Stufen der Treppe und rollte zwei Stufen. Vor der Tür blieb er reglos liegen.

Sie sprang über ihn und flüchtete.

ZWÖLF

»Was soll das? Warum tust du das?« Bärbel saß gefesselt auf einem Stuhl. Holger hatte ihr das Klebeband vom Mund gerissen.

»Weil ich nichts mehr zu verlieren habe.«

Sie sah ihn an. »Hast du Erik ermordet? Aus Eifersucht? Wegen mir? Hat sich deine Frau deswegen versucht umzubringen? Weil sie hinter unser Verhältnis gekommen ist?«

Holger sah sie an, als spräche ein Marsmensch mit ihm. Er schwieg.

Bärbel errötete vor Zorn. »Mach mich los, hörst du?«

»Wo ist die CD?«

»Welche CD?«

Holger schlug ihr ins Gesicht. Bärbel erschrak mehr, als dass es sie schmerzte. »Bis du verrückt geworden?«

»Die CD.«

»Hab ich Killian gegeben.«

»Wir haben sie nicht bei ihm gefunden.«

»*Wir?* Wer ist *Wir*?«

Die Tür des Blockhauses öffnete sich. Marlena Dufner kam mit einem Mann herein, der einen Irischen Wolfshund bei sich hatte. Bärbel kannte die Rasse. Sie hatte selbst mal einen haben wollen. Kurz nachdem Swintha ausgezogen war, glaubte sie, ein Hund täte ihr gut. Sie hatte es dann doch nicht getan. Sie wäre sich unglaubwürdig vorgekommen, dem Hund Fleisch zu geben und selbst Gemüse zu essen. Der Wolfshund schnupperte an ihren gefesselten Händen.

»Braveheart, hierher«, sagte sein Herrchen. Braveheart gehorchte.

»Was hast du mit der Sache zu tun, Marlena?«, fragte Bärbel.

Marlena sagte nichts. Dafür übernahm Herrchen das Wort. »Wir haben Schwarz nicht auf dem Gewissen. Auch die anderen haben wir nicht getötet. Aber wir brauchen die CD.«

»Was ist so wichtig an ihr?«

»Das wollen Sie gar nicht wissen.«

»Doch. Genau das will ich wissen. Du machst mir keine Angst.

Marlena, ich kenne dich seit der fünften Klasse. Was soll das? Holger, ich dachte, ich würde dir etwas mehr bedeuten als eine Nummer. Und jetzt fesselst und schlägst du mich? Weshalb?«

Marlena entglitt das Gesicht. »Was? Ihr hattet etwas miteinander?«

Holger sah sie nicht an.

»Holger. Ich habe dich was gefragt!«

Er blitzte sie an. »Nichts Großartiges. Zwei-, dreimal. Einfach so. Zwischendurch.«

»Du Dreckschwein. Du hast gesagt, ich wäre die Einzige für dich!«, schrie Marlena. Braveheart knurrte. Herrchen hielt ihn am Halsband zurück.

»Marlena. Reiß dich zusammen«, sagte er. »Es geht um Wichtigeres.«

»Hör auf deinen Onkel«, sagte Holger. »Er hat recht.«

»Nein. Es gibt nichts Wichtigeres als die Liebe zwischen zwei Menschen«, rief Marlena, und es klang nach Überzeugung.

»Liebe kommt und geht«, sagte Holger. Hohl wie ein Kalenderspruch.

»Bist du wirklich so ein Schwein? Hattest du außer ihr noch andere? Andere Schülerinnen?« Marlena schluchzte auf.

»Sei still.«

»Ich will es wissen. Hattest du noch andere Schülerinnen?« Tränen liefen über ihre Wangen. Sie wischte sie mit dem Ärmel weg.

»Schaff sie raus. Ich kann sie hier jetzt nicht gebrauchen.«

Ihr Onkel nahm Marlena am Arm und zog sie aus der Hütte. »Braveheart«, sagte er. Der Hund folgte.

Holger beugte sich dicht über Bärbels Gesicht. »Die CD.«

***

Killians Handy brummte. Auf dem Display blinkte Moshes Konterfei. Killian unterbrach die Aufräumaktion und nahm den Anruf entgegen.

»Heiße Sache, in die du da wieder reingerutscht bist, mein Lieber«, sagte Moshe. »Du erzählst mir immer von Urlaub, Abschalten und Auftanken. Und dann suchst du dir kleine Kriege. Dann kannst du doch gleich bei mir bleiben.«

Killian kannte das Spielchen. Es war ein Ritual geworden. Moshe verstand es nicht, dass einer ausbrannte. Moshe brannte immer. Er musste immer brennen, weil er dort aufgewachsen war, wo er lebte. Dort loderte die Lunte. Das Brennen gehörte zu Moshe wie das Grillen zu Deutschland.

»Was hast du für mich?«

»Kinderpornos.«

»Scheiße.«

»Ist auch dabei. Alles, was du willst.«

»Und die Namen auf der CD?«

»Kunden.«

»Jemand, den man kennt? Prominenz?«

»Keine Prominenz in dem Sinn. Aber einige stehen nicht unter ihrem echten Namen auf der Liste.«

»Kannst du mir alle echten Namen schicken?«

»Klar. Wann kommst du wieder? Ich hätte da was für dich.«

Killian hatte nur darauf gewartet. Lange konnte er Moshe nicht hinhalten. Jeder Dienst erforderte einen Gegendienst. »Wenn die Sache erledigt ist, möchte ich noch nach Berlin, meine Tochter besuchen.«

»Sie ist schon längst in Berlin. Und obendrein in besten Händen.«

»Was heißt das?« Killian mochte es überhaupt nicht, wenn Moshe mehr über Swintha wusste als er selbst.

»Sie ist bei Ramelow.«

»Ramelow?«

»Ja. Sie suchte einen Job als Fotografin. Anscheinend reichen deine monatlichen Überweisungen für ihren Lebensstil nicht aus. Und da dachten wir, dass sie bei Ramelow viel lernen könnte. Zumal sie, wie du weißt, schon einmal bei ihm ein paar Wochen geschnuppert hat.«

»Weiß sie, wer Ramelow ist?«

Moshe kicherte. »Sind wir Anfänger? Sie glaubt, sie hätte sich unter Dutzenden von Bewerbern den Job ergattert.«

»Tu es nicht, Moshe. Sie ist anfällig dafür.«

»Ich weiß. Ihr Profil passt wunderbar zu uns. Und wenn du magst, kannst du ihr selbst dann noch den letzten Schliff geben.«

»Kommt nicht in Frage. Sie bleibt draußen aus dem Laden, hörst du?«

»Ist die Datei bei dir angekommen?«

»Nein.«

»Ist auf dem Weg. Schalom.« Moshes Konterfei verschwand vom Display.

Killian bahnte sich durch die Unordnung, die die Einbrecher hinterlassen hatten, und setzte sich auf sein Sofa. Das Handy behielt er in der Hand. Gleich würde es sich rühren. Und es brummte. Killian öffnete die Post. Es waren fünf Personen, die auf Schwarz' CD unter Decknamen auftauchten. Er kannte nur drei davon. Einer war ein hochrangiger Richter, der andere hieß Ginter, Schlachthofbesitzer, und der Dritte war Holger Koch.

Es ratterte in Killians Hirn. Sein Blick prüfte das Durcheinander, das die Eindringlinge hinterlassen hatten. Es sah sehr unprofessionell aus. Der Richter hätte Profis geschickt. Ginter war tot. Also blieb nur Koch übrig. Und Bärbel war weg. Koch hatte sie mitgenommen. Er wusste von der CD.

Das roch nach Erpressung. Vermutlich hatte Schwarz damit gedroht, die CD der Polizei zu geben, wenn die Jungs auf der Liste nicht nach seiner Nase tanzten. Das konnte von Geld bis zu Gefälligkeiten reichen. Jeder, der auf der Liste stand, hatte genügend Motiv, Schwarz aus dem Verkehr zu ziehen. Aber warum auch Ginter und Erdogan? Am wichtigsten aber: Wo war Bärbel?

***

Belledin schreckte hoch. Er stierte auf das erleuchtete Display seines Blackberry. Killian. Es musste wichtig sein.

»Ja? – Bist du dir sicher? – Mit Armada, da kannst du Gift drauf nehmen.«

Belledin war hellwach. Koch hatte er ohnehin auf dem Kieker. Lehrer am MSG und eine Affäre mit einer Schülerin. Die waren ihm die liebsten. Er röhrte wie ein Stier und streckte sich. Er war einfach auf dem Sofa in Gotthards Wohnzimmer liegen geblieben, während Spitznagel mit ihren Leuten das Haus umkrempelten.

Er warf sich zwei Kaugummis in den Mund, dann zog er die Walther aus dem Holster, überprüfte sie und eilte aus dem Haus. Während er zu seinem Wagen ging, bestellte er die Mannschaft.

Zweimal drückte er das Gaspedal bis zum Anschlag, ehe er

losfuhr. Es kribbelte. Im ganzen Körper. Jagdinstinkt. Dafür tat er es. Das war der Lohn für alles. Demütigung, Irrtum, Beulen und Pein. Alles wurde aufgewogen durch diese Momente.

»Der Panther hetzt die Meute«, sagte Belledin und fuhr los.

***

Stark hatte sich Olegs Schlüssel genommen und fegte jetzt in dessen BMW über den Zubringer in Richtung Kaiserstuhl. Von Oleg würde keine Spur bleiben, dafür würden Schewtschenkos Leute sorgen. Sie hatten den Schuss sicherlich gehört. Und sie hatten Oleg gefunden. Mit dem Loch im Auge. Und wenn nicht? Vielleicht waren doch neugierige Nachbarn schneller gewesen. Dann würde sie von Olegs Tod morgen in der Zeitung lesen. Aber sie selbst würde entkommen. Endgültig. Mit Killians Hilfe. Sie hoffte auf ihn. So wie er sie angesehen hatte, war sie ihm etwas wert.

Sie suchte im Handschuhfach nach Zigaretten und fand Zigarillos. Davidoff. Oleg hatte es sich immer gut gehen lassen. Sie fingerte einen aus der Schachtel und steckte ihn sich mit dem Zigarettenanzünder an. Husten schüttelte sie. Auf Lunge war das Kraut doch scharf. Sie warf den CD-Player an. Russen-Punk. Viele Bläsersätze, wild und doch Folklore. Es passte. Sie nickte zum Beat.

Als sie in Umkirch einfuhr, wurde sie geblitzt. Na und? Ob sie es als Fahndungsbild gebrauchen konnten? Da gab es bessere Fotos von ihr. Sie drehte den Rückspiegel so, dass sie sich sehen konnte. Fertig sah sie aus. Wie eine hundertjährige Schildkröte. Zu Schewtschenkos Zeiten war sie schön gewesen. Wie schnell der Zerfall kommen konnte. Auch Schewtschenko hatte nicht mehr so frisch gewirkt. Früher strahlte sein Gesicht wie gebügelt. Vorhin schien es, als hätte er es zu lange getragen.

Sie drehte den Spiegel zurück und sah Blaulicht. Vier Streifenwagen, vorneweg ein silberner Audi: Belledin.

Die Kolonne zog an ihr vorbei. Hatte Belledin eine heiße Spur? Ihr war es einerlei. Für sie war der Fall erledigt. Sie hatte ihren eigenen. Sobald sie neue Papiere hatte, würde sie abtauchen, die alten Fährten aufnehmen und herauskriegen, wohin die fünf Tonnen gegangen waren. Sie würde es Schewtschenko sagen, und er würde sie dafür in Ruhe lassen. Er hatte es versprochen. Und er würde Wort halten. Er war ein Mann von Ehre.

Sie drehte wieder den Spiegel zu sich, sah sich an und gab sich eine Ohrfeige. Glaubte sie wirklich an den Blödsinn? Sie war erledigt, so oder so. Aber sie konnte nicht aufgeben. So hatte die Natur sie nicht programmiert.

***

Killian parkte den Defender vor Kochs Haus. Am anderen Ende der Straße blies die Kavallerie. Belledin brauste mit vier Streifenwagen und viel Musik an. Die Lichter in den Schlafzimmern der Nachbarhäuser gingen an. Bei Koch blieb es dunkel.

Die Polizisten stürmten das Haus, schwärmten im Garten aus. Belledin kam auf den Defender zu, ein kurzer Handschlag, dann ging er zum Haus. Vier Polizisten kamen ihm entgegen. Zwei hatten Koch in ihrer Mitte, zwei andere kümmerten sich um Bärbel. Belledin machte ihnen Platz. Koch sah auf den Boden, Bärbel blickte Belledin an.

»Danke«, sagte sie.

»Bedank dich bei ihm«, sagte Belledin. »Er war mal wieder schneller.«

Bärbel entdeckte Killian, der vor dem Defender wartete.

»Muss ich aufs Revier?«, fragte sie Belledin.

»Reicht morgen auch noch.«

Bärbel nickte und ging zu Killian. Sie sahen sich an, dann umarmten sie sich. Bärbel schluchzte. Die Anspannung fiel ab. Killian führte sie zur Beifahrerseite und half ihr in den Wagen, anschließend stieg er selbst ein und fuhr los.

»Willst du zu dir?«, fragte er.

»Ich will zu Swintha«, sagte sie, und ihre Stimme wackelte. »Irgendwann hab ich nur noch an sie gedacht, als ich gefesselt auf dem Stuhl saß. Nur noch einmal Swintha sehen, bevor es aus ist.«

»Swintha ist in Berlin.«

Bärbel streckte sich im Sitz. »Hat sie sich bei dir gemeldet?«

»Nein. Ich weiß es von einem Freund.«

»Von Moshe?«

Killian reagierte nicht.

»Was treibt sie? Warum meldet sie sich nicht?«

»Sie hat ihr eigenes Leben. Sie wird sich schon melden, wenn ihr danach ist.«

Bärbel sank wieder in sich zusammen. »Du hast recht. Sie hat ihr eigenes Leben. Und was habe ich?«

»Du hast es auch.«

»Ich will aber kein eigenes Leben, ich will ein gemeinsames.«

»Mit wem?«

»Mit Swintha, mit dir, mit irgendwem. Menschsein heißt Zusammenleben. Wir sind soziale Wesen.«

»Wie sozial ist Koch?«

»Holger? Ich weiß nicht, was in ihn gefahren ist. Er wollte die CD. Weißt du mittlerweile, was es damit auf sich hat?«

»Kinderpornos.«

»Was?« Bärbel sah Killian entsetzt an.

»Eine Liste mit Namen von Leuten, die mit Kinderpornos handeln.«

»Um Gottes willen. Und Holger?«

»Sein Name steht darauf.«

»Hat er etwa mit Lotte und Paul …?«

»Keine Ahnung. Bildmaterial gibt es keins.«

Bärbel schluckte. »Ist das bewiesen? Ich meine, eine Liste kann jeder aufstellen.«

»Mein Freund hat es überprüfen lassen. Zehn Leute auf der Liste sitzen bereits wegen Kinderpornografie ein, zwei weitere haben sich mittlerweile das Leben genommen, eine Kindergärtnerin aus Bremen, die mit ihrer Sonnengruppe Filmchen gedreht hat, wurde von dem Vater eines Kindes erstochen.«

Bärbel schwieg. Erst als Killian vor dem Bahnhof parkte, sprach sie wieder. »Dieser Freund von dir, ist er auch der Kerl, der weiß, dass Swintha in Berlin ist?«

Killian sah sie an.

»Er überwacht sie, habe ich recht?«

»Berufskrankheit. Mehr nicht.«

»Ich warne dich. Wenn du sie in deine Scheiße mitreinziehst, dann bist du dran.«

»Swintha ist erwachsen. Sie kann tun und lassen, was sie will.«

»Ihr könnt mich alle mal.« Bärbel stieg aus und schlug die Wagentür zu. Killian sah ihr nach und wartete, bis sie im Bahnhof verschwunden war. Dann fuhr er los.

Bald würde es dämmern. Gutes Licht für Fotos.

***

Belledin rieb sich mit Daumen und Zeigefinger die Augen. Red Bull schmeckte zum Kotzen, aber es wirkte. Allerdings merkte er auch, wie sein Herz schneller schlug. Das sollte es nicht.

»Sie Dreckschwein!«, schrie er Koch an. Das musste raus. »Sie verdammtes Dreckschwein!« Zweimal brüllen. Ein schwacher Ersatz für die Faustschläge, die Belledin ihm lieber verpasst hätte. Er beugte sich ganz nah an Kochs Ohr und sagte: »Manchmal verdamme ich unsere Gesetze. Dann wünsche ich mir, es gäbe die Lynchjustiz.«

Koch lächelte unsicher. Es brachte nichts, den Coolen zu markieren. Er war nie cool gewesen, immer ein Getriebener seiner Obsessionen. Manchmal hatte er geglaubt, es im Griff zu haben. Affären mit erwachsenen Frauen sollten ihn von den Kindern und Jugendlichen wegholen. Deswegen hatte er auch was mit Bärbel angefangen. Aber das war nur Selbsttäuschung gewesen. Wenn er es mit Bärbel getrieben hatte, hatte er sie sich als Mädchen vorgestellt. Oder er hatte an ihre Schülerinnen gedacht. Er war kein Verbrecher. Er war krank. Er brauchte Hilfe. Von Belledin war sie nicht zu erwarten. Der verstand ihn nicht. Wie auch. Keiner, der anders war, konnte einen wie ihn verstehen. Aber so ein Schwein wie Schwarz war er nicht. Der war ein Verbrecher gewesen. Der hatte die Schwächen der anderen ausgenutzt.

»Warum haben Sie Schwarz auf diese Weise getötet?«, fragte Belledin.

»Ich war es nicht. Aber ich hätte es getan, wenn er mich weiter so gemolken hätte.«

»Wie viel hat er von Ihnen erpresst?«

»Hunderttausend.«

»Woher nimmt ein Lehrer hunderttausend?«

Koch schwieg.

»Haben Sie Ihre Kinder verkauft?«

»Hören Sie auf.«

»Hat sich Ihre Frau deswegen umbringen wollen? Wusste sie davon? Hat sie mitgemacht?«

»Nein!« Koch schrie und ballte die Fäuste. »Sie hat nichts damit zu tun.«

»Aber Sie wusste, dass Sie ein Perverser sind.«

»Sie wusste, dass ich krank bin. Aber ich habe ihr gesagt, dass ich daran arbeite, es in den Griff zu kriegen.«

»Indem Sie mit Marlena vögelten? Von sechzehn bis achtzehn? Stufenweise Therapie?« Belledin war in Fahrt. Er schwitzte, dampfte und durchpflügte den Verhörraum. »Wo ist Stark, verdammt noch mal?«, raunzte er einen Polizeibeamten an. »Arbeite nur noch ich an dem Fall?«

»Sie ist nicht zu erreichen.«

»Dann holen Sie Wagner.«

Der Polizist stand auf.

»Nein. Gehen Sie nicht«, flehte Koch. »Der macht mich kalt, wenn Sie gehen. Und dann sagt er, ich hätte mich selbst umgebracht.«

Der Polizist sah Koch an. Dann zu Belledin.

»Wagner.« Belledin sah auf seine Armbanduhr. »Viertel nach sieben. Er müsste schon unten im Archiv sein.«

Der Polizist ging. Belledin drehte sich zu Koch. Ja, er hätte ihn jetzt töten können. Die Wut auf diesen Kinderschänder war groß genug. Aber er hatte sich im Griff. Er würde ihm kein Haar krümmen.

Koch zitterte. Belledin konnte es nicht genießen.

»Wen hat Schwarz noch erpresst?«

»Keine Ahnung. Ich kenne die Liste nicht.«

»Aber Sie wissen, dass es sie gibt.«

»Die CD, ja. Er hatte es Marlena gegenüber erwähnt. Und sie hat es mir gesagt.«

»Marlena? Wieso sagt Schwarz so etwas zu Marlena?«

»Weil sie nicht mitmachen wollte bei der Gewaltaktion gegen die Metzger.«

»Wusste Marlena etwa, was Sie treiben?«

»Nein. Sie wusste nur, dass es eine CD gibt, die mir großen Ärger bringen würde. Sie dachte, Schwarz hätte uns beide mal heimlich gefilmt.«

»Sie wussten aber sofort, dass es sich um eine Liste handelte. Woher?«

»Ginter.«

»Ginter?« Belledin verstand überhaupt nichts mehr.

»Ginter wurde auch von Schwarz erpresst.«

»Steht der etwa auch auf der Liste?«

Koch schwieg und zitterte wieder. »Ich brauche Ruhe. Einen Arzt. Einen Anwalt.«

Belledin schaltete das Aufnahmegerät aus. »Kriegen Sie alles. Aber es ist noch früh. Die schlafen alle noch.« Er beugte sich nah an Kochs Gesicht. »Was war mit Ginter. Haben Sie etwa gemeinsam Schweinereien im Schlachthof gemacht? Mit ihren eigenen Kindern?«

Koch presste sich die Hände auf die Ohren und schrie: »Hören Sie auf! Hören Sie endlich auf! Ich will einen Anwalt!«

Die Tür öffnete sich. Der Beamte kam mit Wagner rein.

»Morgen, Chef. Sie sehen scheiße aus«, sagte Wagner.

»Und du riechst gut.«

»Hochprozentiges Mundwasser. Gut fürs Zahnfleisch.« Wagner schien in Form. »Was kann ich tun?«

»Protokoll des Verhörs. Und irgendwann mal seinen Anwalt kontaktieren. Eilt aber nicht. Vielleicht fällt ihm vorher noch was ein. Ich muss mich ein Stündchen hinlegen. Falls er was Wichtiges rauslässt, darf man mich wecken.« An der Tür drehte Belledin sich noch mal um. »Und wenn Stark auftaucht: Sag ihr, sie soll sich Kochs Frau vorknöpfen.« Er wollte gehen.

»Chef«, sagte Wagner. »Es gibt einen weiteren Mord.«

»Was? Wieder ein Bolzenschuss in die Stirn?« Belledin wollte es nicht glauben.

»Nein. Diesmal ins Auge. Mit einer Walther PP.«

Belledin runzelte die Stirn.

»Oleg Aleinikov.« Wagner legte Bedeutung in den Namen.

»Muss ich den kennen?«

»Unser Computer kennt ihn.«

»Und?«

»Er war Leibwächter von Schewtschenko. Stark kannte ihn auch.«

»Und sie trägt eine Walther PP.«

»Und sie ist abgetaucht.«
»Scheiße.«
»Ich wecke Sie dann in einer Stunde. Schlafen Sie gut.«
Belledin schnaubte und schlug die Tür hinter sich zu.

***

Einen Sonnenaufgang auf den Schelinger Matten hatte Killian lange nicht mehr erlebt. Es tat gut. Manche Bilder waren kitschig geraten, mit zweien war er zufrieden. Immerhin. Er tauchte sein Gesicht in den Morgentau und schnupperte am Thymian. Dann ließ er sich den Hang hinabrollen und hoffte, dass ihm schwindlig wurde. Unten angekommen, blinzelte er in die Sonne und gähnte. Er schloss die Augen und dachte nach. Über Bärbel. Über Koch. Die Tierschützer und den Kinderporno-Ring. Militante Vegetarier und Metzger. Drei Tote, alle mit dem Bolzenschussgerät gerichtet. Gotthard und Britta Vogt. Wo waren sie abgetaucht? Warum war Schwarz mit ihnen und Ginter auf dem Foto? Was hatten sie miteinander zu tun?

Belledin mochte auf seine Intuition hören, Stark Fakten nachjagen – ihn störten ungereimte Fotos.

Er schlug die Augen auf und kletterte den Hang hoch. Eine Serie schoss er noch. Jetzt war das Licht schon härter. Vogtsburg erwachte.

Er stieg in den Defender und tuckerte durch die Reben. An den Rainen blühte roter Klatschmohn. Er dachte an die Mohnfelder in Afghanistan. Nein. Nicht jetzt. Er zwang seine Gedanken in eine andere Richtung. Es gelang. Er sah Swintha vor sich. Wie sie vor seinem Atelier das erste Mal auf ihn gewartet hatte. Praktikantin werden wollte. Und am Ende seine Tochter war. Jetzt arbeitete sie bei Ramelow. Das passte ihm überhaupt nicht. Nach und nach warb Moshe sie an. Einfach so. Ohne zu fragen. Und Swintha wusste nichts davon. Er musste es unterbinden. Er musste nach Berlin. Was kümmerten ihn Gotthard und die Toten? Er hatte sich um seine lebende Tochter zu kümmern.

Er erreichte die Bruckmühlenstraße und parkte den Defender vor der Rampe. Als er die Stufen zum Atelier nach oben stieg, zögerte er. Die Tür war angelehnt. Er hatte sie verschlossen gehabt. Schon wieder Einbrecher? Die CD hatte er Belledin bereits gegeben, samt Entschlüsselung. Aber vielleicht hatte sich das noch nicht herumgesprochen?

Er schob die Tür auf und horchte ins Atelier. Es war ruhig. Er ließ die Tür offen, damit er kein Kunstlicht anknipsen musste, und sah sich um. Aufgeräumter wirkte es nicht, aber eine weitere Wühltisch-Aktion konnte er auch nicht erkennen. Er legte seine Kamera auf dem kleinen Tisch neben dem Sofa ab und ging in die Küche. Dort setzte er heißes Wasser auf.

»Machst du mir einen Kaffee?« Es war Stark. Sie kauerte unter der Spüle. Jetzt schob sie den Vorhang zur Seite und sah nach oben.

»Gerne«, sagte Killian.

»Du fragst gar nicht, was ich hier unten mache.«

»Ich muss nicht alles wissen.«

»Ich bin auf der Flucht.«

»Willst du ihn stark?«

»Vor Schewtschenko.«

»Zwei Tassen?«

»Er lebt. Und er will, dass ich ihn zu fünf Tonnen Heroin bringe.«

»Frisch gemahlen?«

»Ich habe Oleg getötet, seinen Leibwächter. Wenn sie ihn nicht entsorgt haben, dann hängt mir jetzt auch Belledin an den Fersen.«

»Das Wasser ist etwas kalkhaltig.«

Stark sagte irgendetwas. Killian hörte es nicht, weil er die Kaffeebohnen mahlte. Sie war unter der Spüle hervorgekommen. Die Kaffeemühle verstummte. Killian drehte sich zu ihr, drückte sie an sich und küsste sie. Sie krallte ihre Fingernägel in seinen Nacken und presste ihr Becken gegen ihn. Dann stieß sie sich von ihm ab.

»Hilfst du mir?«

Er sah sie an. Und er sah sich in ihr: durchgescheuert, wund gelaufen und mit wenig Hoffnung auf Veränderung. Niemals aufgebend. Kämpfend bis zum letzten Atemzug. Vom Leben überfordert und doch daran hängend. Das Schicksal herausfordernd und dem Tod von der Schippe springend. Immer wieder. Ein ermüdendes Spiel. Aber das einzige, das sie gut beherrschten. Beide.

»Du willst abtauchen?«, fragte er.

»Sofort.«

»Ich fahr nach Berlin. Komm mit. Dort kenne ich jemanden, der gute Papiere macht.«

»Ich brauche auch Geld.«

»Habe ich nicht viel. Aber ich kann dir einen Job besorgen.«

Sie sah an ihm vorbei. »Nein. Einen Job schaffe ich nicht. Ich brauche Ruhe. Ich kann nicht mehr. Ich mache zu viele Fehler.«

»Ruhe ist der größte Fehler.«

Sein Blick traf ihre Augen. Sie warf sich hinein und versank darin. Es würde das dritte Mal sein, dass sie miteinander schliefen. Eine magische Zahl.

***

Das Krankenhaus hatte sich verändert. Als Belledin zum letzten Mal hier gewesen war, hatten sie ihm den Blinddarm entfernt. Direkt aus dem Französischunterricht hatte man ihn hierherverfrachtet. Damals wollte man lieber nach Freiburg in die Uni-Klinik, niemals nach Breisach. Von hier hörte man die unglaublichsten Geschichten. Wenn man sterben wollte, so sollte man ins Breisacher Krankenhaus, hieß es. Da kommt keiner lebend raus, hatten sie gesagt. Und Belledin hatte Blut und Wasser geschwitzt, als man ihn mit Blaulicht hierherkarrte.

Jetzt stand er neben dem Krankenbett und blickte auf die blasse Daniela Koch herab.

»Wie viel wussten Sie davon?«, fragte Belledin.

Sie hob die schweren Lider und sah ihn mit ihren dunklen großen Augen an. »Alles und nichts.«

»Das heißt?«

»Ich wusste von Marlena. Auch von anderen Schülerinnen, die er vorher hatte. Ich wusste auch von Bärbel Engler. Er hatte gesagt, das wäre ein therapeutischer Schritt. Immerhin hätte er nichts mehr mit einer Minderjährigen.«

»Und die Kinderpornos? Haben Sie auch welche mit Ihren Kindern gedreht?«

»Nein. Nein. Nein.« Bei jedem »Nein« wälzte sie ihren Kopf auf dem Kissen. Rhythmisch, wie das Pendel einer Standuhr.

Belledin packte ihren Kopf und hielt ihn fest. Sie stierte ihn an.

»Haben Sie Schwarz umgebracht, weil er Sie erpresst hat?«

»Lassen Sie mich los oder ich schreie!«

Belledin tat es.

»Ich war Schwarz dankbar. Ich habe gehofft, dass es enden würde, wenn Holger wusste, dass er erpressbar war.«

»Wo war Ihr Mann in der Nacht, als Schwarz ermordet wurde?«

»Nebenan. Im Kinderzimmer. Er schlief oft dort.« Sie sah zur Decke und summte ein Schlaflied.

Belledin schauderte. Er ließ sie summen, stand auf und verließ das Zimmer.

***

Killian küsste sie auf die Narbe an ihrem Hals. Er fragte nicht, woher sie stammte. Was vernarbt war, lag nicht mehr offen. Das ging niemanden etwas an. Sie hielt die Augen geschlossen. Und ließ ihn los. Er stand auf und zog sich an.

»Hast du schon gepackt?«, fragte er.

»Keine Zeit. Ging alles zu schnell.«

»Von meinen Sachen wird dir nichts passen. Aber Swintha hat hier einen kleinen Schrank. Du könntest ihre Größe haben.«

»Swintha?«

»Meine Tochter.«

»Du hast eine Tochter?« Sie schlug die Augen auf und richtete sich im Bett auf.

»Ja. Sie studiert in Berlin.« Er zog einen großen Alukoffer unter dem Bett hervor und öffnete ihn.

»Du hast aber früh angefangen.«

»Zum Glück. Danach hatte ich keine Zeit mehr.« Er ging im Atelier umher und suchte aus den Kleidern, die die Einbrecher verstreut hatten, einige Klamotten zusammen, die er für die Reise brauchte.

»Meinst du, ich habe noch Zeit, sie kennenzulernen?«

»Wenn du dich beeilst, bevor Schewtschenko hier ist?«

»Woher sollte er wissen, dass ich hier bin?«

»Er hat auch gewusst, dass du ihn hast hochgehen lassen. Glaubst du etwa, der Wagen von Oleg hat keinen Peilsender?«

Stark sprang auf. »Daran habe ich nicht gedacht. Scheiße. Und wir trödeln hier rum.«

»Ich fand nicht, dass wir getrödelt haben.« Er küsste sie auf die Wange und warf ihr ein Kleid von Swintha zu. Sie fing es und sah entgeistert drauf. Es war beige mit grünem Blumenmuster.

»Das könnte dir passen«, sagte Killian.

»Ein Sack über dem Kopf wäre mir jetzt lieber.«

»Gibst du auf?«

»Nein. Aber ich ziehe kein Kleid an. Nie. Ich bin eine Hosenbraut.« Sie roch an dem Kleid. »Riecht nach Jugend und Unschuld.«

Killian sah sie verstört an. Er dachte an Swintha. Sie war wieder bei Ramelow. Das erste Mal hatte er es noch abwenden können. Jetzt drohte sie ihre Unschuld zu verlieren. Er warf Stark eine Jeans und zwei Sweatshirts aufs Bett. Sie hielt noch immer das Kleid an die Nase gedrückt.

»Das letzte Mal, dass ich ein Kleid getragen habe, war auf einer Party mit Schewtschenko. Bei ihm brauchte ich mit Hosen gar nicht zu kommen. Macho-Prägung. Enge kurze Kleider und Stilettos. Er wollte sogar, dass ich mir neue Titten machen lasse. Stell dir das vor. Und weißt du was, ich hätte es getan.«

»Nur für den Job?«

»Nein. Für ihn.«

Er sah sie an. »Würdest du das auch für mich tun?«

Sie zog sich das Kleid an. »Fangen wir erst mal damit an.«

DREIZEHN

Wagner war sich sicher, dass Stark Oleg getötet hatte. Ihre Vergangenheit ließ keine Zweifel offen. Die Russen wollten sich an ihr rächen, und sie hatte sich gewehrt. Tolles Weib. Respekt. Erst hatte er sie nicht gemocht, weil sie sich zwischen ihn und Belledin zu stellen drohte. Jetzt empfand er alle Bewunderung, die er aufbringen konnte. Dem Russen mitten ins Auge.

Wo war sie? Was würde er an ihrer Stelle tun? Abtauchen ins Archiv. Und sich volllaufen lassen. Dann würde er das Archiv verminen und mit Selbstschussanlagen ausrüsten. Und dann würde er alte Kriminalfälle lesen und weitersaufen. Irgendwann würden die Russen aufkreuzen. Ein Dutzend würde seine Anlage wegputzen, den Rest würde er unter den Tisch saufen. Russen schlug er allemal.

Aber Stark konnte nicht so gut saufen. Und sie hatte kein Archiv. Aber sie konnte schießen und rauchen. Mit wem rauchte sie die letzte Zigarette? Sie war hier fremd. Wen kannte sie? Wo konnte sie sich zurückziehen? Wem vertrauen?

Wagner fiel nur einer ein, der Starks Kaliber hatte. Killian.

Eine junge Frau erschien in der Tür. Sie hatte Rastazöpfe und verheulte Augen.

»Ist Kommissar Belledin hier?«, fragte sie.

»Nein. Was kann ich für Sie tun?«

»Ich rede nur mit Belledin.«

»Dann müssen Sie warten.«

»Es ist aber dringend.«

»Dann reden Sie mit mir.«

Sie trat ein.

»Nehmen Sie Platz.«

Sie kam der Aufforderung nicht nach. Stattdessen sagte sie: »Mein Onkel ist verschwunden.«

»Name?«

»Horst Seibert.«

»Ich meine Ihren Namen.«

»Marlena Dufner.«

Wagner stutzte. Er hatte den Namen eben im Verhör von Koch gehört.

»Sie sind die Freundin von Holger Koch?«

Sie sah durch ihn hindurch. Wagner wurde nervös. Er war plötzlich wieder aktiv an einem Fall. Und Belledin nicht in Sicht. Kalter Schweiß trat ihm auf die Stirn.

»Setzen Sie sich«, sagte er noch einmal, und es klang ungewollt streng. Aber solange man saß, war man nicht draußen.

Marlena gehorchte.

»Wann haben Sie Ihren Onkel zuletzt gesehen?«

»Vor drei Stunden. Bei Holger. Als wir Bärbel Engler entführt hatten.«

»Sie waren auch dabei? Warum hat man Sie nicht festgenommen?«

»Wir sind vorher schon weg. Holger sagte, er würde allein mit der Engler fertig. Dann bin ich mit Horst mitgefahren.«

»Wohin?«

»Nach Freiburg.«

»Und wo haben Sie sich getrennt?«

»Er hat mich zu sich nach Hause mitgenommen.«

»Was haben Sie dort gemacht?«

»Mich hingelegt. Versucht zu schlafen. Aber ich konnte nicht. Und dann habe ich gehört, wie er die Wohnung verlassen hat. Ich weiß nicht, aber ich habe Angst um ihn. Ich glaube, es hat was mit dem Fall zu tun.«

»Mit welchem Fall?«

»Mit Holger und Erik.«

»Sie meinen, mit dem Mord an Erik Schwarz, Erdogan und Ginter? Was hat er denn mit dem Fall zu tun? Erklären Sie mir das.« Hinter dem Schreibtisch und mit einer halben Flasche Mirabell intus konnte er richtig gut sein.

»Ich weiß nichts. Ich weiß nur, dass mein Onkel in einer heißen Sache recherchiert hat. Und jetzt ist er weg.«

»Recherchiert?«

»Ja. Er ist Journalist. Er deckt Skandale auf.«

»Ein Breisgau-Wallraff? Aha. Und woran arbeitet er gerade?«

»Ich weiß es nicht.«

Wagner hatte den ganzen Fall nicht im Kopf. Er wusste nur, dass er den Namen Seibert in einem der Berichte bereits gelesen hatte. Er tippte den Namen im Dossier, das er über den Fall angelegt hatte, ein und fand sich bestätigt.

»Ihr Onkel hat die Leiche von Erik Schwarz gefunden.«

»Er hat aber nichts damit zu tun. Er wollte Erik treffen, weil der ihm etwas geben wollte.«

»Etwa die CD über den Pornoring?« Es war Belledins Stimme, die den Raum durchschnitt.

Marlena schrak herum.

Wagner atmete beruhigt durch. Es drohte gefährlich zu werden.

»Kam Ihr Onkel durch Sie an Koch? Wollten Sie sich an Koch rächen für das, was er Ihnen angetan hat?«

Marlena schüttelte den Kopf und schluchzte. »Ich habe ihn geliebt. Immer. Er war nie schlecht zu mir. Nur dass ich ihm nicht gereicht habe, das hat mich wütend gemacht. Und dass er auch was mit der blöden Engler angefangen hat. Das kapiere ich überhaupt nicht.«

»Hat er Ihnen auch gesagt, es wären therapeutische Gründe?«

Sie sah ihn an. »Woher wissen Sie das?«

»Koch hat auch eine Frau. Schon vergessen?«

»Sie tat mir leid. Und die Kinder auch. Aber er kann ja nichts dafür.«

Belledin sah sie scharf an. »Und Ihrem Onkel haben Sie alles erzählt?«

»Ich habe doch sonst keinen. Meine Eltern wären ausgeflippt. Horst hatte Verständnis und versprach, mir zu helfen.«

»Und was mussten Sie dafür tun?«

»Ihm Hinweise zur Szene geben.«

»Sie haben also bei Koch geschnüffelt? Hat er nichts gemerkt?«

»Nein. Ich kann gut mit Computern umgehen. Ich hab seinen Laptop geknackt und mir die Adressliste auf einen Stick gezogen.«

»Und dann?«

»Dann wollte ich ihn meinem Onkel geben, damit er die Sache an die Öffentlichkeit bringt. Ich dachte, wenn es erst einmal heraus ist, dann wäre es vorbei. Aber mir ist ein dummer Fehler passiert.« Sie atmete schwer durch.

Belledin wartete.

»Auf einem anderen Stick hatte ich Texte für eine Flugblatt-Aktion gegen den Schlachthof. Den sollte ich Schwarz geben.«

»Und Sie haben die beiden Sticks versehentlich verwechselt.«

Marlena sah auf den Boden und nickte. »Und jetzt ist Horst verschwunden. Der Einzige, der zu mir gehalten hat. Wenn ihm was passiert, bin ich schuld.«

»Und was ist mit dem Gammelfleisch?«, fragte Belledin. »Die gemeinsame Sache, die Schwarz mit Ginter angeblich gemacht hat?«

Sie schlug die Augen nieder. »Das habe ich nur erfunden, um von Holger abzulenken.«

***

Gotthard lehnte sich an die Wand der Katharinenkapelle und schnaufte. Er war zu Fuß von der kleinen Rebhütte hierhermarschiert. Britta hatte er in der Hütte zurückgelassen. Sie sollte nicht wissen, dass er den Journalisten traf. Der Mann hatte ihn angerufen und ihm gesagt, dass er etwas für ihn hätte. Etwas, das Schwarz ihm gegeben hätte. Eine CD mit Namen. Der Journalist wollte wissen, was es mit den Namen auf sich hatte. Gotthard hätte gerne gewusst, woher der Mann seine Handynummer hatte. Aber Journalisten wussten eben alles. Wie sollten sie sonst über die Welt schreiben können? Gotthard war nie ein großer Schreiber gewesen. Es hätte auch nicht viel gegeben, worüber er hätte schreiben können. Über Wurst. Ja. Darüber wusste er einiges. Früher hatte er gute Wurst gemacht. Verdammt gute. In seiner Garage, samstags. Die Leute waren sogar aus Freiburg zu ihm gekommen, um seine Blutwurst zu kaufen. Das war ein Extrageschäft gewesen. Schwarz. Bis Nachbarn ihn angezeigt hatten. Dann war es nichts mehr mit dem Extrageschäft und der guten Wurst.

Ein einzelner Wanderer kam zur Kapelle gestiegen. Das konnte er sein. Aber er sah nicht aus wie ein Journalist. Oder doch? Wie sahen Journalisten aus? Gotthard kannte keinen.

Der Mann näherte sich. Er nickte und lächelte, ging an Gotthard vorbei und genoss die Aussicht. Es war nicht der Journalist. Der hätte ihn angesprochen. Aber vielleicht wusste er gar nicht, wie Gotthard aussah? Blödsinn. Der Journalist kannte seine Telefonnummer, vielleicht kannte er auch sein Gesicht. Gotthard war ungeduldig. Er hatte nicht viel Zeit. Lange konnte er sich mit Britta nicht mehr in der Rebhütte verstecken.

»Komme ich hier nach Ihringen?«, fragte der Wanderer.

»Ist schon noch ein Stück«, mühte sich Gotthard in Hochdeutsch. »Über Eichelspitze und Neunlindenturm sind es etwa sechzehn Kilometer.«

Der Wanderer kam näher. Gotthard sah auf den dunklen Bart, der sich um dessen Mund und übers halbe Gesicht zog. Der Bart passte nicht zur Farbe der Brauen. Außerdem hing er an einer Seite leicht weg. Das kam vom Schweiß. Gotthard kannte das von der letzten Fastnacht. Da hatte er sich auch einen falschen Bart angeklebt. Und immer hatte er ihn andrücken müssen, weil er sich durch das Schwitzen unter den Scheinwerfern in der Bütt gelöst hatte. Die Leute hatten gelacht. Mehr über den blöden Bart als über seine Kalauer. Einen Tusch gab es trotzdem. Das nächste Mal würde er aber auf den falschen Bart verzichten. Aber jetzt war keine Fastnacht. Also kein Grund, einen falschen Bart zu tragen. Warum tat es der Wanderer?

Der Wanderer dachte gar nicht daran, sich den Bart ans Gesicht zu drücken. Er nahm seinen Rucksack von den Schultern, bückte sich und kramte darin herum. Schließlich richtete er sich wieder auf.

Gotthard starrte auf das Werkzeug, das der Wanderer in den Händen hielt. Er kannte es zu gut. Tausende Male hatte er es selbst benutzt. Mal besser, mal schlechter. Ob der Wanderer damit umgehen konnte? Er kam näher an Gotthard heran. Ein Windhauch lupfte die rechte Seite des Bartes. Gotthard glaubte das Gesicht jetzt wiederzuerkennen. Er hatte es nur einmal gesehen. Letzten Mittwoch, als er mit Schwarz auf das Geld gewartet hatte, das sie von Koch erpressen wollten. Koch war aber nicht gekommen. Dafür der Kerl, der jetzt mit dem Bolzenschussapparat vor ihm stand. Gotthard hatte im Gebüsch gesessen und den Auftrag gehabt, den Überbringer des Geldes zu fotografieren und notfalls Schwarz zu Hilfe zu eilen. Als er aber sah, was der Fremde mit Schwarz anstellte, war er wie gelähmt zwischen den Zweigen gesessen und hatte sich vor Angst in die Hosen gemacht. Danach war er abgehauen.

Auch jetzt wollte er abhauen. Er konnte nicht. War wieder gelähmt. Wie im Gebüsch. Der Bolzenschussapparat war ihm so vertraut.

Der Wanderer drückte die Mündung gegen seine Stirn. »Wo ist der Stick?«

Gotthard sagte nichts. Die Zunge klebte ihm wie eine Hostie am Gaumen.

»Wo ist Britta? Hat sie ihn?«

Gotthard schüttelte langsam den Kopf. Die Mündung des Schussapparats verschob die Stirnfalten.

»Ich finde sie«, sagte der Wanderer.

Gotthard riss ihm den falschen Bart ab und sah in sein Gesicht. Der Wanderer drückte ab.

***

»Fahren wir in der Kiste bis nach Berlin?«, fragte Stark und steckte sich eine Zigarette an.

»Nur bis Freiburg. Dort nehmen wir den Zug.«

»Im Zug kriege ich Platzangst. Wenn Schewtschenko uns dort erwischt, haben wir keine Chance. Ich bin dafür, dass wir das Auto wechseln. Am besten, wir klauen eins.«

»Nein. Wir machen es anders.« Kilian zog sein Handy aus der Jackentasche und wählte eine eingespeicherte Nummer. »Salli, Hans. Ich bin's. Du, ich bräucht ä Schlitte. Am liebschte wär mir ä schnelle Citroën. Am beschte geschtern. Gut. In zehn Minute bin ich bei dir.« Er legte auf.

»Du sprichst Dialekt?«, fragte Stark und unterdrückte ein Lachen.

»Ich bin hier aufgewachsen.«

»Und wer ist der Kerl, der uns das Auto besorgt?«

»Hans Hilpert, ein alter Freund und Automechaniker. Lange Geschichte.«

Killians Handy klingelte. Belledin. Er ging dran.

»Ja? – Wo? – Ich kann nicht. Ich bin kein Bulle. Soll Wagner eben aus dem Archiv kriechen.« Er drückte Belledin weg. Es klingelte wieder. Belledin ließ nicht locker. Killian lauschte den ersten Sätzen, dann drehte er den Lautsprecher auf, dass Stark mithören konnte.

»Es geht um Kinderpornografie, nicht um Gammelfleisch oder unglückliche Rinder. Dafür hältst du deinen Kopf hin, aber wenn es um eine wirkliche Schweinerei geht, ziehst du den Schwanz ein. Ein Papparazzo, das bist du. Ein feiger Voyeur, der sich rechtzeitig vom Acker macht, wenn es hart auf hart kommt. Jetzt ist mir auch klar, wie du so lange überleben konntest, wenn die anderen immer die echte Arbeit gemacht haben.«

Killian schwieg. Er dachte an Rohina. Belledin hatte recht. Wäre nicht sie zuerst ins Haus geklettert, wäre sie noch am Leben.

»Killian, denk an Swintha. Sie war auch mal ein Kind.«

Das saß. »Ich komme.« Er legte auf.

Stark sah ihn fragend an.

»Gotthard ist tot. Er liegt mit einem Bolzenschuss und abgezogenem Gesicht neben der Katharinenkapelle.«

»Und? Interessiert uns das?«

»Mich schon. Ich bring dich zu Hans. Du nimmst dort den Citroën und fährst vor. Ich komme nach, sobald die Sache hier erledigt ist.«

***

»Können wir ihn wegschaffen?« Selinger zeigte auf den Toten.

»Nein. Wir warten, bis Killian hier ist. Vielleicht fällt ihm irgendetwas auf.«

»Killian?«

»Was dagegen?«

»Nein. Aber seit wann arbeitet er für uns?«

»Ausnahmsweise. Personalmangel.«

»Geht das? Wir sind doch nicht in Texas. Schnell auf die Bibel und die Verfassung schwören und dann den Hilfssheriff geben.«

»Ich glaube, der Hilfssheriff hat mehr Tote gesehen, als Sie Leichen in Ihren Kühlfächern lagern können.«

Selinger verzog den Mund. »Ich muss aber los. Der Russe will noch obduziert werden.«

»Der Russe. Den hatte ich völlig vergessen.« Belledin sah an Selinger vorbei und dachte an Stark. Ob sie tatsächlich was damit zu tun hatte? Musste sie wohl. Warum wäre sie sonst abgetaucht. Oder war sie gar nicht abgetaucht? Hatten die Russen sie erwischt, und Oleg war dabei mit draufgegangen? Diesmal stapfte er in einem zähen Sumpf. Drei Fronten und nur Killian, auf den er zählen konnte. Wo blieb er, verflucht?

***

»Er lauft gern ä wing heiß. Musch's Wasser kontrolliere. Aber sonscht rennt er.«

Hilpert reichte Killian den Autoschlüssel, der ihn an Stark weitergab. Sie setzte sich in den Citroën CX Prestige und startete den Motor. Er schnurrte.

»'s richtige Auto braucht die richtige Frau.« Hilpert zwinkerte Killian zu.

Killian wollte Stark zum Abschied küssen, aber er tat es nicht. Er fürchtete, es könnte Unglück bringen. Jetzt wurde er auch noch abergläubisch.

Der silberne Wagen mit dem schwarzen Dach fuhr vom Hof.

»Danke«, sagte Killian. »Ich muss weiter.«

»Häsch negscht Woch Zeit? Kleine Session?«

»Muss nach Berlin.«

»Alles klar. Bis demnegscht.«

Killian winkte und stieg in den Defender.

***

Sogar das Radio war noch original aus den Achtzigern. Der Aschenbecher sowieso. Stark drehte am Sender und empfing SWR3. Eine Pop-Schnulze. Sie kannte den Song nicht. Klang nach Dutzendware. Das Fenster hatte sie runtergekurbelt. Der Fahrtwind flatterte durch ihr Haar, ihr Finger schnippte Asche von der Kippe. Gerade verließ sie Gottenheim und schaltete hoch. Der Citroën zog gut an. Von hinten schien aber jemand noch mehr Saft unter der Haube zu haben. Ein dunkelblauer VW Tuareg hing ihr an der Stoßstange und wollte vorbei.

»Überhol doch, du Depp. Oder siehst du Gegenverkehr?« Sie gestikulierte mit der Zigarette in den Rückspiegel. Der Tuareg ließ sich zwei Meter zurückfallen. Sie begriff. Aber zu spät. Der Tuareg rückte wieder näher, stieß sie hinten links mit der Stoßstange an. Der Citroën verlor die Richtung und schoss auf den rechten Graben zu.

Sie versuchte, das Steuer herumzureißen, aber ein weiterer Stoß rammte sie von der Fahrbahn. Der Citroën überschlug sich und landete kopfüber auf dem Acker. Die Räder drehten sich in der Luft.

Sie suchte nach Orientierung. Die Welt lag verkehrt. Der Senfacker blühte gelb, eine dunkelblaue Anzughose bahnte sich den Weg hindurch.

Hektisch fingerte sie am Sicherheitsgurt. Er klemmte. Sie kam nicht raus. Die blaue Hose näherte sich. Es war aus. Gleich würde sie in das Rohr des Schalldämpfers starren. Die Mündung, ein kleines schwarzes Loch. Ob es ihr gelingen würde, die Todeskugel in Zeitlupe zu sehen? Schewtschenko hatte gesagt, dass er die Kugel sehen wollte, die ihn einmal von der Platte putzen sollte.

Die blaue Hose stand jetzt vor der Fahrertür. Die Tür wurde geöffnet. Keine Luger mit Schalldämpfer. Dafür ein gebräuntes Gesicht, in dem ein silberner, schmal gestutzter Schnäuzer schimmerte.

»Sind Sie in Ordnung?«, fragte der Fremde.

Sie nickte. Sie traute dem Frieden nicht. Der Kerl sah aus, als wäre er ein Killer mit Geschmack. Aus Zeiten, in denen bezahlte Mörder noch den Knigge kannten und klassische Musik hörten.

»Ein CX Prestige. Und Sie falten ihn zusammen. Kein leichtes Auto. Man muss viel Gefühl haben und sein Temperament zügeln. Soll ich einen Arzt rufen?«

»Nein. Nein. Geht schon. Können Sie mir raushelfen? Der Sicherheitsgurt klemmt.«

Der Fremde griff in die Innentasche seines Jacketts. Dabei glitzerten die goldenen Knöpfe am Ärmel. Jetzt würde er die Luger ziehen. Er war ein geschwätziger Killer. Einer, der einem noch einen philosophischen Spruch mit ins Jenseits gab. Britisch-kolonial. Er zog die Hand hervor, ein Taschenmesser mit Perlmuttgriff schimmerte darin. Er öffnete es, beugte sich zu ihr hinunter und setzte es am Gurt an. Zwei Schnitte, und sie war befreit.

Vorsichtig kroch sie aus dem Wagen. Schnitt er ihr jetzt die Kehle durch? Wollte er es genießen? Sie war wachsam. Doch er klappte die Klinge ein und steckte das Messer an seinen Platz zurück. Kam jetzt die Luger? Nein.

»Soll ich Sie irgendwohin mitnehmen?«, fragte er und zeigte zu seinem Wagen, der am Straßenrand parkte. Kein Tuareg. Ein dunkelroter Jaguar. Das Modell kannte sie nicht, aber sie tippte auf ein Neunziger-Baujahr.

»Nach Freiburg. Zum Hauptbahnhof«, sagte sie.

»Haben Sie Gepäck?«

»Eine Tasche. Hinten im Kofferraum.«

Der Fremde ging an den Kofferraum, klopfte gegen das Schloss. Der Deckel sprang auf, die Tasche plumpste in den Senf.

»Wohin müssen Sie?«, fragte er und hob die Tasche auf.

»Nach Frankfurt«, sagte sie. Es ging ihn nichts an, wohin sie wollte.

»Das trifft sich gut. Dahin muss ich auch. Ich kann Sie mitnehmen.« Er wartete keine Antwort ab, ging voran und deponierte ihre Tasche im Kofferraum seines Jaguars.

Sie zögerte. Konnte sie ihm trauen? Wenn er ein Killer wäre, hätte er sie längst erledigen können. Ihre Walther lag in der Tasche. Die Tasche im Kofferraum. Sie konnte an der nächsten Raststätte sagen, dass sie dranmüsste, um sich frisch zu machen.

Er hielt ihr die Beifahrertür auf. Galant. Vielleicht versprach er sich von seiner Rettungsaktion eine Nummer? Sie war auf alles gefasst.

Sie dachte an Killian. Ihn wollte sie noch mal sehen. In Berlin. Mit neuen Papieren wollte sie ein anderes Leben anfangen. Vielleicht wäre Killian der Einzige, den sie aus ihrem alten Leben mit herübernahm.

Sie stieg ein. Der Kavalier schlug die Tür zu, setzte sich neben sie und fuhr los.

***

Gotthard war nicht zu erkennen. Das Nichtgesicht unter der abgezogenen Haut konnte vielen gehören. Killian wandte den Blick ab und sah zu Belledin.

»Und? Fällt dir etwas auf?«, fragte Belledin.

»Gotthard, Ginter, Erdogan, Schwarz«, sagte Killian.

»Und Oleg Aleinikov.«

»Wer ist das?«, tat Killian unwissend.

»Ein Russe. Gehörte zu Schewtschenkos Leuten. Erschossen mit einer Walther. Stark besitzt eine Walther. Und sie ist verschwunden. Weißt du vielleicht etwas?«

»Ach, deswegen hast du mich angerufen. Die Mafia-Kiste. Du glaubst noch immer, ich bin an einer höheren Sache dran.«

Belledin kniff die Augen zusammen. »Ich glaube nicht an Zufälle.«

»Wo ist Britta Vogt?«, fragte Killian. »Sie wird die Nächste sein.«

»Britta Vogt? Wieso?«

»Das Foto. Erinnerst du dich nicht? Mit Schwarz beim Grillen. Der Killer sucht etwas. Und solange er es nicht gefunden hat, tötet er weiter.«

»Glaubst du, es ist die Liste mit den Namen des Kinderpornorings?«

»Bin mir ziemlich sicher.«

»Einer, der ein Geschäft darin sieht?«

»Das hier sieht mir mehr nach Vergeltung aus.«

»Wo kann sie sein?«

»Das Foto«, sagte Killian.

»Was ist damit?«

»Hast du es dabei?«

»Nein. Es ist im Büro. Ich kann Wagner anrufen, dass er es bringt.«

»Bis dahin kann es zu spät sein.« Killian schloss die Augen und zog das Foto aus seinen Erinnerungen. Es war leicht unterbelichtet. Der Grill, um den sich die Gruppe versammelt hatte, stand zwischen Rebzeilen. Im Hintergrund eine Holzhütte. Keine übliche Rebhütte, in der man Regenwasser sammelte und sich zum Schutz vor Regen unterstellte, sondern groß genug, um darin auch ein Wochenende zu verbringen.

»Sie ist dort«, sagte Killian und sah Belledin an. »In der Hütte.«

»Und wo ist die?«

»Irgendwo hier in der Nähe.«

***

Britta rief ihren Vater nicht mehr an. Das letzte Mal, als sie es getan hatte, hatte sich eine männliche Stimme gemeldet und ihr gesagt, dass ihr Vater seine verdiente Strafe erhalten habe und sie sich nun bereit machen solle. Panisch war sie aus der Hütte gerannt, aber jetzt wusste sie nicht weiter. Wohin sollte sie? Wenn der Mörder das Handy ihres Vaters hatte, war er nicht weit entfernt. In der Hütte war sie sicherer, also war sie zurückgekehrt.

Sie hatte die Tür verbarrikadiert. Mit einem Tisch, Stühlen obendrauf, sogar eine volle Butangasflasche hatte sie herangeschleppt. Jetzt hockte sie auf der Eckbank und zitterte. Mit der Rechten strich sie über ihren Bauch. Dem Kind tat das ganz bestimmt nicht gut. Sie hatte viel über Schwangerschaft gelesen. Das Kind bekam schon alles mit. Die Außenwelt würde es bereits prägen. Deswegen hatte sie sogar Mozart gehört. Damit das Kind einmal schlau werden würde. Irgendwelche Schwingungen sollte Mozarts Musik haben, die dem Gehirn zuträglich wären. Die Schwingungen, die sie im Moment auf das Kind übertrug, hatten mit Mozart nichts zu tun. Es war blanke Angst. Angst ums eigene Leben, Angst um das Leben in ihrem Leib. Neben ihr lag eine Machete. Ihr Vater hatte sie immer benutzt, wenn er Kleinholz aus dem Gestrüpp geschlagen hatte. Jetzt würde sie sich nicht scheuen, ihre zwei Leben damit zu verteidigen.

Es klopfte an der Tür. Sie antwortete nicht. Spürte nur, dass ihr Herz lauter pochte als der Fremde an der Tür. Die Klinke wurde nach unten gedrückt, aber die Tür ging nicht auf. Sie hatte sie abgeschlossen und verbarrikadiert. Der Schlüssel lag neben der Machete.

Jemand warf sich gegen das Holz. Es knirschte. Dann war Stille. Er nahm bestimmt Anlauf. Oder holte ein Werkzeug aus dem kleinen Schuppen nebenan. Eine Hacke, mit der er die Scharniere aus dem Rahmen sprengen konnte.

Fensterglas klirrte. Sie hatte das Fenster vergessen. Wenn er durchs Fenster wollte, musste er sich klein machen. Er wäre für einen Moment unbeweglich. Das war ihre Chance.

***

Der Jaguar fegte über den Zubringer, bog aber nicht auf die Ausfahrt in Richtung Karlsruhe, sondern folgte dem blauen Schild nach Basel. Stark stutzte. Der Kavalier schürzte die Lippen und sah sie unschuldig an.

»Sie arbeiten für Schewtschenko«, sagte sie.

Er lachte mit den Augen, schien sich zu amüsieren. Sie dachte daran, ihm ins Lenkrad zu greifen und einen Unfall zu provozieren. Sie hatte einen überlebt, wieso sollte es ihr nicht ein zweites Mal gelingen?

»Die Leute in dem Tuareg arbeiteten für Schewtschenko«, sagte er.

»Wo sind sie? Wo ist der Tuareg? Warum sind Schewtschenkos Leute abgehauen?«

»Sie sind nicht abgehauen. Wir haben sie abtransportiert. In ihrem eigenen Wagen.«

»Wer sind Sie?«

»Wollen Sie etwa einen Namen? Dann nennen Sie mich Graf.«

»Für wen arbeiten Sie?«

»Für den gehobenen Adel.«

»Was wollen Sie von mir?«

»Ihnen einen Job und ein neues Leben geben.«

»Sind Sie ein Freund von Killian?«

Jetzt lachte er laut. »Nein. Bei Gott, das kann man nicht sagen. Eher gehöre ich zu seinen Gegnern. Das ist nichts Persönliches zwischen uns. Eher geschäftlich. Wir arbeiten für verschiedene Unternehmen.«

»Für welches Unternehmen arbeiten Sie?«

»Für ein Subunternehmen eines Subunternehmens, das Ihnen eine Fünf-Tonnen-Ladung Heroin verdankt.«

Er gefiel sich in seiner Süffisanz. Hätte sie jetzt ihre Walther zur Hand gehabt, sie hätte ihm den Lauf in sein arrogantes Grübchen gedrückt.

»Was soll ich für Sie tun?«, fragte sie.

»Hin und wieder ein paar kleinere Aufträge übernehmen. Ich glaube, Sie passen zu uns.«

»Und wieso ich? Was macht mich für Sie wertvoll? Ich bin eine abgetakelte Polizistin, die von der Russenmafia gejagt wird und jetzt auch noch die eigenen Leute an den Hacken hat.«

»Optimale Voraussetzungen für einen Neustart, finden Sie nicht? Hatten Sie das nicht ohnehin vor?«

»Ja. Aber bei einem Verein, den ich mir aussuche.«

»Sie können sich nichts aussuchen. Oder haben Sie sich etwa

Killians Verein ausgesucht? Sie haben nach dem erstbesten gegriffen. Wir bieten Ihnen eine Alternative.«

Sie sah ihn an. »Warum?«

»Weil Sie eine gewisse Nähe zu Killian haben. Nennen wir es so.«

»Ich soll Killian umlegen?«

»Um Himmels willen, nein. Das könnten wir alleine. Sie heuern bei seinem Verein an und füttern uns mit Informationen. Undercover. Ihr Spezialgebiet. Und wir überweisen Ihnen monatlich eine hübsche Summe auf ein Nummernkonto in Liechtenstein.«

Sein Handy klingelte; er nahm ab. »Ja. – Gut. Ausgezeichnet. Wir kommen direkt dorthin.« Er legte auf. »War nicht leicht, so schnell aufzutreiben. Aber unsere Jungs sind die besten.«

Sie verstand nicht, was er meinte, aber er erfreute sich an dem Spiel.

»Sie werden schon sehen.« Er setzte den Blinker, nahm die Ausfahrt Bad Krozingen und fädelte auf der Gegenfahrbahn wieder ein.

★★★

Mit einem einzigen Hieb hatte sie ihn erledigt. Der Kopf war nicht vollends abgetrennt, aber er hing wie am letzten Faden. Britta stierte auf die blutige Machete, die sie noch immer umklammert hielt. Beidhändig. So, wie sie zugeschlagen hatte. Sie war die Tochter eines Metzgers. Sie konnte schlachten. Und sie hatte geschlachtet. Einen Menschen. Einen, der sonst sie geschlachtet hätte.

Sie legte die Machete neben den Kopf des Toten und wischte sich Blutspritzer von den Händen. Alles geschah wie in Trance. Ein seltsames Gefühl von Zeitlupe. Sie sah sich dabei zu und spürte ihre eigenen Bewegungen verzögert. Es schien, als passierten sie erst, nachdem sie längst getan waren.

Sie nahm ihr Handy und rief ihren Vater an. Sie wollte ihm sagen, dass alles vorbei war. Stolz überkam sie, dass sie das Problem gelöst hatte.

Die Stimme am anderen Telefon klang nicht nach ihrem Vater. Es war ein tiefer Bass: »Ja?«

Nachdem sie nichts sagte, sprach der Mann weiter, und jetzt erkannte sie ihn.

»Frau Vogt? Sind Sie das? Ihr Name steht auf dem Display. Wo sind Sie? Sie sind in Gefahr. Ihr Vater wurde ermordet. Wir glauben, dass der Mörder nun nach Ihnen sucht. Sagen Sie uns, wo Sie sind!«

Britta legte auf. Sie brauchte den Mörder nicht mehr zu fürchten. Aber der Tod ihres Vaters machte ihr Angst. Wo sollte sie jetzt hin? Man würde sie ins Gefängnis stecken. Wegen Mittäterschaft und wegen Mordes. Auch bei der Erpressung von Koch und Ginter hatte sie mächtig mitgespielt. Bei Koch war nicht viel zu holen gewesen. Aber Ginter, den hätten sie melken können.

Ginter, das Schwein. Schon mit fünfzehn hatte er sie sich genommen. Beim Betriebsfest, sie war damals Azubi gewesen. Ihr Vater hatte weggesehen, sie hatte ihm verziehen. Weil sie gemerkt hatte, dass sie Macht über Ginters Geilheit besessen hatte. So war sie zur Chefsekretärin aufgestiegen. Aber je älter sie wurde, umso weniger hatte sich Ginter um sie geschert. Er brauchte Jüngeres. Mit ihr vögelte er nur, wenn es nichts anderes gab. Und sie wusste, dass er sich jedes Mal dabei vorstellte, dass sie noch sechzehn war. Vermutlich hatte er sie sich schon beim ersten Mal jünger geredet.

Dann war Erik Schwarz aufgetaucht. Ein Kerl nach ihrem Geschmack. Klug, charmant und geschäftstüchtig. Er machte Ginter das Leben nicht nur als Tierschützer schwer, sondern hatte auch ein Ass im Ärmel, das Ginter das Zittern lehrte. Die Liste des Kinderpornorings, auf der Ginter stand. Damit konnte er ihn unter Druck setzen. Dadurch war er mit einem Schlag der Stärkere. Das hatte Britta imponiert.

Ihr hatten von jeher die Stärkeren imponiert. Sie wollte immer schon höher hinaus. Und das konnte eine wie sie nur mit dem richtigen Kerl. Schwarz schien der Richtige zu sein. Das Kind in ihrem Bauch war von ihm. Mit Ginter war schon lange nichts mehr gelaufen. Er hatte ordentlich bluten müssen. Aber Schwarz wollte mehr. Er wollte alle auf der Liste melken, bis ihre Hodensäcke wie gedörrte Pflaumen im Schritt klebten. Und dann fehlte plötzlich das Bolzenschussgerät von Erdogan. Einen Tag später fand man Schwarz tot. Jemand hatte ihn geschlachtet und ihm die Haut abgezogen. Vermutlich der Kerl, dem noch immer das Blut aus dem Hals tropfte.

Nein, sie wollte nicht ins Gefängnis. Aber wohin sollte sie

gehen, und womit? Wenn sie die Liste mit den Namen hätte, dann hätte sie Startkapital. Aber sie hatte nichts davon. Vielleicht musste sie sühnen. Es wäre nicht das erste Kind, das im Gefängnis zur Welt kam.

Sie drückte die Wiederholungstaste. Wieder nahm der Kommissar den Anruf entgegen.

***

»Ich war nur noch schnell in meiner Wohnung, ein paar Sachen holen. Ich weiß, es ist unvorsichtig, aber ich hänge daran. Außerdem wollte ich nicht ohne dich fahren. Bis gleich.«

Stark legte auf, inhalierte den Rauch der Zigarette und fuhr den Citroën ins Bahnhofsparkhaus. Grafs Leute hatten saubere Arbeit geleistet. Den Unterschied zwischen den beiden Autos würde wohl nur der Mechaniker bemerken. Es waren die gleichen Modelle. Silber mit schwarzem Dach, Baujahr 1980, mit Radio und Kassettenrekorder.

Hier unten hatte sie keinen Empfang, dafür steckte eine Kassette im Rekorder. Sie drückte den Wiedergabeknopf. Stray Cats, mit »Rock this town«. In etwa so alt wie der Citroën. Rockabilly-Punk. Brian Setzer. Nicht ihre Musik. Aber Setzer beeindruckte an der Gitarre.

Ein Auto fuhr ins Parkhaus, steuerte auf sie zu. Die Scheinwerfer lagen höher als bei den meisten Autos. Der Defender von Killian? Er hatte Aufblendlicht, sie konnte ihn nur schwer erkennen. Der Wagen hielt vor ihr. Der Motor lief weiter, die Scheinwerfer blendeten. Eine Wagentür knallte. Eine zweite. Das konnte nicht Killian sein. Wie naiv war sie eigentlich? Sie griff nach der Walther, die sie vor sich unter dem Sitz deponiert hatte. Noch ehe sie die Waffe entsichern konnte, wurde sie hart am Arm gepackt und ins Gesicht geschlagen. Ihre Lippe platzte auf. Sie schmeckte Blut. Der Schläger holte zum zweiten Hieb aus. Eine Stimme, die von der geöffneten Beifahrertür kam, verhinderte es.

»Das reicht. Geh in den Wagen zurück und warte dort auf mich.«

Der Schläger gehorchte. Er schlug die Tür des Citroëns zu, setzte sich in den Wagen mit den grellen Scheinwerfern und fuhr ihn in eine Parknische. Dort stellte er den Motor ab und löschte die Lichter.

Langsam drehte sie sich zu dem Mann, der die Befehle gab. Sie sah nur seine Augen. Bernstein. Die Augen, die andere Welten versprachen. Freiheit und Glück, auf wessen Kosten auch immer.

»Die Augen schließen und bis drei zählen, dann kommt man drüben an«, sagte er.

Sie schloss die Augen und zählte. Dann hörte sie das Poppgeräusch der Luger. Dreimal zählte sie, dabei war schon der erste Schuss tödlich.

***

Belledin erkannte den Toten sofort: Es war Horst Seibert. Der Hundebesitzer, der Schwarz gefunden hatte. Stark hatte ihn noch mal verhört. Er hatte ein Alibi für Ginters Tod gehabt. Aber für den Mord an Schwarz hatten sie gepennt. Belledin war nicht weiter an ihm drangeblieben. Es hatte zu viele andere Spuren gegeben. Motive, die dringlicher schienen. Er hatte die Sache an Stark weitergegeben, weil er dachte, es wäre Routine. Hätte er es mal selbst getan, dann hätte aus dem Fall keine Schlachtplatte werden müssen.

Er übergab den Toten den Kollegen und verließ die Rebhütte. Britta Vogt kauerte auf einem geteilten Holzstamm, der als Bank diente. Eine Polizistin saß neben ihr und reichte ihr einen Kaffee. Sie nahm den Becher entgegen, ohne aufzublicken.

Belledin wartete, bis sie den ersten Schluck getrunken hatte, dann rückte er vor. Er gab der Polizistin ein Zeichen, sie entfernte sich, und er nahm ihren Platz ein. Britta Vogt schien es nicht bemerkt zu haben.

»Jetzt ist es vorbei«, sagte Belledin.

Britta sah auf, stierte in sein Gesicht und kicherte irr. »Entschuldigen Sie. Ich hatte mir gerade vorgestellt, wie Sie wohl aussähen, wenn man Ihnen das Gesicht vom Kopf gezogen hätte. Warum hat er das gemacht? Er hätte sie doch auch alle so umlegen können. Und warum hat er es bei Ginter nicht getan?«

»Sie hätten ihn ja fragen können, bevor Sie ihm das Genick mit der Machete geknackt haben«, erwiderte er. »Was wissen Sie von ihm?«

»Nichts. Oder fast nichts. Er hatte sich bei uns einmal beworben. So wie der Fotograf. Ginter hatte gleich gerochen, dass er ein Journalist war, und ihn zum Teufel gejagt.«

»Und danach haben Sie ihn nie mehr gesehen?«

»Heute zum ersten Mal wieder.«

Ein roter VW Jetta. Wagner. Was wollte der denn hier?

Wagner stieg aus dem Wagen und kam auf Belledin zu. Seine Wangen glühten. Er musste ordentlich getankt haben, denn er versuchte sich an Hochdeutsch. »Chef, ich hab Marlena im Wagen. Und ich hab recherchiert. Der Fall ist klar.«

Belledin glaubte nicht richtig zu hören. Was kam der Süffel jetzt und spielte den großen Max? Jetzt, wo alles zu Ende war?

»Seibert stand mit der Birkenwaldschule in Verbindung.«

»Inwiefern?«

»Seine Tochter war dort missbraucht worden. Sie hat sich anschließend umgebracht. Seitdem war er auf Kreuzzug und hat dort weitergemacht, wo die Behörden aufgehört haben.«

»Hieb gegen die Kollegen? Wagner, das ist Nestbeschmutzung.«

»Ich rede aus Seiberts Sicht.«

»Weiter.«

»Seibert ist auf Daniela Walter gestoßen, die jetzt Koch heißt. Sie hatte damals gegen einen Richter ausgesagt, der mit von der Lehrerpartie gewesen war. Heißes Eisen. Kurze Zeit später hat sie ihre Aussage zurückgezogen. Ihre Spur hatte sich verloren, aber Seibert hat sie schließlich wiedergefunden.«

Wagner setzte eine Kunstpause. Belledin wusste nicht, ob er ihn jetzt loben oder ihm einen Schnaps anbieten sollte. Deshalb tat er gar nichts.

»Er war hinter dem Lehrer her, der mal an der Birkenwaldschule unterrichtet hatte, aber von dem Missbrauchskandal freigesprochen worden war. Er suchte einen Verbündeten. Einen, der mehr wissen konnte und der mutig genug schien, einen Krieg gegen die Verbrecher zu starten.«

»Koch?«, fragte Belledin.

»Nein. Schwarz. Schwarz war von Daniela Koch angezeigt worden, aber hatte die Aussage zurückgezogen. Schwarz hatte durch seinen engagierten Einsatz gegen misshandelte Tiere überregionale Medienbeachtung erfahren. Seibert dachte, wer sich für geschändete Tiere einsetzt, riskiert seinen Kopf auch für Menschen.« Wagner atmete tief durch. Die Geschichte war wohl doch anstrengender zu erzählen, als er gedacht hatte. Er schluckte zweimal und setzte neu an. Belledin kam ihm zuvor.

»Aber er hatte nicht mit der Habgier von Schwarz gerechnet. Hatte geglaubt, das Engagement von Schwarz wäre so ehrlich wie seins. Aber Schwarz wollte seine Informationen, die er über den Kinderpornoring hatte, nutzen, um Geld damit zu machen.«

Wagner kämpfte noch immer mit seinem pappigen Maul. Kein Wort wollte mehr herauskommen. Wie zugeklebt. Dafür plapperte jetzt Belledin und marschierte zum Finale. Wagner hätte es wissen müssen. Er war nicht für Triumphe geschaffen. Ihm fehlte das Gen. Warum sonst verließ ihn jetzt das Sprechwerkzeug?

»Seibert fühlte sich verraten. Er tötete Schwarz und zog ihm das falsche Gesicht ab. Er wollte seine Scheinheiligkeit ausstellen. Das wahre Gesicht zeigen.«

Das hatte er schön gesagt. Wagner hätte es nicht besser gekonnt.

»Er hatte aber nicht damit gerechnet, dass Gotthard ihn aus seinem Versteck gesehen hatte. Gotthard begann mit Erdogan nun Seibert zu erpressen. Das hat er sich nicht gefallen lassen.«

»Und Ginter?« Wagner hatte die Sprache wiedergefunden.

»Ginter wurde von Benedikt getötet«, sagte Britta Vogt.

»Ich dachte, er wäre in Polen gewesen?«

»Er kam früher zurück. Er hasste seinen Vater, wusste um seine Schweinereien. Auch was er mit mir getan hat. Ich hatte ihm gesagt, dass es seine Chance wäre, ihn jetzt so aus dem Weg zu räumen. Alle würden denken, es wäre derselbe Täter, der auch Schwarz getötet hatte, und Benedikt könnte endlich den Laden übernehmen. Er hat es getan. Aber die Haut hat er ihm nicht abziehen können. Das war der Fehler. Und dieser Fotograf, der herumschnüffelte. Wir dachten, er hätte etwas mitbekommen, deswegen wollten wir ihn ausschalten. Alles scheiße gelaufen.«

***

Killian entdeckte den Citroën sofort. Er parkte den Defender, schulterte sein Bündel und ging die wenigen Meter durch das Unterdeck des Parkhauses.

Stark hatte sich zurückgelehnt und hielt die Augen geschlossen. Killian spürte, wie sein Herz schneller schlug. Gleich würde er mit ihr in ein neues Leben fahren. Ramelow würde ihnen helfen. Er selbst würde nicht ganz abtauchen können, er hatte sich noch um Swintha zu kümmern. Aber Stark würde bald anders heißen. Gleich würde er sie fragen, ob sie sich schon einen Namen ausgedacht hatte.

Er öffnete die Beifahrertür und warf sein Bündel auf den Rücksitz. Sie hielt noch immer die Augen geschlossen. Er würde sie wach küssen. Seine Lippen näherten sich den ihren und berührten sie. Sie waren kalt. Killian begriff. Aber er wollte nicht. Nein. Nicht schon wieder. Er sah das Blut, das aus ihrem Herzen geflossen war. Wieder Blut. Wieder rot. Er schloss die Augen und lehnte sich zurück. So saß er. Wie lange, wusste er nicht. Irgendwann öffnete er die Augen und sah zu ihr hinüber, dann stieg er aus dem Wagen. Die Überwachungskameras würden Belledin den Hergang erzählen. Killian würde ihn nicht anrufen. Den Defender ließ er stehen. Er würde mit dem nächsten Zug nach Berlin fahren. Swintha war der einzige Mensch, den er noch hatte. Auf sie musste er aufpassen. Besser aufpassen als auf alle anderen bisher. Und sie war schon dabei, ihm zu entgleiten. In der Lehre bei Ramelow.

***

Belledin fuhr gerade in Bötzingen ein, als sein Handy klingelte. Er nahm ab, brummte hinein und legte wieder auf. Noch eine Tote. Um die würden sich aber andere kümmern. Mindestens das LKA. Die russische Mafia operierte überregional. Das ging ihn nichts an. Aber Stark, die ging ihn schon etwas an. Sie war seine Kollegin gewesen. Jetzt war sie tot. Drei Schüsse aus nächster Nähe. So nah waren sie sich nie gekommen. Er dachte an Biggi. Sie lebte. Zum Glück. Es schien ihm eine Ewigkeit, dass er sie nicht mehr gesehen hatte. Und trotzdem. Mittwoch war noch nicht. Aber ihm stand der Sinn nach Fleisch. Wenn schon nicht Biggi, dann ein paar saftige Steaks.

Er parkte vor der Metzgerei Zimmermann und stieg aus. Die Fensterscheibe war repariert. Arno stand in der weißen Schürze hinter der Theke und wog Gehacktes ab.

Belledin trat ein.

»Oha. Ganz hoher Besuch. Ich bekenne mich schuldig«, sagte Arno und lachte. Er gab das Gehackte in eine Tüte zu anderen Wurstwaren, reichte sie der kleinen Frau vor der Theke und kassierte. »Gruß daheim und schöns Wocheend, Frau Jenne.«

Die Frau verschwand, ohne Belledin anzusehen.

»Was hat die denn?«

»Isch neuerdings Vegetarierin«, sagte Arno. »Aber daheim isch keiner vom Gemüse als Hauptmahlzeit überzeugt, und sie muss es Fleisch einkaufe. Au blöd. Aber mir isches egal. Hauptsach, es geht was. Was kriegsch?«

»Steaks. Saftige Steaks. Ich verlass mich da auf dich.«

Arno grinste und packte ein. Belledin verließ die Metzgerei mit zwei prallen Tüten. Er würde einiges einfrieren müssen.

VIERZEHN

Killian stand am Gleis eins und wartete auf den Zug, der aus Basel kam und in Richtung Berlin fuhr. Die Frauenstimme aus dem Lautsprecher kündigte zehn Minuten Verspätung an. Auf Gleis fünf fuhr gerade die Bahn nach Breisach ein.

Killian überlegte, ob er seinen Plan ändern sollte. Breisacher Bahnhof? Dort aussteigen und bei Bärbel läuten? Vielleicht konnten sie sich gegenseitig trösten? Erst morgen zu Swintha aufbrechen?

Nein. Er durfte nicht warten. Er wollte nicht wieder zu spät kommen.

»Haben Sie Feuer?«, fragte ein Mann.

Killian drehte sich zu ihm. Ein freundliches Gesicht. Mitte vierzig, leicht angegraute Schläfen. Etwas gezeichnet, aber attraktiv. Fast schön. Ein Nasenbeinbruch war nicht korrigiert worden. Das Zeichen alter Schlachten. Dafür weiße Zähne, die unter dem Lächeln blitzten. Und Augen, die ihm vertraut schienen. Bernstein.

Killian zog sein Zippo und gab dem Fremden Feuer.

»Fahren Sie auch nach Berlin?«, fragte er.

»Ja. Ich besuche dort meine Tochter.« Killian wusste selbst nicht, warum er es dem Fremden sagte. Vielleicht waren es die vertrauten Augen?

»Oh, eine Tochter. Das ist schön. Ich habe keine Kinder. Keine Gelegenheit. Oder vielleicht auch nicht die richtige Frau.« Er inhalierte. »Nein, das stimmt nicht. Eine Frau hat es gegeben. Mit der hätte ich mir Kinder vorstellen können. Diese Frau war wirklich stark.« Er nahm einen weiteren Zug. »Aber das Leben spinnt manchmal verrückte Geschichten.«

Der Zug fuhr ein. Der Fremde löschte die Zigarette im Aschenbecher und sah Killian an. »Grüßen Sie mir Ihre Tochter. Auch wenn wir uns nicht kennen.« Er ging. Killian sah ihm nach. Der Fremde drehte sich noch mal um. »Swintha, sagten Sie? Ein schöner Name.« Dann verschwand er in der Bahnhofshalle.

Killian lief es kalt über den Rücken.

Michael Moritz
TOD IN DER RHEINAUE
Broschur, 256 Seiten
ISBN 978-3-89705-718-0

»Michael Moritz hat mit Killian und seinen Zeitgenossen ungewöhnliche Charaktere in der badischen Provinz erschaffen. Und mit diesen Figuren entwickelt er rund um den Kaiserstuhl einen aufregenden Kriminalroman, der den Leser immer wieder mitreißt. Spannung, badische Lebensart und viel Lokalkolorit verbinden sich hier zu einer aufregenden Geschichte mit unerwartetem Ende.« Staatsanzeiger

»Eine klug durchdachte Geschichte zwischen Geheimdienstverstrickungen, Klezmermusik, Goethes Totentanz und badischer Weinseligkeit.« Freiburg aktuell

»Die Geschichte ist immer kurzweilig und birgt so manche überraschende Wendung und natürlich auch einiges an Lokalkolorit.«
Basler Zeitung

www.emons-verlag.de

Michael Moritz
ROTER REGEN
Broschur, 224 Seiten
ISBN 978-3-89705-758-6

»Plot und Figuren merkt man an, dass der Freiburger Autor im Kaiserstuhl aufgewachsen ist. Das soll ein Kompliment sein, denn Michael Moritz spielt gekonnt mit Klischees und Dialekten in einer spannenden Geschichte voller gut gezeichneter Figuren.«
Chilli – das Freiburger Stadtmagazin

»Ein facettenreicher, spannend und flott erzählter Kriminalfall.«
Badische Zeitung

www.emons-verlag.de

Michael Moritz
WEINSELIG
Broschur, 256 Seiten
ISBN 978-3-89705-817-0

»Wieder ermitteln Belledin und Killian gemeinsam. Und sie bewegen sich an vielen vertrauten Orten so sympathisch menschlich – besser gesagt badisch-typisch, dass es dem Leser unweigerlich warm werden muss ums Herz. Trotz Mord und Totschlag!« Badische Zeitung

»Atmosphärisch dicht, ungemein bildhaft und von badischem Humor durchdrungen.« REGIO Magazin

www.emons-verlag.de

Michael Moritz
LOST PLACE VIENNA
Broschur, 320 Seiten
ISBN 978-3-89705-902-3

Drei abgesägte Köpfe schöner Frauen bringen die Wiener Kriminalkommissarin Valentina Fleischhacker in Bedrängnis. Als sie auch noch unter Verdacht gerät, ihren Kollegen Zirner getötet zu haben, ist sie gezwungen, abzutauchen. In Zirners Wohnung findet sie einen gepackten Rucksack samt GPS – und eine außergewöhnliche Schnitzeljagd beginnt. Am Fundort des letzten Frauenschädels stößt sie auf die Koordinaten, die sie zum nächsten Cache führen sollen. Doch je näher sie dem Mörder kommt, umso mehr begreift sie, dass er sie kennen muss. Denn er legt ihr Rätsel aus, die nur sie lösen kann …

www.emons-verlag.de

Michael Moritz
ZÜRCHER VERSCHWÖRUNG
Broschur, 272 Seiten
ISBN 978-3-89705-972-6

»Ein temporeiches Buch mit packenden Thrillerelementen um einen zunächst sehr undurchsichtigen Fall, in den unzählige verdächtige Personen verwickelt sind, es Leichen zuhauf gibt und Stahl niemandem trauen kann. Das sich dramatisch zuspitzende Finale führt schließlich die losen Fäden gekonnt zusammen.« ekz

www.emons-verlag.de

Michael Moritz
TOD IM THEATERHAUS
Broschur, 304 Seiten
ISBN 978-3-95451-016-0

Der Kommunikationstrainer Hans Bluhm wird in der Sporthalle des Stuttgarter Theaterhauses von einem Degen durchbohrt. Das bringt Polizeichef Böhnisch in Not: Schirmer, sein fähigster Hauptkommissar, ist ausgebrannt, die junge Kollegin Kälble überfordert. Er holt Hilfe aus Baden – ausgerechnet Kommissar Belledin. Widerwillig gehorcht der badische Brummbär und rauft sich mit der schwäbischen Beißzange Kälble zusammen, um den Fall zu lösen.

www.emons-verlag.de